Anna Martens

Identität unbekannt

Die Autorin

Als Kind stand Anna Martens am liebsten in der Dorfkneipe ihrer Großmutter hinter dem Tresen, um den kleinen und großen Geschichten zu lauschen, die das Leben schreibt. Studium und Beruf führten sie zunächst in eine völlig andere berufliche Richtung, aber das Interesse an Menschen und ihren Erzählungen blieb. Mit vierzig erfüllte sich Anna Martens einen langgehegten Wunsch, verfasste ihre erste Shortstory und entschloss sich spontan beruflich umzusatteln. Seither schreibt die Autorin, die in Süddeutschland und Nordholland lebt, Krimis und Psychothriller unter verschiedenen Namen.

Das Buch

Ein totes Mädchen, das niemand vermisst, stellt die Polizei vor große Rätsel … Wer ist das kleine Mädchen, dessen Leiche in einem idyllisch gelegenen Weiher gefunden wird? Die Ermittlungen der Münchner Kripo laufen ins Leere. Woher stammt das unbekannte Kind und was ist ihm vor seinem Tod zugestoßen? Die smarte Kriminalreporterin Claudia Brandes versucht auf eigene Faust, Licht ins Dunkel zu bringen und ist immer mehr davon überzeugt, dass der Mörder eine persönliche Beziehung zu dem Mädchen hatte. Bei ihrer Suche gerät die Reporterin in ein Netz aus Lügen, falscher Nächstenliebe und Gewalt. Und wird bei ihren Recherchen von den Schatten ihrer eigenen Vergangenheit eingeholt …

Von Anna Martens sind bei Midnight erschienen:
Engelsschmerz
Identität unbekannt
Blinde Schatten

Anna Martens

Identität unbekannt

Thriller

MIDNIGHT

Die Erinnerungen verschönern das Leben,
aber das Vergessen allein macht es erträglich.

Honoré de Balzac

Sie wischte über das weiße Leinen des Bezuges. Legte zaghaft ihren Kopf auf das weiche Kissen. Die Federn gaben unter ihrem Gewicht nach und knisterten leise. Erschrocken fuhr sie hoch. Betrachtete das flauschige Gebilde, als handelte es sich um einen Geist. Beunruhigt hob sie es an, schaute darunter. Nichts. Nur das duftende, saubere Laken.

Vorsichtig legte sie ihre Hände auf die dicke Bettdecke. Wieder dieses Geräusch. Da begriff sie. Lächelnd drückte sie erneut auf das Kissen. Dieses Mal machte ihr das ungewohnte Geraschel keine Angst mehr. Wieder und wieder bettete sie ihren Kopf um, hörte belustigt zu, wie die Federn im Inneren leise knackten und aneinanderrieben. Sie kuschelte sich in ihre Bettwäsche. Das alles hier hatte sie ganz für sich alleine: das schmale Zimmer unter dem Dach, das Bett, den Nachttisch, die Lampe, den Schrank, in dem Kleider für sie hingen. Neu und duftend. Sie musste mit niemandem teilen.

Es fühlte sich gut an. Einzigartig. Und dennoch falsch. Warum sie? Wieso war sie als einziges Kind ausgewählt worden? Sie war nichts Besonderes, war genau wie alle anderen, sogar eine der Kleinsten.

Ihre Geschwister würden ihr dieses Bett neiden. Die weißen Kniestrümpfe. Die nagelneuen Lackschuhe. Die Unterwäsche mit den winzigen blauen und rosafarbenen Streublumen.

Sie starrte an die Decke, die ihr so hoch erschien wie der Himmel. Dann drehte sie sich zur Seite, hoffte auf den Schlaf. Sie war so erschöpft, ihr Kopf schmerzte. Die vielen bunten Bilder der letzten Stunden tanzten vor ihren Augen. Die Gerüche, die Farben, die Stimmen, die in fremder Sprache mit ihr redeten, ließen sich nicht ausschalten.

»Schätze dich glücklich«, hatte die Vermittlerin ihr die Worte übersetzt. Wie wahr! Hier wirkte alles neu, es roch gut, und das Haus war voller Möbel und Gegenstände. »Keine tägliche Hausarbeit mehr«, hatte die Vermittlerin gesagt. Zum Abschied hatte die Frau den Finger drohend gehoben: »Benimm dich! Tu, was

man von dir verlangt!« Und zuletzt zischte sie ihr ins Ohr: »Sei bloß nicht dumm.« Die Sätze kreisten noch in ihrem Kopf.

Sie stopfte das Deckbett eng um sich, so dass keine Luft mehr zwischen ihr und dem Stoff war, sie sich kaum mehr bewegen konnte. Starr lag sie da, hoffte auf einen Traum, der sie von dieser endlosen Erschöpfung erlösen würde. Keine Chance. Es ging nicht. Die Zudecke war immer noch zu luftig, zu leblos. Die Leiber der anderen fehlten ihr. Die Wärme ihrer Körper, ihre Atemzüge, die vertrauten Geräusche. Plötzlich hatte sie das Gefühl, immer tiefer in die weiche Matratze einzusinken. Sie schob das Oberbett von sich, in schierer Panik, darunterzurutschen, keine Luft mehr zu bekommen.

Schließlich setzte sie sich auf den Rand des Bettes und sah sich im Zimmer um. Sie fühlte sich genauso fehl am Platz wie der schäbige, abgestoßene Koffer, der ihre wenigen Habseligkeiten enthielt. Entschlossen nahm sie den großen Teddybären und ihr Kissen, schmiegte sich ganz dicht an die Wand, hielt das Stofftier fest an sich gedrückt. Sie würde sich nicht einlullen lassen. Würde aufmerksam bleiben.

Diese Leute konnten sie mit dieser Sauberkeit nicht blenden. Sie hatte sie durchschaut, hatte es bei ihrer Ankunft deutlich in ihren dunklen Augen gelesen: Die mochten sie nicht. Sie würde hier nicht glücklich sein. Es würde Schmerzen geben. Und Tränen. Aber sie würde nicht verzweifeln. Sie würde sich wehren, so wie sie es immer getan hatte. So war sie groß geworden: Auge um Auge, Zahn um Zahn. Davon wussten diese Leute nichts. Und es war gut, dass sie vollkommen ahnungslos waren, wen sie sich ins Haus geholt hatten.

Ganz langsam schloss sie ihre Augen.

1.

Mit einem geschickten Manöver wendete Claudia Brandes mitten auf der befahrenen Hauptstraße und ergatterte so einen der raren Parkplätze vor dem Postamt. Wieder einmal war sie froh, einen Smart zu fahren, der beinahe in jede Lücke passte. Notfalls quer. Das barg zwar das Risiko eines Strafzettels, ersparte ihr aber eine Menge Rennerei und Zeit. Sie umrundete das Fahrzeug, zog das riesige Paket heraus, das nur mit offenem Verdeck auf den Beifahrersitz gepasst hatte, und eilte in die Schalterhalle. Abrupt musste sie ihren Lauf wieder abbremsen. Wie jedes Mal, wenn sie sich entschloss, eine Retoure aufzugeben, stand dort eine Schlange, wie es sie sonst nur in der Vorweihnachtszeit gibt. Ein einziger Schalter des Postamtes war geöffnet. Es half nichts. Sie hatte die Abgabe schon viel zu lange hinausgezögert und musste wohl oder übel warten. Alternativ konnte sie Klamotten behalten und zahlen. In Anbetracht ihres Kontostandes keine gute Idee.

Sie schaute auf die Uhr. Es stand zwar kein Termin an, aber allein die Vorstellung, in der Halle mindestens zehn Minuten tatenlos herumzustehen, machte sie nervös. Geräuschvoll ließ sie das Paket zu Boden rutschen.

»Passen Sie doch auf!«, meckerte die Frau vor ihr. »Durch Ihr Schubsen geht's auch nicht schneller.«

Claudia war sich sicher, die Frau nicht berührt zu haben, beschloss jedoch, nichts zu erwidern. Von hinten kam ein Kleinkind mit Trippelschritten angeflitzt.

»Jacob-Leander, du sollst doch bei der Mama bleiben!«

Jacob-Leander war offensichtlich anderer Meinung. Statt zu ihr zurückzukehren, zog er eine Grußkarte aus dem Ständer, steckte sie wieder hinein, nahm die nächste. Amüsiert beobachtete Claudia, wie der Junge binnen weniger Sekunden ein völlig neues System in die Auslage brachte. Die Mutter bekam davon nichts mit, so sehr zogen sie die neuesten Mitteilungen in ihren Bann, die auf ihrem Smartphone eingingen.

Seufzend beobachtete Claudia die Wanduhr, deren Zeiger sich genauso langsam bewegten wie der Postbeamte hinter dem Tresen, als eine SMS auf ihrem Handy einging. Die Pressestelle des Polizeipräsidiums. Claudia rief unmittelbar bei Waldemar Ott an, der dort die Leitung innehatte und mit dem sie bereits einige Jahre zusammenarbeitete.

»Morgen, Waldemar! Ich habe gerade die SMS gesehen. Was haben wir denn so früh am Morgen?«

»Servus, Claudia! Ich denke, du solltest dich beeilen. Wir haben ein totes Kind gefunden.«

»Scheiße!«, entfuhr es Claudia, und ihr Blick fiel instinktiv auf den kleinen Jungen, der mittlerweile seine Aufmerksamkeit auf die bunten Stifte gerichtet hatte. Sie sah erneut auf die Wanduhr. »Ich bin noch bei der Post, mache mich aber sofort auf den Weg. Wohin genau?«

Er gab ihr die Adresse durch.

»Kenne ich. Danke für die Info. Ich beeile mich.«

Claudia betrachtete die Schlange vor sich, überlegte kurz, ob sie sich an die Meckertante oder an die Mutter wenden sollte, und entschied sich spontan für Letztere.

»Entschuldigen Sie, ich hab es total eilig. Könnten Sie …?«

Claudia trat näher an die Frau heran, als sie bemerkte, dass diese ausgerechnet jetzt die Machenschaften ihres Sohnes zu bemerken schien, und legte ein Quäntchen Dramatik zu: »… also, ich dürfte Ihnen das eigentlich gar nicht sagen, aber es geht um eine polizeiliche Ermittlung. Ich muss dringend zu einem Tatort. Und da wollte ich fragen, ob Sie wohl mein

Päckchen … Sie müssen es nur abgeben. Sehen Sie, es ist eine Rücksendung, komplett frankiert.«

Mit einem eifrigen Nicken steckte die Mutter ihr Handy in die Tasche und nahm das Paket mitsamt Einlieferungsschein entgegen.

»Na klar. Versteht sich doch von selbst.«

»Danke«, warf Claudia der Frau zu, während sie bereits mit großen Schritten aus der Halle lief. Sie hörte noch, wie die junge Mutter Jacob-Leander ermahnte: »Die Frau ist von der Polizei. Wenn du jetzt nicht sofort herkommst, hole ich sie zurück!«

Stimmt nicht ganz, dachte Claudia. Obwohl sie manchmal selbst schon das Gefühl hatte, zur Kripo dazuzugehören. Seit sieben Jahren war sie auf Kriminalberichterstattung spezialisiert: Einbrüche, Prostitution, Mord und Totschlag waren für sie zum Alltag geworden, über den sie in Reportagen und Features berichtete.

Claudia rief in dem Medienbüro an, dem sie sich vorletztes Jahr angeschlossen hatte. Sie teilte sich die zentral gelegene Büroetage mit mehreren anderen Selbstständigen, die in unterschiedlichen Branchen tätig waren. Sie hoffte, dass Raffael Rohm, das Allroundgenie für Fotos, Recherche und IT, schon dort war. Der blondgelockte junge Mann nannte sich selbst ausschließlich »Raffa«, um dummen Bemerkungen über Engel vorzubeugen.

»Morgen, Raffa, ich bin's. Ott hat gerade angerufen. Wir sollen dringend zu einem Leichenfundort kommen. Ein Biotop am Rande von München.« Sie nannte die genaue Adresse. »Wie schnell kannst du da sein?«

»Oh Mann, hast du nichts anderes für mich am frühen Morgen? Ich hab gerade Unmengen Pancakes mit Juliane gefrühstückt. Wie lange liegt die denn schon?«

»Keine Ahnung. Aber ich bin mir sicher, du packst das. Du bist doch ein ganzer Kerl«, frotzelte Claudia und sah förmlich, wie er sich bei ihren Worten in die Brust warf. »Also? Wie lange?«

»Eine halbe Stunde. Wenn kein Stau auf dem Mittleren Ring ist.«

»Prima. Wir sehen uns da. Ich gebe noch schnell Naumann Bescheid, damit wir gleich mit der Abendausgabe herauskommen können.«

Andreas Naumann war Redaktionsleiter einer großen Münchener Zeitung, für die Claudia seit Jahren regelmäßig über Verbrechensdelikte berichtete. Wenn sie ihm die Story richtig schmackhaft machte, würde er ihre Reportage gleich als Aufmacher bringen. Sie schrieb ihm eine dramatische SMS und kündigte an, sich nach dem Ortstermin mit genaueren Angaben zu melden.

Als sie gerade den Blinker gesetzt hatte und aus der Parklücke ausscheren wollte, wendete ein Wagen schnittig mitten auf der Straße und parkte direkt vor ihrer Nase frech in zweiter Reihe. Claudia konnte gerade noch abbremsen, um das Auto nicht zu touchieren. Die Fahrerin, eine schlanke Blondine, riss unvermittelt die Fahrertür auf, bedachte Claudia jedoch keines Blickes, sondern ging unbeeindruckt auf die andere Straßenseite in Richtung des Kosmetikstudios. Claudia starrte ihr fassungslos nach. Weniger wegen des unverhofften Manövers, das sie beinahe den Artikel gekostet hätte, sondern vielmehr wegen des Löwengesichts der Blondine, die offensichtlich zum Opfer eines Gesichtschirurgen geworden war.

»Pass doch auf!«, brüllte Claudia ihr doch noch nach und startete den Wagen neu, den sie bei der Vollbremsung abgewürgt hatte. Die lässig gekleidete Blondine war längst auf der anderen Straßenseite in einem Café verschwunden. Als Claudia das noble Cabriolet umrunden wollte, an dem sie nur mit Mühe vorbeikam, musste sie laut auflachen: M-IQ 197. Davon träumte die doch nur.

Eine knappe Viertelstunde später näherte sich Claudia ihrem Ziel. Langsam fuhr sie eine schmale Straße entlang, an der auf der rechten Seite ein paar Häuser standen, während sie links von Feldern und einem Waldstück gesäumt war. Nachdem sie eine Sporthalle mit Tennisplätzen passiert hatte, sah sie an den parkenden Polizeiwagen, dass sie sich an der richtigen Stelle befand. Sie parkte schließlich direkt hinter den Einsatzfahrzeugen direkt am Straßenrand hinter einem Spielfeld. Der Weg verlief noch asphaltiert weiter, mündete dann aber in einen schmalen Trampelpfad, der in einen Laubwald führte. Einige letzte feuchte Nebelschwaden hingen noch in den schattigen Bereichen und bildeten geisterhafte Formationen, würden aber sicher bald im Sonnenlicht verschwinden. Nur ein paar bauschige Wolken zierten den ansonsten blauen Himmel. Im Hintergrund war Vogelgezwitscher und in der Ferne das Rauschen der Würm zu hören.

Sie schulterte ihre Handtasche, packte ihr Handy und eines der zahlreichen Notizhefte sowie einen Bleistift, die auf ihrem Beifahrersitz lagen. Während sie auf die Uniformierten zuging, fasste sie ihre schulterlangen roten Haare zusammen und band sie zu einem Zopf. Trotz der vielen Menschen herrschte eine geschäftige Ruhe am Tatort. Jeder wusste genau, was er zu tun hatte. Systematisch, schnell und gründlich zu arbeiten war der Schlüssel jeder erfolgreichen Ermittlung, hieß es. Claudia erkannte die Spurensicherer, die in ihren weißen Anzügen den Hügel absuchten. Auf diese Entfernung wirkten sie wie ein Trupp von Außerirdischen. Dabei war das, was sie gleich zu sehen bekommen sollte, seit Menschengedenken höchst irdisch. Schon die zweite Geschichte der Bibel enthielt den Brudermord von Kain an Abel. Mord kam direkt nach dem Sündenfall. Egal für wie zivilisiert und gebildet die Gesellschaft sich hielt, die Grausamkeit blieb im Menschen und bahnte sich in immer neuen Facetten ihren Weg nach außen.

Claudia blieb an dem mit Flatterband umzäunten Bereich

stehen und zeigte dem jungen Polizisten, der dort postiert war, ihren Presseausweis. Bevor sie ihn mit ihren Fragen bombardierte, beobachtete sie zunächst die Gruppe von Kriminalbeamten, die in der Senke um ein im Gras liegendes Bündel herumstanden, bei dem es sich vermutlich um das Opfer handelte. Sie kannte verschiedene der Beamten vom Sehen, aber zu ihrer Freude entdeckte sie ein Stück abseits auch die groß gewachsene Gestalt von Steffen Drews, der Hauptkommissar bei der Münchener Mordkommission war und mit dem sie durch die enge jahrelange Zusammenarbeit mittlerweile eine Freundschaft verband. Sie grüßte ihn und blickte verärgert auf die Absperrung. Zu gerne wäre sie zu ihm gegangen, um aus erster Hand zu erfahren, was passiert war. Drews musste ihren Blick bemerkt haben, denn er rief dem Polizisten zu: »Schon gut. Wir kennen uns. Lassen Sie sie runterkommen.« Claudia schaute verdutzt, sah sich um, ob er auch wirklich sie meinte, bückte sich dann rasch unter dem Flatterband durch, bevor jemand kam, um sie aufzuhalten. Normalerweise schenkte ihr Drews bei jedem Treffen sein charmantestes Lächeln. Heute jedoch war seine Stirn von Sorgenfalten zerfurcht, eine Strähne seines sonst immer korrekt frisierten, dunklen Haares fiel ihm ins Gesicht, und sein Gang wirkte schwerfällig. Er streckte Claudia die Hand zur Begrüßung entgegen, die sie beherzt ergriff. Augenblicklich spürte sie ein leichtes Prickeln auf der Haut. Rasch ließ sie seine Hand los, verschränkte die Arme vor der Brust und schaute zu dem Kommissar hoch, der fast einen ganzen Kopf größer war als sie.

»Ott hat mich noch auf dem Weg zur Arbeit erwischt, deshalb bin ich offenbar als Erste von der Presse hier. Kriegst du keinen Ärger, wenn ich hier unten stehe? Ihr seid doch noch mitten in der Spurensicherung. Wenn ich das richtig sehe, ist der Rechtsmediziner nicht da. Oder seid ihr damit schon durch?«

»Der kommt auch gleich«, antwortete Drews.

»Das ist keine Antwort auf meine Frage, Steffen.«

»Ach was, das passt schon. Ich nehme das auf meine Kappe.« Leiser fügte er hinzu: »Außerdem mache ich für dich gerne eine Ausnahme … Muss ja keiner wissen.«

Claudias Augenbrauen schnellten nach oben. Sie hatte in den letzten Wochen schon öfter den Eindruck gehabt, dass Steffen Drews mehr in ihrer Beziehung sah als nur eine über den Beruf geknüpfte, lockere Freundschaft. Doch als würde er ihre Bedenken spüren, fuhr er betont locker fort: »Komm schon, Claudia, schau nicht so kritisch. Einige deiner Kollegen hören ständig den Polizeifunk ab. Ich habe es schon erlebt, dass die früher da waren als wir von der Mordkommission. Außerdem kennen wir dich alle lange genug und wissen, dass wir dir vertrauen können.« Er fasste sich in den Nacken. »Eine Kinderleiche – ich muss dir nicht sagen, was hier in kürzester Zeit los ist, wenn die Öffentlichkeit davon Wind bekommt, oder? Das Ganze wird noch schlimmer, da uns momentan keine Vermisstenanzeige für ein Kind in dem Alter vorliegt. Wir haben keine Ahnung, um wen es sich bei dem Mädchen handelt und können nicht ausschließen, dass sie möglicherweise nicht von hier ist, vielleicht sogar aus dem Ausland. Um sie zu identifizieren sind wir insofern ohnehin gezwungen, Hinweise von außen einzuholen, und werden das ganz große Presserad drehen. Außerdem ist mir deine Meinung zu diesem Fall wichtig. Ich sollte eigentlich ohne Beweise keine Mutmaßungen anstellen, aber ich glaube, dieser Fall beschäftigt uns noch eine ganze Weile …«

Claudia fragte sich viel mehr, ob nach dieser Aktion nicht der halbe Polizeiapparat darüber mutmaßte, was zwischen ihnen lief. Immerhin konnte Drews für diese eindeutige Kompetenzüberschreitung erheblichen Ärger bekommen. Aber das war nicht ihr Problem. Bevor sie weiter darüber nachdenken oder etwas erwidern konnte, fuhr er fort: »Das Thema müssen wir sensibel angehen. Du versteigst dich nicht vorschnell in gewagte Theorien oder schlachtest sie ohne Beweise aus. Eine vernünftige Berichterstattung ist mir bei diesem Fall besonders wichtig. Deshalb bin ich froh, dich dabeizuhaben. Als Draht nach draußen, sozusagen. Bei dir weiß ich, woran ich bin.«

Der intensive Blick, den er ihr jetzt zuwarf, machte endgültig klar, dass das nicht der einzige Grund war. Claudia wusste, dass sie eigentlich auf dem Absatz kehrtmachen sollte, aber die Aussicht auf eine gute Story wog ihre Zweifel auf. Sie würde Drews gegenüber auf der Hut bleiben, sich professionell verhalten und versuchen, ihn, so gut es ging, auf Abstand zu halten. Sie hatte in ihrem Leben schon ganz andere Dinge in den Griff bekommen. Jetzt zählte erst einmal nur, dass sie den Kollegen eine Atemlänge voraus war und Informationen aus erster Hand bekam, die anderen vielleicht verwehrt blieben. Die Ermittler und ihre Kollegen kannten sich alle schon jahrelang, trafen sich immer wieder an den Tatorten verschiedenster Verbrechen, über die sie teilweise sogar durch die Polizei informiert wurden. Heute hatte sie einen Vorsprung, und den würde sie nutzen. Eine gute Story, an der sie täglich arbeiten konnte, würde ihr wieder Geld in die Kasse spülen – und das hatte sie dringend nötig. Sie war gespannt darauf, wie es sich anfühlte, in der ersten Reihe zu stehen.

»Raffa kommt übrigens auch gleich. Wegen der Fotos. Ich konnte vorhin ja nicht ahnen, dass ich hier eine derartige Sonderrolle habe. Ich hoffe, das ist okay?«

Drews nickte. Erleichtert fuhr sie fort: »Prima. Dann erzähl mal: Was genau ist hier passiert?«

Drews setzte sich bereits in Bewegung. »Lass uns gleich rübergehen. Ich möchte dir gar nicht viel erzählen, sondern wissen, was du ganz intuitiv denkst, wenn du das Mädchen siehst.«

Drews wies mit dem Kopf in die Senke, in der Claudia nun inmitten des hohen Grases den Tümpel entdeckte. Das Gewässer war von Bäumen umsäumt und von der Straße aus nur da einsehbar, wo schmale Trampelpfade das hohe Gras durchzogen. Nahe am Ufer lag ein dicker Stein, auf dem man unter anderen Umständen wunderbar hätte Platz nehmen können, um den Blick über das Wasser zu genießen. Der Tümpel war von Schilfgras gesäumt. Lediglich an der Stelle, an der die Polizisten die Leiche geborgen hatten und nun vorsichtig nach Hinweisen suchten, waren die Halme geknickt, und schlammiges braunes Wasser kam dort zum Vorschein. Drews führte sie direkt zu dem nassen Bündel, das am Rande des Weges lag.

Dieser Ort war so friedlich. Claudia hörte die Rufe der Erdkröten, das Zwitschern von Vögeln, ein sanfter Wind ließ die Gräser und Büsche rascheln. Eine echte Idylle hatte der Täter sich ausgesucht, um darin eine Leiche abzulegen. Sie fragte sich, ob das Szenario Teil einer geplanten Inszenierung war oder ob der Täter einem spontanen Impuls gefolgt war, dem Kind rein zufällig hier begegnet war. Claudia spürte ihre Anspannung, schloss kurz ihre Augen und wappnete sich innerlich gegen das, was sie gleich sehen würde. Dann trat sie näher an das tote Mädchen heran, dessen Gesicht vollkommen friedlich wirkte, so als würde sie nur schlafen. Auf den zweiten Blick bemerkte sie in dem blassen Gesicht das Muster der feinen Äderchen. Das Gesicht war dreckig und verschrammt. Die Leiche war in eine Decke mit Leopardenmuster gewickelt, die bis zu den Schultern geöffnet war. Wie klein das Mädchen aussah. Viel zu jung zum Sterben. Sie musste wie alt genau sein? Claudias Herz stolperte in einem unruhigen Rhythmus, ihr Atem ging stoßweise, und sie spürte ein heftiges Ziehen im Unterbauch. Sie blinzelte kurz, bemühte sich, die Fassung zu wahren, ihre Distanz wiederzufinden. Drews sollte nicht bereuen, sie durchgelassen zu haben.

»Habt ihr sie hier gefunden?«

»Nein. Sie lag mit dem Gesicht nach unten in dem Tümpel. Meine Kollegen nennen sie deshalb ›Arielle‹.«

Er deutete mit der Hand auf eine Stelle unweit des Steins, an der eine Lücke im Schilfgras zu erkennen war. Claudia schob ihre Hände in die Hosentaschen. Trotz der Wärme fröstelte es sie bei dem Anblick des kleinen Körpers in der durchweichten, klammen Decke.

»Irgendwelche Spuren?«

»Bisher nicht. Der Boden ist knochentrocken. Es hat viel zu lange nicht geregnet. Unten im Uferschlamm waren nur Tierspuren zu sehen. Aber wir hoffen immer noch, dass wir einen Hinweis finden. Oder dass jemand vom Sportclub etwas Verdächtiges beobachtet hat.«

»Lag sie lange dort?«

»Ich schätze nicht. Aber das wissen wir bald genau. Buttler von der Rechtsmedizin kommt sicher gleich. Er steht im Stau, müsste aber jeden Moment hier sein.«

»Wer hat sie gefunden?«

»Ein Spaziergänger. Rudolf Grauert. Na ja, eigentlich war es sein Hund.« Drews deutete auf den unteren Teil des Bündels, aus der die blutige Spitze eines Fußes ragte. »Wie jeden Morgen ist er kurz vor acht hier spazieren gegangen, als das Vieh plötzlich bellend zu dem Weiher lief und versuchte, das Bündel aus dem Wasser zu ziehen. Als der Mann den Fuß erkannte, hat er uns sofort verständigt. Er sitzt oben, ist völlig fertig. Kann sich offenbar nicht damit abfinden, dass sein Hund an einer Leiche herumgeknabbert hat.«

»Darf ich mit ihm sprechen?«

»Natürlich. Später. Zuerst will ich wissen, was du denkst.«

Er wies mit der Hand auf die Leiche. Claudia starrte auf das Kind und bemühte sich, Ruhe zu bewahren. Hatte er den kurzen Moment ihrer Schwäche bemerkt? Oder lag es daran, dass er sie direkt mit einbeziehen wollte. Aber wieso? Sie war keine Fachfrau. Zwar gehörten Tatorte zu ihrem täglichen Brot, aber sie stand immer am Rande, beobachtete lediglich das Geschehen aus der Distanz, nahm die Atmosphäre auf, stellte Fragen und zog erst später ihre Schlüsse, wenn sie alleine mit ihren Eindrücken und Aufzeichnungen vor ihrem PC saß. Sie musste sich tief in den Täter und die Situation des Opfers hineinfinden, um eine wirklich gute, mitreißende Story zu schreiben, aber das war nicht dasselbe wie eine Ermittlung. Bei ihrer Arbeit bestimmte sie selbst den Grad, wie stark oder wie schnell sie sich darauf einließ. Doch es war längst klar, dass sie viel tiefer in diesen Fall involviert war, nachdem sie direkt neben dem nassen, toten Mädchen stand. Sie wischte sich kurz über ihr Gesicht, schaute in die Ferne, spürte aber schon, wie ihr flau im Magen wurde und ihre Knie zu zittern begannen.

Normalerweise waren die Opfer bei ihrem Eintreffen schon abtransportiert, und sie wünschte sich sehr, dass das auch heute geschehen wäre. Zwar sah Claudia sie später auf den ungeschönten Polizeibildern, und wann immer es ging, war sie zwar selbst direkt an den Tatort gefahren, um sich ein vollständiges Bild machen zu können, wie es dort roch, was man hörte. So konnte sie sich besser in den Fall hineinfühlen, in die Situation des Opfers, wodurch ihre Reportagen an Tiefe gewannen. Doch das war etwas vollkommen anderes. Zudem war es ihre erste Story, in der es um ein Kind ging, und sie musste schwer um ihre Distanz kämpfen. Krampfhaft umschloss sie ihre rechte Hand, um den Ring zu fühlen.

»Ich will nur deine Eindrücke wissen«, ermunterte Drews sie. »Was kommt dir spontan in den Sinn?«

Sie sah zu ihm auf und richtete sich zu voller Größe auf. Dann antwortete sie: »Spontan? Wenn ich das hier sehe, denke ich, dass wir in einer echten Scheißwelt leben. Kein Kind hat es verdient, so zu enden.«

»Stimmt. Und sonst? Was sagt dir dein journalistischer Instinkt?«

Claudia schaute auf das tote Mädchen. Instinktiv zog sie Bleistift und Block aus der Tasche. Ihre Finger waren steif, und sie fröstelte, obwohl sich die Morgenluft bereits langsam durch die Sonne erwärmte. Wie eisig musste es wohl erst in dieser nassen Decke gewesen sein? Aber das wollte Drews sicher nicht von ihr hören. Sie wünschte, sie könnte einfach gehen und eine Reportage über den Leichenfund schreiben. Sie konnte einfach nicht freiheraus sprechen und fragte sich immer noch, warum er sie mit Fragen löcherte. Er wusste doch genau, wie man ermittelt. Drews war gut. Vielleicht der Beste. Sie entschloss sich, stattdessen ihre Fragen zu formulieren. So, wie sie es tat, wenn sie ein Interview führte oder auf Recherchetour war.

»Ich frage mich, ob sie bewusstlos oder unter Drogen gesetzt war, als der Täter sie hier ertränkt hat, denn sie hätte sich sicher niemals freiwillig so einwickeln lassen. Und dann frage ich mich natürlich, was geschehen ist, bevor sie hier gestorben ist.«

Drews nickte. »Was denkst du denn, was geschehen sein könnte? Erzähl einfach deine Vermutung. Dir liegt doch noch mehr auf der Zunge, das merke ich dir an.«

Claudia nickte und musterte das Gesicht des Mädchens.

»Ich weiß nicht, wieso, aber ich denke, sie hat denjenigen gekannt, der ihr das Leben genommen hat. Ihr Gesichtsausdruck wirkt nicht so …«

»Hallo allerseits«, wurde ihr Gespräch unvermittelt unterbrochen. Die Stimme gehörte dem Rechtsmediziner Henry Buttler, der sich nicht mit weiteren Kommentaren aufhielt, sondern sich direkt zu der Leiche hinunterbeugte. Claudia kannte ihn flüchtig, hatte ihn aber noch nie bei seiner Arbeit gesehen. Interessiert beobachtete sie nun, wie er mit einem Stift vorsichtig das Tuch weiter zur Seite schob, um mehr von ihrem Kopf sehen zu können. Buttlers sonnengebräunte Haut ließ das Kindergesicht noch bleicher erscheinen. Unvermittelt überfluteten Claudia Erinnerungen. Sie schnappte nach Luft, drehte den Stift in ihrer schweißnassen Hand und hoffte, dass die beiden Männer ihre Reaktion nicht bemerkt hatten. Rasch trat sie einen Schritt zurück und verschränkte die Arme vor ihrer Brust, in der sie ein seltsames Ziehen spürte.

»Fotos sind gemacht, hoffe ich?«, wollte Buttler wissen.

»Ja«, erwiderte Drews. »Sowohl von der Lage, in der wir sie aufgefunden haben, wie auch von ihrem Gesicht, der Verschnürung und dem Sonnenschirmständer.«

Claudia warf Drews einen fragenden Blick zu. Sie merkte, dass sie so von dem Blick auf die Leiche gefesselt gewesen war, dass sie das nähere Umfeld außer Acht gelassen hatte. Erst jetzt sah sie eine weiße Stange aus dem Wasser ragen.

»Der war mit der Leiche verbunden, als Beschwerung, um das Mädchen zu versenken. Sehr dilettantisch ausgeführt, deshalb hielt die Konstruktion auch nicht. Oder der Täter hat es nicht mehr geschafft, ihn richtig auf der Leiche zu positionieren.«

Oder er wollte bloß den Eindruck erwecken, er sei ein Amateur, dachte Claudia.

»Macht ihr sie jetzt auf?«, forderte Buttler und riss die Journalistin aus ihren Gedanken.

Während die Mitarbeiter der Spurensicherung die Verschnürung direkt unterhalb der Schleife aufschnitten, vorsichtig die Leiche auswickelten und weitere Spuren von der Körperoberfläche nahmen, wandte sich Claudia ab und suchte Raffa. Aber sie konnte seinen blonden Lockenkopf nirgends entdecken. Ungeduldig schaute sie auf die Uhr. Er müsste längst da sein.

»Was macht sie denn hier?« Von hinten war Nina Hirte, Drews' Kollegin, an die Gruppe herangetreten. Sie trug eine Sonnenbrille, hatte einen bleichen Gesichtsausdruck und schien alles andere als erfreut zu sein, Claudia hier zu treffen.

»Warum? Weil ich es so wollte. Wir müssen rasch herausfinden, wer sie ist. Dabei kann Frau Brandes uns helfen.«

Nina Hirte zog die Augenbraue hoch. Irgendetwas war zwischen Drews und Hirte vorgefallen.

»Wenn das herauskommt … Du weißt, dass wir dann in Schwierigkeiten kommen, Steffen.«

»Ich denke, du hast mit deinen Schwierigkeiten genug zu tun«, knurrte Drews seine Kollegin an. »Lass das mal meine Sorge sein.« Die Luft war mit Spannung aufgeladen, und instinktiv wich Claudia ein Stück zurück.

»Dann schauen wir mal, was wir haben«, sagte Buttler und zog damit die Aufmerksamkeit aller Umstehenden wieder auf die Leiche. Claudia atmete tief durch und wagte es erst dann, auf das Mädchen herunterzusehen, das nun ohne ihre Umhüllung vor ihnen lag. In einem schmutzigen, viel zu kleinen Kleid. Claudia hatte sich auf ein anderes Bild eingestellt, auf Blut, Wunden, Verätzungen. Nicht jedoch auf diese weißlich schimmernde Haut, die dunklen Ränder unter den Augen und diesen zarten, schmalen Körper, der beinahe unversehrt war. Das Grauen wurde dadurch keinesfalls geschmälert. Im Gegenteil. Claudia fielen die unregelmäßigen Spitzen der feuchten Haare des Mädchens auf, die definitiv nicht von einem Friseur geschnitten worden waren. Das Kind wirkte, als wäre es einfach eingeschlafen. Der Anblick weckte Claudias Mitleid. Die Kleine hatte keinesfalls genug Kraft gehabt, um sich gegen einen Erwachsenen oder auch gegen einen jugendlichen Täter zur Wehr zu setzen. Claudia wollte in diesem Moment nur eines: die Kleine fest in den Arm nehmen und wiegen. Sie zwang sich, stehen zu bleiben. Sie musste professionell bleiben. Dennoch: Es hätte jemand hier sein sollen, der um das Mädchen weinte, sie ein letztes Mal hielt und streichelte. Stattdessen machten fremde Menschen Fotos, nahmen Proben. Die Situation erschien Claudia unwürdig, auch wenn sie wusste, dass es notwendig war. Sie hoffte, dass ihre Story dabei helfen würde, rasch jemanden zu finden, der um das Mädchen trauerte, damit es nicht so alleine war. Und dass irgendjemand einen Hinweis auf ihren Mörder geben würde. Seltsamerweise war da aber noch mehr. Ein Gefühl, das sie nicht kannte und das sie befremdete.

Buttler kniete nun wieder neben der Leiche und teilte ihnen

in sachlichem Ton seine Beobachtungen mit. Die Festigkeit und Routine in seiner Stimme halfen Claudia, ihre Fassung zurückzuerlangen. »Weibliche Tote. Minderjährig. Reduzierter Pflege- und Ernährungszustand. Nachlässig gekleidet, Kleidung aber unversehrt. Struppiges, kurzes Haar. Ich erkenne einige verschorfte, entzündete Hautläsionen. Das Kind wurde ganz offensichtlich vernachlässigt. Geschätztes Alter nach meiner jetzigen Einschätzung sieben bis neun Jahre.«

Eine Gänsehaut überzog Claudias Arme. Das Mädchen war gerade erst auf die Grundschule gegangen, hatte vielleicht noch mit Puppen gespielt. Claudia ließ den Blick über den Weiher wandern. Ob sie hier an dem Tümpel Frösche beobachtet oder Schmetterlinge gefangen hatte, als sie noch lebte?

Buttler betrachtete die Arme des Mädchens, hob sie leicht an und fuhr fort: »Frische braun-blaue Hämatome an den Oberarmen. Schürfwunden an den Armen und Beinen. Eine Narbe auf der rechten Handfläche. Sie ist noch nicht lange tot. Die Leichenstarre hat zwar schon eingesetzt. Ich würde sagen, sie ist vor vierzehn bis sechzehn Stunden gestorben.«

»Kannst du schon etwas zur Todesursache sagen, Henry? Ist sie ertrunken?«, meldete sich jetzt Drews zu Wort, der sich neben ihr hingekniet hatte. Claudia betrachtete seinen Hinterkopf und stellte fest, dass sich sein Haar am Wirbel leicht lichtete.

»Die Todesursache kann ich äußerlich nicht feststellen. Du kennst mich, Steffen, ich halte nicht viel von Mutmaßungen. Ich werde die Obduktion für morgen Vormittag ansetzen. Komm um neun vorbei, dann weiß ich schon mehr.«

»Geht es nicht früher? Wir bringen sie euch auch sofort rüber«, fragte Nina Hirte. »Wir müssen der Presse doch so schnell wie möglich Details liefern.«

Drews Kopf schnellte in ihre Richtung, aber er verkniff sich eine Retourkutsche.

»Alles der Reihe nach. Heute liegt noch ein anderer Fall

an. Ich habe unterwegs Bescheid bekommen. Eine Vergewaltigung. Das Mädchen lebt, und ich hoffe, dass wir den Typen dingfest machen können. Also: morgen früh.« Buttler erhob sich.

Drews folgte Buttler, und Claudia sah keinen Grund, länger in der Nähe von Nina Hirte zu bleiben. Sie verabschiedete sich kurz und ging ebenfalls den Hügel hinauf. Claudia erkannte nun einige Kollegen an der Polizeiabsperrung, die mit großem Geschütz Fotos vom Tatort machten. Sie sah auch Raffa zwischen ihnen und spürte, wie sie errötete. Für einen Moment hatte sie ihre Sonderstellung völlig vergessen.

»Wegen der Fotos …«, wandte sie sich an Drews und wollte ihren Kollegen durchwinken.

»Die schicke ich dir zu. Sobald wir sie retuschiert haben. Auch von der Decke und dem Schirmständer. Zusammen mit dem Pressetext.«

Zu Recht würde Raffa sie nachher fragen, warum sie ihn überhaupt herbestellt hatte. Doch nachdem er nun schon einmal da war, konnte sie es ohnehin nicht mehr ändern.

»Von dem Band brauche ich auch ein Foto, bitte. Und kann ich auch die Fotos bekommen, wie ihr sie gefunden habt? Ich meine, wo und wie sie genau im Wasser lag.«

Drews schaute sie fragend an, als wäre er mit seinen Gedanken gerade woanders.

»Na ja, du wolltest doch, dass ich mir ein umfassendes Bild mache.«

»Sorry, ich hatte gehofft, wir würden anhand ihres Zustandes irgendetwas über ihren Täter erfahren. Klar lasse ich dir die Bilder ins Büro schicken. Sonst noch was? Ansonsten würde ich jetzt ins Präsidium fahren, um dem Chef diese Verzögerung schonend beizubringen. Ich hatte gehofft, wir könnten schon heute das Zahnschema an alle Zahnärzte im Umkreis schicken. Darüber wird er sicher nicht froh sein.« Drews stellte den Kragen seiner Jacke hoch. »Treffen wir uns morgen nach der Obduktion auf einen Kaffee? Dann kann ich dir auch gleich berichten, was Buttler herausgefunden hat.«

»Morgen Vormittag? In Ordnung. Komm doch einfach bei mir im Büro vorbei, das sind ja nur ein paar Schritte vom Rechtsmedizinischen Institut. Einverstanden?«

Drews verzog das Gesicht, nickte aber. Claudia ahnte, warum: Steffen Drews hatte schon länger ein Problem mit ihrem Kollegen Hendrik van Holten, der als Gerichtsreporter arbeitete und mit dem sie sich das Büro teilte.

»Einverstanden.« Er streckte ihr die Hand hin. Claudia spürte, wie er die ihre eine Spur zu lange hielt. »Danke, dass du mich unterstützt! Und sorry für Nina. Du weißt, sie ist sonst nicht so. Das hat nichts mit dir zu tun.«

Claudia erwiderte nichts. Anders als bei ihrer Ankunft fühlte sie nicht dieses nervöse Kribbeln, das sie sonst bei einer neuen Story hatte. Stattdessen hoffte sie inständig, sie könnte die Bilder des Mädchens aus ihrem Kopf verbannen. Aber eine innere Stimme sagte ihr, dass das für lange Zeit nicht möglich sein würde. Im Gegenteil. In ihr war eine Wunde aufgerissen, von der sie dachte, sie sei längst verheilt.

2.

Claudia hatte Raffa gebeten, die Befragung des Zeugen zu übernehmen, der die Leiche gefunden und die Polizei alarmiert hatte. Sie brauchte für den Moment etwas Abstand, und damit würde auch seine Fahrt zum Tatort einen Sinn machen. Sie versuchte den Gedanken an Drews und die Gründe für ihre Sonderbehandlung am Tatort zur Seite zu schieben. Es war definitiv die falsche Zeit, sich damit zu beschäftigen. Wieder sah sie das Kind vor sich. Die hagere Gestalt in dem schmutzigen Kleid, das nass an ihr klebte. Wie friedlich sie gewirkt hatte, obwohl ihr Ende sicher grausam gewesen war.

Claudia öffnete das elektrische Faltschiebedach und genoss die frische Luft, die ihr kühl ins Gesicht wehte. Wie kalt war wohl in der Nacht das Wasser gewesen, in dem Arielle gelegen hatte? Claudia hoffte beinahe, dass man ihr Medikamente gegeben hatte, um sie zu betäuben, damit sie nichts mehr von dem bemerkte, was ihr später geschah. Ob sie denjenigen gekannt hatte, der sie dort hineingelegt hat? War er ein Freund, ein Verwandter oder sogar ein Elternteil? Oder war es ein Fremder, der sie entführt, festgehalten und schließlich getötet hatte? In jedem Falle musste der Täter Stiefel getragen haben, um sie dort hineinzulegen. Oder waren ihm seine Schuhe vollgelaufen, hatte er mit einer durchnässten Hose in seinem Auto gesessen, als er vom Tatort wegfuhr? Sie hoffte, dass die Polizei irgendwelche Abdrücke finden würde, obwohl es in den letzten Tagen so wenig geregnet hatte, dass ein Abdruck unwahrscheinlich war. Allenfalls irgendwo in der Uferregion. Sie musste Drews morgen unbedingt danach fragen.

Claudia beugte sich auf die Beifahrerseite und zog ihre Baseballkappe aus dem Handschuhfach. Sie fühlte sich weich an. So wie wohl die Polyesterdecke, die das Mädchen umhüllt hatte.

Das war es. Genau so würde sie ihren Bericht beginnen: »*In eine warme Decke gehüllt, hat der Mörder die Leiche des kleinen Mädchens in die seichte Uferzone eines Weihers gelegt. Ihren Namen kennen wir nicht. Genauso wenig wie ihre Geschichte. Was ist geschehen? Hat die Kleine leiden müssen, bevor ihr Leben ein viel zu frühes Ende nahm? Wer ist verantwortlich für den Tod dieses unbekannten Kindes?*« Vor Claudias innerem Auge nahm die Reportage langsam Formen an. Nur für die weitere Recherche hatte sie noch keine zündende Idee. Außer dem Finder, der vermutlich nichts mit dem Fall zu tun hatte, gab es zurzeit keinen Anhaltspunkt. Normalerweise führte ihre Recherche sie zu der Familie, zu Freunden oder Mitschülern. Doch solange nicht klar war, wie das Mädchen hieß, woher es stammte und natürlich auch, wie genau es zu Tode gekommen war, konnte sie keinerlei Befragungen im näheren Umfeld durchführen. Sie hoffte darauf, rasch Hinweise aus der Bevölkerung zu bekommen. Obwohl sie, was das anging, skeptischer war als Drews. Die Menschen nahmen vieles um sich herum nicht bewusst wahr, waren zu sehr mit sich beschäftigt, um kleine Hinweise, Unstimmigkeiten oder Gesichter wirklich zu bemerken. Und wenn doch, schauten viele lieber schnell weg, gaben sich unbeteiligt, wollten in nichts hineingezogen werden. Drehten allenfalls mit ihrem Smartphone Filme über das Geschehen, statt selbst zu helfen oder einzugreifen.

Claudia war diese Neigung fremd. Hinsehen, zuhören, recherchieren, nachfragen, hartnäckig Informationen prüfen: Genau das liebte sie an ihrem Beruf. Es war oft genug eine

Sisyphosarbeit. Aber es ergab ein ungeheuer gutes Gefühl, wenn sie eine winzige Ungereimtheit entdeckte oder die entscheidende Frage stellte, durch die das Puzzle aus Informationen einen Sinn ergab.

Wobei es dieses Mal schwieriger war. Noch fehlte ihr ein konkreter Plan, wie sie sich in ihrer neuen Rolle verhalten sollte. Drews hatte sie mehr einbezogen als sonst. Im Nachhinein wünschte sie sich, sie hätte nicht direkt in das Gesicht des Opfers gesehen. Es berührte sie mehr, als sie ahnen konnte, und rief Dinge in ihr wach, die sie längst verschüttet geglaubt hatte. Claudia hatte keine Ahnung, wie sie mit der Situation umgehen sollte. Aber jetzt war es zu spät. Einen Rückzieher zu machen kam nicht in Frage. Sie betrachtete den schwarzen Ring, den sie an ihrem linken Ringfinger trug, und berührte ihn leicht mit dem kleinen Finger. Sie hatte ihn sich gekauft, als sie ihre erste eigene Geschichte für eine Zeitung schreiben durfte. Der Onyx war der Edelstein für Kraft und Stärke. Seitdem verließ sie das Haus nicht mehr, ohne ihn anzustecken. Mit ihm fühlte sie sich stark. Nachdenklich drehte sie ihn am Finger, hoffte, dass er seine Wirkung entfalten würde. Sie musste bei der Sache bleiben. Ganz einfach. Zunächst würde sie ihr Vorgehen strukturieren, einen Ablaufplan erstellen und dann Schritt für Schritt abhaken. Das würde ihr helfen, wieder ihren Rhythmus zu finden. Ob Drews ihretwegen Ärger bekommen würde? Claudia war sich sicher, dass sein Chef, Rainer Kretschmann, dieser direkten Einbeziehung der Presse niemals zugestimmt hätte. Vermutlich war es besser, Naumann sofort davon zu erzählen, wenn sie ihre Reportage abgab, damit er nicht von anderswoher davon hörte. Immerhin hatten einige Kollegen Fotos gemacht, auf denen sie sicher zu sehen war. Das würde zwangsläufig Fragen aufwerfen.

Claudia war in den letzten Wochen natürlich aufgefallen, dass Drews häufig unverhofft in ihrer Stammkneipe »Jenseits« auftauchte. Da ihn seine Freundin kurz zuvor von einem Tag auf den anderen verlassen hatte, war ihr das aber nicht ungewöhnlich erschienen. Jedem würde in so einer Situation die Decke auf den Kopf fallen. Anni, mit der sie sich dort öfters auf ein Feierabendbier traf, hatte hingegen gemutmaßt, dass er in sie verliebt war.

»Wie er dich immer anschaut«, hatte sie gespottet. »Wie ein junger Hund. Ich würde den ja sofort bei mir aufnehmen, wenn er lieb Frauchen zu mir sagen würde.«

Claudia seufzte. Drews verliebt. In sie. Das hatte gerade noch gefehlt. Ihr Leben war ohnehin schon kompliziert genug. Auch ohne einen Kriminalbeamten, der ihretwegen jegliche Kompetenzen außer Acht ließ. Sie kam gut mit sich alleine klar, ihr Beruf füllte sie genug aus, und das sollte auch vorerst so bleiben. Sie hoffte, er würde irgendwann aufgeben, wenn sie ihm keine Hoffnung machte. Warum konnte nicht einmal im Leben etwas unkompliziert laufen?

Andererseits mochte sie es, mit ihm zu fachsimpeln. Deshalb hatte sie sich immer gefreut, wenn er ihnen abends in der Kneipe Gesellschaft leistete. Und oft genug hatte er ihr ein paar zusätzliche Hinweise gegeben, die sie zwar nicht verwenden durfte, die ihr aber ein besseres Bild über die Fälle vermittelten.

Claudia schloss das Verdeck, nachdem sie auf Anhieb einen Parkplatz in der Nähe ihres Büros gefunden hatte, und stopfte die Kappe wieder ins Handschuhfach. Sie holte sich rasch beim Metzger gegenüber eine Leberkäse-Semmel mit süßem Senf. Essen half ihr eigentlich immer, wenn sie über schwierige Dinge nachdenken musste. Brezeln, Schokolade, Kekse, egal was. Kauen war eine Art der Meditation für sie.

Zum Ausgleich nahm sie die Treppe in den dritten Stock des Bürogebäudes, immer zwei Stufen auf einmal. Schwer atmend öffnete sie die massive Holztür zur »Münchener Medienetage«, wie sich ihr Zusammenschluss nannte. Im Flur stand ein riesiger alter Holztisch, der immer voller Zeitungen und Magazine lag, die sie abonniert hatten oder für die sie schrieben.

Die Tür zu ihrem Büro war geschlossen, was bedeutete, dass Hendrik heute nicht bei Gericht war. Eine wunderbare Fügung des Schicksals. Wie so oft war sie froh darüber, sich mit ihrem Kollegen über die jüngsten Ereignisse austauschen zu können. Aus diesem Grund hatte sie sich dem Büro angeschlossen, als ihre Studienkollegin Katrin Skibba ihr einen Platz offerierte. Das Schreiben war ansonsten oft ein einsames Geschäft, und da Claudia alleine lebte, kam sie auf diese Weise immer wieder unter Menschen. Außerdem war es gut, einen festen Ort und Ablauf für die Arbeit zu haben, und ihre Reportagen gewannen durch die Gespräche mit den Kollegen an Struktur und Ausgewogenheit. Als sie den Raum betrat, hob Hendrik van Holten kurz den Zeigefinger und tippte konzentriert in unverändertem Tempo weiter. Leise schloss sie die Tür, ging ohne ein Wort an ihren Schreibtisch und schaltete den Computer an.

»So. Fertig. Servus, Claudia! Hattest du schon so früh einen Außentermin? Oder ist es gestern spät geworden?«, neckte er sie.

Claudia schüttelte den Kopf. Sie war froh, dass Hendrik seinen humorvollen Tag hatte. Er war nicht immer so. An den meisten Tagen war er schweigsam und in sich gekehrt, vor allem, wenn er bei Gericht mit einem schwierigen Fall zu tun hatte. Nach seinem Jurastudium hatte er eigentlich die Leitung der renommierten »Van-Holten-Privatbank« übernehmen sollen. Aber Hendrik konnte der Finanzwelt, die er als oberflächlich und machtbesessen beschrieb, nichts abgewinnen. Die Rechtsprechung hatte ihn ebenso wie das Schreiben fasziniert, und so war er zum Leidwesen seiner Familie Gerichtsreporter geworden. Nur seine Art sich zu kleiden erinnerte heute noch an seine Herkunft: Er trug ausschließlich noble Stoffhosen und Hemden. Claudia hatte ihn noch nie in

Jeans und T-Shirt gesehen und war sich sicher, dass er kein einziges legeres Kleidungsstück besaß. Außer einem sündhaft teuren Satin-Morgenmantel vielleicht, den außer ihm vermutlich niemand als leger bezeichnen würde. Heute trug er zu seiner hellgrauen Hose ein graublaues Hemd, das gut zu seiner Augenfarbe passte.

»Besonders lustig war mein Vormittag heute nicht, Hendrik. Ich bin an einen Tatort gerufen worden. Ein Mordfall.«

Sofort hatte Claudia Hendriks volle Aufmerksamkeit. Er rollte mit seinem Stuhl in die Mitte des Zimmers an den runden Besprechungstisch. Ihre Schreibtische standen jeweils an den äußeren Wänden, damit sie sich bei der Arbeit so wenig wie möglich ablenkten. Wobei Claudia meist ohnehin das Büro ganz für sich hatte, weil Hendrik tagsüber bei Gericht saß und auch häufig zu Hause arbeitete.

»Sie haben ein Mädchen gefunden, das ungefähr neun Jahre alt war.«

»Ein Sexualdelikt?«

»Nein. Denke ich jedenfalls, denn sie war vollständig bekleidet und hatte keine gravierenden Verletzungen. Auf den ersten Blick jedenfalls. Henry Buttler war auch dort, wollte sich aber noch nicht festlegen, woran sie gestorben ist. Morgen früh treffe ich mich nach der Obduktion mit Drews, dann erfahre ich mehr.«

»Die armen Eltern!«

Claudia schaute auf ihre Hände, die sie gefaltet in ihrem Schoß hielt. »Die Polizei konnte das Mädchen noch nicht identifizieren. Ich mache mich deshalb auch gleich an die Arbeit, meine Reportage zu schreiben. Vielleicht finden wir so schneller ihre Eltern oder wer auch immer für sie verantwortlich ist.« Sie knetete ihre Hände. »Sie lag da in dieser pitschnassen Decke. Sie war so jung.«

Sie drehte den Kopf zum Fenster und presste die Lippen fest zusammen.

»Tut mir leid«, sagte sie rasch und wischte sich einmal resolut über ihr Gesicht. »Mord geht mir immer an die Nieren. Daran werde ich mich vermutlich in hundert Jahren nicht gewöhnen. Aber wenn jemand einem Kind etwas antut …«

»Spar dir die Worte. Ich weiß genau, was du meinst. Vielleicht haben die Eltern noch gar nicht gemerkt, dass sie weg ist, und haben deshalb keine Vermisstenanzeige aufgegeben«, sagte Hendrik nach einer Weile.

Claudia schaute in sein ernstes Gesicht. »Möglich. Daran habe ich auch schon gedacht. Was wiederum die Frage aufwirft, wie die Eltern gestrickt sind, die nicht merken, wenn ihre kleine Tochter nachts nicht im Bett liegt.«

»Oder was das für eine Tochter ist, die sich einfach davonschleicht. Auch das wäre möglich, Claudia. Auch Kinder sind nicht immer Engel.«

»Ich weiß, Hendrik. Aber sie wirkte so … friedlich. Vielleicht irre ich mich ja, aber irgendwie hatte ich die ganze Zeit das Gefühl, dass der Täter eine Beziehung zu ihr hatte. Eine engere.«

»Woran machst du das fest?«

»Ich weiß es nicht. Es ist so ein Gefühl. Die Art, wie sie eingewickelt war. In eine Decke, nicht in Plastik.«

»Nicht jeder hat so viel Plastik im Haus, um damit einen Menschen zu verpacken. Eine Decke oder einen Teppich schon eher. Außerdem sagtest du, sie habe im Wasser gelegen. Jemanden zu ertränken klingt für mich nicht gerade nach einer liebevollen Art, sich eines Kindes zu entledigen?«

Claudia überlegte einen Moment. »Als die Beamten die Decke öffneten, lag sie da ganz friedlich. Ihre Hände waren übereinandergelegt, alle Glieder ganz gerade. So wie man Tote in einem Sarg aufbahrt.« Bei dem Gedanken an das Mädchen in einem Sarg musste sie schlucken. »Ich weiß, das klingt vielleicht naiv, aber es sah für mich trotz allem würdevoll aus. Als hätte sie jemand ordentlich zurechtgemacht. Selbst die Bänder, die die Decke zusammenhielten, waren mit einer Schleife gebunden. Jemand, der nur rasch eine Leiche entsorgen wollte, hätte sich nicht so viel Mühe gegeben, meinst du nicht?«

»Oder der Mörder will, dass du genau das denkst. Um dich auf eine falsche Spur zu bringen.«

Claudia sah Hendrik nachdenklich an. War sie schon jetzt voreingenommen und zog falsche Schlüsse? Vermischte sich ihre eigene Erlebniswelt mit der ihrer Beobachtungen? Sie musste aufpassen, dass sie die Dinge trennte.

Das Eingangssignal ihres Mailaccounts riss sie aus ihren Gedanken. Das waren sicher die Fotos. Erleichtert machte sie sich daran, den Artikel zu schreiben.

3.

Vor wenigen Minuten erst hatte Claudia alle Daten mitsamt den Fotos von der Pressestelle der Kripo bekommen und bestückte nun die Pinnwand neben ihrem Schreibtisch mit den Bildern, die Drews ihr geschickt hatte. Ins Zentrum pinnte sie die Großaufnahme des retuschierten Leichenfotos. Claudia bemerkte, wie ihre Hand leicht zitterte, als sie die Nadel durch das Papier steckte.

»Bin wieder an Bord, Chefin. Hendrik.« Raffa nickte in seine Richtung und zog sich einen Stuhl heran.

»Was hat die Befragung ergeben? Erzähl!« Claudia wollte sich gerade an den Tisch setzen, als Hendrik sich erhob und zur Pinnwand ging. »Oder sollen wir lieber im Besprechungszimmer weitermachen, Hendrik? Stören wir dich?«

»Nein, nein. Bleibt ruhig. Der Fall interessiert mich. Bei Gericht gibt's gerade nichts Aufregendes.«

Er betrachtete interessiert die Bilder und machte nicht den Anschein, es eilig zu haben. Kein Wunder: Er konnte es sich leisten, sich genau die Fälle herauszupicken, die ihn wirklich interessierten. Seit sein Vater gestorben war, konnte Hendrik, der recht genügsam war, gut von seinem Erbe leben. Er war es, der mit diesem Geld die »Münchener Medienetage« gegründet hatte und auch die komplette Miete übernahm, beharrte aber gerade deswegen auf einem Zweierbüro, weil er keine Sonderrolle haben mochte.

»Okay«, fuhr Raffa fort und schüttelte belustigt den Kopf. »Wenn es nicht so traurig wäre, würde ich ja darüber lachen.

Aber dieser Grauert hat in einer Tour angewidert seinen Hund angeschaut. Die Vorstellung, dass er an dem Mädchen geknabbert hat, scheint die bislang glückliche Beziehung zwischen Hund und Herrchen empfindlich zu beeinträchtigen.«

»Wundert dich das?«, fragte Hendrik. »Ich würde danach auch nicht gerne von Waldi abgeschleckt werden.«

»Snickers.«

»Bitte?«, fragte Hendrik irritiert.

»Der Hund. Er heißt Snickers. Weil er so süß aussieht, vermutlich. Ich habe kurz überlegt, ob ich ihm erzählen soll, dass es sogar Fälle gibt, bei denen Hunde ihr totes Herrchen angefressen haben, mich dann aber doch zurückgehalten.«

»Raffael! Könntest du den Blödsinn bitte lassen?«, unterbrach Claudia das Geplänkel der beiden Männer.

»Was denn? Das habe ich gelesen, stimmt alles. Ein Berliner Rechtsmediziner hat das geschrieben.«

»Raffa, bitte«, sagte Claudia und blickte ihn streng an. Raffael erinnerte sie tatsächlich an einen jungen Hund: Er war verspielt, tapsig und ungestüm. Aber im Gegensatz zu Hunden konnte man Männer, die nicht erwachsen werden wollten, nicht in die Hundeschule bringen, um ihnen die Flausen auszutreiben.

»Okay, okay. Schon gut. Also: Der Leichenfund war reiner Zufall. Der Mann geht jeden Morgen dort mit Snickers Gassi, nachdem er seine Tochter zur Schule gebracht hat.«

»Er hat eine Tochter?« Claudia wurde hellhörig.

»Ja. Sie geht auf die Grundschule des Ortes. Dort war ich auch schon. Die größte Grundschule Bayerns übrigens. Habt ihr das gewusst? Über 500 Schüler insgesamt. Hab ich gegoogelt, als ich auf dich gewartet habe.«

»Wie alt ist sie denn?«, unterbrach Claudia seinen Exkurs.

»Zweite Klasse. Ist aber schon acht. Sie ist später eingeschult worden. Wegen der seelischen Reife sei das besser, sagte er.«

Der Gerichtsmediziner hatte sich bei dem Alter des Kindes noch nicht festgelegt. Vielleicht war die Tochter des Mannes mit der Toten zur Schule gegangen, schoss es Claudia durch den Kopf. Vielleicht kannten sich die Mädchen. Das musste sie überprüfen. Rasch machte sie sich eine Notiz.

»Was hat er sonst gesagt?«

»Nichts von Belang. Er stand unter Schock, glaube ich. Er wohnt schon lange im Ort und kann nicht begreifen, dass dort jemand einen Mord verübt hat. Er erzählte auch von einem anderen Fall, der sich ganz in der Nähe abgespielt haben muss. Das hat ihm wohl Angst gemacht.«

»Ach, ich weiß, welchen Fall er meint«, meldete sich Hendrik zu Wort. »Das war ein echtes Familiendrama damals. Ein Mann war in der Nacht in eine Wohnung eingedrungen und hatte dort zwei Kinder in ihrem Kinderzimmer umgebracht. Furchtbar. Der Prozess ging zu Ende, kurz bevor du zu uns gestoßen bist, Claudia. Ich habe damals für ein Magazin über den Fall berichtet. Es gab DNA-Spuren, sogar an der Leiche. Trotzdem leugnete der Beschuldigte. Ich werde nie dieses Lächeln vergessen, mit dem er den Abschlussplädoyers gefolgt ist, so sicher war er, ungestraft davonzukommen. Aber es hat ihm nichts genutzt: Er wurde zu einer lebenslangen Haftstrafe verurteilt.«

»Also kein Zusammenhang zu unserem Mordfall?«, fragte Claudia nach.

»Nein, ganz sicher nicht. Das Mordmotiv damals war Gier. Der Mann hatte vier Kinder, ein fünftes war unterwegs, und sie hatten gerade gebaut. Er hatte massive Geldsorgen. Die Eltern hatten seiner Schwester für die Schneiderei, die im ersten Stock des Hauses untergebracht war, Geld geliehen. Der Laden lief erstaunlich gut, und er neidete seiner Schwester ihren Besitz. So wie der Tatort aussah, hatte er sie ursprünglich auch umbringen wollen, um es nach der Tat einer Verrückten oder Lebensmüden aussehen zu lassen. Das muss man sich mal vorstellen: Sie arbeitete unten an einem Dirndl, während er oben ihre Kinder massakrierte. Ein furchtbarer Fall.«

»Familien!«, pflichtete Raffa bei. »Was da alles unter der Oberfläche brodelt. Und dabei heißt es doch immer, Blut ist dicker als Wasser.«

»Manche sagen auch: Die Familie und die Sonne – je weiter weg, desto besser«, konterte Hendrik und lachte. Raffa schaute auf die Uhr.

»Brauchst du mich noch?«, fragte er.

»Schon gut. Du kannst gehen. Für den Moment brauche ich dich nicht, Raffa. Und jetzt ab zu deiner Juliane.«

Er grinste breit und rieb sich verlegen den Nacken.

»Okay. Wenn was ist, einfach ansimsen, ja?«

Claudias Nicken hatte er nicht mehr sehen können, so schnell war er zur Türe hinaus.

»Wow! Was ist denn mit Raffa los?«, fragte Hendrik.

»Verliebt, schätze ich. Bis über beide Ohren. Sie mag seine humorige Art. Deshalb kommt er jetzt überhaupt nicht mehr auf den Teppich.«

»Das habe ich gemerkt«, brummelte Hendrik. »Ich hoffe nur, er hat dem Zeugen nicht doch die Geschichte mit dem Hund erzählt.«

»Ach, das würde er doch nie tun. Er tut immer so rüpelhaft, aber im Grunde ist er total gutmütig.«

Und seine Art hatte sie für einen Moment von der Bitternis des Falls abgelenkt. Ihr Blick fiel wieder auf die Pinnwand. Das Mädchen. Wo war es wohl zur Schule gegangen? War es beliebt gewesen? Sportlich? Klug?

Claudia beschloss, einen Termin in der Schule zu machen. »Ich denke, ich sollte mit der Recherche bei den Schulen anfangen. Was meinst du, Hendrik?«

»Willst du nicht erst einmal warten, was der Polizei gemeldet wird? Immerhin ist sie erst vor ein paar Stunden gefunden worden.«

Claudia antwortete nicht, sah nur unverwandt auf die Pinnwand.

»Ich verstehe«, fuhr Hendrik nachdenklich fort. »Wenn das so ist, dann könntest du noch bei Spielplätzen und Jugendheimen schauen. Oder bei Sportvereinen.«

Dankbar blickte Claudia ihn an. Er war einfach Gold wert, dieser Mann: Den Sportplatz hatte sie passiert, als sie zu dem Fundort fuhr. Und dort würde sie auch am Nachmittag Menschen antreffen.

»Gute Idee. Da fange ich an!«, sagte sie lächelnd.

»Aber erst mal isst du dein Brötchen, Claudia. Das ist schon total aufgeweicht.« Er deutete grinsend auf die Tüte, die an einer Seite vom Fett ganz durchsichtig geworden war.

»Igitt!« Sie pfefferte die Tüte in den Mülleimer. »Ich glaube, ich besorge mir auf dem Weg dahin was Neues.«

»Oder wir essen zusammen im Kaimug was Ordentliches. Da waren wir schon lange nicht mehr.«

»Vor zwei Tagen, Hendrik. Sehr lange«, antwortete sie lächelnd. »Trotzdem ist Thailändisch eine tolle Idee. Eine Suppe tut mir bestimmt gut. Frag doch schon mal die anderen, ob jemand mit möchte. Ich drucke mir gerade noch einen zweiten Satz von den Fotos aus. Für zu Hause.«

»Kommst du nicht mehr zurück? Ist das nicht eilig?«

»Schon. Aber ich möchte mich noch einmal in dem Städtchen umschauen, in dem es passiert ist. Ein wenig nachhorchen, was dort inzwischen so geredet wird. In dem Getratsche verbirgt sich oft ein Körnchen Wahrheit. Außerdem will ich noch einmal zum Fundort. Wenn die Spurensicherung fertig ist, sieht es dort immer ganz anders aus. Vielleicht habe ich irgendetwas übersehen.« Oder vielleicht musste sie einfach noch einmal dorthin. Um ihrer selbst willen, fügte sie in Gedanken hinzu. Sie machte sich an ihrem Computer zu schaffen und zuckte zusammen, als Hendrik ihr die Hand auf die Schulter legte.

»Alles in Ordnung mit dir?«

»Wieso?«, fragte Claudia irritiert.

»Man beantwortet Fragen zwar eigentlich nicht mit einer Gegenfrage, aber du bist heute irgendwie anders.« Er deutete mit dem Finger auf den Mülleimer. »Es ist das erste Mal, seit ich dich kenne, dass du etwas Essbares einfach vergisst. Wenn du reden willst …«

Claudia zuckte mit den Schultern. Hendrik war ein guter Beobachter.

»Ach, das war reiner Zufall«, sagte sie betont munter. »Aber danke für die Nachfrage. Wenn es etwas gibt, komme ich gerne darauf zurück.«

»Das kannst du jederzeit.«

Rasch wandte sich Claudia wieder ihren Unterlagen zu. Bevor sie sich unter Hendriks prüfendem Blick doch noch verriet.

4.

Claudia war froh, endlich aus ihren nassen Schuhen zu kommen, und bog ihre schmerzenden Fußsohlen hin und her. Sie nahm sich einen grünen Apfel und biss hungrig hinein. Dann schnalzte sie kurz, aber als sich nichts in der Wohnung rührte, beschloss sie, sich erst einmal ein Bad zu gönnen. Für sie war das einer der besten Wege, sich zu entspannen und die Erlebnisse eines turbulenten Tages regelrecht von sich zu waschen.

Auf dem Weg ins Badezimmer zog sie bereits ihre Hose aus, die an dem schlammigen Ufer am Saum dreckig geworden war, und warf sie ebenso wie ihr verschwitztes T-Shirt in die Wäschetonne. Sie hatte ein weiteres Mal den Weiher umrundet, sich dabei ihre Sneakers im Morast ruiniert und war danach noch einmal das gesamte Gebiet abgelaufen, um nach Hinweisen zu suchen. Fehlanzeige. Sie drehte den Hahn auf und stellte die Temperatur auf vierzig Grad ein. Sie fröstelte schon den ganzen Tag. Dann träufelte sie etwas von dem Badeöl mit Aprikosenduft hinein. Bis die Wanne voll war, konnte sie noch einmal kurz Drews anrufen. In einer Stunde würde die Abendausgabe mit ihrem Artikel erscheinen, den sie direkt am Tatort auf ihrem Laptop geschrieben hatte. Danach würde bei der Kripo sicher das Telefon mit Hinweisen heiß laufen, aber jetzt konnte sie ohne weiteres noch einmal fragen, ob er irgendwelche Neuigkeiten hatte.

»Hallo, Steffen, ich bin's. Wie kommt ihr voran? Habt ihr schon herausgefunden, wer sie ist?«

»Nein. Bisher nicht. Aber wenn wir sie identifiziert hätten, wärst du die Erste gewesen, die ich angerufen hätte.« Mit sanfter Stimme setzte er hinzu: »Das weißt du doch.«

Dann schwieg er. Die bedeutsame Stille machte sie ganz kribbelig. Würde das jetzt immer so bleiben, wenn sie miteinander sprachen? Sie hatte keine Ahnung, wie sie darauf reagieren sollte, deshalb zog sie es vor zu schweigen, bis er nach einer gefühlten Ewigkeit die Stille durchbrach.

»Wir waren an den Schulen, haben in der Stadt alle möglichen Leute befragt, aber niemand kommt das Gesicht bekannt vor. Allerdings sind alle total aus dem Häuschen und befürchten, dass ihre eigenen Kinder als Nächstes dran sind. Die Gerüchteküche brodelt mächtig.«

»Ist mir auch aufgefallen. Das hat sich wie ein Lauffeuer verbreitet. Kein Wunder: In der Stadt gibt es jede Menge Kinder. Da beunruhigt ein Mord an einem kleinen Mädchen natürlich die Bewohner.«

»Du warst noch mal am Tatort? Hättest ruhig Bescheid geben können, dann …«

»Ich wollte dich nicht stören. Ich meine euch. Ich meine … Du hast doch alle Hände voll zu tun, dachte ich.« Claudia versuchte sich zu konzentrieren und bohrte ihren Zeh fest in den Teppich. Was meinte sie eigentlich? Sie war sonst nie um Worte verlegen und konnte sich gerade mit Steffen ausgesprochen gut unterhalten. Zumindest bis zu dem Zeitpunkt, als er begonnen hatte, ihr Avancen zu machen. Sie musste sich zusammenreißen, versuchen, trotz der offensichtlichen gefühlsmäßigen Verwicklungen professionell mit ihm zu arbeiten. Sonst hätte sie am Morgen den Auftrag strikt ablehnen müssen.

»Sorry, ich bin es einfach noch nicht gewöhnt, so eng mit jemandem zu arbeiten. Seit Jahren bin ich solo unterwegs, stimme mich nie mit jemandem ab und habe allenfalls mal Raffa dabei für die Fotos. Außerdem kann es durchaus nützlich sein, wenn wir getrennt voneinander recherchieren.« Als er nicht antwortete, fügte sie rasch hinzu: »Bei euren Befragungen sind die Menschen doch gleich in Habtachtstellung. Gerade bei einem Mordfall. Der Presse gegenüber sind sie weit redseliger, wenn sie die Hoffnung haben, am nächsten Tag in der Zeitung zu stehen. Das sollten wir vielleicht ausnutzen und uns anschließend austauschen.« Sie atmete auf. Es ging ja doch. Dann fuhr sie fort: »Ich war bei der Sporthalle. Fehlanzeige. Alle waren nur aufgeregt, stellten neugierige Fragen. Erfahren habe ich eigentlich nichts Interessantes. Kurz habe ich gedacht, in dem zugehörigen Vereinslokal auf etwas gestoßen zu sein. Die Besitzerin hatte am Vortag einen Rucksack gefunden, der wohl stehengeblieben war. Ich hatte gehofft, es wäre ein Hinweis, aber leider enthielt er nur Sportsachen. Und eine Buskarte. Von einem Paul Schmidt. Schätze, der hat den tatsächlich nach dem Sport schlicht und einfach vergessen.«

»Paul Schmidt, sagst du?« Sie hörte ihn tippen. »Wir überprüfen das. Heute waren wir an der Schule. Leider ohne Erfolg. Wir zeigen morgen den Lehrern noch einmal das retuschierte Leichenfoto, obwohl ich keine große Hoffnung habe, dass dabei etwas herauskommt. Die fehlenden Schüler waren alle daheim. Glücklicherweise gesund und munter. Für morgen Nachmittag haben wir ohnehin alle Trainer und ihre Mannschaften einbestellt, die gestern dort waren. Vielleicht hat von denen doch jemand etwas Auffälliges bemerkt, wenn man noch einmal genau nachhorcht.«

»Prima. Ich wollte morgen mal zu der Reismühle fahren. Auf der anderen Seite der Würm. Da gibt es ein Fitnessstudio. Und ein Künstleratelier, habe ich heute gesehen.«

»Wissen wir.«

Claudia hob die Augenbraue. Logisch: Er und sein Team hatten natürlich längst das Terrain gesichtet. Aber vielleicht sah sie etwas, was ihnen entgangen war. Oder umgekehrt.

»Mein Artikel kommt nachher in der Abendausgabe. Ich

bin gespannt, ob sich darauf hin jemand meldet. Meinst du eigentlich, das Mädchen kommt von hier?«

»Ich möchte mich da noch nicht festlegen. Warum fragst du?«

»Ihre Kleidung. Als ich heute in der Stadt unterwegs war, ist mir aufgefallen, wie gut die Kinder dort gekleidet sind. Das Kleid, das sie trug, war viel zu klein. Natürlich war es völlig durchnässt, aber es wirkte auf mich irgendwie alt. Das passt dort gar nicht hin.«

Sie hörte, wie Drews sich etwas notierte.

»Ist dir sonst noch etwas aufgefallen?«, fragte er.

Sie seufzte. »Leider nicht. Aber wenn mir etwas Ungewöhnliches in den Sinn kommt, melde ich mich natürlich.«

»Zu jeder Tages- und Nachtzeit.«

Sie lächelte. Das glaubte sie ihm aufs Wort. Aber sie würde sich hüten, darauf einzugehen. Stattdessen fragte sie: »Bleibt es bei unserem Treffen morgen?«

»Gut, dass du das ansprichst. Hätte ich beinahe vergessen. Es gibt nur eine kleine Programmänderung.«

Sie war gespannt, welche Überraschung er dieses Mal für sie vorgesehen hatte.

»Könntest du mich wohl bei der Gerichtsmedizin abholen? Ich weiß, dass ich versprochen hatte, in dein Büro zu kommen, aber ich befürchte, das frisst zu viel Zeit.«

Sie nickte. Natürlich. Er stand unter Druck, musste die gesamten Ermittlungen koordinieren. Und so konnte er einem Treffen mit Hendrik aus dem Weg gehen.

»Claudia, bist du noch dran?«

»Entschuldige. Ja, ich bin noch dran, und klar, ich komme hin.« Wenn sie schon dort war, dann könnte sie Buttler selbst anschließend vielleicht noch einige Fragen stellen, falls ihr Drews' Informationen nicht ausreichten.

»Wunderbar. Bis morgen dann!«

»Bis morgen!«

Sie wollte gerade auflegen, da hörte sie noch ein »Claudia?«

»Ja?«

»Ich bin froh, dass du dabei bist. Ich …«

Claudia schüttelte den Kopf. Er gab einfach nicht auf. Aber anders als sie vermutete, sagte er: »Ich glaube, das wird ein ganz großes Ding.«

»Inwiefern?«

»Kann ich noch nicht sagen. Die Idee kam mir vorhin, während du erzählt hast. Vielleicht täusche ich mich ja. Erst will ich wissen, was Buttler sagt. Und natürlich, was du über den Fall denkst.«

»In Ordnung.« Ihr fiel siedend heiß ihr Badewasser ein. Sicher lief die Wanne schon fast über. »Ich muss jetzt Schluss machen. Bis morgen, Steffen!«

Nachdem sie gebadet hatte, zog Claudia zwei Paar Baumwollsocken übereinander, weil ihre Füße selbst im Hochsommer immer kalt waren. Dann kuschelte sie sich im Schlafanzug auf die Couch, wo sich sofort ein grau getigertes Wollknäuel auf ihre Füße setzte.

»Da bist du ja endlich. Ich dachte schon, du hättest mich satt und wärst einfach ausgezogen.« Sie kraulte ihn am Hals, und sofort begann der Kater zu schnurren. Sie hatte ihn vor einigen Wochen in einem Gebüsch im Park gefunden. An einer Vorderpfote schleppte er einen Fellfetzen hinter sich her, eine eitrige Wunde zog sich über den Lauf, der obendrein gebrochen schien. Da es in dem Park weit und breit keine Autos gab, mutmaßte Claudia, dass das Geschöpf das Opfer von Tierquälern geworden war. Sie hatte es behutsam auf den Arm genommen und zu einem Tierarzt gefahren. Während der Untersuchung hatte der Kater unablässig ihre Hand geleckt, so als würde er seine Dankbarkeit auf diese Weise zeigen wollen. Die Wunde war so stark infiziert, dass die Ärztin schließlich das Bein amputieren musste, um das Überleben des Tieres zu sichern. Sie hatte den Kater auch gleich in Obhut genommen, weil er weder tätowiert noch gechipt war. Als sich jedoch niemand meldete, der ihn vermisste, hatte die Ärztin schließlich Claudia angerufen und gefragt, ob sie vielleicht bereit wäre, ihn bei sich aufzunehmen. Claudia hatte nie ein eigenes Haustier gehabt. Da das Schicksal sie in jener Nacht zusammengeführt hatte und ihr die Ärztin recht nüchtern die geringen Vermittlungschancen eines gehandicapten Katers vor Augen geführt hatte, willigte sie schließlich ein. Sie taufte ihn schlicht »Dreibein« und hatte sich schnell an seine Gesellschaft gewöhnt. Er war ein Einzelgänger genau wie sie.

Nachdem sie den Kater ausgiebig gekrault hatte, bekam Claudia Lust auf ein Glas Rotwein. Sie hatte es sich zur Gewohnheit gemacht, keinen Alkohol zu trinken, wenn sie sich nicht gut fühlte. Deshalb gab sie ihren Gelüsten nicht nach, sondern machte sich stattdessen eine Tasse Kakao. Der war ebenso gut für die Seele.

Sie zog die Mappe mit den Bildern zu sich heran und breitete sie vor sich aus. Wieder spürte sie einen Kloß im Hals.

Sie nahm ein Foto in die Hand und fuhr mit dem Finger die Narbe auf dem Handrücken des Mädchens nach. Länglich und ein wenig gekrümmt. Was ihr da wohl passiert war? Was löste solche großen Narben aus? Ein Schlag sicher nicht. Ein Schnitt? Sie würde Buttler danach fragen.

Dann betrachtete sie noch einmal die Bilder der Leiche. Das Blau des Kleides war völlig ausgewaschen. Ein Knopf fehlte. Das T-Shirt, das sie unter dem Kleid trug, hatte zu kurze Ärmel. Es sah aus, als hätte dieses Kleid schon ein paar Jahre auf dem Buckel. Entweder hatte sie es schon lange an oder hatte es auftragen müssen. Von einer älteren Schwester. Oder aus der Altkleidersammlung.

Sie machte sich Notizen. Gab es in dem Ort eine Tafel? Einen Ort, wo man Kleiderspenden bekam? Schon die Decke aus billigem Polyacryl hatte Claudia annehmen lassen, dass das Kind zuletzt in keinem besonders wohlhabenden Haus gewohnt hatte. Sie wollte nicht voreingenommen sein, aber einiges ließ darauf schließen: der schlechte Haarschnitt, die Kleidung, alles, was das Mädchen bei sich trug. Selbst der Sonnenschirmständer war ramponiert und verrostet. Sie notierte, dass sie Drews noch einmal fragen musste, ob es bereits Erkenntnisse über die Marken gab. Vielleicht konnten sie dadurch den Herkunftsort des Kinds einengen.

Als Nächstes wollte sie sich eine Lupe holen, um sich die Hautabschürfungen an Armen und Beinen ganz genau anzuschauen. Als sie die Schublade zuschob, fiel ihr Blick auf das darüberliegende Bücherregal. Sie hob die Hand, strich behutsam mit dem Finger über den Rücken eines Fotoalbums. Zögernd zog sie es ein Stück hervor, hielt dann aber in der Bewegung inne. Nein, lass das, ermahnte sie sich. Das bringt nichts. Resolut schob sie das Album wieder zurück und machte Musik an, bevor sie die Fotos genauer untersuchte. Sie wählte Metallica. James Hetfield sang mit seiner Reibeisenstimme:

»Hush little baby don't say a word
And never mind that noise you heard
It's just the beasts under your bed
In your closet in your head.«

5.

Obwohl der Juni bisher mit sonnigem Wetter aufgewartet hatte, waren die Temperaturen über Nacht erneut unter die Zehn-Grad-Grenze gesunken, und es war empfindlich kalt an diesem Morgen. Zu allem Überfluss begann es auch noch zu nieseln. Claudia stülpte die Kapuze ihres grünen Parkas über ihren Kopf und zog den Reißverschluss so hoch es ging. Sie ärgerte sich, dass sie am Telefon keine konkrete Uhrzeit vereinbart hatten. In der Annahme, dass Drews nach einer knappen Stunde fertig sein würde, war sie etwas früher vor Ort, um den Kommissar nicht warten zu lassen. Nun stand sie bereits seit einer halben Stunde vor dem Institut für Rechtsmedizin und lief ungeduldig auf der Nußbaumstraße auf und ab. Neidvoll beobachtete sie, wie der Mensch in dem Wachhäuschen eine dampfende Flüssigkeit aus seiner Thermoskanne in eine Tasse schüttete. Schließlich zog sie ihr Smartphone heraus und rief Steffen Drews an.

»Hallo, Steffen, sorry, dass ich euch störe, aber weißt du ungefähr, wie lange es noch dauern wird, bis du so weit bist? Ich warte schon eine Weile hier draußen, und es ist verdammt kalt heute Morgen.«

»Du bist schon da? Das ist ja noch besser. Warte mal kurz …«

Sie hörte, wie der Hörer zugehalten wurde und vernahm im Hintergrund dumpfe Stimmen.

»Henry, komm schon … Claudia packt das. Die ist tough.« An sie gerichtet fuhr er fort: »Buttler sagt, du kannst dabei sein, wenn du versprichst, nur Gutes über ihn zu schreiben. Ich hol dich unten ab.«

Sie hörte im Hintergrund eine Stimme protestieren, aber bevor sie antworten konnte, hatte Drews das Telefonat bereits beendet. Wenn er unter Stress stand, verhielt sich Steffen manchmal wie ein Elefant im Porzellanladen. Sie hoffte, dass Buttler nicht sauer war. Er war ein wichtiger Informant, und sie hatte noch nicht oft mit ihm zu tun gehabt.

Als sie die Treppenstufen hochging, war ihr mit einem Mal mulmig zumute. Der Anblick von toten Menschen war ihr nicht gleichgültig, aber sie hatte schon in jungen Jahren lernen müssen, dabei eine gewisse Distanz zu wahren. Bei einer rechtsmedizinischen Untersuchung war sie bisher jedoch noch nie anwesend gewesen. Dokumentationen über Operationen zappte sie immer schleunigst weg. Andererseits wollte sie vor den beiden Männern nicht als zimperlich gelten, erst recht, nachdem Buttler offenbar nicht erfreut über Drews' Vorschlag gewesen war.

Sie musste es positiv sehen: So hatte sie die Ergebnisse der Obduktion aus erster Hand und konnte Buttler gleich ihre Fragen stellen. Claudia straffte die Schultern und trat beherzt auf Drews zu, der ihr lächelnd die Tür aufhielt. Er trug eine schwarzrandige Brille, die Claudia zuvor noch nicht an ihm gesehen hatte, die ihm aber ein smartes Aussehen verlieh.

Er bemerkte ihren Blick und zwinkerte ihr zu. »Macht mich klüger, oder?«

Attraktiver wäre treffender gewesen. Claudia zog es aber vor, das für sich zu behalten. Sie hatte schon immer eine Schwäche für kluge Männer gehabt.

»Was habt ihr denn bisher herausgefunden?«, fragte Claudia, um das Gespräch auf eine sachliche Ebene zu bringen, und versuchte mit dem Kommissar Schritt zu halten, wozu sie in einen leichten Trab fallen musste.

»Einige Untersuchungsergebnisse kriegen wir erst im Laufe

des Tages. Aber ein paar Neuigkeiten gibt es doch schon: Zunächst zum Alter. Buttler schätzt das Mädchen aufgrund der radiologischen Befunde und der Zahnstruktur nun eher auf neun Jahre, obwohl es äußerlich jünger erscheint. Sie ist sehr klein und schmächtig für ihr Alter und wirkte auf ihn deshalb zunächst eher jünger.«

Die Grundschule hatte Drews bereits überprüft. Im Kopf fügte Claudia zu ihrer Befragungsliste jetzt die Spielplätze des Ortes hinzu. Vielleicht kannte man das Mädchen dort.

»Sie brachte nur knapp über zwanzig Kilo auf die Waage, was verdammt wenig für dieses Alter ist. Vermutlich ist sie aufgrund einer schlechten Ernährungssituation entwicklungsverzögert.«

Drews hielt ihr eine Glastür auf und führte sie eine Treppe hinunter.

Claudia nickte. »Das passt genau zu ihrem sonstigen Erscheinungsbild. Ich habe mir gestern die Bilder noch einmal genau angesehen. Sie wirkte verwahrlost. Meinst du, sie wurde entführt?«

In Claudias Kopf erschienen sofort Bilder von engen Kellerräumen, in denen Entführer ihre Opfer jahrelang festhielten. Sie versuchte sich wieder auf das Geschehen zu konzentrieren, denn sie musste sich hüten, voreilige Schlüsse zu ziehen.

Drews fuhr fort: »Sie hat ein lückenloses Gebiss, offenbar keine zahnärztliche Behandlung oder kieferorthopädische Korrektur. Die Zahnhygiene war zweifellos vernachlässigt, passt also, dass das Mädchen vernachlässigt wurde. Die Narbe an der rechten Hand ist älter und stammt von einer Verbrennung. Womöglich mit einem Bügeleisen, meint Buttler.«

Claudia strich diesen Punkt von der Liste der Fragen, die sie Buttler noch stellen wollte. Ein Bügeleisen konnte durchaus auch auf eine Frau als Täterin hindeuten. Und auf die Möglichkeit von häuslicher Gewalt.

»Ansonsten hat Buttler oberflächlich ein paar stumpfe Verletzungen und Schürfwunden festgestellt. Neben den frischen Hämatomen an den Armen und im Nacken gibt es auch noch welche unterschiedlichen Alters an den Armen und Beinen, am Brustkorb und im Gesicht.«

Claudia ballte die Faust in ihrer Jackentasche.

»Ihr Arm war ebenfalls mal gebrochen. Ist aber schon eine Weile her. Der Bruch ist leicht schief verwachsen und wurde ganz sicher nicht behandelt. Buttler schätzt außerdem, dass sie nur circa sechs bis acht Stunden im Wasser gelegen hat. Den Eintritt des Todes kann er nicht genau bestimmen, vermutlich aber nicht mehr als zwei Tage zuvor.«

Bevor sie etwas fragen konnte, stoppte Drews vor einer Tür. »So, wir sind da. Nur damit das klar ist: Du kannst jederzeit rausgehen, wenn dir das zu viel wird, okay? Obduktionen sind nicht für jedes Gemüt geeignet.«

»Wirke ich so nervös oder was?«, entgegnete sie genervt.

»Na ja …«

»Was?«

»Deine Kapuze. Vielleicht solltest du die doch runternehmen, bevor wir reingehen.«

Drews schob die Tür zu dem weiß gekachelten Raum auf, in dessen Mitte Buttler in einem blauen Kittel an dem großen Metalltisch stand, auf dem die geöffnete Leiche lag. Der Verwesungsgeruch stieg ihr in die Nase, aber noch intensiver roch es nach Reinigungsmitteln. Das Gemisch raubte ihr den Atem, und sofort begann sie, durch den Mund zu atmen. Diese Technik hatte sie sich gleich zu Beginn ihrer Tätigkeit als Polizeireporterin angeeignet, denn die Gerüche an Tatorten waren oftmals unangenehm. Sie fragte sich, wer freiwillig jeden Tag an einem solchen Ort arbeiten wollte, und erwog, ein Portrait über die Putzkolonne des Instituts zu schreiben.

Buttler hob seine ebenfalls blau behandschuhte Hand zum

Gruß. »Guten Morgen, Frau Brandes! Auf das Händeschütteln verzichten Sie heute sicher lieber, oder?« Er grinste sie über seine halbe Brille hinweg an.

»Danke, dass ich Ihnen zusehen darf, Herr Buttler. Kommissar Drews hat Sie vorhin mit seinem Anliegen ja ziemlich überfallen.«

Buttler lachte. »So kennen wir ihn! Und wo wir gerade dabei sind: Dass Sie nur Gutes über mich schreiben sollen, war Kommissar Drews Erfindung. Obwohl es natürlich nett wäre, wenn wir Rechtsmediziner in den Medien nicht immer als verschrobene, seltsame Menschen dargestellt würden. Ich bin Wissenschaftler, kein Freak. Für mich sind die Toten Anschauungsobjekte, aus denen ich Erkenntnisse ziehe und hoffe, etwas zur Verbrechensaufklärung beitragen zu können. Wobei ich es als Vorteil erachte, dass sie in der Regel nicht besonders viel schwätzen.«

Die beiden Männer lachten. Claudia, die sich in dem nüchternen, weiß gekachelten Raum nicht recht wohlgefühlt hatte, spürte, wie sie sich langsam entspannte. Sie hatte sich die ganze Prozedur, vor allem aber Buttler hier in Aktion völlig anders vorgestellt. Zugegebenermaßen fand sie die Beschäftigung mit Leichen tatsächlich etwas verschroben, aber sein Humor gefiel ihr. Er war Mitte fünfzig, nicht viel größer als sie und hatte eine athletische Statur. Sie tippte, dass er gerne Joggen ging, vielleicht lief er sogar Marathon.

Als sie ihn interessiert musterte, nahm er gerade eine Schere vom Instrumententisch und tat irgendetwas im Körper des Mädchens. Das war eher das Bild, mit dem sie gerechnet hatte. Claudia vermied es, den Blick auf die Leiche zu richten. Stattdessen sah sie sich in dem Raum um. Ihr Blick fiel auf eine Säge, von der sie gar nicht genau wissen wollte, wozu die gut war.

»Ich beginne jetzt mit der Untersuchung der inneren Organe.«

Claudia spürte, wie ihre Beine leicht zu zittern begannen. Da sie die Augen nicht zumachen konnte, ohne sich eine Blöße zu geben, guckte sie auf die grüne Tafel, die hinter dem Gerichtsmediziner an der Wand hing.

»Interessant«, sagte Buttler.

Claudia beobachtete sein Gesicht. Seine Bemerkung, das Mädchen sei nur ein Anschauungsobjekt, hatte ihr im ersten Moment geholfen, in der fremden Situation ruhig zu bleiben. Genauso spürte sie jetzt, wie sich Buttlers Spannung auf sie übertrug. Sie schaute Drews an, der den Zeigefinger auf die Lippen legte. Er hätte es ihr nicht zu signalisieren brauchen, sie hätte es nicht gewagt, den konzentriert arbeitenden Mediziner zu stören. Sein Hinweis auf das Schweigen der Toten war deutlich genug gewesen. Er entnahm verschiedene Organe und legte sie in die Schale neben sich. Claudia zählte die Wörter, die auf der Tafel standen, um sich abzulenken. Es waren acht. Schädel war das letzte Wort. Sie musste sich ablenken und begann zu buchstabieren: H, I, R, N. Hirn. H, E, R, Z und so weiter.

Nach einer Weile, die sie stumm miteinander in dem Raum verbracht hatten, zog Buttler an seinen Handschuhen, die einen schnalzenden Laut von sich gaben.

»Ich kann offen gestanden nicht sagen, ob wir es hier mit einem Mord zu tun haben.«

Claudia schaute Buttler erstaunt an.

»Ich konnte keine Verletzung feststellen, die den Tod verursacht hätte. Ich muss zwar noch einige Proben untersuchen, ob Medikamente oder Drogen im Spiel waren. Das Kind hatte eine schwere Bronchitis. Aufgrund des verkorksten Wetters im Mai durchaus denkbar, dass sie sich da etwas zugezogen hat, denn sie lief vor allem barfuß und hat schon länger keine Schuhe mehr getragen.«

»Sie ist also nicht ertränkt worden?«

Buttler schüttelte den Kopf und nahm seine Brille ab.

»Definitiv nicht. Sie war bereits tot, als sie in das Wasser gelegt wurde.«

»Und wie ist sie dann gestorben?«, fragte Drews.

»Ich will mich noch nicht festlegen, aber aufgrund einiger unspezifischer Befunde wie dem allgemeinen Blutstau, einem Lungenödem und einigen fleckenförmigen Blutungen an der Magenschleimhaut würde ich sagen, dass das Kind an einem Hitzschlag gestorben ist.«

»Aber warum legt man sie dann in einen Weiher?«, fragte Claudia.

»Vertuschung«, antwortete Buttler. »Vielleicht hatten die Eltern Angst, man könnte sie wegen Vernachlässigung belangen. Wenn sie das Kind in der prallen Sonne im Auto vergessen haben, trifft sie natürlich die Schuld am Tod des Kindes.«

Wieder sah Buttler nachdenklich auf die Leiche des Mädchens herab.

»Was ist?«

»Ich habe das Gefühl, dass das Kind nicht von hier stammt. Bevor ich mich darauf festlege, würde ich gerne anhand von Haar- und Nagelproben eine Isotopenanalyse durchführen.«

»Die dauert doch ewig! Kannst du mir nicht irgendeinen Hinweis geben?«, fragte Drews ungeduldig, der bereits wieder mit seinem Smartphone beschäftigt war. »Du weißt, wir stehen unter Druck. Alles, was uns hinsichtlich ihrer Identität weiterbringen könnte, muss getan werden. Andererseits sollten wir schnell Ermittlungserfolge aufweisen.«

»Ich kann nicht sagen, ob es was bringt. Vielleicht aber doch.«

»Was genau hoffen Sie mit dieser Untersuchungsmethode herauszufinden?«, fragte Claudia neugierig.

»Mit der Isotopenmethode kann man die geographische Herkunft unbekannter Toter ermitteln. Jeder Mensch nimmt durch die Nahrung, Getränke und andere Faktoren auch die Isotope seiner Umwelt auf. Die Häufigkeitsverhältnisse dieser

Elemente unterscheiden sich regional sehr stark und sind beispielsweise vom jeweiligen Klima sowie von der Geologie abhängig. Das können wir anhand der menschlichen Gewebe ableiten. Aber auch chemisch gleiche Medikamente weisen isotopenanalytisch Unterschiede auf.«

»Das heißt, wenn das Mädchen gegen die Bronchitis Medikamente eingenommen hat, könnten Sie feststellen, woher diese stammen?«

»Genau. Wir arbeiten seit 2003 hier am Institut mit dieser Methode und konnten schon wichtige Beiträge zur Aufklärung mit derlei Gutachten erzielen.«

Claudia hätte gerne mehr darüber gewusst, hielt sich aber für den Moment zurück, weil sie merkte, dass Drews unruhig von einem Fuß auf den anderen trat.

»Du meinst, das Mädchen könnte aus dem Ausland stammen?«, fragte der Kommissar interessiert.

»Du weißt, ich äußere ungern Vermutungen. Lass uns abwarten, was die restlichen Untersuchungen ergeben. Ich mache jetzt noch den DNA-Abgleich und schaue, ob dem Mädchen Tabletten oder Drogen verabreicht wurden. Das wisst ihr heute Abend. Die anderen Ergebnisse dauern leider länger – im besten Fall zwei Wochen, es könnten aber auch vier und mehr werden. Für heute halten wir fest, dass das Mädchen misshandelt und vernachlässigt wurde.«

»Und? Irgendwas hast du doch noch parat.« Drews schüttelte den Kopf, was offenbar mit der Nachricht zusammenhing, die er gerade gelesen hatte.

»Ich habe das Gefühl, dass das Kind nicht da gestorben ist, wo wir es gefunden haben. Es gibt diese Abschürfungen an den Fersen, so als wäre ihre Leiche über unebenen Untergrund gezogen worden. Nachdem sie gestorben ist.«

Claudia horchte auf. Sie hatte genau dasselbe empfunden, als sie an dem Weiher stand: Es hatte sich so ruhig dort angefühlt. Keine Spur von Aggression in der Luft

»Wie kommen Sie darauf?«, fragte sie.

»Keine Ahnung. Es ist so ein Gefühl. Die Art, wie wir sie gefunden haben. Wäre sie dort gestorben, wäre es doch das Einfachste gewesen, sie liegen zu lassen, es wie einen Unfall aussehen zu lassen. Als wäre sie einfach auf dem nassen Gras abgerutscht und ertrunken. Aber man hat es direkt wie einen Mord aussehen lassen. Wenn der Verantwortliche sie noch transportiert hat, machte es natürlich Sinn, sie nicht einfach ins Auto zu legen, sondern die Leiche zu verdecken.«

Claudia nickte.

»Der Täter wollte einfach nicht, dass wir sie so schnell finden«, argumentierte Drews. »Deshalb hat er den Sonnenschirmständer zum Beschweren nutzen wollen. Wäre der nicht abgerutscht, hätte sie vielleicht noch eine Weile unentdeckt im Wasser zwischen dem Schilf gelegen. Diese braune Polyesterdecke, in die der Täter sie eingepackt hatte, war die perfekte Tarnung in dem trüben Tümpelwasser. Und der Täter hätte Zeit gehabt, sich ganz in Ruhe aus dem Staub zu machen.«

»Wie dem auch sei. Das zu klären ist dein Job, Steffen. Ich mache meinen. Zeitdruck hin oder her, ich will mich nicht auf Vermutungen einlassen. Ich mache mich jetzt wieder an die Arbeit. Meinen Bericht bekommst du natürlich sofort. Und den Rest eben dann, sobald ich die Rückmeldung von allen Proben habe.«

»Okay. Ich wollte dir nicht zu nahe treten. Danke für deine Einschätzung, Henry. Wir hören uns.« Drews war schon an der Tür.

»Eins interessiert mich noch.« Claudia sah Buttler fest in seine braunen Augen. Er hatte schütteres graues Haar, schien aber jünger zu sein, als sie zunächst gedacht hatte. »Was denn, Frau Brandes?«

»Sie sprachen von Misshandlung. Gibt es auch Anzeichen für sexuellen Missbrauch?«

»Sie wurde nicht defloriert. Das kann ich sagen. Verletzungen an den Genitalien konnte ich ebenfalls nicht feststellen.«

Claudia spürte, wie ihr vor lauter Dankbarkeit laut Luft entwich. Wenigstens das war der Kleinen erspart geblieben.

»Leider ist damit aber nicht ausgeschlossen, dass das Mädchen auch auf diese Art missbraucht wurde. Wenn der Täter die Zunge oder den Finger benutzt, hinterlässt das oft keine Spuren. Genauso wenig wie das Berühren, Reiben oder Küssen. Außer auf der Seele des Kindes.«

6.

Es hatte aufgehört zu regnen, aber noch immer hingen düstere graue Wolken schwer über der Stadt. Langsam ging Claudia zurück in Richtung Sendlinger Tor. Drews hatte es eilig gehabt. Es gab offenbar einen neuen Hinweis. Das verabredete Gespräch hatten sie daraufhin noch einmal verschoben, weil Claudia nicht mit seinem Dienstwagen mitfahren wollte. Sie musste erst einmal für sich sein, die Gedanken sortieren, die wild in ihrem Kopf rotierten. Sie wollte deshalb selbst mit dem Smart fahren, um noch Zeit zu gewinnen und schnell im Büro vorbeizuschauen, ob dort irgendwelche Hinweise eingegangen waren.

Claudia war froh, inmitten von Menschen zu sein, denn das triste Wetter und die bedrückende Stimmung in der Rechtsmedizin verdüsterten ihre Gedanken. Die Untersuchung hatte sie zurückkatapultiert in alte Zeiten. Sie kannte die erschreckenden Fakten zum Thema Misshandlungen. Jahr für Jahr wurden unzählige Kinder von ihren Eltern oder nahestehenden Personen mit Zigaretten verbrannt, mit Fäusten geschlagen oder so lange geschüttelt, bis sie lebenslange Behinderungen davontrugen. Die offiziellen Zahlen waren schockierend genug: Jährlich wurden 160 Kinder in Deutschland auf diese Art getötet. Die Dunkelziffer lag bei brutalen Übergriffen durch Erwachsene jedoch weitaus höher, wie hoch genau, darüber gab es nur vage Schätzungen. Bereits die doppelte Menge von Übergriffen hätte bedeutet, dass täglich über 500 Kinder zum Opfer einer Misshandlung wurden. Claudia rechnete: Das entsprach einer Schule mit 27 Klassen, also ungefähr der Größe der Grundschule in dieser Kleinstadt, in der sie Arielle gefunden hatten. Furchtbar. Sie schüttelte sich. Aber am meisten verabscheute sie diejenigen, die solche Taten nur Menschen aus einem sozial schlechten Milieu zuschrieben. Was definitiv zu kurz gegriffen war. Claudia schauderte. Sie wusste, dass sich die Monster in unserer Gesellschaft hinter harmlosen Masken verbargen und gerade deshalb so lange unentdeckt ihre Machenschaften betreiben konnten. Oft kannten sich Täter und Opfer: Es waren die Väter, die engsten Freunde und die lieben Onkel, die sich unbeobachtet an die Mädchen schmiegten, oder Mütter, die ihren Frust an den eigenen Kindern ausließen.

Während sie weiter in Richtung ihres Büros durch die Straßen lief, betrachtete sie die entgegenkommenden Passanten. Claudia konnte sich nicht dagegen wehren, sich zu fragen, ob dieser Mann, der dort gerade am Kiosk eine Zeitschrift kaufte, ein liebender Vater war oder ob er ein Kind im Keller versteckte. Oder diese Frau, die mit ihrem Handy am Ohr durch die Fußgängerzone eilte. Hatte sie ein Mädchen mit Medikamenten ruhiggestellt, damit sie ein paar Stunden in Ruhe shoppen konnte? Oder drängte sich der ältere Mann nachts ins Bett seiner Enkelin, wenn er den Eltern versprach, gut auf sie aufzupassen?

Claudia blieb schwer atmend stehen. Ihre Haut kribbelte. Sie wischte sich einmal mit beiden Händen über ihr Gesicht. Das war alles zu viel. Sie schloss kurz die Augen, steuerte dann eine Bäckerei an, kaufte sich einen Eistee und trank ihn hastig in riesigen Schlucken. Dann schüttelte sie sich und trat wieder auf die Straße hinaus. Sie durfte jetzt nicht durchdrehen. Das war vorbei. Sie hatte das alles hinter sich gelassen. Sie musste sich nur konzentrieren. Die Angst durfte keinesfalls die Oberhand gewinnen. Angst machte verletzlich. Und unaufmerksam. Claudia musste sie niederkämpfen, ihre Sinne schärfen.

Ihre Aufgabe war es herauszufinden, wer das Mädchen war. Ohne Identität hatte sie keine Geschichte, kein Zuhause, niemanden, der ihren Tod beweinte. Wenn es ihr gelang, ihre Herkunft zu ergründen, würde sie auch denjenigen finden, der für den Tod des Mädchens verantwortlich war. Sie würde dieses Schwein zur Strecke bringen.

Schon lange bemühte sie dafür nicht mehr ihre Augen. Seit ihrer Kindheit hatte sie feine Antennen für die latente Aggressivität, die von diesen Kerlen ausging. Mit den Jahren in ihrem Job hatte sie ihr Wissen erweitert und ihre Sinne geschärft. Sie musste im Grunde nur auf ihre Instinkte vertrauen. Dann würde sie ihn spüren.

Claudia straffte ihre Schultern und beschleunigte ihre Schritte. Erst würde sie die eingegangenen Nachrichten checken. Dann musste sie erneut ins Würmtal fahren, um vor Ort weiterzurecherchieren. Und dann wollte sie mit Drews sprechen, um das Bild des Täters komplett abzurunden. Damit sie den Raum eingrenzen konnte, wo sie nach ihm suchen musste.

Die Jagd hatte begonnen.

7.

Der neue Ordner, den Claudia in ihrem Mailbriefkasten angelegt hatte, war bereits mit einer Reihe von Nachrichten gefüllt. Es handelte sich um Hinweise aus der Bevölkerung, die auf ihre Bitte hin direkt aus der Redaktion an sie weitergeleitet wurden. Eine Vielzahl von Menschen vermutete, das Mädchen könne zu einem der Bewohner des neuen Asylantenheims gehören, das erst vor wenigen Monaten in der Kleinstadt eingerichtet worden war. Wie überall in Bayern nahmen die Zahlen der Zuwanderer täglich zu. Claudia wunderte es nicht, dass die Menschen dort den Schuldigen suchten. Es war ein Wunsch aus dem tiefen Inneren, es möge ein Fremder sein, der solche Dinge tat. Nicht der Nachbar oder der Arbeitskollege. Seufzend las sie die letzte Mail. Eindeutig erkannt hatte das Mädchen bislang niemand. Unglaublich. Sie hätte nie damit gerechnet, dass sie so lange nach der Identität des Mädchens suchen würden. Claudia schrieb eine kurze Nachricht an Drews, damit er auf dem Laufenden blieb.

Anschließend setzte sie sich in ihren Smart und fuhr erneut über die Autobahn Richtung Würmtal. Der Weiher ließ sie einfach nicht los. Es musste irgendeine Verbindung zu dem Opfer geben, der Ort war ihrer Ansicht nach nicht zufällig ausgewählt worden. Also versuchte sie sich in den Täter hineinzuversetzen, sich vorzustellen, was geschehen war: Hatte sie hier in der Sonne gespielt, bis nach einigen Stunden ihr Kreislauf von der Hitze kollabierte? Es gab kaum Schatten, aber so heiß war es in den letzten Tagen nicht gewesen. Woher hätte derjenige auch einen Sonnenschirm haben sollen? Diese Möglichkeit schied also aus. Hier draußen, nahe den Seen, war es zudem immer ein wenig kühler als in München. Oder hatte Buttler recht, und sie war von jemandem hier heruntergezerrt worden, der sie in die Decke packte und versuchte, ihre Leiche zu versenken. Damit er genug Zeit hatte, um weit weg von ihr zu sein. Hatte sie zuvor in einem glühend heißen Auto um ihr Leben gekämpft, geschrien, getreten? War alleine geblieben, in einen Dämmerzustand gefallen, weil niemand da gewesen war, um sie zu erlösen?

Nein. Das passte nicht hierher. In der Nähe des Sportplatzes waren zwar einige Parkplätze, aber gestern hatte sie hier am Tage Sportler, Wanderer und Menschen, die ihre Hunde ausführten, gesehen. Claudia verwarf den Gedanken. Das Mädchen hätte sich bemerkbar gemacht. Hier war es nicht einsam genug. Das wäre ganz sicher jemandem aufgefallen.

Sie ging die paar Schritte an den Rand des Weihers hinunter, hockte sich hin, legte die Hände auf die Erde. Dann schloss sie die Augen und blieb ganz still. Konzentrierte sich mit allen Sinnen auf die Umgebung. Nein. Sie fühlte nur Stille und Frieden an diesem Ort. Sie hatte diese Eingebungen öfter, sprach aber mit niemandem gerne darüber. Es war ja auch wirklich zu grotesk, und im Grunde hatte sie mit Aberglauben nichts am Hut.

Zum ersten Mal war ihr diese seltsame Form der Empathie aufgefallen, als sie ihre erste eigene Bleibe suchte: Oft hatte sie oberflächlich schöne Wohnungen abgelehnt, weil ihnen etwas Trauriges anhaftete. Claudia war überzeugt davon, dass die Bewohner dort, wo sie einmal gelebt hatten, eine gewisse Stimmung hinterließen. Wie ein Abdruck, nur nicht so deutlich. Aus diesem Grund war sie selbst nie mehr in dem Ort gewesen, an dem sie ihre Kindheit und Jugend verbracht hatte. Sie fürchtete sich vor dem, was sie dort vor Jahren zurückgelassen hatte.

Claudia entschied sich für einen kurzen Spaziergang über das Feld, abseits der Wege. Obwohl das Rauschen der Würm, die hinter dem Biotop floss, sicher viele Geräusche übertönt hätte, war überall in diesem Gebiet die Gefahr, auf frischer Tat ertappt zu werden, groß. Auch jetzt kamen wieder Spaziergänger den Weg entlang.

Das Gras, das nach den Untersuchungen der Spurensicherung überall geknickt war, hatte am Morgen zuvor vollkommen unberührt gewirkt. Nicht so, als hätte hier ein Kampf stattgefunden. Eher passte es zu Buttlers Vermutung: Jemand hatte hier oben angehalten, das Bündel den Hang hinuntergeschleppt, durch Gestrüpp und Brennnesseln. Das hatte derjenige am Abend im Schutze der Dunkelheit sicher tun können. Sie konnte Buttlers Annahme nur zustimmen: Das Mädchen war hier abgelegt worden, der Mord, wenn es denn einer war, hatte anderswo stattgefunden. Insofern konnte der Täter von überall her gekommen sein, was die Suche nicht leichter machte. Nur in einem Punkt konnte sich Claudia nicht dem Rechtsmediziner anschließen. Sie hatte absolut nicht das Gefühl, weit von hier wegzumüssen, um den Täter zu finden. Aber Gefühle waren keine Beweise.

Drews hatte Claudia zu einem Café direkt gegenüber vom Bahnhof gelotst.

»Irgendwann müssen wir sowieso was essen, und dann können wir das doch gleich zusammen tun«, hatte er argumentiert.

Nun saßen sie in dem kleinen Anbau mit Blick auf die Straße. Das Café hatte nichts Heimeliges, war eher etwas bieder, dafür aber sauber. Und die belegten Brötchen schmeckten lecker.

»Also, was hast du herausgefunden?«, fragte Drews zwischen zwei Bissen.

»Ich würde eigentlich gerne wissen, wie euer Erkenntnisstand ist«, entgegnete sie.

»Keine Chance. Ich habe zuerst gefragt. Außerdem habe ich dir heute schon deine erste Live-Obduktion beschert. Dafür habe ich was gut.«

Sie legte das Brötchen aus der Hand und tupfte ein paar Krümel von ihrem Teller.

»War das zu viel?«, fragte Drews, der offensichtlich die winzige Veränderung in ihrem Verhalten bemerkt hatte.

»Nein, nein. Passt schon. Die ganze Geschichte nimmt mich einfach mit. Das liegt vermutlich daran, dass sie noch so jung war. Es ist mein erster Fall, in dem ein Kind getötet wurde.«

Claudia brach ab und schaute nach draußen. Mit einem Mal kamen aus allen Richtungen Kinder und Jugendliche in kleinen Grüppchen. Zu Fuß, auf Rädern, mit Rollern. Mütter standen auf dem Platz und holten ihre Kinder ab. Ob sie das immer taten, oder waren sie nur heute hier? Machten sie sich Sorgen um ihre Kinder, weil ein Verbrechen einen Riss in der heilen Oberfläche ihrer behaglichen kleinen Welt verursacht hatte? Wie fühlte man sich als Mutter, wenn so nahe ein Kind gestorben war? Wie fühlte man sich überhaupt als Mutter? Sie blinzelte kurz und sagte dann laut und deutlich: »Ich begreife einfach nicht, warum ein Leben so früh enden muss. Und noch viel weniger, warum manche Kinder so viel leiden müssen. Denn offenbar ging es ihr dort, wo sie herkam, auch nicht gut. Sie war kein Glückskind. Eher im Gegenteil.«

»Das verstehe ich«, entgegnete Drews nachdenklich. »Man kann sich einfach nicht vorstellen, wie jemand solchen kleinen Wesen etwas antun kann.«

Claudia nickte und setzte sarkastisch hinzu: »Und wieder andere wollen es nicht wahrhaben und blenden es aus.«

Drews schaute sie ernst an. Schon wieder hatte er ihren Gefühlsumschwung bemerkt. Sie ermahnte sich, vorsichtiger mit ihren Äußerungen zu sein. Sie hatte keinerlei Interesse daran, dass er nachbohrte, warum sie heute so wankelmütig war. Sie verstand sich im Moment ja selbst nicht mehr. Schnell richtete sie sich auf, drückte die Schultern durch und fuhr in neutralem Ton fort: »Ich habe eine Menge Hinweise auf meinen Artikel bekommen. Die meisten beziehen sich auf das neue Asylantenheim hier vor Ort, das die Anrufer sowohl mit dem Täter wie auch dem Opfer in Verbindung bringen.«

»Das haben wir gerade überprüft. Hinsichtlich unseres Mädchens kann ich definitiv sagen, dass sie nicht von dort kommt. Alle 73 Flüchtlinge, die in dem Heim untergebracht sind, sind glücklicherweise wohlauf. Als Täter kommen sie vermutlich ebenso wenig in Frage.«

Jetzt war es an Claudia, erstaunt zu schauen.

»Die haben nichts, die armen Teufel. Vor allem kein Auto. Und ich kann mir beileibe nicht vorstellen, dass einer von denen unauffällig eine eingepackte Leiche auf einem klapprigen Fahrrad oder im Bollerwagen hier durch den Ort schleppt.«

»Auch wieder wahr.« Claudia musste bei der Vorstellung lächeln und stellte befriedigt fest, dass auch Steffen Drews offenbar der Meinung war, dass Buttlers Verdacht stimmte und der Mord nicht am Weiher stattgefunden hatte.

»Ist doch wieder einmal typisch für die Menschen: ein Mord, ein Asylantenheim – Bingo! Dabei haben diese Flüchtlinge ganz sicher nicht freiwillig ihre Heimat und ihre Familien verlassen. Die haben schon genug durchgemacht und sind sicher froh, endlich mal ihre Ruhe zu haben. Hier werden sie dann argwöhnisch beäugt und wegen ihres Hintergrundes jedes Verbrechens bezichtigt, das sich im näheren Umfeld ereignet. Ist ja so praktisch, wenn man die Schuldigen nicht unter seinesgleichen sucht.«

Schwarze Schafe gibt es überall auf der Welt, dachte Claudia, hielt sich aber mit einem Kommentar zurück. Und gerade in den Reihen der Polizei gab es genug, die sicher auch gerne bei den Ausländern die Schuldigen suchen. Stattdessen fragte sie: »Woher kommen sie denn?«

»Soviel ich weiß, aus Afghanistan, der Türkei, dem Senegal, aus Pakistan und aus Syrien.«

»Dennoch wäre es für mich plausibler, wenn das Mädchen aus einem dieser Länder kommen würde.«

»Wieso? Was bringt dich zu der Vermutung?«

»Ihre Füße. Buttler hat doch darauf verwiesen.« Sie deutete nach draußen. »Die Haut war dunkel und verdickt und hatte an der Ferse Schrunden gebildet. So was sieht man hier in der Gegend doch gar nicht mehr. Ich musste an Bilder aus der Nachkriegszeit denken, wo Kinder in abgetragenen Kleidern ohne Schuhe durch die Welt gelaufen sind. Aber heute ...«

Er nickte. »Das passt genau in das Bild, das wir uns gemacht haben: Wir glauben, dass diese Sache ganz anders motiviert ist.«

Claudia war gespannt, was er vermutete. Doch er schloss mit einer Geste seinen Mund und fügte grinsend hinzu: »Aber bevor ich dir sage, was *wir* vermuten, möchte ich erst wissen, was du denkst. Also?«

Claudia schaute nach draußen, beobachtete einen Mann, der aus einem Transporter stieg. Sie räusperte sich.

»Ich glaube an eine Beziehungstat. Vielleicht hat wirklich jemand das Kind im Auto vergessen. Ohne böse Absicht, meine ich.«

»Wie kommst du darauf?«

Sie zuckte die Schultern. »Nur so ein Gefühl. Einen Beweis habe ich natürlich nicht.«

»Dass jemand ihren Tod durch eine Unachtsamkeit herbeigeführt hat, scheint mir relativ sicher. Nur bei der Beziehungstat, da gehe ich nicht mit. Ich denke viel eher, dass der Verantwortliche ziemlichen Ärger dafür bekommen wird. Mit seinen Auftraggebern.«

Claudia schaute ihn verblüfft an. Drews strich sich eine Strähne aus der Stirn und beugte sich zu ihr vor. »Geldgier ist das Mordmotiv«, sagte er dann im Brustton der Überzeugung.

Sie hatte absolut nicht mit dieser Antwort gerechnet. »Wie kommst du darauf?«

»Human Trafficking.«

Jetzt hatte Drews ihre volle Aufmerksamkeit. »Menschenhandel? Im Würmtal? Ist das nicht ein bisschen weit gegriffen?«

Sie schaute wieder auf den Platz draußen, versuchte die Information mit diesem Ort zu verbinden.

»Für mich ist das ganz logisch«, führte Drews gleich seine Ausführungen fort. »Wieso konnten wir kein vermisstes Kind finden, auf das die Beschreibung passt? Mittlerweile haben wir auch alle Fälle geprüft, bei denen die Daten nur teilweise passen. Fehlanzeige. Warum? Weil sie nicht aus Deutschland stammt, sondern verschleppt wurde. Buttler hat ja auch diese Vermutung, warum sonst hätte er die Isotopenuntersuchung in die Wege geleitet? Das Mädchen wurde mit falschen Versprechungen einer besseren Zukunft geködert oder von irgendwelchen armen Teufeln verkauft. Weshalb wir auch im Ausland keine Vermisstenanzeigen finden.«

Claudia dachte über das Gesagte nach. Seine Vermutungen passten zusammen, ergaben einen makaberen Sinn. Dennoch konnte sie nicht glauben, dass dieser Fall einen solchen Hintergrund hatte.

»Du sagst nichts?«, fragte er und schaute sie an, als hätte er Applaus für seine Theorie erwartet.

Sie zögerte, wandte dann aber doch ein: »Wenn die eigenen Eltern fahrlässig gehandelt haben und nicht zur Verantwortung gezogen werden wollen, würden sie sie genauso wenig identifizieren. Und hätten möglicherweise auch keine Vermisstenanzeige aufgegeben, falls sie zuvor weggelaufen ist. Vielleicht ist sie verprügelt worden, hatte Angst und lief weg. Denk an die Hämatome, die dreckigen Füße. Und dann ist sie zu lange in der Sonne herumgeirrt und … starb.«

»Und dann? Sie hat sich wohl kaum selbst eingewickelt. Und vergiss nicht, dass kein Kind völlig isoliert groß wird.«

»Stimmt. Es gab jemanden, der das Kind gemocht hat. Derjenige hat es auch in die Decke eingewickelt.«

»Du denkst also, sie kommt von hier? Sorry, wenn ich da anderer Meinung bin. In dem Fall hätte sich längst jemand auf das Foto hin gemeldet. Ein Lehrer aus der Schule, ein Arzt, ein Nachbar. Vierundzwanzig Stunden geht die Meldung jetzt schon durch alle Medien. Glaub mir, da ist es wahrscheinlicher, dass das Kind gar nicht von hier stammt.«

Claudia wollte einwenden, dass man auch Lügen erfinden konnte, um mit der Wahrheit hinterm Berg zu halten. Man konnte bei einer Kontrolle, die auf den Daten des Einwohnermeldeamtes beruhte, einfach ein anderes Kind vorzeigen, dessen Größe und Alter einigermaßen passte. Wer etwas verbergen wollte, der schaffte das auch. Zumindest für eine gewisse Zeit. Zum Beispiel um sich abzusetzen oder um Spuren zu verwischen. Und sie wusste zur Genüge, wie wenig man auf nachbarschaftliche Hilfe hoffen konnte. Doch darüber wollte sie mit Drews auf keinen Fall sprechen.

»Sie könnte aber genauso gut mit ihren Eltern auf der Durchreise gewesen sein«, argumentierte sie stattdessen. »Die haben sich was angeschaut, wohin sie sie nicht mitnehmen wollten oder worauf sie keine Lust hatte, und haben sie im Auto gelassen. Das würde auch passen.«

Drews schüttelte den Kopf. »Möglich, aber nicht wahrscheinlich. Denk doch mal nach, Claudia: Es passt alles zusammen: Die Misshandlung, ihre verdreckten Klamotten. Jährlich werden 2,4 Millionen Menschen verschleppt. Sie sind heutzutage eins der wichtigsten Güter – als Arbeits- oder Sexsklaven, Menschen zur Organentnahme, Heirat oder Adoption. Vor allem Frauen und Mädchen sind davon in allen Ländern der Welt betroffen. Was meinst du, warum ich dich an den Tatort geholt habe? Ich wollte keine Reportage über einen simplen Mord. Das wird eine ganz dicke Story, Claudia. Das habe ich gleich gespürt. Und ich wollte, dass du die bekommst!« Er legte die Hand auf ihren Arm. »Und dass wir diesen Teufeln gemeinsam das Handwerk legen.«

Claudias Arm prickelte unter seiner Berührung. Sie griff zu ihrem Glas, um dieser allzu vertraulichen Geste zu entrinnen. Hoffentlich hatte das keiner gesehen. Sie hatte keine Lust darauf, in den Ruf zu kommen, sich auf diesem Wege Informationen zu besorgen. Sie wollte wegen ihres Könnens geachtet werden, nicht wegen ihres Aussehens. Irgendwie hatte sie immer noch gehofft, dass es doch um ihre Professionalität ging und nicht um seine Leidenschaft für ihre Person. Verflixt! Also hatte Anni wohl doch recht gehabt mit ihren Sticheleien über seine Verliebtheit. Sie trank einen Schluck, um Zeit zu gewinnen und die richtigen Worte zu finden. Wenn es sowieso nur darum ging, dass Drews bloß ihre Nähe suchte und ihr gönnerhaft eine gute Story zuschob, musste sie auch nicht diplomatisch sein.

»Ich weiß, dass das ein riesiges Problem unserer Zeit ist, Steffen. Aber wenn du mich fragst, passt das nicht zu diesem Fall.«

»So? Und was genau passt da nicht, Frau Journalistin?«

»Ich wiederhole mich: die Art so wenig wie der Ort.«

»Der Ort passt doch famos! Claudia, wir sitzen hier in dem reichsten Landkreis der Bundesrepublik. Hier wohnen die Abnehmer, die sich genau diesen Luxus leisten können. Dekadenz und Langeweile sind ein guter Nährboden für die abartigsten Ideen. Wer weiß, was hinter den Mauern dieser biederen, gutbürgerlichen Fassaden alles passiert. Oder vielleicht suchen sie auch nur eine persönliche Sklavin, die ihnen rund um die Uhr die Wohnung putzt. Keine Ahnung. Aber passen würde es durchaus.«

»So gesehen schon. Aber das meine ich nicht.« Beherrscht fuhr sie fort: »Es war eher die Art, wie sie dalag. So friedlich. Und welcher Menschenhändler führt denn beim Transport Sonnenschirmständer mit sich?«

Drews zog die Stirn in Falten und kniff die Augen zusammen.

»Den kann er irgendwo gefunden haben. Irgendwo in einem der Gärten. Oder vielleicht lag der auch schon länger in dem Weiher. Du willst mir doch nicht ernsthaft erzählen, dass das der einzige Grund ist, weswegen du meine Theorie bezweifelst.«

Autsch! Jetzt hatte ihre Hartnäckigkeit offenbar doch seine Ehre als Ermittler angekratzt. Dennoch konnte sie nicht klein beigeben, sondern erklärte weiter, was sie meinte. »Nicht nur das. Die ganze Art, wie das Mädchen in der Decke gelegen hat, wie sie eingepackt war. Das alles hatte trotz der Grausamkeit etwas …« Sie suchte nach dem richtigen Ausdruck, »etwas Würdevolles. Ich weiß, wie das im Falle eines Mordes klingt, aber so habe ich es empfunden.«

»Wie ein Stück Müll den Hügel hinabgezerrt, quer durch Dornen und Brennnesseln. In einem Tümpel versenkt. Mit einem Betonständer begraben. Das nennst du würdevoll?«

»Sorry, wenn ich deine Meinung nicht teile, Steffen. Du hast mich doch dazu gedrängt, also beschwere dich nicht, wenn ich eine andere Ansicht vertrete.«

Drews zog sein Portemonnaie aus der Seitentasche seines Jacketts. Das hatte sie ja wunderbar hinbekommen.

»Steffen, bist du jetzt etwa sauer? Ich meine das doch nicht böse. Überleg doch mal. Du hast vorhin selbst gesagt, dass Menschen für diese Banden nur eine Ware sind. Die hätten sie einfach aus dem Auto geworfen. Hätten sich nicht die Mühe gemacht, ihr die Hände zusammenzulegen, sie in eine Decke zu wickeln. In Plastikfolie vielleicht. Aber das hätten die nicht mit Bändern fixiert. Allenfalls mit Klebeband rasch umwickelt. Aber vor allem hätten sie keine Schleife gebunden.«

Jetzt schaute Drews sie mit einer hochgezogenen Augenbraue an.

»Schau nicht so. Überleg doch mal: Es sieht viel eher danach aus, als ob der Mörder eine Beziehung zu dem Kind hätte. Er hat sich wirklich Mühe gemacht, sich ganz offenbar dabei auch Zeit gelassen. Hat vielleicht noch ein letztes Mal an irgendwelche gemeinsamen Erlebnisse gedacht. Abschied genommen. So wirkt es auf mich.«

Er winkte der Bedienung und gab ein Zeichen, dass er zahlen wollte.

»Claudia, vielleicht wollen sie, dass wir genau das denken.«

Claudia seufzte. Er wollte es nicht verstehen. Er war zu überzeugt von seiner Version. Dabei sollte er als Polizeibeamter doch jeder Spur folgen und nicht vorschnell urteilen. Claudia wunderte sich, denn das war sonst gar nicht Steffens Art. Vielleicht ging dieser Mord nicht nur ihr an die Nieren.

»Na ja, ist ja auch egal«, gab sie nach. Es lohnte sich nicht mit ihm zu streiten. Zumal sie auch keinerlei Beweis für ihre Ansicht hatte, sondern nur diese vage Intuition.

»Ich will das nicht abtun, aber ich glaube, deine Version ist zu romantisch«, fügte Drews schließlich hinzu und ließ sie nicht aus den Augen. »Menschenhändler sind nicht dumm. Die versuchen natürlich, uns auf eine falsche Fährte zu lenken. Aber ich muss jetzt dringend los und dieser Bande auf die Spur kommen. Oscar Mainauer, der zuständige Staatsanwalt, ist ebenso wie ich überzeugt, dass es sich um eine kriminelle Organisation handelt. Wir müssen jetzt alles tun, um die zu finden, bevor sie über alle Berge sind. Wir wollen heute in der Umgebung einige Transportunternehmen überprüfen, deshalb muss ich los.« Er beglich die Rechnung. »Was muss ich tun, um dich davon zu überzeugen, dass ich recht habe?«

Claudia ließ sich in ihren Stuhl zurückfallen und beobachtete, wie er sich den Mantel anzog. Im Brustton der Überzeugung antwortete sie: »Oder anders herum: Was muss ich tun, damit du endlich erkennst, dass du falschliegst, Steffen?«

Er lachte und zwinkerte ihr zu. »Das mag ich an dir, dass du eine eigene Meinung hast. Ehrlich.« Mit diesen Worten nahm er grinsend sein Jackett, hob die Hand zum Gruß und verließ das Lokal.

Claudia schaute ihm nach, wie er eilig in elegantem Trab die Straße überquerte. Sie wurde echt nicht schlau aus dem Mann. Sein Abgang passte nun gar nicht zu Annis Theorie. Meinte er es einfach nur gut mit ihr? Obwohl sie eigentlich niemanden brauchte, der ihr Storys zuschusterte, hielt sie ihm seine Absicht zugute. Er war so sehr davon überzeugt, das Richtige zu tun. Darum beneidete sie ihn. Er wusste, was er wollte. Im Job genauso wie im Privaten. Sie hingegen spürte, dass seine Argumente, so vehement sie auch ihre eigenen dagegengesetzt hatte, leise Zweifel an ihrer Theorie zu wecken vermocht hatten.

Überlagerten ihre eigenen Erfahrungen tatsächlich ihren neutralen Blick, brachten sie auf die falsche Fährte? Verfälschte ihr schlechtes Gewissen ihre Wahrnehmung?

Zwei packten sie, bevor sie weglaufen konnte, und hielten sie in ihrer Mitte. Miese Schweine. Grinsend kam der Große auf sie zu, seine Augen zu Schlitzen verengt. Er riss ihre Beine hoch, dabei rutschte sie vollends in die Arme der anderen beiden. Ein stechender Schmerz raubte ihr den Atem. Als wäre ihr Arm ausgekugelt worden. Das Mädchen fluchte lautstark, obwohl sie die Worte, die sie ihnen an den Kopf warf, nicht verstanden.

Der andere zog jetzt heftig an ihren Füßen, so dass sie parallel zum Boden zwischen den Kerlen hing. Wie ein Stück Vieh. Was würden sie mit ihr tun?

Sekundenlang verharrten sie so, schauten einander an, verständigten sich wortlos darüber, was als Nächstes zu tun sei. Unverhofft ließ der Große ihre Füße los, die einfach zu Boden krachten. Sie versuchte, in den Stand zu kommen, ruderte mit den Beinen, kam endlich auf die Füße, an denen die Schuhe fehlten. Der Boden war empfindlich kalt. Der Große hielt ihre Lackschuhe in der Hand. Er grinste mit gebleckten Zähnen, zeigte ihr einen rostigen, langen Nagel, drehte ihn zwischen seinen

Fingern, bevor er ihren Schuh durchstach. Die wunderschönen Ballerinas! Er ritzte die glänzende Oberfläche ein, zerkratzte sie so lange, bis die graue Pappe darunter zum Vorschein kam. Er hielt sie ihr vor die Augen, dann ließ er Schuhe und Nagel achtlos zu Boden fallen. Er ging an ihr vorbei, sie konnte nicht sehen, was er tat. Ihn hinter ihrem Rücken zu wissen, machte sie nervös. Sie zappelte und zerrte, sie ignorierte den Schmerz in der Schulter, warf den Kopf hin und her.

Dann trat der Große mit wiegenden Schritten erneut auf sie zu, ganz dicht. Seine Zungenspitze lugte zwischen seinen Zähnen hervor. Hinter seinem Rücken zog er einen braunen Sack hervor. Und ein zweiter Gegenstand blitzte im Sonnenlicht. Er hob seinen Arm hoch, hielt ihr die Schere direkt vors Gesicht. Sie schrie lauter, versuchte sich den Griffen zu entwinden. Aber in diesem Schuppen, weitab von den anderen Häusern, würde sie niemand hören und ihr erst recht keiner helfen.

Plötzlich hörte er auf zu grinsen. Er sagte etwas, das sie nicht verstand. Sie zitterte, sah zu den Ritzen in den Holzlatten, durch die feine Strahlen von Sonnenlicht fielen. Es war das Letzte, was sie sah, bevor sie schreiend unter dem rauen Stoff verschwand. Sie japste vor Angst, dachte an die Schere, musste husten. Es roch nach alter Erde, feiner Staub legte sich auf ihre Schleimhäute, es fühlte sich an, als würde eine staubige Schicht sie langsam ersticken. Plötzlich merkte sie, dass am Saum ihres Kleides gezerrt wurde. Sie hielt in der Bewegung inne, versuchte zu lauschen, schämte sich, verspürte den Drang, ihr Kleid wieder glatt zu streichen, sich zusammenzukauern. Wollte sich klein machen, wie sie es immer versuchte, wenn es Ärger gab. Ihr Herz galoppierte wie ein junges Fohlen, in schnellem, stolperndem Rhythmus. Dann vernahm sie ein Ratschen, als die Schere wütend den Stoff durchstach. Die anderen beugten sich über ihre Schulter, packten sie dabei fester, wollten sicherstellen, dass sie nicht doch entwischte. Für sie fing der Spaß gerade erst an. Sie roch ihren Schweiß. Der Geruch widerte sie an.

Jemand zerrte an ihrem Kleid. Ratsch, ratsch, ratsch! Sie zog sich zurück, irgendwohin, wo sie nichts mehr fühlte, weg von dem Unausweichlichen. Sie lachten lauthals. Das neue Kleid, dachte sie.

Nach einer Weile wurden sie stiller, dann fiel sie abrupt zu Boden. Der Aufprall nahm ihr den Atem, und ihr Rückgrat schmerzte höllisch. Aber sie wagte nicht, sich zu bewegen. Was kam als Nächstes?

Sie hörte Schritte, die sich entfernten. Waren sie fertig mit ihr?

Erst als minutenlang alles ruhig blieb, riss sie den Sack herunter, zwinkerte geblendet gegen das Licht. Dann sah sie es: ein Meer blauer Kornblumenblüten aus Stoff.

8.

Ihre Augen visierten das Ziel an, dann feuerte sie. Das Krachen der Pistolenschüsse erfüllte den Raum, nur unterbrochen von ihren eigenen Anfeuerungsrufen.

»Welche Laus ist dir denn über die Leber gelaufen?«

Claudia fuhr herum, schlug die Hand auf ihre Brust. »Hendrik, mein Gott, spinnst du? Wie kannst du dich einfach anschleichen und mich so erschrecken? Irgendwann kriege ich noch einen Herzinfarkt!«

Er lachte. »Du doch nicht, Lara Croft.«

Sorgsam zog er seinen schwarzen Blazer aus, drehte ihn auf links und legte ihn ordentlich über die Stuhllehne. »Was war denn los, dass du dich derart abreagieren musst? Hat Naumann es gewagt einen Satz in deiner Reportage zu ändern?«

»Wenn es das nur wäre. Damit käme ich klar!« Sie wühlte in ihrer Schublade nach den Earphones, als ihr Stuhl abrupt zurückgezogen wurde.

»Hey! Was soll das?«, schrie sie entrüstet, als sie vor dem Tisch zum Stehen kam und nun vorsichtig und langsam in die richtige Position geschoben wurde. Hendrik legte nur den Zeigefinger auf seine Lippen und bedeutete ihr so, ruhig zu sein. Dann zog er eine Schreibtischschublade auf und zauberte eine Schachtel Pralinen daraus hervor. Zartbitter – ihre Lieblingssorte.

»Hendrik, du bist ein Schuft, du weißt doch, dass ich …«

»Spar dir deine Beschimpfungen, Claudia. Nimm dir eine und rede endlich. Dir liegt doch etwas auf dem Herzen. Und ich denke dabei ausschließlich an mich. Ich möchte nämlich nicht wie in der vergangenen Woche mitten in der Nacht aus dem Schlaf gerissen werden, weil dir ein Fall keine Ruhe lässt. Also: Rede. Jetzt. Wo drückt der Schuh? Es geht um das Mädchen, oder? Die Tote aus dem Weiher.«

Claudia nickte. Sie wusste nicht, wo sie anfangen sollte.

»Drews ist fest davon überzeugt, dass das Mädchen aus ihrer Heimat verschleppt wurde, um als Sexsklavin hier in irgendeiner Nobelvilla ihren Dienst zu tun.«

»Kein schlechter Gedanke.«

Sie schob die Packung, aus der sie gerade eine Praline zu befreien versuchte, von sich.

»Jetzt fang du nicht auch noch damit an. Das passt doch nicht zusammen!«

»Findest du? Wieso?«, fragte Hendrik ruhig.

Claudia starrte ihn an. Hatten sich jetzt alle gegen sie verschworen? Warum kam eigentlich niemand auf die Idee, dass es sich um eine Beziehungstat handeln könnte? Obwohl Hendrik ihr rein gar nichts getan hatte, spürte sie, wie sie innerlich in Abwehrhaltung ging. Seit sie diese Geschichte übernommen hatte, verlor sie mehr und mehr ihre Souveränität, an der sie so viele Jahre hart gearbeitet hatte. Wenn sie sich nicht lässiger gab, würde früher oder später jemand beginnen, an ihrer Fassade zu kratzen. Das durfte nicht sein. Sie musste sich zusammenreißen. Sie zählte langsam von zehn herunter, bevor sie antwortete.

»Wieso pflichtest du ihm denn bei? Du *weißt* doch fast nichts über den Fall.«

»Das nicht. Aber ich weiß, dass dieses Kind bisher nicht vermisst wird. Einen Tag lang. Selbst miese Eltern hätten in diesem Zeitraum etwas bemerken müssen. Oder andere nahestehende Personen, eine Schwester, ein Nachbar. Was mich zu der Vermutung führt, dass es nicht von hier stammt. Und das wiederum würde Drews Vermutung stützen, dass es verschleppt wurde. Oder verkauft.«

Sie ließ die Schultern hängen, zog die Pralinenpackung zu sich hin und nahm gleich zwei auf einmal. Den Text hatte sie heute schon einmal gehört.

»Ich kann es nicht beweisen. Aber ich glaube das einfach nicht.«

»Ich weiß, dass dieser Gedanke furchtbar ist. Claudia, du kannst die Welt nicht ändern, indem du so tust, als würde es bestimmte Dinge nicht geben.«

»Das tue ich doch gar nicht. Überleg doch mal, Hendrik. Diese Menschenhändler sind kaltherzig, wollen Kohle machen, sonst nichts. Mit Menschen, Tieren, Drogen, Waffen. Denen ist doch eigentlich alles egal, solange es Geld bringt.«

»Stimmt. Aber warum passt es dann nicht?«

»Wegen der Decke. Und wegen der Schleife.«

»Ich fürchte, ich verstehe nicht ganz, was du meinst.«

Claudia sprang auf, rannte an ihren Schreibtisch und holte das Bild, tippte mit dem Finger auf das Band, das um die Leiche gewickelt war.

»Kofferband. Und?«

»Schau mal, wie das gebunden ist. Das ist nicht irgendeine achtlose Verschnürung. Passt das für dich zu einem Schleppertrupp? Zu Menschenhändlern?«

Hendrik seufzte.

»War das heute deine Beweisführung gegenüber Drews?«

»Nicht nur das. Es war die ganze Art, wie sie dalag. Ihre Hände waren sorgsam übereinandergelegt. Sorgfältig und gerade war ihr Kleid gerichtet. Bis obenhin zugeknöpft, glatt über die Beine gezogen. Das sah nicht danach aus, als hätte jemand eilig versucht, sie loszuwerden, sondern eher, als hätte er Abschied genommen. Du müsstest das doch verstehen. Die Art, wie du deine Jacke jeden Tag dort aufhängst, ist genauso. Korrekt. Sorgsam. Für mich passt das absolut nicht!«

»Außer dieser Jemand wollte, dass du genau das denkst.«

Es war, als hätten die beiden einen stillen Pakt gegen sie geschlossen. Claudia schüttelte enttäuscht den Kopf und nahm noch eine Praline.

»Claudia, ich will dir nichts. Ich finde nur Drews Gedankengang folgerichtig: Keine Vermisstenanzeige, verwahrloster Zustand des Kindes, vermutlich gibt es auch noch andere Indizien, die seine These stützen. Und diese Menschen sind Kriminelle. Mit allen Wassern gewaschen. Darüber muss ich dir doch nichts erzählen. Die wollen natürlich einen anderen Eindruck erwecken.«

»Nee. Das glaube ich einfach nicht! Die entsorgen Kinder auf dem Müll, schmeißen sie aus dem Auto, vergraben sie meinetwegen irgendwo. Aber ohne eine Decke. Sondern so, wie sie sind.«

»Oder schmeißen sie an einem entlegenen Ort ins Wasser. Wo ist der Unterschied, Claudia? So verbohrt kenne ich dich gar nicht.«

Ernüchtert schaute sie Hendrik an. Er hatte vorhin so verständnisvoll gewirkt, und nun wies er sie derart zurecht. Bevor sie ihren Stuhl wieder zurück an den Schreibtisch schob, zwang sie sich, eine neutrale Miene aufzusetzen, um nicht beleidigt zu wirken.

»Glaubst du, es bringt dich weiter, wenn du jetzt wieder mit der Knarre auf Cybergangster ballerst?«, fragte Hendrik sanft.

Das nicht, dachte sie. Sie wusste jedoch, dass sie recht behalten würde. Das würde sie noch unter Beweis stellen. Nur hatte sie absolut keine Idee, wo sie mit ihrer Recherche beginnen sollte. Aber dieses Gefühl war zu intensiv, um falsch zu sein.

Sie nahm einen Schluck widerlichen kalten Tee aus ihrer Tasse, der sie zum Husten brachte.

»Hey! Drehst du dich noch einmal um, oder ist die Audienz für heute beendet?«

Entgegen ihrem Willen musste sie schmunzeln. Umdrehen mochte sie sich dennoch nicht.

»Lass gut sein, Hendrik. Du hast deine Meinung, ich meine. Alles in Ordnung.«

»Das glaube ich nicht«, insistierte er.

»Was? Warum?« Sie wischte die graue Schicht von der Taste »e« auf ihrer Tastatur weg.

»Wenn du mich nicht ansehen kannst, ist es nicht in Ordnung. Dir liegt doch was auf der Seele. Da ist doch noch irgendwas.«

Sie schüttelte den Kopf, starrte auf einen Kratzer in der Schreibtischplatte und spürte, wie ihr Tränen in die Augen stiegen.

»Hendrik, ich habe keine Ahnung«, antwortete sie leise. »Ich bin schon mit dieser komischen Laune heute Morgen aufgewacht. Vermutlich kann ich einfach dieses fisselige Grau da draußen heute nicht gut ertragen.«

Ihr Blick wanderte über den alten Dielenboden zu den Rundbogenfenstern, vor denen sich ein Baum heftig im Wind schüttelte. Hendrik blieb still.

»Ich wollte nicht mit dir streiten«, fügte sie nach einer Weile hinzu. »Es ist nur …«, sie schluckte, »ich kriege ihr Gesicht nicht mehr aus meinem Kopf. Sie war so schmal. So jung. Sie hatte noch so viel vor sich. Und dann stirbt sie einfach, weil irgendein Idiot nicht aufgepasst hat und sich jetzt vor seiner Verantwortung drückt. Der hat sie einfach im Auto oder wo auch immer eingesperrt, ohne Wasser, ohne Luft. Ich habe das vorhin nachgelesen. Die Körpertemperatur steigt über vierzig Grad an. Bei Kindern geht das sicher ganz schnell, zumal sie noch von einer Krankheit angeschlagen war, wie Buttler sagte. Sie hat bestimmt geweint, hat vielleicht phantasiert. Ihr Puls ist dann immer schneller gelaufen, dann bekam sie heftige Atembeschwerden. Aber das war nicht das Schlimmste. Viel furchtbarer war, dass sie sicher nach ihrer Mama gerufen hat, die ihr helfen sollte, und niemand kam. Sie war ganz alleine.«

Claudia beobachtete ein Stück Plastik, das draußen hochgewirbelt wurde und sich in dem Baum verfing. Eine Träne löste sich aus ihrem Augenwinkel.

»Aber damit nicht genug. Auch jetzt ist niemand da, der um sie weint. Niemand, der alles daransetzt, dass der für ihren Tod Verantwortliche seine Strafe bekommt.«

»Doch«, drang wie von weit her Hendriks Stimme an ihr Ohr. Sie wischte die Träne schnell weg, bevor sie ihm das Gesicht zuwandte.

»Du. Du denkst an sie. Du trauerst. Dir ist sie nicht egal. Und du wirst herausfinden, wer das getan hat. Glaube mir, irgendwo ist gewiss jemand, dem etwas an ihr liegt und der sie vermisst. Wie bei jedem von uns.«

Seine Worte sollten sie trösten, das spürte Claudia. Aber sie bewirkten das Gegenteil. Ein altes Gefühl, das längst vergessen schien, legte sich wie ein Schatten über sie. Reiß dich zusammen, ermahnte sie sich. Fakten, Informationen, daran musste sie sich klammern.

Dann griff Claudia wieder zu ihren Kopfhörern und kämpfte weiter.

Als sie einen Level weitergekommen war, zog sie die Stöpsel aus den Ohren. Tatsächlich hatte ihr das Spiel dabei geholfen, sich abzulenken. Erstaunt bemerkte sie, dass Hendrik wohl gegangen war. Dass sie so tief abgetaucht war, hatte sie nicht erwartet, andererseits war ihr Kollege ein sehr höflicher Mensch und vermutlich besonders leise hinausspaziert, um sie nicht zu stören.

Sie nahm einen Block und einen Bleistift zur Hand und stellte sich vor die Pinnwand. Sie hatte die Bilder gestern wahllos aufgehängt und wollte sie nun ordnen. Jetzt brachte sie sie in die Reihenfolge ihrer Entstehung: erst den Leichenfund im Wasser, dann die geborgene Leiche, von der man zunächst nur das Gesicht freigelegt hatte, bis zu dem Punkt, den sie selbst miterlebt hatte. In die Mitte pinnte sie die retuschierte Aufnahme, die zu der Pressemitteilung der Fahndung gehörte.

Wieso meldete sich niemand? Kein Mensch lebte völlig isoliert, erst recht nicht in diesem Alter, damit hatten Drews und Hendrik recht. Das Kind musste zumindest Eltern haben. Sie korrigierte sich. Eine Mutter. Sie notierte das auf ihrem Zettel. Der Vater des Kindes musste nicht zwangsläufig wissen, dass sie existierte, vielleicht lebte die Mutter auch getrennt und zog das Kind alleine groß. Plötzlich bemerkte sie, wie ihre Hand zu zittern begann. Mehr noch, ihr ganzer Arm vibrierte. Sie ließ den Stift fallen, zog den Arm eng an sich und hielt ihn mit dem linken fest an die Brust gedrückt. Sie fasste an ihren Ringfinger, vergewisserte sich, dass ihr Onyxring noch da war. Dann schloss sie minutenlang die Augen und atmete langsam ein und aus, bis das Zittern nachließ. Das Narbengewebe ihrer Vergangenheit hatte zu jucken begonnen. Aber sie war nicht bereit, sich zu kratzen. Weil sie dann nicht wieder aufhören könnte.

Ihre Arbeit würde helfen, deshalb zwang Claudia sich, ihre Aufmerksamkeit wieder auf den Zettel zu richten.

In Deutschland fiel man nicht einfach aus dem Raster. Die Bürokratie erfasste hier die Menschen. Es musste folglich irgendjemanden geben, der das Mädchen kannte und für sie verantwortlich war. Sie war fest davon überzeugt und würde sich nicht von den Männern davon abbringen lassen. Zumindest bis einer von ihnen ihr das Gegenteil eindeutig beweisen konnte. Immerhin stocherte Drews mit seiner Theorie genauso im Trüben wie sie.

Noch einmal ging sie alle Fotos und Informationen durch. Wer auch immer für das Mädchen verantwortlich gewesen war, hatte seine Pflicht allerdings nicht besonders ernst genommen. Falsch, ermahnte sie sich. Neutral formulieren: Jemand hatte dafür entweder kaum Zeit aufgewendet und das Mädchen sich selbst überlassen. Verfügte vermutlich über wenig Geld. Wieder dachte sie an das Asylantenheim. Aber Drews hatte dort recherchiert und ganz sicher nichts übersehen.

Das Würmtal war eine sehr wohlhabende Gegend, in der die Mieten hoch waren. Der verwahrloste Zustand der Kleider des Mädchens, ihre Haare, das alles passte dort nicht hin. Vielleicht war das Kind auch mit den Eltern auf der Flucht gewesen. Nur von wo? Mit welchem Ziel? Vor allem aber: Woher hatten sie das Auto? Wenn sie aus Syrien gekommen waren, hätte sie ihr Weg vermutlich zunächst mit einem Schiff nach Italien geführt und sie wären mit einem Schleuser im Auto gefahren. Der hätte den Eltern niemals die Zeit gelassen, sich um ein totes Kind zu kümmern.

Sie überlegte weiter. Vielleicht hatte ein Vater sein eigenes Kind entführt, wollte es aus religiösen oder irgendeinem anderen Grund nicht bei seiner Mutter lassen? Aber dann gäbe es eine Meldung bei den Konsulaten, die wiederum die Kripo eingeschaltet hätten. Es sei denn …

Sie nahm den Stift fest in ihre Rechte, schob das Blatt zurecht und schrieb unter das Wort »Mutter«: tot?

9.

Das große baufällige Haus, an dem in roter Farbe *FC Bayern – deutscher Meister* gesprüht stand, lag in einer kaum befahrenen Seitenstraße, und das weitläufige Grundstück ließ keinen Zweifel daran, dass das Gebäude vormals von einer einflussreichen Familie bewohnt worden war. Inzwischen hatte der Zahn der Zeit an dem Gemäuer genagt, und die dunkle Holzfassade mit dem riesigen Hirschgeweih unterhalb des Giebels wirkte auf Claudia alles andere als einladend. So war sie auch zunächst an dem Haus vorbeigegangen. Umrahmt von hohen Bäumen konnte man den Eingang zur örtlichen Tafel an der Seite kaum sehen. Gut versteckt, dachte Claudia. Damit niemand die Menschen sehen konnte, die hier Hilfe suchten. Sie ging durch das halb offene Gartentor und war froh, dass auch die Eingangstür einen Spaltbreit offen stand. Sie klopfte an die Türe.

»Entschuldigen Sie die Störung. Ich bin Journalistin und arbeite an einer Reportage über den Mordfall hier im Ort. Dürfte ich Ihnen dazu ein paar Fragen stellen?«

»Kein Kommentar!«, rief die Frau, die gerade die helle Küchenzeile im hinteren Teil des Raumes putzte.

Claudia war es gewohnt, dass man ihr die Türen nicht immer freundlich öffnete. So barsch geschah es allerdings nur selten.

»Ich will Sie ganz bestimmt nicht aufhalten. Es geht nur um ein Stimmungsbild …«

»Es ist mir egal, wie lange es dauert oder wonach Sie suchen. Wenn ich dazu etwas sagen könnte, dann hätte ich das schon getan. Ich kenne die Tote nicht. Deshalb sind sie doch hier, nicht wahr?« In versöhnlicherem Ton fuhr sie fort: »Ich bin sonst nicht so unhöflich, aber ich habe gerade die Nachricht erhalten, dass bei uns eingebrochen wurde, und muss jetzt dringend hier alles klar Schiff machen und dann schleunigst nach Hause. Ich denke, Sie verstehen das. Wenn ich Sie jetzt bitten dürfte …«

Claudia schaute die Frau verblüfft an. Gestern ein Mord und heute ein Einbruch. Offensichtlich gab es in diesem Ort mehr kriminelle Energie, als sie für möglich gehalten hatte.

»Auweia! Ein Einbruch? Natürlich, da will ich Ihnen nicht zur Last fallen. Ich lasse Ihnen nur noch meine Karte da. Falls Ihnen noch etwas einfällt.«

Sie hob zum Gruß die Hand, aber die Frau hatte ihr längst wieder den Rücken zugewandt und wischte hektisch den Boden. Claudia marschierte nachdenklich zurück zur Hauptstraße, wo sie ihren Smart geparkt hatte. Als sie gerade zum Auto laufen wollte, sah sie eine Bäckerei und verspürte große Lust auf eine Tasse Kakao.

»Guten Tag! Was kann ich für Sie tun?«, fragte die Verkäuferin und lugte sie über ihre Lesebrille an.

»Bekomme ich bei Ihnen vielleicht einen Kakao?«

Die Verkäuferin zuckte bedauernd die Schultern. »Aber Kaffee. Und vielleicht nehmen Sie sich noch ein Stück Kuchen dazu.« Sie lächelte, und ihr gesamtes Gesicht legte sich in freundliche Lachfalten.

Diese Frau war eine wahre Verkaufsmaschine. Claudia war froh, dass sie nicht hier wohnte, denn diese Person hätte ihr vermutlich jedes Mal irgendetwas angedreht, was sie nicht wollte. Aber bei diesem Lächeln konnte sie einfach nicht Nein sagen.

»Einverstanden. Einen Cappuccino und ein Stück Marmorkuchen, bitte.«

»Sehr gerne!«, antwortete die Frau strahlend. »Setzen Sie sich doch an den Tisch, ich bringe Ihnen gleich alles.«

Claudia kam der Aufforderung nach.

»Scheußliches Wetter, oder? Der Sommer ist wirklich seltsam dieses Jahr. Na ja, morgen soll es angeblich wieder besser werden«, fuhr die Frau munter fort zu plaudern. Claudia wollte antworten, doch da die Frau unbeirrt weiterquasselte, war die Frage wohl ohnehin nur rhetorisch gemeint.

»Ich persönlich trinke dann ja immer Ingwerwasser. Lauwarm. Am Morgen und am Abend. Aber Sie können sich bei Ihrer Figur natürlich einen Kuchen erlauben.«

Claudia verstand nicht, was das eine mit dem anderen zu tun hatte, wertete es jedoch als Kompliment. Schon kam die Frau hinter dem Tresen vor und stellte ihr einen Pappbecher mit dampfendem Kaffee und ein extradickes Stück Kuchen hin, das ebenfalls auf einem grauen Pappteller lag.

Die Sirene eines Polizeiwagens, der die Straße hinaufraste, zog die Aufmerksamkeit der Frau auf sich.

»Meine Güte!« Sie schüttelte den Kopf. »Hier ist vielleicht was los in letzter Zeit!«

Claudia brach ein Stück Kuchen ab und schaute interessiert die Frau an, die mit den Händen über ihre Schürze strich und das Treiben auf der Straße beobachtete.

»Dauernd diese Einbrüche und nun auch noch eine Tote. Man fühlt sich wirklich nicht mehr richtig sicher hier.«

»Einbrüche?«, fragte Claudia und hoffte, die Frau möge einfach weiterreden.

»Ja, ich sage Ihnen: Täglich! Alle Juweliere hier am Ort haben sie ausgeraubt. An einem Tag. Banden, sagt man.«

Claudia nickte. »Hat man denn schon einen Verdacht?«

»Natürlich! Einer hat mir erzählt, dass diese Kriminellen ihre Frauen zum Betteln vorschicken. Aber die wollen keine Almosen. Die wollen nur schauen, ob jemand zu Hause ist, ob die Fenster offen sind und wie man am besten reinkommt. Dann zack, holen sie das Handy aus dem Ärmel und rufen ihre Männer, wenn sie genau Bescheid wissen. Und die räumen dann ruck, zuck die Häuser aus. Zu holen ist hier ja genug. Das Würmtal ist ja beliebt bei den Reichen.«

Als ein älterer Herr das Ladenlokal betrat, zog sich die Verkäuferin gleich wieder hinter den Tresen zurück und begann munter zu plaudern. Nachdem sie ein halbes Brot in Stücke geschnitten und jeweils zu einem Viertel in zwei Päckchen gepackt hatte, verließ der Mann das Lokal wieder.

»Der Kuchen ist hervorragend!«, lobte Claudia, obwohl er für ihren Geschmack ein wenig mehr Zucker hätte vertragen können.

»Sehen Sie! Ich habe doch gleich gewusst, was Sie brauchen!« Die Frau sortierte die verbliebenen Backwaren auf ein letztes Blech und räumte die übrig gebliebenen Preisschilder heraus. Claudia hatte vollkommen vergessen, dass die Ladenzeiten außerhalb Münchens offenbar kürzer waren.

»Sie haben vorhin gesagt, es handle sich um Banden, die für die Einbrüche verantwortlich sind. Woher weiß man das denn? Sind die gefasst worden?«

Die Frau unterbrach ihre Arbeit und trat wieder an die Seite der Verkaufstheke, von der aus man auf die Straße schauen konnte.

»Aus Rumänien sind die«, tuschelte sie. »Das hat mir ein Polizist erzählt, der am Morgen immer seine Brezel hier holt, wenn er Dienst hat. Die fahren jetzt viel mehr Streife, weil die Einbrüche vor allem tagsüber passieren. Na ja, hoffen wir, dass die das abschreckt. Am helllichten Tag … Das muss man sich mal vorstellen. Ich hoffe nur, die plündern hier nicht mal die Kasse. Ich habe ja nichts gegen Ausländer, aber manchmal …«

Die Frau räusperte sich, als erneut die Türe aufging. Eine Frau mit zwei kleinen Kindern betrat das Ladenlokal, eines hatte sie auf dem Arm, das andere klebte mit der Nase an der

Auslagenscheibe und schrie lauthals seine Wünsche der Mutter entgegen, die einfach so tat, als würde sie kein Wort hören.

Die Freundlichkeit der Verkäuferin war verschwunden, stattdessen bediente sie mit knappen Worten die Frau und schaute über ihre Lesebrille streng das Kind an, das ihr immer die Zunge rausstreckte, sobald sie ihm den Rücken zudrehte. Als die Mutter bezahlte, schaltete der Junge sein Gebrüll auf eine höhere Frequenz, die Mutter blieb ungerührt und verließ die Bäckerei, ohne ein Wort an ihren Spross zu richten, der nun an ihr zerrte und wild schreiend neue Wünsche äußerte.

»Keine Manieren«, sagte die Frau, kam hinter der Theke hervor und wischte mit einem Lappen die schmierigen Fingerabdrücke des Kindes weg. »Wohin das alles noch führen soll?«

In dem Punkt konnte Claudia ihr nur recht geben. Sie nickte jedoch nur vielsagend. War das vielleicht der Schlüssel zu der Geschichte? Hatte eine Mutter schlicht die Geduld verloren? Ihr Kind zur Strafe im Auto zurückgelassen und in ihrer Wut die hohen Temperaturen ignoriert? Nein. Dann hätte ein Verwandter etwas bemerkt, hätte Drews jetzt eingewendet.

Claudia trat an den Tresen, lächelte freundlich und gab der Frau ein ordentliches Trinkgeld, für das diese sich umständlich bedankte. Offenbar wusste die Frau viel und war bereit, es ihr mitzuteilen. Vielleicht brauchte sie sie noch einmal. Als besonders großzügige Kundin würde sie der Frau bestimmt im Gedächtnis bleiben.

Alle Informationen konnte sie notfalls von der Polizei bestätigen lassen und die Beamten zitieren, wenn sie eine offizielle Quelle brauchte. Viel wichtiger war aber: Sie hatte nun endlich einen Ansatzpunkt für weitere Recherchen.

10.

Claudia hatte die Jeans gegen eine weiche Jogginghose getauscht und sich gerade an ihrem weiß gekalkten Küchentisch mit dem Laptop niedergelassen, um die neuesten Nachrichten aus der Redaktion zu überfliegen, als ihr Handy klingelte. Drews. Schade. Einen Moment zu früh, dachte sie, aber daran trug er schließlich keine Schuld.

»Ich habe die Meldungen noch nicht komplett gesichtet, aber wenn du in einer halben Stunde noch einmal anrufst, dann …«

»Erst einmal: Guten Abend!«

»Was gibt es Neues?«, platzte sie heraus. Wenn er so charmant und aufgeräumt klang, dann hatte er ganz sicher Fortschritte im Fall von Arielle zu verzeichnen. »Ähm. Und natürlich auch an dich: Guten Abend!«

Er lachte gut gelaunt. »Geht doch. Und ja: Wir haben was herausgefunden.«

Claudia kannte diese Attitüde: Wenn Steffen etwas zu erzählen hatte, genoss er es, die Spannung durch lange Pausen auf den Höhepunkt zu treiben. Jede Frage ihrerseits hätte nur dazu geführt, dass er sich noch mehr Zeit gelassen hätte, seine Erkenntnisse preiszugeben. Und obwohl ihr Millionen von Fragen auf der Zunge lagen und sie darauf brannte, ihre neueste Idee zu erzählen, beherrschte sie sich und schwieg. Nur so käme sie rasch zum Ziel.

»Du fragst ja gar nicht«, sagte er nach einer Weile.

Sie musste lächeln. »Steffen, ich weiß doch genau, dass das

nichts bringt. Ich kenne dich doch. Insofern: In deinem Fall muss ich einfach nur abwarten.« Drews führte sich wirklich manchmal wie ein kleiner Junge auf. Allerdings einer in einem allzu attraktiven männlichen Körper, das musste sie anerkennen.

Doch dieses Mal behielt Drews sein Schweigen bei. Claudia wusste, dass ihm diese Spielchen Spaß machten. Aber sie hatte keine Lust klein beizugeben. Um ihre Neugier besser im Zaum zu halten, stand sie auf und lief rund um den Rand ihres Teppichs und versuchte sich darauf zu konzentrieren, die Fußballen gut abzurollen.

»Komm schon«, sagte sie schließlich entnervt und hielt in der Bewegung inne. »Wie lange willst du mich noch auf die Folter spannen?«

Sie konnte förmlich sein feixendes Gesicht vor sich sehen.

»Der Staatsanwalt ist jedenfalls sehr zufrieden.«

»Womit?« Es fiel ihr schwer, ruhig zu bleiben. Sie hörte ihn am anderen Ende der Leitung lachen. Ihm schien es heute besonderen Spaß zu machen, sie zu ärgern. Vielleicht sollte sie doch ihren Kurs ändern und mehr auf ihn eingehen. Sie war sich sicher, er würde nicht so bluffen, wenn er nicht wirklich einen echten Ermittlungserfolg vorzuweisen hätte. »Steffen, jetzt erzähl doch. Oder muss ich vorher lieb bitte, bitte sagen?«

»Lieb klingt gut«, säuselte er mit tiefer Stimme. »Aber vielleicht fällt dir etwas anderes als bitte, bitte ein.«

»Steffen!« Sie seufzte und ließ sich wieder auf ihre Couch plumpsen. »Ich dachte, wir arbeiten zusammen. Könntest du jetzt endlich mit dem Geplänkel aufhören und zur Sache kommen? Ehrlich. Langsam geht mir das gegen den Strich.«

»Entschuldige. Klar. Weißt du, meine Phantasie ist wohl mit mir durchgegangen, wie man den ersten entscheidenden Hinweis heute feiern könnte. Zum Beispiel im ›Jenseits‹ mit einem Sekt anstoßen, dann weiter zu dir …«

»Steffen Drews! Schalt bitte mal wieder einen Gang runter. Du weißt, dass das nichts bringt.« Sanfter fügte sie hinzu: »Mir ist das ernst, Steffen. Lass es gut sein. Bitte!«

Er schwieg. Dann rückte er endlich mit der Sprache raus: »Wir haben einen Wagen gefunden. Einen Transporter. Er war einem Spaziergänger aufgefallen, der dort regelmäßig am Abend seinen Hund ausführt.«

Schon der zweite Hundebesitzer. Die schienen in dieser Gegend recht häufig zu sein, dachte Claudia. Und sehr aufmerksam.

»Und weiter? Habt ihr den Halter gefunden? Hat er etwas mit dem Mädchen zu tun?«

»Fehlanzeige. Die Nummernschilder sind abmontiert. Der Mann schwört aber, dass sie an den beiden Abenden zuvor noch dran waren.«

»Und wieso bist du dir so sicher, dass der Wagen mit Arielle zu tun hat?«

»Er meint, es hätte sich um ein ausländisches Kennzeichen gehandelt, ist sich jedoch nicht mehr sicher, aus welchem Land. Er glaubt, dass es eine Nummer aus Osteuropa war.«

»Aus Rumänien vielleicht?«

»Hut ab, Claudia! Er kann es nicht beschwören, äußerte aber genau diese Vermutung. Wie bist du denn jetzt so schnell darauf gekommen?«

Sie legte die Füße auf den Couchtisch. »Ich habe heute vor Ort recherchiert. Eine Frau berichtete mir, es gäbe dort Banden, die seit Kurzem für diverse Einbrüche in der Gegend verantwortlich sind.«

»Dann konnte ich dich wohl doch von dem Gedanken an die Banden überzeugen, was?«

»Das habe ich nicht gesagt. Dieses Fahrzeug kann insofern auch mit etwas anderem in Verbindung stehen. Eben mit diesen Einbrüchen.«

»Wohl kaum. In dem Wagen haben wir Decken gefunden, einen Trinkkanister und Brotreste. Einige Kleidungsstücke ebenfalls. Die waren sehr abgetragen, ähnlich wie die des Opfers, und sahen für mich definitiv nicht nach Diebesgut aus.«

Claudia stieß hörbar Luft aus. Damit hatte sie nicht gerechnet. Erstaunlich. Sollte Drews tatsächlich richtigliegen?

»Bist du noch dran?«, fragte Drews irritiert.

»Ja. Klar. Ich habe nur über das nachgedacht, was du gesagt hast.«

»Die Spurensicherung arbeitet jetzt mit Hochdruck daran, übereinstimmende Spuren zu finden. Wenn die die Nummernschilder abmontiert haben, wurden sicher auch die Spuren abgewischt. Wir hoffen dennoch, dass wir in dem Fahrzeug irgendetwas finden, das uns in die richtige Richtung führt. Vielleicht können wir auch über die Fahrzeuggestellnummer den Halter des Transporters feststellen. Die kann allerdings auch getürkt sein. Aber wer weiß! Ich bin jedenfalls guter Dinge.«

Claudia hatte sich wieder von dem Sofa erhoben und ging nachdenklich zum Tisch zurück. Sie wischte über das Mousepad und rief noch einmal das Bild von der eingepackten Leiche auf. Das alles passte für sie nicht. Aber sie hatte auch keinen Beweis.

»Wow, Claudia, deine Begeisterungsstürme über diesen Fortschritt hauen mich echt um. Oder bist du etwa schon dabei, die Infos an die Zeitung zu schicken?«

»Was? Nein. Entschuldige. Lass uns abwarten, was die Spurensicherung findet.«

»Das ist jetzt nicht dein Ernst, oder?«

»Was?« Sie verstand nicht, was er meinte.

»Na, deine Reaktion! Weißt du eigentlich, wie sehr ich unter Druck stehe? Die Kollegen vom organisierten Verbrechen machen Dampf, die Staatsanwaltschaft steht stündlich auf der Matte, und ich – ich kann immer noch keine konkreten Hinweise liefern. Eine Leiche, von der niemand weiß, woher sie kommt, noch dazu ein Kind – das haben die Leute nicht so gerne. Gleich schwirren dann Worte wie ›Inkompetenz‹ durch den Raum. Da brauchen wir Ermittlungserfolge. Und zwar verdammt schnell. Sonst rollen in unserer Behörde Köpfe, das sage ich dir! Und meiner an allererster Stelle. Insofern wäre ein wenig Freude gerade durchaus angemessen.«

Claudia tat ihre Reaktion sofort leid. Er hatte natürlich recht.

»Sorry, Steffen. Ich wollte diesen Ermittlungsfortschritt in keiner Weise abqualifizieren. Ich ticke eben anders als du: Bei mir bilden die Informationen sofort Bilder, wie im Kino, und daraus entstehen meine Geschichten. Ich bin eben durch und durch Journalistin. Ich bin die, die ihre Einschätzung zu dem gibt, was sie gesehen und gehört hat. Die die Stimmung wiedergibt, die an einem Tatort herrscht. Hinterher, verstehst du? Ich versuche den Opfern in meinen Portraits ein Gesicht zu geben, genauso wie ich versuche, die Motive der Täter nachzuvollziehen. Das ist es, was ich mache. Das kann ich. Insofern reagiere ich vielleicht anders auf deine Arbeit als deine Kollegen. Aber du weißt doch selbst, dass du gut bist, oder?« Claudia merkte selbst, dass ihre Rede etwas fade klang, konnte aber nicht mehr Überzeugung hineinlegen. Eben weil sie dieses Mal anders über den Fall dachte.

»Verstehe«, antwortete Drews in ruhigem Ton. »Wir vergessen das einfach, ja? Wenn ich vorhin zu direkt war, dann tut mir das leid. Ich mag dich eben. Und ich wünschte …«

Er brach ab, führte den Satz nicht zu Ende. Das war auch nicht nötig. Claudia wusste sowieso, was er sagen wollte. Dennoch war sie froh, dass er es nicht ausgesprochen hatte. Alles andere hätte ihre Beziehung nur noch mehr belastet. Welcher Art die momentan auch immer war. Sie schaute durch die leere Wohnung, fragte sich, ob sie nicht doch zu barsch gewesen war, sich doch noch im »Jenseits« mit ihm treffen sollte. Bevor dieser Gedanke mehr Raum in ihr einnehmen konnte, fuhr sie rasch fort: »Schickst du mir die Bilder von dem Auto? Und von dem Inneren des Wagens? Ich meine, natürlich nur, wenn es in Ordnung ist, dass ich darüber berichte.«

»Klar. Mache ich sofort.« Seine Stimme klang erleichtert. »Wir schalten heute auch noch in den überregionalen Medien eine Meldung.«

Jetzt schon?, wollte sie fragen, hielt sich aber zurück. Vielleicht sollte sie einfach versuchen, weiter den Fall zu begleiten, ohne sich einzumischen und Fragen zu stellen. Aber dieser Fall ging ihr einfach nahe. Zu nahe vielleicht. Sie bedankte sich und beendete das Telefonat mit dem Versprechen, sich noch einmal zu melden, wenn ihr etwas bei den Fotos auffiel.

Sie hatte sich einen Tee gekocht, weil ihr schon wieder kalt war. Danach hatte sie Dreibein sein Futter gegeben und ihm von den Ereignissen des Tages berichtet. Nun studierte sie auf ihrem Laptop die Bilder des Kastenwagens, während der Kater laut schnurrend neben ihr lag. Ihr war, als hätte sie in der Kleinstadt andauernd dieses Modell gesehen, was aber vermutlich ihrer Einbildung entsprang. Außerdem fuhren eine Reihe von Handwerkern und Paketauslieferern solche Wagentypen.

Es handelte sich um einen weißen VW-Transporter, nicht mehr das neueste Modell. Die Fahrerkabine war komplett von dem Laderaum abgetrennt. Keine Fenster im hinteren Teil.

Sie betrachtete die Bilder des Innenraums, wie die Polizei ihn nach dem Öffnen der hinteren Wagenklappen vorgefunden hatte. Ein Chaos aus Müll und Dreck beherrschte die Ladefläche, der Boden war ramponiert. Die Decken, von denen Drews berichtet hatte, waren grau und schmutzig. Transportdecken, schoss es Claudia durch den Kopf. Ansonsten lagen dort zerknautschte Trinkflaschen, Reste von Plastikverpackungen und ein großer Hammer.

Claudia markierte einige Aufnahmen und druckte sie via Bluetooth aus. Wenige Sekunden später hielt sie die Bilder in der Hand und legte sie nebeneinander auf den Tisch.

Sie schloss die Augen. Versuchte sich Menschen in diesem metallenen Gefängnis vorzustellen, Kinder, verängstigt und allein. Wie hatte es wohl in dem Wagen gerochen? Wären Menschen dort über eine längere Strecke hinweg transportiert worden, hätte man Gerüche von Schweiß oder Urin wahrnehmen müssen. Oder nicht?

Dann schaute sie erneut auf die Bilder. Auf den ersten Blick schien das Szenario zu passen. Aber Claudia war überzeugt, dass man keine Faserspuren finden würde, die zu denen von Arielle passten. Die Polyesterdecke war zwar abgenutzt, aber sie war einmal weich gewesen, stammte vermutlich aus einem Wohnbereich, nicht wie diese rauen Decken, die zum Schutz von Möbeln und Ähnlichem benutzt wurden. Die Transportbänder hingegen konnten durchaus einem solchen Wagen entstammen, wenngleich sie hier nur schwarze sah, keine roten, mit denen Arielle verschnürt gewesen war.

Am meisten aber irritierte Claudia der Hammer. Sie schaute die Bilder durch und fand eines, das die Innenseite der Tür zeigte. Sie rief noch einmal die Bilder auf und vergrößerte die Ansicht. Keine Dellen. Keine Kratzer. Sie schüttelte den Kopf. Hätte das Mädchen in seinem Todeskampf nicht versucht, dieses Werkzeug einzusetzen? Die Türe hätte sie vielleicht nicht öffnen können, es aber in jedem Falle probiert. Oder wenigstens versucht, Aufmerksamkeit zu erregen, um aus ihrem Gefängnis zu entkommen. Die hätte doch den Hammer benutzt, um riesigen Lärm zu machen. Sie war gespannt, ob es Spuren dafür geben würde.

Sie schob die Bilder von sich und ärgerte sich, dass Drews sie am Morgen nicht gleich mitgenommen hatte, als er nach dem gemeinsamen Imbiss so schnell verschwunden war. Immerhin war sie fast hundertprozentig sicher, dass er genau zu diesem Wagen gewollt hatte. Dann müsste sie jetzt nicht im Trüben fischen, hätte selbst ein umfassenderes Bild.

Sie konnte Drews nur zugutehalten, dass Mainauer so eng involviert war. Der Staatsanwalt war ein leicht übergewichtiger Bürokrat, der immer alles tadellos ermittelt haben wollte, um später in einem Prozess keine Probleme wegen schlampiger oder gar fehlerhafter Ermittlungsarbeit zu bekommen. Vielleicht war das der Grund gewesen, sie dieses Mal nicht bevorzugt zu behandeln. Oder Kretschmann hatte mittlerweile von Drews unüblicher Praxis Wind bekommen. Offiziell durfte er sie schließlich weder mit an den Tatort nehmen noch ihr Details über Einschätzungen verraten, für die es keine Beweise gab. Dagegen sprach, dass er sie sofort wieder angerufen und mit Bildern versorgt hatte. Irgendwie wurde sie dieses Mal aus dem Kommissar nicht recht schlau. Gab es noch einen anderen Grund? Wollte Drews vielleicht, dass sie in eine andere Richtung ermittelte? Waren ihm auf offiziellem Wege die Hände gebunden, und er brauchte sie, um die Ermittlungen in andere Bahnen zu lenken? Denn bereits jetzt, nach der ersten Sichtung der Fotos, konnte sie keine schlüssigen Hinweise finden. Und sie konnte sich nicht vorstellen, dass Drews diese Dinge nicht genauso aufgefallen waren. Wurde er vielleicht in diese Ermittlungsrichtung gedrängt? War das am Ende der Grund, warum er sie hinzugezogen hatte?

Noch einmal von vorne. Natürlich passte der Wagen im Grund zu der Todesart. Wenn ein Kind darin ohne Wasser für einige Stunden eingesperrt war, konnte es dort sicher einen Hitzschlag erleiden. Sie musste das noch einmal genau überdenken. Mit untergeschlagenen Beinen hockte sie sich auf den Boden, breitete die Fotos um sich aus, setzte sich in deren Mitte und machte sich Notizen. Wo war der Wagen überhaupt gefunden worden? Sie tippte die Adresse des Parkplatzes des Gartencenters ein, das Drews genannt hatte. Laut Routenplaner war der 4,5 Kilometer vom Leichenfundort entfernt.

Claudia schüttelte den Kopf. Warum hatten sie dann den Wagen nicht gleich dort gelassen? Der Sportclub war ebenso abgelegen wie der andere Parkplatz. Beide Stellen waren zudem von Wald umgeben, wo man viel unauffälliger ein lästiges Beweisstück hätte abstellen können. Und Spaziergänger gab es offenbar ja auch an beiden Orten.

Sie fand keinen Sinn darin, dass die Täter noch einmal einige Minuten durch die Gegend fahren und dabei die Gefahr eingehen, am Steuer des Fahrzeugs gesehen zu werden, nur um dann am anderen Ende des Ortes das Fahrzeug zu parken. Zumal das Nummernschild zunächst noch dran gewesen war, wie der Zeuge ausgesagt hatte.

Es sei denn, sie hatten während der Flucht keinen Sprit mehr gehabt oder einen technischen Defekt. Dann wäre die Aktion nicht geplant gewesen, sondern dem reinen Zufall geschuldet. Dann hätte man einen anderen Wagen organisieren müssen, mit dem vielleicht weitere Kinder abtransportiert werden konnten. Diejenigen, die die Überführung überlebt hätten, wenn sie Drews Theorie folgte. Sie nahm ihr Smartphone und suchte Drews Nummer im Telefonverzeichnis. Konnte das sein? Sie schaute erneut das Bild an. Auf einem öffentlichen Parkplatz? Mehr als einen Tag lang? Nein. Sie blieb dabei. Die hätten sich doch niemals ruhig verhalten, erst recht nicht, wenn es mehrere gab. Die hätten Lärm gemacht. Gefesselt und geknebelt war das Mädchen eindeutig nicht gewesen, das hätte sonst in jedem Falle Buttler bei der rechtsmedizinischen Untersuchung festgestellt. Claudia legte das Telefon wieder weg. Das musste doch auch Drews gesehen haben. Sie kannte ihn doch: Er war gut. Dachte er vielleicht, dass jemand aus der Behörde damit zu tun hatte? Egal. Es brachte nichts, sich zu fragen, ob und warum er etwas übersehen hatte. Sie musste ihrer Intuition weiter folgen. Egal, was Drews mit seinem Verhalten bezweckte.

»Rumänische Diebesbande?«, notierte sie sich deshalb auf

dem Foto des Transporters und schob die Bilder zusammen. Das machte für sie schon eher Sinn. Mit dem Hammer konnte man sich Zutritt in Häuser verschaffen. Ein fensterloses Auto machte in diesem Kontext genauso Sinn. Aber wenn der Wagen mit den Einbrüchen im Zusammenhang stand, was war dann mit Arielle?

Sie rief das Bild des Mädchens noch einmal auf.

»Wer bist du?«, fragte sie laut.

11.

Nach einer unruhigen Nacht, in der sie immer wieder von seltsamen Träumen geweckt worden war, hatte Claudia schließlich um kurz nach sechs beschlossen aufzustehen, ihr rötliches Haar zu einem Zopf gebunden und war in ihren Laufklamotten zum nahe gelegenen Westpark aufgebrochen.

Sie war schon längere Zeit nicht mehr joggen gewesen. Ihre Beine fühlten sich schwer an, ihr Kreislauf war noch am Boden, und sie verfluchte diese spontane Idee. Obwohl es mitten im Sommer war, kam kaum Helligkeit durch den morgendlichen Nebel. Bei diesem Wetter würde sie am Westsee nur wenigen Menschen begegnen, deshalb beschloss sie, ihn zu umrunden. Die Baumwipfel tröpfelten noch vom Regen, der auch in dieser Nacht wieder vom Himmel geprasselt war. Auf dem feuchten Boden blieben alle Geräusche merkwürdig gedämpft, aber die Luft war klar, so als wäre sie sauber gewaschen worden. Claudia lief bereits lockerer mit ausladenden Schritten. Mit jedem Meter wurde ihr Kopf freier, und ihre Stimmung hob sich merklich. Sie fühlte sich eins mit der Natur. Wie so oft, wenn sie sich im Freien befand, wurde ihr bewusst, wie klein der Mensch im Grunde war. Dabei glaubte jeder oft genug von sich, der Nabel der Welt zu sein. Ein Irrglaube, wie Claudia wusste. Das Leben machte ohnehin mit jedem, was es wollte, und hielt immer neue Überraschungen bereit – und nicht nur positive. Dennoch: Sie war gesund, konnte sich selbst versorgen und hatte einen Beruf, der sie faszinierte und fesselte. Das war mehr, als die meisten Menschen vorzuweisen hatten. Mit ihren Portraits konnte sie über die üblen Seiten des Lebens berichten und vielleicht für Aufklärung sorgen. Den einen oder anderen vorsichtiger machen und vielleicht vor schlechten Erfahrungen bewahren. Doch sie tat das nicht nur für die Leser. Auch für sich. Wenn sie selbst das Böse von allen Seiten beleuchtete, würde sie sich vielleicht besser davor schützen können als zuvor. Sie nahm Tempo auf, rannte schneller, bis sie Seitenstechen bekam. Dann verfiel sie erneut in einen ruhigen Trab und spürte, wie ihre Gedanken wieder in einen ruhigen Fluss kamen. Sie beschloss, regelmäßiger zu laufen. Viel zu oft reduzierte sie sportliche Betätigungen auf ein Minimum, lag stattdessen lieber auf der Couch und schaute alte amerikanische Filme aus den Fünfzigerjahren an. Manchmal schien es ihr, als wäre ihr innerer Schweinehund hyperaktiv, der sie viel zu oft zu Fast Food greifen ließ, statt zu kochen, sie überredete, noch ein allerletztes Bier zu bestellen, und ihr zuflüsterte, dass das Bett viel zu warm sei, um es frühzeitig zu verlassen. Aber heute würde er nicht gewinnen. Sie setzte demonstrativ zum Endspurt an, als plötzlich Dreibein an ihr vorbeischoss. Sie hatte nicht bemerkt, dass der Kater mit ihr aufgebrochen war, und musste lachen, als er trotz seiner Behinderung bewies, wer in Wahrheit der Schnellere von ihnen war.

Nachdem sie geduscht und ein dezentes Make-up aufgelegt hatte, war Claudia einen Umweg über ihre Lieblingsbäckerei gefahren und hatte dort ein belegtes Vollkornbrötchen mit Käse, einen Obstsalat und einen Cappuccino zum Mitnehmen bestellt. Während sie zum Büro fuhr, konnte sie sich nicht zurückhalten und biss mit großem Appetit in ihr Brötchen. Käse war für Claudia der Inbegriff ihrer Kindheit, und sie bedauerte, dass ihre Großmutter so früh gestorben war. Claudia war gerade erst acht gewesen. Bis dahin war sie in den Ferien als Kind immer an die holländische Nordseeküste geschickt worden, wo die Eltern ihrer Mutter ein kleines Haus besaßen. Dort hatte ihre Oma ihr entweder Brötchen mit leckerem Käse, mit Fisch oder Nordseekrabben vorgesetzt, wenn sie hungrig vom Strand zurückgekommen war, wo sie stundenlang Sandburgen gebaut hatte oder mit einem Netz kleine Krebse gefangen hatte.

Arielle fiel ihr dabei wieder ein. Die kleine Meerjungfrau. Eigentlich ein trauriger Name für das tote Kind. Es war nicht im Wasser geboren wie die Figur im Film. Sie hatte im Wasser sterben müssen. Das Klingeln ihres Telefons zerriss die Stille.

»Guten Morgen, Claudia!«, meldete sich Celina, die türkischstämmige Studentin, die als Assistentin in ihrem Büro jobbte. »Sorry, dass ich mich so früh melde, aber hier ist eine Frau, die dich unbedingt sprechen will. Sie hat gestern schon auf den AB gesprochen, dass sie sich am Morgen erneut melden würde. Es klingt, als hätte sie wirklich etwas Wichtiges auf der Seele, aber sie will mir weder ihren Namen noch ihre Nummer sagen. Kann ich sie durchstellen?«

»Stell durch, Celina. Obwohl ich befürchte, dass ich gleich den Empfang verlieren könnte, wenn ich in die Tiefgarage reinfahre. Sag ihr das bitte. Sie soll dann unbedingt noch einmal anrufen.«

»Geht in Ordnung.«

Claudia atmete auf und wartete gespannt darauf, wer sich am anderen Ende melden würde. Wenn ein Tag gut begann, dann blieb er auch gut. Meistens jedenfalls. Sie spürte die Art von Unruhe, die sie immer dann überfiel, wenn ihre Recherchen in eine neue, vielversprechende Richtung gingen. Ob diese Frau, die so um ihre Anonymität besorgt war, endlich den entscheidenden Hinweis auf die Identität des Mädchens geben konnte? Sie hörte ein Klicken in der Leitung. »Brandes«, meldete sie sich sofort. Als es still blieb, fuhr sie fort: »Meine Mitarbeiterin hat mir bereits mitgeteilt, dass Sie es vorziehen, anonym zu bleiben. Dennoch wäre es natürlich sehr hilfreich, wenn Sie mir sagen, was Sie über das Kind wissen.«

Am anderen Ende räusperte sich jemand, so wie es Leute tun, deren Stimme erst einmal in Gang kommen muss, weil sie selten sprechen. Dann hörte sie nichts mehr. Verdammt! Sie starrte auf ihr Telefon. Kein Empfang. Sie konnte nur beten, dass die Frau noch einmal anrief. Warum hatte sie nicht einfach angehalten? Sie kannte doch diese sensiblen Menschen, die sich lange überlegten, ob sie sich melden sollten oder nicht. Sie raste durch das Stockwerk und parkte völlig schief auf zwei Parkplätzen. Sie durfte nicht riskieren, die Frau noch einmal zu verpassen.

Als Claudia völlig außer Atem die »Medienetage« erreichte, eilte sie zielstrebig in das Büro, das sich Celina und Raffa teilten. Ohne eine Begrüßung fragte sie hastig: »Hat sie sich hier noch einmal gemeldet?«

»Nein, wieso? Habe ich bei der Verbindung was falsch gemacht?«

»Was? Nein. Sie war weg, bevor ich auch nur erfahren habe, was sie wollte. Funkloch. War ja eigentlich klar in diesem Betonbunker. Ich habe es noch gesagt und statt sofort stehen zu bleiben …«

»Ruhig Blut, Claudia. Die ruft bestimmt wieder an. Das war nicht ihr erster Anruf, erinnerst du dich?« Celina schaute sie mit ihren dunklen Augen beruhigend an. »Na also. Nutze die Zeit. Du solltest dir vielleicht vorher erst einmal die Schlagzeilen des Tages ansehen.«

Mit diesen Worten legte sie einen Stapel Tageszeitungen vor Claudia hin, deren Titelbilder alle ein gezeichnetes Bild der Leiche zeigten. Das oberste Blatt titelte:

»Unfähige Polizei – Noch immer kein Hinweis auf die Identität der Toten aus dem Weiher«. Alle anderen Blätter hatten nicht weniger provokante Überschriften gefunden.

»Im Sommerloch ist diese Tote ein gefundenes Fressen für die Presse«, sagte Celina. »Die haben sich alle richtig ausgetobt und machen Stimmung. Aber wenn dann wieder jemand vorschnell festgenommen wird, schreien sie genauso laut. Das soll einer verstehen.«

»Stimmt. Drews ist wirklich nicht zu beneiden«, stimmte Claudia ihr zu.

»Mein Vater sagt übrigens, das wäre wieder typisch deutsch, dass die Leute nicht einmal merken, dass ihre Kinder weg sind.«

Celinas Vater war Türke und als Einziger aus seiner Familie ausgewandert. Seine drei Kinder und seine Frau standen deshalb für ihn an allererster Stelle, und sein Familiensinn hatte Celina schon oft verrückt gemacht, weil er so gar nicht verstand, warum sie sich nicht einfach einen Mann suchte, sondern lieber studierte. Sein Wunsch nach Enkeln war riesengroß, aber mit diesem Anliegen trat er nur an seine Tochter heran. Die Söhne durften tun und lassen, was sie wollten.

Als das Telefon klingelte, rannte Celina ohne ein Wort an den Apparat. Claudia ging eilig in ihr Büro, schloss die Tür und nahm das Gespräch entgegen.

»Brandes. Tut mir leid, dass ich Ihnen so viel Mühe bereiten musste, aber ich war gerade in einer Tiefgarage, als ihr Anruf kam.«

»Ihre Mitarbeiterin hatte mich darauf hingewiesen, deshalb habe ich etwas Zeit verstreichen lassen«, sagte die Frau mit tiefer, fester Stimme. »Also«, fuhr sie wohlakzentuiert fort, so als würde sie sich selbst einen Schubs geben, um endlich etwas loszuwerden. »Ich habe ein Mädchen gekannt. Sie kam aus dem Ausland, wohnte kurzzeitig hier, und ich wurde gebeten, ihr Deutsch beizubringen. Sie sprach kein Wort, als sie kam.«

Claudia umklammerte den Stift. Eine Ausländerin. Bingo!

»Darf ich fragen, von wo aus Sie anrufen?«

Die Frau am anderen Ende schwieg.

»Aber Sie sind sich sicher, dass es sich um das Mädchen handelt?«

Gespannt wartete Claudia auf die Antwort der Unbekannten.

»Nein. Es ist schon über zwei Jahre her, dass ich das Mädchen unterrichtet habe. Kinder verändern sich in diesem Alter oft sehr. Eine gewisse Ähnlichkeit ist zweifellos da, sonst hätte ich Sie nicht belästigt. Aber beschwören, ob das Agata ist, kann ich nicht. Wenn sie doch nur lange Haare hätte. Das Kind hatte wunderschöne dunkle, lange Haare, die glänzten wie Seide.«

»Hatten die Eltern des Kindes sie beauftragt?«

»Nein, die Eltern habe ich nicht kennengelernt. Das Mädchen lebte hier am Ort bei einer Familie auf einem Bauernhof. Dabei hatte die Mutter ohnehin schon genug mit ihren drei Söhnen zu tun. Ungehobelte Kerle … Jedenfalls hätte sie besser daran getan, die vernünftig …«

Die Frau hielt inne. Claudia hatte Angst, die Frau würde gleich auflegen. Sie musste sie am Reden halten.

»Und Sie haben das Mädchen also unterrichtet. Kam sie zu Ihnen, oder sind Sie auf den Hof gegangen?«

»Zu denen? Gott bewahre!« Sie atmete tief ein und aus. »Entschuldigung. Ich will nichts gegen die Familie sagen. Eigentlich kenne ich diese Leute gar nicht, und das alles geht mich eigentlich nichts an. Jedenfalls, ich unterrichte einfach lieber hier bei mir. Da sind die Kinder auch anders. Entspannter. Außerdem konnte Agata ja nichts dafür, wo sie hinkam. Sie hatte es sich sicher nicht aussuchen können. Gelernt hat die schnell. Und sie war immer pünktlich und fleißig. So sind nicht viele Kinder. Die würde es sicher mal weit bringen im Leben, habe ich immer gedacht.« Die Frau schien jetzt zu lächeln, ihre Stimme hatte einen warmen Tonfall angenommen.

»Sie sog Wissen auf wie ein Schwamm, die Agata. War nie unaufmerksam, obwohl sie oft so müde aussah. Und sie war immer hungrig.«

»Wie lange haben Sie sie denn unterrichtet?«

»Drei Monate. Dann kam sie auf einmal nicht mehr. Sie hätte zurückgewollt, sagte man mir. Dabei hatte ich nie den Eindruck, dass sie ihre Heimat sonderlich vermisste. Sie wollte in die Schule, wollte lernen, später einen Beruf. Sonst hätte sie sich doch nicht so eine Mühe gegeben, verstehen Sie? Mir kam das immer seltsam vor. Dennoch habe ich nichts getan, nicht nachgefragt. Als ich das Bild sah, bekam ich einen großen Schreck, wie sie sich vorstellen können. Ich hoffe, dass ich damals keinen Fehler gemacht habe. Denn gewundert habe ich mich schon.«

Claudia gab einen zustimmenden Ton von sich. Das erklärte, warum die Frau mehrfach angerufen hatte, obwohl sie anonym bleiben wollte.

»Wie gesagt, das ist jedoch schon lange her. Im September 2012 war das. Deshalb bin ich mir auch so unsicher. Es gibt da eine Ähnlichkeit, beschwören kann ich es allerdings nicht. Und eine Narbe hatte sie auch nicht. Jedenfalls nicht, während sie hier zu mir kam. Vermutlich mache ich viel zu viel Wirbel um die Sache.«

»Woher kam denn das Mädchen überhaupt? Sie sagten, sie musste Deutsch lernen, dann war sie vermutlich aus dem Ausland«, unterbrach Claudia die Frau.

»Aus Rumänien.«

12.

Claudia schaute nachdenklich auf den Zettel vor sich.

Rumänien. Am Vortag im Zusammenhang mit den Einbrüchen und jetzt schon wieder. Es war ihr bekannt, dass das Land auch 25 Jahre nach der Ceauşescu-Regierung noch immer mit den Nachwirkungen des Regimes zu kämpfen hatte.

Sie schaltete den Rechner ein und scrollte über die Artikel zum Zeitgeschehen: Seit Jahresbeginn waren die Zahlen der Emigranten gestiegen, da die Arbeitsuchenden hierzulande keine Arbeitserlaubnis mehr benötigten. Besonders die Städte Duisburg, Hamburg und Nürnberg seien bei den Einwanderern beliebt. Unweit von Nürnberg lebte auch die Familie, deren Adresse sie sich gerade notiert hatte. Zufall? Sie las von Armutseinwanderung, über kriminelle Roma-Banden, aber auch von reger Internetkriminalität und Kinderpornographie. Immer noch gab es in dem Land Hunderttausende von Kindern, die Analphabeten waren. Ceauşescu hatte die Großfamilie propagiert, wollte die Einwohnerzahlen des Landes mit dieser Politik drastisch erhöhen. Sein Prinzip: Mehr Menschen verheißen steigende Steuereinnahmen und damit letztlich Wohlstand. 1966 verbot er Verhütungsmittel für Familien mit weniger als fünf Kindern. Frauen, die eine Abtreibung vornehmen ließen, drohte meist sogar eine Gefängnisstrafe. Aber der Diktator irrte. Es gab zu wenig Jobs, die Familien waren arm und konnten den Nachwuchs nicht ernähren. In der Folge wurden unzählige Kinder verstoßen oder in Heime abgeschoben. Über 140 000 Kinder waren dort

1990 in solchen Einrichtungen unter teilweise menschenunwürdigen Bedingungen untergebracht, diejenigen mit Behinderungen in den später als »Kindergulags« oder »Todeslager« bezeichneten Sozialwaisenhäusern. Daneben gab es auch weit über 100 000 Kinder, die auf der Straße lebten.

Nachdenklich betrachtete Claudia die vielen Artikel im Netz, die ein Horrorbild von dem Land malten. Eines, das aus einer anderen Zeit zu stammen schien. Mit dem Eintritt in die Europäische Union hatte sich die Situation im Land offenbar nur unwesentlich verbessert. Claudia fragte sich, welche Rolle Kinder heute dort spielten. Die Kinder von einst waren nun selbst Eltern, durch fehlende Arbeitsplätze waren die Männer gezwungen, im Ausland zu arbeiten. Wie erging es denjenigen, die dort infolgedessen als Halb- oder Vollwaisen lebten? Wenn ihre Eltern hier Arbeit suchten? Konnte es sein, dass das Mädchen weggelaufen war, versucht hatte, den Eltern zu folgen?

»Guten Morgen, Claudia! Gibt es schon Neuigkeiten über das Mädchen? Celina deutete so etwas an.«

Hendrik stellte eine dampfende Tasse Kaffee auf seinen Schreibtisch.

»Leider nein. Eine Frau, die angerufen hat, meinte das Mädchen zu erkennen, aber es scheint sich wohl doch um ein anderes zu handeln. Das Ganze ist zwei Jahre her. Es hat bei einer Familie in Franken gelebt und sollte bei der Frau Deutsch lernen. Über die leiblichen Eltern des Kindes wusste sie nur, dass sie offenbar nicht mit dem Kind nach Deutschland gekommen waren. Nach einigen Wochen wurde das Mädchen allerdings wieder zu ihren Eltern zurückgeschickt. Warum, das weiß die Frau angeblich nicht. Die Lehrerin hatte nur Bescheid bekommen, dass der Unterricht vorbei war.«

»Und?«

»Nichts und. Die Frau will anonym bleiben, ist sich bei der Identifizierung nicht sicher, und vor allem hatte das Kind damals keine Narbe.«

»Aber …«, hakte er erneut nach.

»Was? Was willst du, Hendrik?«

»Wenn ich dich so ansehe, brütest du doch noch über einem Gedanken, den du gerade nicht genannt hast. Auf den warte ich.«

Claudia pustete sich ihre roten Ponysträhnen aus der Stirn. Manchmal war ihr Kollege wirklich anstrengend. Vor allem dann, wenn er mit seinen Äußerungen richtiglag.

»Gestern war ich noch einmal am Tatort. In der Gegend gibt es derzeit viele Einbrüche, für die angeblich rumänische Banden verantwortlich sind. Drews hat einen Transporter gefunden, in dem seiner Ansicht nach das Mädchen gestorben ist. Ein Augenzeuge glaubt sich zu erinnern, dass der Wagen am Vortag noch mit einem Kennzeichen aus Osteuropa versehen war. Und heute wird erneut dieses Land erwähnt. Das sind für meinen Geschmack ein paar Zufälle zu viel.«

»Stimmt. Aber solche Zufälle passieren. Ich stoße mich an einer ganz anderen Sache.«

»Und zwar?« Claudia machte eine Geste, dass er fortfahren solle.

»Dieses Mädchen in Franken.«

»Agata.«

»Diese Agata. Warum wurde sie denn zum Unterricht geschickt? Vermutlich sollte sie doch anschließend normal zur Schule gehen. Warum sonst sollte sie Deutsch lernen?«

»Ja. Das sagte die Frau am Telefon. Das Mädchen habe sich darauf gefreut.«

»Dann wollten die Leute sie doch offenbar bei sich aufnehmen. Ich verstehe einfach nicht, warum sie dann wieder zu ihren Eltern zurückgeschickt wurde?«

»Die Lehrerin erwähnte, dass die Frau mit ihren drei Söhnen wohl alle Hände voll zu tun hatte. Vielleicht gab es da irgendwie Ärger.«

»Trotzdem kann es einen Zusammenhang geben. Wenn jemand ein Kind aus dem Ausland holt, es bei sich aufnimmt und eine Privatlehrerin bemüht, sieht das für mich so aus, als wollte derjenige sie adoptieren. Das scheiterte aus irgendeinem Grund, über den wir nur mutmaßen können. In meinen Augen wäre dann die übliche Praxis, das Kind wieder in die Obhut der Vermittlungsstelle zu geben, oder? Ich denke mir, dass Eltern, die sich zu dem Schritt der Adoption entscheiden, ihre Kinder normalerweise nicht wieder zurücknehmen. Sie haben die Kinder aus wohlüberlegten Gründen an öffentliche Stellen übergeben, von wo aus sie vermittelt werden. Dorthin gehen sie dann auch wieder zurück.«

»Du meinst, diese Agata ist gar nicht in Rumänien, sondern wurde zu einer anderen Familie vermittelt?«

»Das wäre zumindest denkbar.«

Claudia ließ sich verblüfft in ihren Sitz zurückfallen. Darüber hatte sie tatsächlich nicht nachgedacht. Sie hatte sich so an den schrecklichen Bildern von Rumänien festgesaugt, dass ihr diese Möglichkeit gar nicht in den Sinn gekommen war.

»Das heißt, ich muss nur noch herausfinden, über welche Stelle die Adoption gelaufen ist. Von dort könnte dann überprüft werden, wo sich das Kind mittlerweile aufhält und ob es gesund und munter ist – was ich natürlich irgendwie immer noch hoffe. Hendrik, du bist ein Schatz! Für einen Moment hatte ich sogar die Schleppertheorie von Drews wieder für möglich gehalten. Bevor du hereingekommen bist, schwirrte mir der Kopf vor lauter Elend, über das ich hier gelesen habe. Kinder, die in der Abwasserkanalisation hausen. Kinder werden nicht selten von den eigenen Eltern in üble Milieus geschickt oder sogar vermietet. Für ein paar Zigaretten, für ein bisschen Geld. Da ist die Rede von Kindern, die als Haushaltsangestellte wie Sklaven behandelt oder für Kinderpornographie und Kinderprostitution an die Sexindustrie verkauft werden. Ich habe nur noch gehofft, dass das Mädchen so etwas nicht vor ihrem Tod erleben musste. Ich hoffe deshalb sehr, dass deine Theorie zutrifft.«

»Ich weiß genau, was du meinst. Ich bin auch immer wieder schockiert, wie viel Elend es mitten in Europa gibt. Direkt in der Nachbarschaft. In Rumänien sind es gerade die Roma, die es als Minderheit bitter trifft. Sie arbeiten auf Müllhalden, sammeln dort Plastik, das sie verkaufen, um sich Essen zu leisten zu können. Oder versuchen sich mit dem wenigen Brauchbaren, das sie finden, über Wasser zu halten. Allerdings ist es immer eine Frage des Standpunktes, was wirklich schlimm ist. Die Not der Menschen in dem Land, die Opfer eines miesen Regimes geworden sind, oder diejenigen, die die missliche Lage dieser Menschen ausnutzen, um sich ihre kleinen Perversitäten zu leisten. Menschenhandel besteht aus zwei Sorten von Teufeln: Denen, die die Menschen entführen und kaufen, und denen, die über andere Macht ausüben wollen.«

Claudia schaute gedankenverloren aus dem Fenster und hielt einen Moment inne, bevor sie murmelte: »Vor so einem Hintergrund erscheinen einem manche Sachen plötzlich einen Hauch menschlicher.«

»Was zum Beispiel?«, wollte Hendrik wissen. Er sah sie ernst an.

»Ach, nichts.« Sie sah sich auf ihrem Schreibtisch um, griff nach ihrer Notiz. »Die Lehrerin hat mir die Nummer des Hofes gegeben, bat aber darum, sie selbst nicht als Quelle anzugeben. Ich rufe gleich mal bei dieser Frau an. Jeder aus dem Ort könnte schließlich einen Hinweis gegeben haben.«

Rasch warf sie einen Blick über ihre Schulter, ob sich ihr Kollege wieder seiner Arbeit zugewandt hatte, aber Hendrik saß unverändert dort. Im dunklen Bildschirm konnte sie seine Silhouette erkennen, sah, dass er sie weiter im Blick hielt.

»Was steht bei dir heute noch an?«, fragte sie so normal wie möglich in den Raum hinein.

Er zögerte. Schließlich antwortete er ruhig: »Buchhaltung. Ich habe versprochen, Celina in die Geheimnisse unserer internen Kontoführung einzuweihen.«

Erleichtert brachte sie ein knappes Lächeln zustande und drehte sich um.

»Macht ihr das drüben in ihrem Büro?«

»Wenn dir das lieber wäre.«

Sie schaute ihn bedeutungsvoll an und nickte. Er forschte in ihrem Gesicht. Nach einer Weile entgegnete er: »In Ordnung. Wenn du lieber alleine damit bleibst.«

Sie nickte. Die Doppeldeutigkeit seiner Worte war sicher kein Zufall. Entsprechend antwortete sie: »Danke für dein Verständnis.«

Er verließ das Büro und schloss die Tür hinter sich. Claudia hielt sich den Bauch und atmete erleichtert auf. Noch während sie die Nummer wählte, die die Lehrerin ihr gegeben hatte, zitterte Claudias Hand. Das war haarscharf gewesen. Sie musste besser darauf achten, was sie sagte. Vor allem, wenn sie mit Hendrik sprach. Dieser Fall griff sie zu sehr an, ließ sie unaufmerksam werden.

»Seidel«, meldete sich eine tiefe Frauenstimme am Telefon.

»Hallo, Frau Seidel! Brandes mein Name. Ich bin Journalistin und hoffe, Sie können mir weiterhelfen.«

Es blieb still am anderen Ende.

»Ist es richtig, dass Sie vor zwei Jahren ein Kind aus Rumänien bei sich untergebracht haben?«

Das Klacken in der Leitung war deutlich zu hören. Die Frau hatte aufgelegt.

»Mist!«, fluchte Claudia laut. Sie hatte sich nicht konzentriert und war einfach mit der Tür ins Haus gefallen. Wie eine blöde Anfängerin. Sie wählte erneut.

Eine Durchsage ertönte: »Ihr gewünschter Gesprächspartner ist zurzeit nicht erreichbar.«

13.

Auch nach drei weiteren Versuchen war niemand unter der Nummer zu erreichen. Claudia schaltete den Computer ein, notierte die Adressdaten, um es später erneut zu versuchen. Auch wenn es nicht so wirkte, durfte sie einen technischen Defekt in der Leitung nicht ausschließen.

Sie ging über den Flur, schaute in Annis Büro, das direkt gegenüberlag, fand es jedoch leer vor. Für alle, die in der Medienetage arbeiteten, war das nicht ungewöhnlich. In ihren Berufen war man oft unterwegs oder arbeitete von zu Hause. Annika Trotter, die alle nur »Anni« nannten, war freie Lektorin und für verschiedene Verlage in München tätig. Da sie ihren Sohn Max alleine großzog, kam es häufiger vor, dass sie vom Homeoffice aus arbeitete. Max litt unter starkem Asthma und war deshalb öfter krank.

Vom Ende des Flurs drangen leise Klänge klassischer Musik an ihre Ohren. Chopin, Klavierkonzert Nummer 1 in E-Moll. Katrin Skibba, die Claudia schon während des Studiums kennengelernt hatte, war die Kreative in ihrer Bürogemeinschaft. Sie arbeitete als Mediengestalterin für verschiedene Werbeagenturen. Katrin konnte einfach alles: Zeichnen, Fotografieren, Filmen, Gestalten. Sie hatte so viel Talent, dass es für zwei Menschen gereicht hätte. Ihre ganz große Liebe gehörte der Musik, und wann immer sie konnte, saß Katrin an ihrem Klavier. Sie hätte sicher auch Pianistin werden können, wenn sie in einer vermögenden Familie groß geworden wäre. Ihre Eltern hatten ihr nie Unterricht und ein eigenes Instrument ermöglichen können, lagen ihr vielmehr in den Ohren, einen vernünftigen Beruf zu lernen, einen, mit dem man ordentlich verdienen konnte. Erst als Erwachsene hatte sie ein Klavier gemietet und sich das Spielen selbst beigebracht. Claudia liebte es schon immer, neben dem Klavier zu sitzen, Katrins lange, geschmeidige Finger über die Tasten huschen zu sehen und ihrem Spiel zu lauschen. Manches Mal war sie dabei zu Tränen gerührt gewesen.

Hier im Büro nutzte Katrin die Musik, um ihre Ideen zu entfalten. Wenn sie einen neuen Auftrag bekam, saß sie mit untergeschlagenen Beinen mitten auf ihrem schweren Holztisch in der Mitte des Raumes, lauschte der Musik und wartete darauf, dass sie detailliert vor sich sah, wie sie die jeweilige Produktion gestalten konnte. So auch heute.

Ihr chaotisches Büro strotzte nur so vor Technik: zwei Computer, Laptop, Kameras, Mischpult, Beamer. Die schmale, kleine Katrin wirkte inmitten dieser Apparaturen immer ein wenig fehl am Platz. Vermutlich war das ihr Erfolgsgeheimnis: Menschen neigten dazu, die zierliche Blondine mit der großen schwarzen Brille zu unterschätzen.

»Ich will dich nicht lange stören, Katrin, aber weißt du zufällig, ob Anni heute noch kommt? Celinas Türe ist zu, sie wird gerade von Hendrik in Buchführung unterwiesen.«

»Überlebt Celina das?«, fragte Katrin mit ernstem Blick.

»Nicht alle Menschen hassen Zahlen so sehr wie du.«

»Ich hasse sie nicht, Claudia. Sie sind mir ein ewiges Rätsel.« Sie stand auf und drehte den Ton leiser. »So kann Celina sich sicher besser konzentrieren. Mir kommt momentan sowieso keine gescheite Idee. Aber zurück zu deiner Frage: Ich habe keine Ahnung, ob Anni kommt. Sie war die ganze Woche nicht da.«

Claudia stutzte. Da sie die letzten Tage nur im Eiltempo durch das Büro gehetzt war, war ihr gar nicht aufgefallen, dass Anni seit einiger Zeit nicht am Platz gewesen war.

»Ist was mit Max?«

»Nicht, dass ich wüsste. Aber frag doch später mal Celina. Der hat sie bestimmt Bescheid gegeben. Ist etwas Dringendes? Kann ich dir helfen?«

»Nein, nein. Ich wollte heute Nachmittag noch zu ein paar Spielplätzen, um da ein paar Leute zu befragen. Ich recherchiere gerade in einem Mordfall und habe gedacht, es sei vielleicht unverfänglicher, wenn ich Max mitnehme. So hätte Anni auch mal wieder einen ungestörten Nachmittag, und jedem wäre gedient.«

»Das hätte Max sicher gefallen, wenn du die Unternehmung als Undercovereinsatz getarnt hättest. Er steht gerade auf so was. Anni ist davon allerdings nicht so begeistert.«

»Wieso? Machen nicht alle Jungs irgendwann so eine Phase durch?«

»Kann schon sein.« Sie zuckte mit den Schultern. »Anni führt es natürlich auf die fehlende Vaterfigur zurück, dass er sich für Ermittlungen von Detektiven, Polizei und Geheimdiensten interessiert.«

Das alte Thema. Anni war eine phantastische Mutter, und Max liebte sie über alles. Die beiden hatten ein tolles Verhältnis, und sie bot ihm alles, was sich ein Junge in seinem Alter nur wünschen konnte, vielleicht sogar mehr: Sie fuhr mit ihm Skateboard im Olympiapark, hatte eine Dauerkarte für die Spiele des FC Bayern ergattert, und jeden Freitag machten sie einen Kinoabend, bei dem er sich einen Film aussuchen durfte, den sie dann gemeinsam anschauten und dabei Popcorn verdrückten. Max war ein glückliches Kind. Das sah man ihm an. Aber Anni fraß das schlechte Gewissen ihm gegenüber beinahe auf. Sie war es gewesen, die die Beziehung mit ihrem Mann beendet hatte. Aus guten und vernünftigen Gründen. Carlos war ein wunderschöner und witziger Mann, taugte nur leider nicht als Familienvater und glänzte durch Abwesenheit und Unzuverlässigkeit. Als Anni um die Scheidung bat, wollte er nur wissen, ob er ihr etwas zahlen müsse. Als sie verneinte, packte er ohne Groll und Tränen seine Sachen und verschwand nach Mallorca. Sohn und Frau waren ihm egal. Vielmehr schien er erleichtert, den Ballast losgeworden zu sein.

Obwohl das Leben danach wesentlich ruhiger verlief, lastete für Anni die imaginäre Schuld, die Familie zerstört zu haben, wie Blei auf ihren Schultern. Ständig schien sie zu glauben, ihrer Aufgabe nicht gerecht zu werden, redete sich ein, dass sie zu wenig Zeit mit ihrem Kind verbrachte, sondern immer nur damit beschäftigt war, genug Geld ranzuschaffen, um ihrer beider Leben zu finanzieren. Alles gute Zureden hatte in der Vergangenheit nicht geholfen, Anni von dem Gegenteil zu überzeugen.

»Dann rufe ich sie mal schnell an, um zu hören, was mit ihr ist«, sagte Claudia.

»In Ordnung. Richte ihr Grüße aus. Und wenn du jemanden für den Spielplatz brauchst: Ich hätte auch Zeit.« Katrin zwinkerte ihr zu, schob sich von ihrem Tisch und dehnte sich mit ausgestreckten Armen.

»Dafür nicht, aber hast du am Wochenende Zeit?«, fragte Claudia, der Katrins unkomplizierte Art guttat. »Wir waren schon ewig nicht mehr zusammen im ›Jenseits‹.«

»Gute Idee. Frag doch Anni gleich, ob sie auch kommen will. Egal was sie hat, ein Mädelsabend muntert sie sicher auf.«

Claudia nickte, verließ das Büro und beeilte sich, zum Telefon zu kommen. Das schlechte Gewissen, Annis Fehlen in der Medienetage nicht einmal bemerkt zu haben, nagte an ihr. Außerdem war sie besorgt.

Sie drückte auf die Kurzwahl, aber nach dreimaligem Klingeln lief nur die Mailbox an. Sie bat um Rückruf und legte dann auf.

Unschlüssig schaute sie auf ihren geordneten Schreibtisch, dann auf die Bilder des toten Mädchens. Sogleich machte sie sich Sorgen. Hoffentlich war nichts Schlimmeres mit Max. Er war lange stabil gewesen, bei seinem Krankheitsbild konnte aber jederzeit wieder eine Verschlechterung eintreten. Nach den Sommerferien stand ein Schulwechsel an, der Anni schon länger Sorgen bereitete, denn Stress verschlimmerte die Symptome ihres Sohnes oft.

Aus ihrer Handtasche drang das Geräusch eines Echolots. Claudia kramte nach ihrem Handy. Eine SMS von Drews. Die Spurensicherung habe unter Hochdruck gearbeitet, aber keine übereinstimmenden Fingerabdrücke oder Fasern in dem Wagen gefunden. Es gab nur Spuren, die nicht von Menschen stammten. Sie vermuteten vielmehr, dass Hundewelpen in dem Wagen geschmuggelt wurden. Drews sei jetzt in einer Sitzung mit Staatsanwalt Mainauer und würde sich im Anschluss bei ihr melden.

Claudia verschränkte die Arme vor der Brust. Na bitte. Sie hatte doch gleich geahnt, dass diese Spur falsch war. Hundeschmuggel passte für Claudia wesentlich besser in das Münchener Umland. Umso mehr interessierte sie nun die Frau in Franken. Instinktiv drückte sie erneut die Wahlwiederholung für die Nummer. Das Freizeichen ertönte. Mit einem Ruck setzte sie sich auf.

»Was wollen Sie von uns? Wie kommen Sie überhaupt an unsere Nummer? Und zu diesen Behauptungen?«, fragte die dunkle Frauenstimme erbost.

Claudia überlegte fieberhaft, was sie genau sagen wollte. Jetzt nur nicht zu forsch antworten. Sie musste Ruhe und Sicherheit in ihre Stimme legen, um es nicht erneut zu verderben.

»Frau Seidel, tut mir leid, dass ich vorhin so mit der Tür ins Haus gefallen bin. Ich wollte Sie nicht erschrecken. Wir …« Sie zögerte, entschloss sich dann aber, ein wichtiges Detail zu verschweigen. »Es gibt hier ein kleines Problem, aber vielleicht können Sie uns aus der Klemme helfen, indem Sie sich einfach nur ein Foto ansehen. Wir haben hier ein Mädchen gefunden, ohne Papiere.« Damit blieb sie ja bei der Wahrheit. »Möglicherweise handelt es sich um das Kind, das Sie vor zwei Jahren bei sich aufgenommen haben.«

»Wie kommen Sie denn darauf?«

»Wir haben einen Hinweis erhalten, mehr darf ich Ihnen dazu leider nicht sagen. Ich möchte Ihnen keine Umstände machen und kann Ihnen das Bild gerne zufaxen. Sie müssen dafür nicht extra herkommen ...«

»Ich habe keine Ahnung, wie Sie darauf kommen! Bitte belästigen Sie mich nicht noch einmal.«

Stille in der Leitung. Die Frau hatte schon wieder aufgelegt. Claudia pfefferte den Hörer auf die Station. Diese Frau war wirklich ein harter Brocken. Da musste zweifelsohne Drews ran. Einer polizeilichen Untersuchung würde sie sich sicher nicht entziehen.

Oder hatte die Lehrerin sie auf eine falsche Fährte lenken wollen? Dann hätte sie jedoch wohl kaum mehrfach angerufen. Oder doch?

14.

Claudia überflog die Meldungen aus der Redaktion hinsichtlich weiterer Anhaltspunkte, denen sie nachgehen konnte. Nichts. Die Öffentlichkeit hatte nur Fragen zu dem Fall, aber keine Hinweise, wer das Mädchen war. Es schien, als hätte Arielle gar nicht existiert. Aber dieses Kind war aus Fleisch und Blut. Irgendjemand musste sie doch erkennen. Claudia mochte sich nicht vorstellen, dass es Menschen gab, die unerkannt jahrelang irgendwo im Wald, in Kellern oder in der Kanalisation hausten. Nicht hier in Deutschland. Das durfte einfach nicht sein.

Sie schickte eine SMS an Drews und bat dringend um einen Rückruf. Sie musste mit ihm über dieses Sache in Franken sprechen. Egal wie wahrscheinlich oder unwahrscheinlich sie war. Ob es sich bei dem Kind um diese Agata handelte? Vielleicht fand Drews schon bei seiner Personenüberprüfung irgendetwas heraus.

Ihr Handy klingelte. Drews. Perfektes Timing.

»Du hast um Rückruf gebeten, Claudia. Ich hoffe, du hast was für mich, das mich aufheitert. Ansonsten sollten wir später telefonieren.«

»Was ist passiert?«

»Die reine Katastrophe. Kretschmar und Mainauer hatten mich in der Mangel. Sie fürchten um den Ruf der Polizei, wenn wir nicht bald Erfolge in dem Fall vorweisen. Und dreimal darfst du raten, wer einzig und allein für den Imageverlust der Polizei verantwortlich ist. Seit bekannt wurde, dass heute

Morgen ein Mädchen verschwunden ist, stehen bei uns die Telefone nicht mehr still. Jeder denkt, dass wir es mit einem Serientäter zu tun haben. Obwohl es dafür keinerlei Beweise gibt.«

»Davon weiß ich ja noch gar nichts.«

»Ich auch erst seit einer knappen Stunde. Viel länger ist das Mädchen auch noch gar nicht weg. Die Eltern sind panisch, haben gleich Meldung bei der Polizei gemacht, als die Kleine nicht heimkam und nicht über Handy erreichbar war. Der Kollege von der Vermisstenstelle ist daraufhin sofort zu Kretschmar. Es gibt keinen Zusammenhang, wenn du mich fragst. Die Verschwundene ist viel älter. Vierzehn Jahre. Vermutlich ist die nur ausgebüxt, weil sie Ärger mit ihren Eltern hatte. Oder hängt irgendwo mit Freunden herum und hat Zeit und Raum vergessen.«

»Und wenn es doch miteinander zusammenhängt? Ich meine, wir haben doch keinerlei Spur und müssen doch jede …«

»Fängst du jetzt auch noch an? Haben sich heute eigentlich alle gegen mich verschworen? Unser Mädchen ist unterernährt, schäbig gekleidet, lief längere Zeit nur barfuß. Das sind Fakten. Du selbst hast mir das doch immer wieder erzählt. Wer auch immer dahintersteckt, hatte sie vermutlich schon eine Weile in seiner Hand: Die blauen Flecken, der Bruch, die Narbe. Das passt zu diesen – verzeih mir den Ausdruck – Arschlöchern, die mit Menschen Kohle machen, den Willen der Kinder brechen, indem sie ihnen das letzte bisschen Selbstwertgefühl nehmen. Sie hungern lassen, in die Dunkelheit sperren, ihnen Drogen verabreichen und was weiß ich noch alles. Um sie gefügig zu machen. Für den Strich. Oder Schlimmeres.« Er atmete tief durch. »Verdammt, ich könnte jetzt gerade gut eine Zigarette brauchen!«

»Du rauchst doch gar nicht!«

»Dann fange ich eben heute damit an. Claudia, ich bin echt am Ende.«

Claudia runzelte die Stirn. So kannte sie Drews gar nicht. Obwohl es sie wunderte, dass er nicht häufiger so reagierte. Doch er war viel zu routiniert, um seine Fälle zu nahe an sich ranzulassen. Offenbar machte das tote Mädchen nicht nur ihr zu schaffen.

»Und du glaubst wirklich, dass das Mädchen schon länger in der Gewalt dieser Menschen war?«, hakte Claudia noch einmal nach.

»Ja. Ohne jeden Zweifel. Die blauen Flecken, die ungewaschenen Haare. Wahrscheinlich hätten sie sie kurz vor der Übergabe nicht mehr angerührt, damit sie unversehrt aussieht. Dann hergerichtet, gebadet, in teure Kleider gesteckt. Damit die Kunden sich nicht gleich angewidert umdrehen. Und einen möglichst hohen Preis bezahlen. So läuft das. Warum?«

»Ich hatte einen Anruf. Eine Frau behauptete, das Mädchen zu erkennen.«

»Das sagst du erst jetzt?«

»Na hör mal, ich kam ja kaum zu Wort.«

»Aber jetzt. Schieß los! Woher soll sie kommen? Wie heißt sie? Wer hat sich bei dir gemeldet?«

»Leider weiß ich nur einen Vornamen. Agata. Vor zwei Jahren nahm eine Familie in Franken ein Mädchen bei sich auf. Die Frau, die mich verständigt hat, unterrichtete sie in Deutsch. Nach drei Monaten erschien sie plötzlich nicht mehr zum Unterricht. Angeblich war sie zu ihren Eltern nach Rumänien zurückgeschickt worden.«

»Und weiter?«

»Nichts weiter. Die Frau hat sie nicht hundertprozentig sicher erkannt, aber eine gewisse Ähnlichkeit sei da.«

»Und du glaubst jetzt, dass Schlepper ausgerechnet dieses Mädchen wieder nach Deutschland gebracht haben? Weil sie unsere Sprache spricht?«

Claudia meinte, einen spöttischen Unterton zu hören, schob den aber auf Drews schlechte Tagesform.

»Natürlich nicht«, sagte sie sachlich. »Vielleicht ist sie danach von einer anderen Familie aufgenommen worden. Hier in Deutschland.«

»Vorhin sagtest du noch, sie sei wieder nach Rumänien gegangen.«

»Das war die Geschichte, die man der Lehrerin erzählt hat. Sie zweifelt aber daran. Außerdem war das Kind sicher für eine Auslandsadoption vorgesehen. Wir müssen also die vermittelnde Agentur finden und überprüfen, wo das Mädchen danach untergebracht war.«

»Moment. Warte: Diese neue Familie hätte dann nicht bemerkt, dass das Mädchen weg ist? Und hätte ihr grundsätzlich verboten, sich zu waschen und Schuhe zu tragen.«

Claudia sah genervt zur Decke. »Mensch, Steffen, lass diesen Ton bitte. Hör mir doch einfach mal zu! Wieso zweifelst du eigentlich alles an, was ich sage? Ich vermute wirklich, dass da etwas faul ist: Ich habe vorhin bei der Familie angerufen. Zweimal. In beiden Fällen wurde einfach aufgelegt, als ich sie befragen wollte. Das ist doch seltsam, oder? Du musst unbedingt jemanden mit dem Fahndungsfoto zu dieser Familie schicken, um zu überprüfen, ob sie das Mädchen wiedererkennen.«

»Hast du denn schon beim Jugendamt angerufen, ob die Geschichte überhaupt stimmt?«

Sie ließ sich gegen die Lehne ihres Stuhles fallen.

»Nein. Ich dachte, es geht schneller, wenn deine Leute mit dem Bild zu ihr fahren.«

»Claudia, das Bild von dem Mädchen war gestern Abend in allen Medien. Im Fernsehen, in den Zeitungen, im Netz. Überall. Glaubst du nicht, die Leute hätten sich längst gemeldet, wenn sie es erkannt hätten? Das Jugendamt?«

»Aber …«

»Nichts für ungut, Claudia. Das klingt für mich eher wie die Geschichte einer überspannten gelangweilten Frau, die sich mit harmlosen Flunkereien wichtig machen will. Vielleicht möchte sie dieser Frau einen Streich spielen und bringt sie deshalb in Verruf. Vermutlich war das der Grund, warum sie keine eindeutige Aussage gemacht hat. Und dir den Namen und die Telefonnummer der Frau zu präsentieren, wenn sie anonym bleiben will, ist auch mehr als seltsam. Das haben wir öfter. Vielleicht sieht das Mädchen ja wirklich entfernt wie unsere Arielle aus. Ich glaube weiterhin, dass unser Mädchen aus dem Ausland hierher verschleppt wurde.«

Hatte er ihr nicht zugehört? Das war doch genau der Ansatzpunkt, warum sie ihn angerufen hatte. Vielleicht war sie bei den Pflegeeltern weggelaufen, weil sie dort nicht glücklich war. Doch es war nur ihr Gefühl, das sie Hoffnung schöpfen ließ. Und damit wollte sie Drews nicht schon wieder kommen. Statt zu protestieren, sagte sie deshalb nur: »Du glaubst mir also nicht.«

»Es geht nicht darum, ob ich dir glaube. Ich halte es nur nicht für sehr wahrscheinlich, dass ausgerechnet dieses Mädchen zwei Jahre später hier wieder eingeschleust wird.«

Wenn sie überhaupt weg war, dachte Claudia. Und beschloss, selbst das Jugendamt anzurufen.

Sie hatte sich auf einer alten Eiche versteckt, in dem kleinen Wald hinter der Anhöhe, weitab des Grundstücks. Hierher flüchtete sie immer öfter, um den Jungen zu entgehen. Ganz still saß sie in der Astgabel im dichten Laub, wartete ab, ob ihr nicht doch jemand gefolgt war. Sie hörte ihren Herzschlag, ihr Keuchen vom schnellen Lauf. Als sich minutenlang nichts unter ihr rührte, wickelte sie vorsichtig ein belegtes Brot aus dem Stofftaschentuch. Die Frau hatte es ihr am Morgen gegeben. Sie kannte ihren Namen nicht, niemand hatte ihr gesagt, wie sie hieß. Aber sie ging gerne zu ihr. Der Weg war weit, eine Dreiviertelstunde musste sie laufen. Das störte sie allerdings nicht. Sie lief gerne. Vor allem, wenn sie dabei ihre Ruhe hatte. Deshalb mochte sie den Regen.

Im Regen folgte ihr niemand. Dann wurde sie nicht gejagt, nicht mit Steinen beworfen. Wundervolle, friedliche Regenspaziergänge waren das. Tropfnass kam sie dann bei der Frau an, die ihr bedeutete, ihr Kleid auszuziehen und es dann in diese Maschine steckte. Ganz warm und kuschelig kam es dort wieder heraus. Sie liebte dieses Gefühl des Stoffes auf ihrer Haut. Es war wie eine zarte Umarmung.

Nur dass die Frau ihren entblößten Körper gesehen hatte, war ihr peinlich. Sie zeigte sich nicht gerne nackt. Nicht nur wegen der blauen Flecken. Dabei hatte die Frau kein Wort verloren, als sie sie musterte. Da war nur dieser Ausdruck in ihren Augen. Sie wusste, was ihr geschah.

Sie hatte rasch den Blick gesenkt, den Kopf geschüttelt und ihr danach einen Bademantel gebracht, damit sie nicht in ihrer Unterwäsche in der Wohnung sitzen musste. Danach hatte die Frau sich wie immer an den Tisch gesetzt und das dicke Buch aufgeschlagen. Dort verbrachte sie am liebsten ihre Zeit. Seufzend nahm sie das Brot, betrachtete die dicken Wurstscheiben darauf, die fast so dick wie ihr Finger waren. Auch ein Salatblatt lag darauf und eine salzige Butter. Sie nahm einen ersten kleinen Bissen, kaute bedächtig und genoss das wohlige Gefühl im Bauch.

Die Frau meinte es gut mit ihr. Auch wenn sie streng war, steckte sie ihr immer etwas zu, seit sie das erste Mal ihr Kleid dort ausgezogen hatte.

Die andere Frau war nicht so. Sie schien sie immer noch zu beobachten, als wäre sie ein wildes Tier, das man im Auge behalten musste. Manchmal, da reizte es sie, ihre Erwartungen zu erfüllen. Da wäre sie gerne auf sie zu gesprungen, laut schreiend und hätte so gewütet.

Aber kratzen und beißen hätte ihr eher geschadet als genutzt. Deshalb hielt sie still. Wie auch bei den Jungs. Egal, was sie taten, sie würden sie nicht kleinkriegen.

Sie ließ sich nicht verjagen. Das wenigstens hatte sie gelernt.

Früher, da waren ihre Hände so oft wund gerieben gewesen vom Flechten, der Rücken hatte von der krummen Haltung geschmerzt, genau wie die Augen, die im schlechten Licht der Stube überanstrengt waren. Hinzu war die Kälte gekommen, wenn der Wind um das Haus gepfiffen war. Dann waren die Hände von den Weiden, die zuvor in Wasser eingelegt wurden, wie Krallen gewesen. Oder sie hatte stundenlang Weiden schneiden müssen, gebückt, mit dem riesigen Korb auf dem Rücken. Wenn sie dann heimgekommen war und ihr Vater im Suff die Mutter geschlagen hatte, dann hatte sie gewusst, was zu tun war. Wie ihre Geschwister auch. Sie hatten sich in eine Ecke gedrückt, Hunger, Durst und Angst verdrängt. Sie alle hatten gelernt, still zu sein.

Nur wer durchhielt, der wurde eines Tages belohnt, sagte die Mutter immer, wenn es vorbei war. Nur womit, diese Frage konnte sie sich beim besten Willen nicht beantworten.

15.

»Ohne jeden Zweifel? Kann es nicht sein, dass Sie das Mädchen doch irgendwo in Ihren Akten haben?«

Claudia konnte es einfach nicht fassen. Sie war sich so sicher gewesen, und nun eröffnete ihr am Telefon die Sachbearbeiterin des zuständigen Jugendamts, die sich überraschend kooperativ zeigte, dass diese Familie weder ein Kind adoptiert noch je einen Antrag gestellt habe.

»Frau Brandes, natürlich bin ich sicher. Wir sind sehr wählerisch mit unseren Pflegefamilien. Ebenso wie mit den Adoptiveltern, an die wir Kinder vermitteln. Wäre diese Familie jemals mit uns in Kontakt getreten, hätte es eine intensive Prüfung gegeben, und ich hätte ganz sicher irgendeine Unterlage, in der dieser Name auftaucht.«

»Und der des Mädchens? Agata?«

»Dazu kann ich keine gesicherte Aussage machen. Ich müsste den vollständigen Namen wissen, um das abschließend prüfen zu können. Es gibt allerdings Fälle, in denen unsere Kinder inkognito bleiben müssen, bei denen ich Ihnen keinerlei Auskunft über vorhandene Daten liefern dürfte.«

Claudia wurde hellhörig. »Unter welchen Bedingungen wird das gemacht?«

»Diese Form der Adoption dient meistens dem Schutz der Herkunftsfamilie gegenüber Dritten. Nach allem, was sie mir berichtet haben, halte ich es allerdings für sehr wahrscheinlich, dass die Adoption eher über eine Vermittlungsstelle gelaufen ist, die direkt mit dem Ausland zusammenarbcitet.«

»In diesem Fall müsste doch eine Meldung beim Einwohnermeldeamt vorliegen.«

»Das kommt darauf an. Bei dieser Art der Vermittlung kommen die Kinder zunächst oft nur in Pflege, und erst nach einer gewissen Probezeit erfolgt die Adoption. Papiere und dergleichen hat das Kind natürlich schon, aber es würde in den ersten Wochen vermutlich noch nicht gemeldet werden, sondern erst wenn der dauerhafte Verbleib über das Familiengericht geklärt ist.«

»Okay. Dann könnte ich dort natürlich nachfragen.« Sie notierte sich diesen Hinweis. »Gibt es eigentlich auch die Möglichkeit, dass die echte Familie des Kindes es sich anders überlegt? Könnten die das Kind einfach zurückholen?« Claudia legte eine Hand auf ihren Bauch und war gespannt auf die Antwort. Könnte es sein, dass die Familie Agata zurückgeholt hatte? Und dass das Mädchen vielleicht wieder abgehauen war?

»Das kommt darauf an. Es gibt einmal die Möglichkeit einer Volladoption, wobei das Kind wie ein eigenes gestellt wäre. Diese sogenannte starke Adoption gilt allerdings rechtlich nur für das aufnehmende Paar, nicht für deren restliche Familie. Es gibt aber auch die unvollständige oder schwache Adoption, bei der die Ansprüche der leiblichen Eltern bestehen bleiben. Das Kind ist dann rechtlich sozusagen nur ein Gast in der Adoptionsfamilie.«

»Was wiederum heißt, dass die Ursprungsfamilie das Kind jederzeit zurückfordern kann.«

»Genau das.«

»Wie schwierig ist denn eine solche Auslandsadoption?«

»Nicht schwieriger als andere Adoptionsverfahren, wenn die Eltern bereit sind, in das abgebende Land zu fahren. Dort können sie dann die Herkunftsfamilie kennenlernen und die

Umstände unter denen das Kind groß geworden ist. Das hilft sehr, um zu verstehen, welche kulturellen Unterschiede das Kind bewältigen muss. Eine Auslandsadoption ist aber keineswegs selten. Ungefähr ein Drittel der adoptierten Kinder haben mittlerweile nicht die deutsche Staatsangehörigkeit. Allerdings ist die Dauer dieser Adoptionsverfahren auch extrem lang.«

»Wie lang?«

»Bis zum endgültigen gerichtlichen Abschluss ungefähr zwei bis fünf Jahre. Andererseits haben die Paare bei Auslandsadoptionen oft auch die Chance, Säuglinge zu adoptieren, was für viele Paare eine ganz wichtige Grundlage für die Beziehung zum Kind ist. Die Prägung durch die möglicherweise schwierige Herkunftsfamilie des Kindes ist für viele Adoptionswillige ein großer Unsicherheitsfaktor.«

»Verstehe.« Ob die Kinder auch gefragt wurden, ob ihnen das soziale Umfeld der Eltern gefiel?

»Wenn Sie mögen, kann ich Ihnen gerne eine Liste der Organisationen, Vereine und Vermittlungsstellen zukommen lassen, die solche Adoptionen vornehmen. Vielleicht haben Sie dort ja mehr Glück.«

»Das wäre phantastisch!« Claudia nannte ihre Faxnummer und verabschiedete sich von der Dame, nicht ohne sich den Namen zu notieren, falls sie noch einmal eine Frage hatte.

»Ich habe extra noch gewartet, bis du mit deinem Telefonat fertig warst.«

Erschrocken fuhr Claudia herum.

»Hendrik, woher weißt du, dass ich telefoniert habe? Bist du Big Brother?«

»Ich nicht, aber Celina. Ihre Anlage vorne zeigt doch jeden Anschluss an und ob gerade gesprochen wird.«

»So, so. Ihr spioniert also hinter mir her.«

»Ich wollte nicht stören. Du kennst mich doch.«

In der Tat. Hendrik war einer der liebenswürdigsten und uneigennützigsten Menschen, denen Claudia in ihrem Leben begegnet war. Nicht nur, weil er die Miete der gesamten Medienetage zahlte. Jegliche Falschheit lag seinem Wesen fern. Er hatte stets ein gutes Wort für jeden übrig und bot immer wieder seine Hilfe an. Das Einzige, was ihr immer noch Rätsel aufgab, war, dass Hendrik keine eigene Familie hatte. Er war gut aussehend, kultiviert, hatte unglaublich viel Geld – eigentlich hätten die Frauen ihm permanent auf den Fersen sein müssen. Was jedoch nicht der Fall zu sein schien. Nicht einmal eine Beziehung hatte Hendrik. Manchmal machte er den Eindruck, als ob er immun gegen Liebesbeziehungen wäre. Genau wie sie selbst, doch hatte sie gute Gründe für diese Haltung.

»Hast du denn etwas Neues herausbekommen?«

»Habe ich. Erstens: In dem Transporter wurden keine übereinstimmenden Spuren gefunden.«

»Wie du vermutet hast.«

»Genau. Zweitens: Leider ist die Familie für die Adoption nicht den Weg über das Jugendamt gegangen beziehungsweise dort nicht bekannt. Drittens: Es gibt tatsächlich Adoptionsverfahren, bei denen die leiblichen Eltern ihr Kind zurückholen können.«

»Schade.«

»Viertens: Auslandsadoptionsverfahren laufen über zwei bis fünf Jahre. Voraussetzung für den Verbleib ist die Zustimmung des Familiengerichtes. Das wäre jetzt meine nächste Anlaufstelle, und ich dachte, du könntest vielleicht über deine Verbindungen mal in Nürnberg nachhorchen …«

Er warf den Kopf in den Nacken und lachte.

»Was gibt es da zu lachen?«

»Du müsstest dein Gesicht sehen, wenn du so etwas fragst. Wie ein unschuldiges kleines Mädchen, als könntest du kein

Wässerchen trüben. Ansonsten schaust du vollkommen verbissen und unnahbar, wenn du tief in einer Geschichte steckst. So als ginge man dir besser aus dem Weg. Genau wie Madame es gerade braucht. Kind oder Killer.« Er lachte.

»Stimmt doch gar nicht! Ich schaue ganz normal.« Sie schob theatralisch die Unterlippe vor und verschränkte die Arme vor der Brust, musste jedoch selbst grinsen.

»Aber du hilfst mir doch, oder? Bitte!«

»Das kann ich natürlich machen, aber heute werden wir sicher niemanden erreichen. Freitagmittag sind die Hallen dort vermutlich leer.«

Verdammt! Daran hatte sie gar nicht gedacht.

»Dann muss ich wohl doch nach Nürnberg fahren und diese Familie besuchen.«

»Exakt. Aber nicht mit deiner Blechschüssel, vermute ich? Die ist doch nicht sehr komfortabel für diese lange Fahrt.«

Claudia wollte schon protestieren, als sie die Botschaft hinter diesem Satz begriff. Dankbar sah sie Hendrik an, hielt sich aber zurück, zu überschwänglich zu sein. Sie wusste, sie hätte anders reagieren müssen, aber zu viel Nähe lag einfach nicht in ihrer Art.

»Du begleitest mich? Du glaubst mir also?«, fragte sie stattdessen. Erst jetzt merkte sie, wie sehr die dauernden Zweifel von Drews an ihr genagt hatten. Sie standen in krassem Gegensatz zu seinen Beteuerungen, wie sehr er sie schätzte. Und erst recht zu seiner Zuneigung. Die ihr offenbar doch wichtiger erschien, als sie zuvor geglaubt hatte.

»Wieso sollte ich nicht? Ich weiß zwar nicht, ob dieses Mädchen dasselbe ist, das du suchst. Aber nach allem was ich von dir gehört habe, handelt es sich in jedem Fall um eine sonderbare Geschichte. Also haben wir vielleicht eine gute Story. Im schlimmsten Fall machen wir uns ein nettes Wochenende in Franken. Ich hatte ohnehin nichts vor, das Wetter ist brillant, und Bratwürstchen mit Kraut hatte ich schon ewig nicht mehr auf dem Speiseplan. Ich finde, alles in allem klingt das nach einer lohnenden Aussicht, oder?«

»Wann wollen wir los? Heute noch?«

»Morgen. Gleich in der Früh, wenn es dir recht ist. Dann sind wir um zehn bei der Familie.«

16.

Die Sonne schien heiß vom Himmel, als sie durch die fränkische Alb nach Engelthal fuhren. Hendrik hatte sie pünktlich um acht Uhr mit seinem royalblauen 4er BMW abgeholt, und Claudia war nicht traurig, dass sie sich einfach chauffieren lassen konnte. Während der zweistündigen Fahrt hatten sie kaum geredet. Claudia war angespannt und konnte es kaum erwarten, der Frau gegenüberzustehen und ihre Fragen zu stellen. Sie hielt die Mappe, in der sie Arielles Bild aufbewahrte, fest auf ihrem Schoß umklammert.

Auf den sanft abfallenden Weiden entdeckte sie ein paar Kühe, die im Schatten der Bäume nach Abkühlung suchten. Obwohl es noch früh am Morgen war, hing ein Gewitter in der Luft, das die Luft schwer machte. Claudia schälte sich aus ihrer dünnen Strickjacke, die trotz des klimatisierten Fahrzeuginneren bereits an ihr klebte.

In dem Moment wies Hendrik nach vorne. Am Horizont erblickte Claudia nun den Ort, in dem die Lehrerin und die Familie Seidel wohnten.

Die roten Dächer der Einfamilienhäuser standen dicht aneinandergedrängt in einem kleinen Tal. Im Hintergrund an einem Bergkamm entdeckte Claudia einen größeren klinikartigen Gebäudekomplex.

Langsam fuhr Hendrik die Hauptstraße entlang, vorbei an den Überresten einer alten Klosteranlage, von der Claudia schon im Internet gelesen hatte, und an diversen Fachwerkhäusern.

»Das erinnert mich an die Altstadt in meiner Heimatstadt«, sagte Claudia gedankenverloren.

»So? Ich hatte immer geglaubt, du seiest gebürtig aus München.«

Claudia schwieg. Wie gerne hätte sie die Erinnerungen, die durch den Anblick des hübschen kleinen Gemeinde in ihr hochstiegen, einfach ausgelöscht. Als sie merkte, dass Hendrik fragend zu ihr hinüberblickte, antwortete sie schnell: »Aus dem Oberbergischen. Aus einer Kleinstadt. Kennst du vermutlich nicht. Wie die meisten Menschen. Was allerdings auch keine große Wissenslücke darstellt. Außer Gegend gibt es dort nicht viel.«

»Na, das könnte man von diesem Landstrich hier allerdings auch behaupten«, erwiderte Hendrik. »Was schlägst du vor? Sollen wir uns erst ein Zimmer suchen oder direkt zu dem Hof fahren?«

»Zu dem Hof. Bitte. Ich bin zu aufgeregt, ob wir dort irgendetwas erfahren, das uns weiterbringt. Vielleicht sind wir ja auf der völlig falschen Fährte.«

»Wie du möchtest. Hast du die genaue Anschrift?«

Claudia nannte ihm die Adresse.

»Da müssen wir noch zwei Kilometer fahren. Der Hof liegt ziemlich außerhalb des Ortes.«

Wenige Minuten später kamen sie an einer riesigen modernen Stallung vorbei, neben der in einer kreisförmigen Anordnung sechs Häuser standen, von denen zwei weiß verputzt waren, die anderen offensichtlich älter, teils mit unverputztem Fachwerk versehen. Claudia hatte sich den Hof völlig anders vorgestellt, wesentlich kleiner, stellte aber fest, dass auch auf dem riesigen Areal offenbar nur eines der Häuser bewohnt war. Fahrzeuge und Menschen waren nicht zu sehen, deshalb parkten sie vor dem größten Haus, das das Zentrum darstellte und im Schatten zweier riesiger alter Bäume stand.

Sie gingen auf das Gebäude zu, dessen Vordertür offen

stand und den Blick in einen schmalen Flur freigab, in dem ein alter Bauernschrank, eine vollgepackte Garderobe und diverse Paar Schuhe und Gummistiefel standen.

Claudia nickte Hendrik zu, der einen Schritt hinter ihr geblieben war, und klingelte beherzt.

»Komm rein, Thomas, ich mach grad den Strudel.«

Offenbar hatte Frau Seidel mit jemand anderem gerechnet. Um nicht erneut ins Fettnäpfchen zu treten, überlegte Claudia, der Frau ihren Namen zuzurufen und sich zu erkennen zu geben. Aber die Neugier trieb sie schon in das Haus hinein. Sie ging an einer geschlossenen Tür vorbei in die Richtung, aus der die Stimme gekommen war. Je weiter sie in den Flur hineinlief, desto lauter wurde das Ticken, das aus einer Wohnstube mit großem Tisch und Eckbank kam, in der eine Reihe von Wanduhren mit Pendeln in Reih und Glied hing. Jede hatte einen anderen Klang, aber weder der Takt noch die Töne harmonierten miteinander.

Auf der linken Seite befand sich die Wohnküche, in der Frau Seidel mit dem Rücken zu ihnen stand. Alles in dieser Küche wirkte wie aus einem alten Heimatfilm, inklusive der schwarz-weißen Katze, die zu Füßen der Frau kauerte und eine undefinierbare Masse aus einer Schüssel schleckte.

»Ich hoffe, wir stören Sie nicht, Frau Seidel. Vermutlich hätten wir uns besser telefonisch anmelden sollen, aber ich dachte, es ist vielleicht einfacher …«

Ruckartig drehte sich Frau Seidel um. Die Katze sprang mit einem Satz nach hinten und verließ geduckt die Küche.

Für einen Moment hörte man nur die Kakophonie der Uhren.

Die Frau sah von vorne jünger aus, als Claudia erwartet hatte. Sie war allenfalls Ende dreißig, klein und untersetzt und trug einen praktischen Kurzhaarschnitt. Unter der altmodischen blauen Kittelschürze hatte sie Jeans und T-Shirt an. Ihr ungeschminktes Gesicht wirkte jedoch fahl und müde, ganz so, als wäre sie krank gewesen.

»Was, wer …?« Sie wischte rasch die Hände an ihrer Schürze ab, wodurch sich Mehlstreifen darauf verteilten, »Was kann ich für Sie tun? Mein Mann ist mit den Jungs bei der Heuernte und kommt sicher erst nach Mittag zurück.« Sie bückte sich leicht und sah besorgt zum Himmel. »Bevor das Gewitter kommt, wissen Sie?«

»Oh, ich möchte nicht zu Ihrem Mann, Frau Seidel. Wir haben gestern miteinander telefoniert.«

Die Frau blinzelte kurz, ihr Gesichtsausdruck blieb jedoch ungerührt.

»Sie machen den Strudelteig noch selbst?«, schaltete sich Hendrik ein. »Das findet man heute nicht mehr häufig.«

Verlegen schaute sie auf die Teigkugel, legte sie rasch in eine Schüssel, nahm dann einen Pinsel, um die Kugel mit Öl zu bestreichen, und deckte das Ganze mit einem Küchentuch ab.

»Wie lange lassen Sie den ziehen?«, fragte Hendrik. Claudia hörte erstaunt zu, womit ihr Kollege sich auskannte. Sie hatte in ihrem ganzen Leben noch keinen Strudel zubereitet, geschweige denn eine Ahnung, wie man ihn macht.

»Ich meine ja, dass er leichter reißt, wenn man ihn eine Stunde stehen lässt«, fügte er lächelnd hinzu.

»Ich achte da immer gar nicht so drauf«, sagte die Frau und schaute argwöhnisch zu Hendrik. »Ich zupfe immer am Rand ein Stück ab. Dann sehe ich, ob er lange genug geruht hat.«

Er nickte und lächelte.

»Aber deshalb sind Sie nicht hier, oder? Um sich mit mir über Strudelteig zu unterhalten.« Die Frau schaute mit ernstem Blick von Claudia zu Hendrik und wieder zurück.

Claudia holte tief Luft und beschloss, sich nicht Hendriks freundlichen Spielchen anzuschließen.

»Stimmt. Ich wollte gerne mit Ihnen über das Kind sprechen, das sie vor zwei Jahren hier bei sich aufgenommen haben. Agata.«

»Sie sind die Journalistin?«

Claudia zog ihren Presseausweis hervor. Gespannt beobachtete sie Frau Seidels Gesicht. Doch bevor die auf ihre Frage einging, fragte sie: »Wer sagt, dass wir ein Kind hier hatten?«

»Das darf ich Ihnen leider nicht sagen.«

»Dann hätten Sie die Person besser überprüfen sollen, dann hätten Sie sich den Weg sparen können. Hier ist kein Kind.«

»Das weiß ich. Das Mädchen wollte wieder zu ihren Eltern zurück, das hat mein Kontakt mir bereits berichtet. Frau Seidel, ich will auch gar nicht in Sie dringen, was zum Scheitern des Adoptionsverfahrens führte. Das ist natürlich ihre Privatsache.« Claudia zog das Bild aus der Mappe, legte es darauf und hielt es der Frau entgegen. »Ich würde nur gerne wissen, ob es sich vielleicht um dieses Mädchen gehandelt hat.«

Frau Seidel sah Claudia fest ins Gesicht, hob dann ihr Kinn und antwortete: »Auch wenn Sie meinen, sie hätten das alles gut recherchiert: Wir haben kein Mädchen adoptiert. Hier sind mein Mann, ich und meine drei Jungs.«

Sie hielt Claudias Blick weiter stand, die ihr immer noch Arielles Bild entgegenstreckte. Die Frau hatte das Foto nicht ein einziges Mal angesehen.

»Das ist ganz sicher eine Menge Arbeit, der Hof und eine große Familie. Dann wollen wir Sie nicht länger belästigen. Einen schönen Tag!«

Mit diesen Worten zupfte Hendrik Claudia leicht am Arm. Unentschlossen hielt sie dem Blick der Frau stand, wartete auf eine Reaktion. Die allerdings ausblieb. Schließlich wandte sie sich ebenfalls um und folgte Hendrik, der im Türrahmen stand, und ihr bedeutete vorzugehen.

»Ich verstehe nicht, wie du immer so freundlich bleiben kannst. Hast du ihren Blick gesehen? Die Frau lügt doch!« Claudia hatte ihre Wut gerade noch so lange beherrschen können, bis sie wieder in dem Wagen saßen und Hendrik den Motor gestartet hatte.

»Sie beobachtet uns. Ganz ruhig bleiben.«

Claudia sah zu der Tür, die die Frau nun eilig schloss. Am liebsten wäre sie zurückgerannt, um zu schauen, was Frau Seidel jetzt tat. Aber plötzlich hatte sie eine bessere Idee. Sie zog ihr Handy hervor, ging in die Liste ihrer Notizen, prägte sich die Nummer ein und wählte.

»Besetzt! Wusste ich's doch. Genau wie beim letzten Mal, als ich angerufen habe. Ich wüsste zu gerne, mit wem die jetzt spricht!«

»Das könnte Drews dir sagen, wenn du ihm die Sache berichtest.«

»Der wird sich bedanken! Der hat mich gestern schon für verrückt gehalten, weil ich diese Spur ernst nehme. Er findet es seltsam, dass eine anonyme Anruferin mir die Daten der Verdächtigen nennt, weil sie dadurch ebenfalls leicht zu identifizieren ist. Wenn ich ihm jetzt noch erzähle, dass die Frau behauptet, nie ein Mädchen adoptiert zu haben, würde das seine Meinung doch nur bestätigen. Und um die Telefondaten zu bekommen bräuchte es schon stichhaltige Beweise, Datenschutz, blablabla.«

»Wir werden schon herausfinden, ob die Frau die Wahrheit sagt oder nicht. Mit oder ohne Drews.«

»Und wie? Kennst du ein Strudelorakel?«

Hendrik lachte herzhaft. »Damit habe ich dich verblüfft, was? Auch wenn das eine wirklich verführerische Variante für jemanden wäre, der wie ich warmen Strudel liebt, denke ich, wir sollten der Lehrerin einen Besuch abstatten.«

»Deren Adresse ich nur leider nicht habe.«

»Na, das scheint mir kein größeres Problem zu sein. Ich schätze nicht, dass in einem Ort mit vielleicht tausend Einwohnern Unmengen von Lehrern wohnen.«

»Auch wieder wahr.«

»Ich schlage vor, wir suchen uns erst einmal ein Zimmer und fragen dort nach, wo wir eine Deutschlehrerin finden. Du sagtest, sie sei nicht mehr im Dienst, was unsere Auswahl zusätzlich einschränkt. Also …«

Er fingerte an seinem Navigationsgerät herum, auf dem zwei Adressen erschienen.

»Wir haben die Auswahl: Entweder wir nehmen den Gasthof ›Zur grünen Eiche‹ oder das Hotel ›Roter Hirsch‹. Du entscheidest.«

Claudia mochte es eher einfach und bodenständig und entschied sich spontan für den Gasthof. Zumal sie sicher war, dass sie dort ein günstigeres Zimmer bekäme.

»Außerdem ist Grün die Farbe der Hoffnung.«

17.

Claudia war ein wenig enttäuscht, dass der Landgasthof nicht so heimelig aussah, wie sie es sich erhofft hatte. Die Preise blieben zwar im Rahmen, aber sie hatte in diesem kleinen Ort etwas Schlichteres erwartet. Etwas Uriges. Mit dunklem Holz getäfelte Wände. Abgegriffene Menükarten aus grünem Kunstleder. Alte Männer an einem runden Tisch, die Karten spielten. Abgestandene Luft von Zigaretten. Das Ambiente in der Grünen Eiche war eher gehoben, die gestärkten Servietten waren kunstvoll auf den Tischen drapiert, und es duftete frisch und sauber. Claudia konnte sich immer noch nicht daran gewöhnen, dass sie in Gasthäusern nicht mehr von Rauchschwaden empfangen wurde. Auch wenn sie selbst Nichtraucherin war, vermisste sie das ein wenig. Es war ein Stück ihrer Geschichte, das nun der Vergangenheit angehörte.

Nachdem sie das wenige Gepäck auf ihre Zimmer gebracht hatten, erkundigten sie sich bei der jungen Frau an der Rezeption, ob es im Ort eine pensionierte Deutschlehrerin gäbe. Claudia hatte sich eine Geschichte über eine Bekannte ausgedacht, die hier zur Schule gegangen sei. Aber die unbedarfte Rezeptionistin fragte nicht nach ihren Gründen, sondern zuckte bloß die Schultern. Da sie erst vor ein paar Wochen ihre Ausbildung in dem Gasthof begonnen hatte, kannte sie sich nicht besonders gut im Ort aus, bat deshalb um einen Moment Geduld und verschwand. Wenige Augenblicke später hielt sie Claudia strahlend einen Zettel mit der Adresse entgegen. Das war leichter gewesen als erwartet. Frau Ruhland war die einzige Lehrerin in Engelthal und wohnte nur wenige Minuten entfernt am Rande des Ortes. Claudia und Hendrik machten sich gleich auf den Weg zu der genannten Straße. Unterwegs passierten sie eine Bäckerei, in der sie gerade noch die zwei letzten Brezeln erbeuten konnten.

Das Haus, in dem die Lehrerin wohnte, war klein, aber wunderschön. Hummeln und Bienen summten über Blumentöpfen, die sowohl vor dem Haus standen als auch in Blumenkästen die gesamte Fensterreihe des Erdgeschosses zierten.

Hendrik nickte Claudia aufmunternd zu: »Dann mal los.«

»Ich hoffe nur, sie reagiert nicht sauer, wenn ich einfach bei ihr vor der Tür stehe. Immerhin wollte sie anonym bleiben. Meinst du, ich sollte vielleicht anrufen?«

»Um dich abwimmeln zu lassen? Claudia, du bist doch sonst nicht so vorsichtig. Außerdem hat sie sich freiwillig bei dir gemeldet. Sie will also helfen. Ich denke, es ist einen Versuch wert. Nur solltest du besser alleine gehen. Zwei Pressemenschen auf einmal wären ihr vermutlich zu viel.«

Claudia dachte einen Moment nach. Vermutlich war es wirklich besser, alleine zu gehen, um das Anliegen von Frau Ruhland nicht völlig zu ignorieren.

»Geh schon«, nahm ihr Hendrik die Entscheidung ab. »Ich spaziere in der Zeit ein wenig durch den Ort. Vielleicht finde ich irgendetwas heraus.«

Claudia zweifelte daran, denn unterwegs war ihnen niemand begegnet. Es ging auf Mittag zu, die Schwüle war noch stärker geworden, und die Leute blieben vermutlich lieber hinter den schützenden dicken Mauern der alten Häuser.

»Ich melde mich, sobald ich wieder im Gasthof bin, okay?«

Er hob grüßend die Hand, folgte weiter der Straße und war schon bald hinter einer Kurve verschwunden.

Claudia klingelte beherzt, wartete. Nichts rührte sich. Vielleicht war die Lehrerin verreist. Als sie gerade umdrehen wollte, um Hendrik einzuholen, kam eine sportliche Frau mit kurzen grauen Haaren und einer Lesebrille auf der Nase um die Ecke.

»Ja? Was kann ich für Sie tun?«

»Frau Ruhland?«

»Ja?« Die Frau schaute misstrauisch über den Rand ihrer Brille und musterte Claudia, als wollte sie herausfinden, was sie zu ihr führte.

»Ich hoffe, Sie sind nicht verärgert, dass ich entgegen ihrem Wunsch hier auftauche, Frau Ruhland. Aber es ist wirklich wichtig, sie noch einmal zu sprechen. Wir haben gestern telefoniert. Ich bin Claudia Brandes. Die Journalistin.«

Die Überraschung war der Frau anzusehen. Sie schaute rechts und links die Straße hinauf.

»Kommen Sie«, sagte sie nüchtern und führte Claudia in den rückwärtigen Garten, in dem sie offenbar zuvor unter einer mit Rosen berankten Pergola gesessen und gelesen hatte. Man hatte von dort einen wunderbaren Blick über die hügeligen Felder. Auf dem Tisch stand eine Karaffe mit Wasser und eine Schüssel mit Kirschen, auf dem Stuhl daneben befand sich ein auf dem Rücken liegendes Buch mit Gedichten von Christian Morgenstern.

Nachdem sie Claudia einen Platz angeboten hatte, fragte die Lehrerin sachlich: »Wie haben Sie meinen Namen und meine Adresse herausgefunden? Ich hatte doch darum gebeten, anonym zu bleiben.«

Claudia nickte. »Ich weiß. Ich würde sie auch ganz sicher nicht behelligen, wenn Sie mir nicht einen außerordentlich wichtigen Hinweis gegeben hätten.« Sie beobachtete die Mimik der Frau, die nicht die kleinste Regung zeigte. »Um ehrlich zu sein, war ihr Anruf der einzige, der seriös klang und von dem ich mir einen Fortschritt erhoffe. Und diesbezüglich hätte ich noch ein paar Fragen. Wenn Sie erlauben.«

Die Lehrerin sah weiter forschend in Claudias Gesicht.

An ihrer Miene war nicht abzulesen, wie sie sich entscheiden würde.

Claudia entschloss sich, ihr ganz direkt die Wahrheit zu sagen: »Ich möchte nicht lange um den heißen Brei herumreden. Wir haben den Seidels gerade einen Besuch abgestattet. Leider ohne Erfolg. Sie behaupten, nie ein Kind bei sich aufgenommen zu haben. Das bestätigt auch das zuständige Jugendamt, das mir versicherte, die Seidels seien weder als Pflege- noch als Adoptionsfamilie gemeldet. Sicher erklärt Ihnen das, warum ich noch einmal mit Ihnen sprechen wollte.«

Frau Ruhland rieb mit dem Daumen an ihrem Zeigefinger, was der einzige Hinweis blieb, dass das Gesagte eine Regung in ihr auslöste. Sie machte allerdings keinerlei Anstalten, etwas zu erwidern.

Entschlossen setzte Claudia nach: »Ich kann mir keinen Grund vorstellen, warum Sie mehrfach in meinem Büro anrufen sollten, wenn Ihre Geschichte nicht stimmt. Die barsche Abwehrhaltung von Frau Seidel hingegen … Insofern stellt sich für mich also nicht die Frage, wer von ihnen die Unwahrheit sagt. Aber auf das Warum habe ich keine Antwort.«

Entweder würde die Frau sie nach dieser Provokation rauswerfen oder sich verteidigen, vermutete Claudia. Doch sie tat weder das eine noch das andere. Vielmehr nahm sie langsam ihre Lesebrille ab, legte sie auf das Buch, erhob sich und fragte: »Möchten Sie etwas trinken?«

»Ein Wasser wäre schön«, antwortete Claudia, deren Stimme mit einem Mal kratzig klang, und wies auf die Karaffe.

Die Lehrerin schob die Lamellen des Türvorhangs zur Seite und verschwand im Inneren. Claudia atmete hörbar aus. Sie war froh um die kleine Pause, in der sie sich kurz entspannen konnte. Eines war sicher: Diese Frau hatte keinerlei Autoritätsprobleme mit ihren Schülern. Sie war sehr schlicht in ihrer Ausstrahlung, völlig ruhig und beherrscht, und gerade das gab ihr den Anstrich, nie etwas falsch zu machen.

Frau Ruhland trat wieder auf die Terrasse, brachte ein zweites Glas sowie eine weitere Schüssel mit, in der Eiswürfel und Zitronenscheiben lagen.

»Bedienen Sie sich«, sagte die Lehrerin, legte sorgfältig ein DIN-A5-Heft vor sich auf den Tisch und strich darüber.

»Ich habe natürlich keine Gewissheit darüber, warum Frau Seidel die Adoption verschwiegen hat. Ich könnte mir allerdings vorstellen, dass sie genug mit ihrer derzeitigen Situation zu tun hat und nicht mit alten Geschichten behelligt werden möchte.«

»Von welcher Situation sprechen Sie, Frau Ruhland?«

Mit strengem Blick erwiderte die Lehrerin: »So geht das nicht, Frau Brandes. Sie können nicht einfach hier auftauchen und von mir die Erklärungen fordern, die es für Sie zu finden gilt. Ich habe Ihre Suche bereits mehr als genug unterstützt, meine ich.« Ihre Worte knallten wie Pistolenschüsse. Dann seufzte sie, drehte das Heft um und schob es Claudia hinüber. »Agata« stand in großen, kindlichen Buchstaben darauf.

»Es handelt sich um das Heft, das ich zur Korrektur hier hatte. Wie ich Ihnen bereits mitgeteilt habe, brach der Unterricht abrupt ab. Ich habe es trotzdem aufbewahrt. Es gab für mich keinen Weg, es dem Mädchen selbst zu geben.«

Claudia nickte. Sie blätterte kurz in dem Heft. Dann schob sie es der Frau wieder hin. Nach kurzem Zögern fuhr diese fort: »Wenn ich Ihnen weiterhelfen könnte, hätte ich das bereits getan. Leider kann ich Ihnen zu den Hintergründen keine Auskunft geben. Tut mir leid.«

Claudia nahm einen großen Schluck aus dem Glas. Sie schaute die Frau an und wünschte sich, ebenfalls eine solche Klarheit in ihrem Leben zu haben, wie diese sie offenbar hatte.

»Meine Mutter war auch Deutschlehrerin«, rutschte es Claudia unwillkürlich heraus.

Zum ersten Mal huschte ein Lächeln über das Gesicht der Lehrerin. Sie nickte.

»Darum also Ihr Beruf. Frau Brandes, ich möchte nicht unhöflich erscheinen. Aber ich würde jetzt gerne wieder alleine sein.«

»Selbstverständlich. Ich danke Ihnen dafür, dass Sie nicht sauer waren und überhaupt mit mir gesprochen haben.«

Die Lehrerin schaute Claudia offen ins Gesicht. »Ich hatte keinen Grund, das nicht zu tun.«

Als Claudia nachdenklich in den Gasthof zurückgekehrt war, fiel ihr plötzlich ein, dass sie am Vorabend sowohl Katrin versetzt als auch vergessen hatte, sich bei Anni zu melden. Stattdessen hatte sie einen Nachbarn gebeten, Dreibein während ihrer Abwesenheit zu versorgen, und einfach nicht mehr daran gedacht. Katrin würde sie das problemlos erklären können, denn die war selbst ein Workaholic. Aber Claudia machte sich nun doch Sorgen, warum Anni sich noch immer nicht gerührt hatte.

Ob etwas Schlimmes passiert war? Claudia scheute vor dem Gedanken zurück. Wie immer, wenn zu viel Nähe ins Spiel kam. Sie mochte ihre Kolleginnen. Anni war fast so etwas wie eine Freundin geworden. Eine der wenigen, die sie ein wenig in ihr Leben ließ. Jedenfalls solange es ihnen gutging. Doch schlechte Stimmung, Traurigkeit, Probleme – all das löste in ihr keinerlei Gefühl der Fürsorge aus. Im Gegenteil: Claudia war dann nur nach einem zumute: Flucht. Ein Teufelskreis, der sie schon viele Freundschaften gekostet hatte. Aber sie kam nicht aus ihrer Haut. Obwohl sie die Ursache genau kannte.

Auch jetzt hielt Claudia ihr Handy in der Hand, fuhr immer wieder mit dem Finger über den Ordner für Kontakte.

Was war schon dabei? Sie musste nur eine kurze SMS schicken. Ein kleiner Fingerzeig, dass sie sich Sorgen machte. Es war nicht Annis Art, eine Nachricht unbeantwortet zu lassen. Claudia schloss die Augen, wog ab, was zu tun war. So viele Jahre hatte sie sich innerlich abgeschottet. Minutenlang fixierte sie das Display, spürte das Gewicht des Telefons in ihrer Hand.

Schließlich schaltete sie es aus und legte es zur Seite. Sie hatte um einen Rückruf gebeten. Anni war erwachsen und konnte sich melden, wenn ihr danach war. Oder auch nicht. Sie seufzte, wollte weiter an ihrer Geschichte arbeiten. Aber sie konnte sich nicht konzentrieren, bekam das Gefühlswirrwarr in ihrem Inneren nicht unter Kontrolle. Mit ihrer Linken strich sie über das kühle, gestärkte Leinen des voluminösen Oberbettes. Stand auf, ging zum Fenster und schloss die Vorhänge. Sie stand mitten im Raum, hob die Arme über den Kopf und atmete dabei tief ein. Ließ dann ihren Oberkörper nach vorne fallen und rollte langsam Wirbel für Wirbel wieder nach oben. Zweimal knackte ihr Rückgrat. Kein Wunder: Ihr ganzer Nacken war restlos verspannt. Vorsichtig kreiste sie mit den Schultern, nahm dann die Arme mit in die Bewegung auf, zog mit ihnen große Bögen. Erst vorwärts, dann änderte sie die Richtung. Zuletzt fasste sie mit der Hand über den Kopf an ihr Ohr und dehnte vorsichtig den Hals nach rechts und links, wie sie es beim Yoga gelernt hatte. Als sie ihre Gelenke genug gelockert hatte, setzte sie sich auf den Rand des Bettes. Schaltete den Fernseher an, jedoch ohne Ton. Jagte die Kanäle rauf und schaltete ihn schließlich resigniert wieder aus.

Dann ließ sie sich auf die Knie fallen und öffnete die Minibar. Leer. Verdammt! Sie musste hier raus. Etwas tun. Kurz entschlossen griff sie zum Haustelefon und drückte die Kurzwahl. Einfach bei Hendrik zu klopfen, erschien ihr nicht angemessen.

»Ja?«

»Schön, dass du von deinem Spaziergang zurück bist. Würdest du mich noch einmal zu dem Hof der Seidels fahren?«

»Hat dir die Lehrerin also keinen erbosten Vortrag darüber gehalten, was Anonymität bedeutet?«

»Nein, hat sie nicht. Aber sie hat mir einen Beweis vorgelegt, dass das Mädchen tatsächlich existiert hat. Ein Heft.«

»Dann wird es jetzt ja richtig spannend.«

»Das hoffe ich auch.«

18.

Staub wirbelte hinter Hendriks Coupé auf, das mit Tempo zum Hof fuhr. Claudia war angespannt. Je näher sie kamen, desto sicherer war sie, dass Frau Seidel nicht ohne weiteres ihre Lüge zugeben würde. Vielleicht wäre es doch besser gewesen, Drews zu überreden, mit ihr herzufahren. Eine polizeiliche Überprüfung hatte einfach einen anderen Stellenwert. Aber er hätte ihr vermutlich nur die kalte Schulter gezeigt. Und sie wollte ihm beweisen, dass sie richtig mit ihren Vermutungen lag, bevor sie das nächste Mal mit ihm sprach.

Auf dem Hof spielten zwei Jungs Fußball. Ein Dritter saß auf der Bank vor dem Haus, zwei Krücken an jeder Seite.

Als das Auto anhielt, beäugten die Kinder neugierig die Ankömmlinge, blieben aber auf Distanz.

»Bingo! Vielleicht kommen wir über die Jungs weiter.«

Claudia nahm das Bild von Agata in die Hand und ging auf die Jungs zu, die offenbar mit prüfendem Blick auf die Auspuffanlage von Hendriks Auto die Fahrzeugdaten diskutierten.

»Hallo! Ihr seid bestimmt die Seidel-Jungs«, sagte Claudia betont fröhlich.

Schon erntete sie einen misstrauischen Blick, den sie geflissentlich ignorierte.

»Könntet ihr mir vielleicht kurz weiterhelfen? Wo finde ich denn eure Eltern? Sind die zufällig gerade in der Nähe?«

Ein Kopfschütteln des Jüngsten trug ihm einen Seitenhieb seines Bruders ein, der mittlerweile mit seinen Krücken zu ihnen gehumpelt war. Die drei sahen sich ähnlich, mit Sommersprossen und dichtem dunklem Haar. Nur der mittlere Junge war viel hagerer als die anderen, so als käme er bei der Essensverteilung ständig zu kurz. Seine Krücken verstärkten diesen Eindruck noch. Eine frische Schramme beim Jüngsten und blaue Flecken an den Schienbeinen der Geschwister zeugten davon, dass sie beim Spiel nicht gerade sanft miteinander umgingen. Ihre Kleidung war staubig und sah nicht aus, als wäre sie in der letzten Zeit mit Waschmittel in Berührung gekommen. Vor ihrem inneren Auge sah Claudia Arielle zwischen diesen Jungs stehen, die alle mindestens einen Kopf größer waren als sie. Die waren sicher keine angenehme Gesellschaft für ein kleines Mädchen gewesen.

»Gefällt er euch?«, vernahm Claudia Hendriks Stimme hinter ihrem Rücken.

Der Jüngste nickte und bekam prompt wieder einen groben Schubser ab, durch den er fast das Gleichgewicht verlor. Hendrik lachte.

»Willst du mal drin sitzen?« Er öffnete die Wagentür.

Der Kleine machte keine Anstalten, sondern errötete.

»Ist das ein M4?«, fragte der Große schließlich.

»Du kennst dich aus, wie ich sehe. Aber leider nicht. Nur ein Vierer mit dem M-Paket. Das erkennst du hieran: Der M4 hat auf beiden Seiten einen Doppelauspuff.«

Jetzt nickten die drei, wie Wackeldackel.

»Könntet ihr mal gerade einen Blick auf dieses Bild werfen?«, unterbrach Claudia, das vertrauliche Geplänkel und hielt ihnen das Bild der Toten unter die Nase. »Erkennt ihr darauf vielleicht Agata? Das Mädchen, das mal bei euch gewohnt hat?«

Der größte Junge plusterte sich mächtig auf, schüttelte dann jedoch nur energisch den Kopf, während sein Bruder den Jüngsten humpelnd in Richtung des Hauses schob. Claudia konzentrierte sich auf den Wortführer, der noch immer breitbeinig vor ihr stand und sie mit zusammengekniffenen Augen taxierte.

»Du kannst ruhig näher kommen. Von da aus siehst du ja gar nichts.« Claudia versuchte munter und harmlos zu klingen. »Du kannst auch gerne zuerst den Wagen begutachten und dann das Bild, wenn dir das lieber ist. Ich habe Zeit.« Dann fügte sie lächelnd hinzu: »Das heißt, wenn du dich traust.«

»Unsere Eltern sind nicht da. Wir müssen uns jetzt um den Hof kümmern«, sagte der Große und wies mit dem Kopf auf die Scheune.

»Dauert nur eine Sekunde. Du musst wissen, dass dieses Mädchen tot aufgefunden wurde. Du würdest uns wirklich helfen, wenn du mal kurz darauf schaust.«

Sie trat einen Schritt näher auf ihn zu, aber im gleichen Moment baute er sich zu voller Größe auf, hob sein Kinn und sah sie herausfordernd an. »Sie verlassen jetzt besser unseren Hof.«

Fehlt nur noch eine Drohung, dachte Claudia. Dennoch gab sie nach. Für den Moment kam sie hier nicht weiter.

»Richte deinen Eltern doch bitte aus, dass wir wiederkommen. Brandes ist mein Name. Die Journalistin, falls deine Mutter sich nicht mehr an mich erinnert. Sie kann mich auch im Grünen Baum erreichen. Wir bleiben noch eine Nacht im Ort.«

Er spannte seine Kiefer an, blieb aber ansonsten ungerührt. Die würden schon noch merken, dass sie sich so leicht nicht abwimmeln ließ.

»So ein Mist! Diese kleinen Kerle haben es doch faustdick hinter den Ohren! Hast du gesehen, wie sie sich dauernd Zeichen gegeben haben! Die wussten doch haargenau, wer das auf dem Foto war.«

»Mag sein. Oder auch nicht, Claudia. Das sind halt Jungs.

Die sprechen in dem Alter nicht sonderlich viel. Schon gar nicht mit Fremden.«

»Nimmst du die etwa in Schutz? Die Lehrerin hat eindeutig bestätigt, dass ein Mädchen hier auf dem Hof war.«

»Moment, Claudia. Du hast selbst gesagt, dass sie sich nicht hundertprozentig sicher ist, dass es dasselbe Mädchen ist. Um das zu klären, sind wir hier. Oder sehe ich das falsch?«

Claudia schaute frustriert aus dem Seitenfenster. Hendrik hatte natürlich recht mit seinem Einwand. Sie fragte sich allerdings, in welche vertrackte Geschichte sie da eigentlich hineingeraten war. Nichts lief so, wie es sollte.

»Na ja, wenigstens eines hast du geschafft.«

Claudia betrachtete interessiert Hendriks Profil.

»Die Jungs werden ihren Eltern definitiv von unserem Besuch berichten. Und wenn es nur um mein Auto geht.«

»Und?«

»Wir haben Unruhe hineingebracht. Zwei Besuche an einem Tag – ich kann mir kaum vorstellen, dass ihnen das egal ist. Also werden sie irgendeine Reaktion zeigen. Ich nehme mal an, dass wir mit Empörung rechnen dürfen, weil wir ihren Kindern zu nahe getreten sind.«

Claudia hoffte, dass Hendrik damit recht behielt. »Insofern sollten wir vielleicht einfach abwarten. Es sei denn, du brauchst noch Zeit, um wieder von deiner Palme runterzukommen.«

Unweigerlich musste Claudia lachen.

»Passt schon. Du hattest schon immer Talent darin, mir den Wind aus den Segeln zu nehmen.«

»Dann schlage ich vor, wir nutzen die Wartezeit, bis die Seidels von sich hören lassen, und machen erst einmal einen konspirativen Spaziergang entlang der Klostermauern, die tatsächlich etwas Spirituelles haben. Das darfst du dir nicht entgehen lassen.«

»Und weiter?«

»Dann krönen wir den Tag mit einem Abendessen und suchen uns danach noch einen guten Platz für einen Absacker. Den brauchen wir ganz sicher nach dem Genuss der fränkischen Gerichte.«

»Sehr gut! Und bei diesen Gelegenheiten hören wir uns mal ein wenig um, was die Leute im Dorf über die Seidels zu berichten haben.«

»Und über Frau Ruhland.«

Claudia verkniff sich einen Kommentar. Hendrik suchte immer nach Ausgewogenheit in seiner Meinungsbildung. Er hatte die Lehrerin nicht kennengelernt und sich nicht von ihrem gradlinigen Auftreten überzeugen können. Natürlich hieß das noch lange nicht, dass Arielle Agata war. Aber etwas verbarg diese Familie. Und sie würde keine Ruhe geben, bis sie wusste, was das war.

Während der Rückfahrt war es Claudia plötzlich doch nicht danach gewesen, durch den Ort zu spazieren. Sie hatte ihre Gedanken sortieren wollen und sich von Hendrik kurz entschlossen am Weg absetzen lassen, um zu Fuß zurückzulaufen. Insgeheim hoffte sie darauf, dass das Ehepaar Seidel sie bei seiner Rückkehr zum Hof passieren würde. Zu gerne hätte sie gewusst, wie das Ehepaar auf sie reagiert hätte. Als sie vor sich eine Frau mit einem Berner Sennenhund erblickte, die aus einem der Feldwege kam, beschleunigte sie ihren Schritt.

»Das ist aber ein wirklich schönes Tier«, sagte sie laut, als sie nur noch wenige Schritte entfernt war. »Ich träume immer schon davon, einen Hund zu haben.«

»Vom Träumen allein wird das aber nichts, wenn ich das mal so sagen darf.«

Claudia zuckte lächelnd die Schultern. »Stimmt. Aber ich wohne in der Stadt und arbeite viel. Für einen Hund habe ich einfach zu wenig Zeit. Aber vielleicht später mal.«

»Später mal kommt Rübezahl.« Die Frau lachte herzerfrischend. »Entschuldigen Sie, aber das ist der Spruch, den ich meiner Tochter immer sage. Die will auch alles ›später‹. Einen Mann, ein Haus, ein Kind. Ich schätze, wenn man etwas wirklich will, dann findet man einen Weg, alles unter einen Hut zu bringen. Ansonsten ist es einem vielleicht doch nicht so wichtig. Oder das Schicksal hat andere Dinge mit einem vor.«

Claudia nickte zustimmend.

»Stört es Sie, wenn ich ein Stück mit Ihnen laufe?«

»Natürlich nicht. Sind Sie auf der Durchreise?«

»Nein, ich habe beruflich hier zu tun.«

»Wenn Sie sogar am Wochenende arbeiten müssen, ist es vermutlich wirklich nicht so gut, sich einen Hund anzuschaffen.«

Sie tätschelte ihrem Berner Sennenhund den Kopf.

»Ich bin froh, dass ich ihn habe, so komme ich regelmäßig vor die Tür. Das hält fit und gesund.«

Wieder strahlte die Frau zufrieden. Ihre Gesichtszüge zeigten, dass sie offenbar häufig Grund zu guter Laune hatte.

»Leben Sie schon immer hier?«

»Ich? Nein. Ich bin mit meinem Mann hierher gezogen, als ihm hier in der Klinik eine Stelle angeboten wurde. Eigentlich sollte es nur für eine kurze Übergangszeit sein, wir hofften auf eine Stelle in irgendeiner Großstadt. Aber dann kamen die Kinder, und wie Sie sehen, sind wir immer noch hier.«

»Man kann es durchaus schlechter treffen.«

»Das stimmt. Obwohl ich mir manchmal wünschte, es würde ein wenig mehr geboten. Wir dachten eigentlich, dass wir am Abend nach Nürnberg fahren könnten. Ins Theater oder Konzert. Aber meistens sind wir dazu dann doch zu müde.«

»Ach, ich wohne mitten in München und schaffe das genauso wenig. Wie war das: »Später mal …?«

»… kommt Rübezahl.«

Sie machte eine kurze Pause und fragte dann beherzt: »Kennen Sie die Familie Seidel?«

»Ach, kommen Sie von dort?« Die Frau schien überrascht, so als wäre es völlig abwegig, die Seidels zu besuchen. Claudia entschied sich, mit der Wahrheit etwas hinter dem Berg zu halten.

»Ich habe nur die Jungs dort angetroffen, aber die sind ja nicht besonders auskunftsfreudig.«

»Da sagen Sie was. Die Ines, die hat es nicht leicht. Aber wo die ganz alleine draußen in der Einöde wohnen, verwildern die Buben halt schnell. Was soll sie da auch machen? Und der Mann ist ja dauernd unterwegs. Den trifft eines Tages mal der Schlag, so viel wie der arbeitet. Aber der Hof ist so groß, und wenn man da keine Hilfe hat …«

»Bewirtschaftet die Familie die Felder komplett selbst?«

»Bis vor ein paar Jahren haben seine Eltern noch mitgeholfen. Aber dann hatte der Vater einen Schlaganfall, und die alten Leute mussten in so eine Seniorenanlage ziehen, weil er seitdem bettlägerig ist.« Sie zuckte die Schultern. »Und die Ines ist jetzt die meiste Zeit auf dem Hof draußen alleine. Nur in die Kirche und zu den Gemeindetreffen kommt sie regelmäßig. Ansonsten ist sie immer alleine mit den Kerlen. Und wenn Erntezeit ist, dann haben sie auch noch den Stall voller Arbeiter.«

Claudia verstand nicht gleich und schaute fragend.

»Erntehelfer. Die müssten bald wieder anreisen, denke ich. Das ist jetzt die Zeit dafür. Für die Gemüseernte. Mir wäre das dort ja nicht geheuer, als Frau so ganz alleine. Viele von denen sprechen nicht einmal Deutsch. Aber was rede ich! Mein Mann sagt, ich wäre ein fürchterlicher Hasenfuß. Deshalb habe ich auch den Willi.« Wieder tätschelte die Frau ihren Hund, der mit seiner Größe zwar eindrucksvoll, aber von seinem gutmütigen Naturell her sicher kein guter Beschützer war. Er hatte Claudia nicht einmal beschnüffelt, als sie sich zu seinem Frauchen gesellte.

Claudia fragte sich, ob diese Männer auch vor zwei Jahren auf dem Hof gewesen waren. Deshalb fügte sie an:

»Ich hatte mich schon über die vielen Gebäude gewundert.« Sie versuchte, ihrer Stimme einen harmlosen Unterton zu geben. »Woher kommen diese Helfer eigentlich? Ich kenne mich mit Landwirtschaft ja so gar nicht aus.«

»Ganz genau weiß ich das auch nicht. Aus dem Osten, habe ich gehört. Aus Polen oder vielleicht aus Bulgarien. Aus der Ecke jedenfalls. Na ja, da ist es schon ganz gut, dass die Ines nicht so eine Zartbesaitete ist. Obwohl ich dem, was die Leute so sagen, nicht recht Glauben schenke. Sie macht auf mich immer nur einen müden Eindruck.«

»Was redet man denn so?«

»Nicht, dass Sie jetzt was Schlimmes von der Ines annehmen. Die Leute reden immer. Die haben hier ja auch nicht viel anderes zu tun. Viele finden es halt seltsam, dass sie so weit draußen wohnt. Und dichten ihr dann gleich irgendwelche Geschichten an. Ich denke eher, dass die Ines mit ihren Jungs schon mal etwas ruppiger umgehen muss. Sonst bekommt sie die gar nicht in den Griff. Sie wissen, was ich meine.«

Vermutlich schon, dachte Claudia. Und was sie gerade gehört hatte, warf ein völlig neues Bild auf die Familie. Claudia senkte den Kopf und betrachte den steinigen Weg. Sie rief sich die Liste der Verletzungen in Erinnerung, die Buttler an Arielle festgestellt hatte, und fragte sich, ob sie damals entstanden sein konnten.

19.

»Ist doch interessant, oder? Was meinst du dazu, Hendrik? Ob das Mädchen über einen dieser Erntehelfer auf den Hof gekommen ist?«

Sie saßen zum Abendessen in der Gaststube. Hendrik war gerade dabei, bedächtig Butter auf sein Walnussbrot zu streichen. Der Landgasthof wartete mit einer exquisiten Küche auf, bot aber auch traditionelle Gerichte an. Hendrik hatte sich für eine Portion fränkisches Schäufele entschieden, während Claudia der Sinn nach Stadtwurst mit Musik und frischem Landbrot stand. Dazu hatten beide ein dunkles Altfrankenbier bestellt, von dem Claudia nun einen großen Schluck trank.

»Ich weiß es nicht, Claudia. Das scheint mir nicht recht zu passen.«

»Warum? Die Frau meinte, dass die aus dem Osten kommen. Selbst Lehrer verdienen sich aus diesen Ländern manchmal noch etwas dazu, weil sie in ihren Berufen so geringe Gehälter haben. In Rumänien zum Beispiel verdient ein Assistenzarzt in den ersten Jahren nur 200 Euro und liegt damit nur unwesentlich über dem dortigen Mindestlohn von 170 Euro. Und auch später wird es nicht wirklich lukrativ mit um die 500 Euro. Warum also nicht?«

»Claudia, überleg doch mal. Würden diese Menschen denn ihre Kinder mit hierher bringen, wenn sie den ganzen Tag auf dem Feld arbeiten?«

»Platz und Unterkünfte gibt es auf dem Hof genug.«

»Und wer kümmert sich um sie? Was sollten sie denn dort in den Mehrbettzimmern machen? Luxusunterkünfte werden Erntehelfern meines Wissens nur selten geboten. Du hast doch gesehen, wie es auf dem Hof aussah.«

Claudia zuckte die Schultern. »Platz genug wäre da. Und die Kinder könnten bei dem Wetter draußen spielen. Es müssen ja auch nicht mehrere gewesen sein. Und vielleicht sollte das Kind bei diesem Aufenthalt Deutsch lernen, um später einmal hier zur Schule zu gehen.«

»Und warum sollte sie das dann verschweigen? Wenn deine Annahme stimmt, warum sollte sie diese Angelegenheit dann verschweigen?«

Claudia zuckte die Schultern. Hendrik fuhr fort: »Ich sehe das anders. Wenn Frau Seidel wirklich so ein schwieriges Leben führt, wie du es geschildert hast, aus welchem Grund sollte sie sich dann noch jemanden ins Haus holen, den sie versorgen muss?«

Claudia merkte, dass sie seine Worte mit einem Mal sehr persönlich nahm, obwohl sie genau wusste, dass dem nicht so war.

»Viele Frauen haben ein Problem, Nein zu sagen. Vielleicht hat sie nicht richtig darüber nachgedacht«, erwiderte Claudia eine Spur zu pampig. Rasch trank sie einen großen Schluck, um sich wieder zu beruhigen. Was war nur mit ihr los?

»Fehlt nur noch, dass du mit dem Fuß aufstampfst.«

Beinahe hätte sie sich wegen Hendriks Bemerkung verschluckt. Sie musste husten und hielt sich die Serviette vor den Mund.

»Du bist unmöglich, Hendrik«, schalt sie ihn. »Jetzt hätte ich beinahe mein Bier über mein Oberteil geschüttet.«

»Das Kompliment gebe ich gerne zurück«, antwortete er und musterte sie. »Also: Nicht schmollen. Bei vielen Frauen stimmt das, was du sagst, aber Frau Seidel machte auf mich absolut nicht den Eindruck einer Frau, die sich nicht wehren kann.«

Claudia nickte und dachte wieder an die Gerüchte, die über die Vorgänge auf dem Hof kursierten.

»Also: Warum sollte sie? Was denkst du?«, fuhr Hendrik mit der Diskussion fort.

»Vielleicht um nicht als einzige Frau unter lauter Männern zu sein. Ich könnte mir gut vorstellen, dass das nicht immer einfach ist. Es könnte sein, dass sie bei jeder Schwangerschaft gehofft hat, ein Mädchen zu bekommen, und es hat nicht geklappt. Deshalb wollte sie beim vierten Kind auf Nummer sicher gehen. Dafür wäre dann ja nur eine Adoption in Frage gekommen.«

»Interessanter Aspekt. Das kann natürlich eine Rolle gespielt haben. Nur warum eine Ausländerin? Mit der konnte sie sich doch zunächst wegen der Sprachbarriere nicht austauschen.«

»Ich weiß es nicht. Vielleicht, weil es auf anderem Wege noch schwieriger ist?«

»Könnte sein. Aber hätte sie dieses Vorhaben nicht zunächst über die offiziellen Wege versucht? Darüber stolpere ich immer wieder.«

»Vielleicht hatte sie schlechte Erfahrungen mit Ämtern. Oder sie kannte jemanden, der über diesen Weg erfolglos eine Adoption versucht hat. Außerdem habe ich die Agenturen noch gar nicht überprüft. Die Liste bekomme ich erst Montag.«

»Mir gibt das Ganze immer noch Rätsel auf. Für mich passt das nicht richtig ins Bild. Während ich unterwegs war, habe ich mich vorhin ein wenig umgehört.«

»So?« Claudia war gespannt, was er sagen würde.

»Diese Frau Seidel hat nicht den allerbesten Ruf. Nach allem, was ich höre, ranken sich um diesen Hof alle möglichen Gerüchte. Was sicher auch damit zu tun hat, dass die Seidels sich komplett von den anderen zurückgezogen haben.«

»Was erzählt man denn über sie? Mach es nicht so spannend.«

»Vorrangig geht es immer um die Jungs. Sie haben einen extrem schlechten Ruf. Man erzählt sich im Ort, dass sie in höchstem Maße aufbrausend und aggressiv sind. Der Älteste hat angeblich schon einen Einbruch auf seinem Konto zu verbuchen und leistet dafür Sozialstunden ab.«

»Das also hat die Frau mit dem Hund gemeint, als sie mir berichtete, dass Frau Seidel es nicht einfach hat.«

»Moment, es geht noch weiter. Der Jüngste ist wohl auch ein besonderes Kaliber. Er ist auf der hiesigen Grundschule nicht sonderlich beliebt und muss gerade wieder täglich von seiner Mutter abgeholt werden.«

»Wieso?«

»Weil er anderen Kindern Gewalt angedroht hat. Die Schule will wohl auf diese Art sicherstellen, dass auf dem Heimweg nichts passiert, weil dann keine Aufsicht in der Nähe ist.«

»Tun Kinder das nicht häufig, sich gegenseitig mit Prügel drohen, wenn sie sich in die Ecke gedrängt fühlen?«

»Na ja, er hatte aber auch ein Schnappmesser dabei, das er sogar einem Kind an den Hals hielt.«

Claudia pfiff erstaunt. Sie hatte eher den Großen in Verdacht gehabt.

»Nur über den Mittleren erzählt man sich nichts. Er ist wohl häufiger krank. Hat immer wieder Brüche oder liegt im Krankenhaus. Und jetzt kommt es: Man munkelt sogar, dass die Eltern oder die Geschwister Schuld an diesen Verletzungen tragen.«

Claudias Handinnenflächen begannen zu kribbeln.

»Stellt sich nur die Frage, ob man das beweisen kann«, sagte sie heiser, schob ihr Bier zur Seite und trank rasch einen großen Schluck aus dem Wasserglas, das sie bislang nicht angerührt hatte. Die Ärzte würden ihre Schweigepflicht gegenüber einer Journalistin wohl kaum brechen, insofern lohnte es sich nicht, dort nachzuhaken. Nur die Sprechstundenhilfen könnten ihr dazu vielleicht etwas sagen. Oder die Lehrerin.

»Darüber kann ich mir noch kein Urteil erlauben. Ich habe mich mit einer älteren Dame auf dem Friedhof unterhalten, die überaus redselig war. Insofern sind es bisher nur Gerüchte. Sie betonte allerdings, dass das ›alle‹ sagen.«

Claudia betrachtete die altrosafarbene Blumenvase auf dem Tisch. Sie hatte die Seidel-Jungs nicht gemocht. Die latente Gewaltbereitschaft hatte auch sie gespürt und war deshalb von Beginn an gegen die Jungs gewesen. Die Möglichkeit, dass ihre Aggressivität nur ein Echo dessen war, wie ihnen selbst begegnet wurde, hatte sie nicht in Betracht gezogen. Wie hatte ihr das passieren können? Gerade ihr. Sie musste etwas ändern. So unkonzentriert würde sie Fehler machen. Sie musste sich beherrschen. Aufmerksam bleiben.

»Claudia?«

Sie schreckte auf. Sie war völlig in ihren Gedanken versunken gewesen und hatte tatsächlich nicht bemerkt, dass die Bedienung bereits mit dem Essen neben dem Tisch stand. Sie war für diese Unterbrechung durchaus dankbar. Nachdem sie die ersten Bissen rasch gegessen hatte, wohl merkend, dass Hendrik sie genau im Blick hielt, sagte sie nachdenklich: »Vielleicht ist das der Grund, warum sie eine Auslandsadoption in Erwägung gezogen hat. Wenn tatsächlich derlei Gerüchte über sie im Umlauf sind, hätte sie ganz sicher auf offiziellem Weg kein Kind adoptieren können.«

Hendrik nickte, legte sich die Serviette auf seine Beine, fächelte sich den Duft der Speise zu und begann nun ebenfalls zu essen. Claudia atmete erleichtert auf und schob gleich nach:

»Vielleicht sollte ich die Lehrerin noch einmal fragen, was sie über diese Sache denkt. Sie muss die Jungs doch auch kennen, oder?«

»Ich weiß nicht.«

»Hast du eigentlich was gegen Lehrer? Du hast dich bei Frau Ruhland so schnell aus dem Staub gemacht.«

»Nein. Ganz im Gegenteil. Es ist eine tolle Aufgabe, Kinder für die Zukunft fit zu machen. Bei Frau Ruhland bin ich gegangen, weil es für die Gesprächssituation besser war. Das müsstest du eigentlich wissen.« Er schaute sie mit gerunzelter Stirn an. »Ich nehme diese Zeugin sogar sehr ernst, denn ich denke, dass gerade Lehrer mittlerweile so viel Respekt vor der neuen, resoluten Elterngeneration haben, dass sie sich sehr wohl überlegen, was sie wann zur Anzeige bringen.«

»Andererseits will sich niemand an anderer Leute Schmutz die Hände dreckig machen. Das war schon immer so. Weil es einfach so verdammt viel bequemer ist«, entfuhr es Claudia.

Hendrik entgegnete nichts, hatte jedoch den Esslöffel zur Seite gelegt. Claudia spürte, wie ihre Lippe zu zittern begann. Dieser Fall wühlte sie zu sehr auf. Immer wieder verlor sie die Bodenhaftung. Das war nicht gut. Sie spürte Hendriks forschenden Blick auf sich ruhen. Sie wischte über das beschlagene Glas.

»Meine Mutter war auch Lehrerin. Für Deutsch und Sport«, brachte sie schließlich hervor.

»War? Ist sie etwa tot?«

Claudia nickte.

»Das tut mir leid, Claudia. Ich konnte ja nicht wissen … Wie alt warst du denn, als sie gestorben ist?«

Claudia schluckte, ihr Blick war von Tränen verschleiert.

»Sechzehn.« Sie trank den letzten Schluck aus ihrem Glas. »Entschuldigst du mich kurz, ich will so nicht …«

Ohne ihren Satz zu beenden, lief Claudia rasch zu den Toilettenräumen.

Hendrik war so taktvoll gewesen, sie nach ihrer Rückkehr nicht mehr auf das Thema anzusprechen. Vielmehr hatte er über die Zubereitung des Essens philosophiert und ihr die Geschichte des Engelthaler Klosters erzählt. Obwohl sie während des Essens ihr Gleichgewicht wiedergefunden hatte, verabschiedete sie sich dennoch schnell, um in ihrem Zimmer Schutz vor weiteren Fragen zu finden. Doch auch dort blieb sie unruhig. Hendrik hatte ihr Kommentar sicher zum Nachdenken gebracht. Vermutlich hatte er sich gefragt, wie es sein konnte, dass sie niemals ihre Eltern erwähnte. Gerade weil die Rede schon so oft von seiner Mutter Thyra gewesen war. Sie kannte ihn gut genug, um zu wissen, dass er bei nächster Gelegenheit nachfragen würde.

Sie öffnete den Vorhang ein Stück und schaute über die roten Dächer. Gedankenverloren drehte sie an ihrem Ring, der viel mehr für sie war als nur ein Schmuckstück.

Alles hier erinnerte sie an ihre Heimat. Die Enge des Ortes, der in krassem Widerspruch zu der weiten Natur stand, die ihn umgab. Das Gerede der Menschen, der Mangel an Perspektiven für diejenigen, die anders waren. Ein Ort, in dem Menschen gleichermaßen geborgen wie gefangen waren. Rasch zog sie die Gardinen zu. Diese Umgebung engte sie zunehmend ein, und sie sehnte sich danach, nach München zurückzufahren.

Doch bis es so weit war, wollte sie die Zeit nutzen, um weiter im Ort herumzufragen und ihr Bild von den Seidels abzurunden. Der Arzt schied aus. Am Wochenende würde sie die Sprechstundenhilfe nicht abpassen können. Also musste sie jemand finden, der die Seidels gut kannte und auf dessen Meinung sie etwas geben würden. Eine Respektperson. Nach kurzer Überlegung entschied sich Claudia gegen die Schule der Seidel-Jungs, die ohnehin am Wochenende geschlossen war. Die Kirchengemeinde, die hier am morgigen Sonntag sicher komplett zum Gottesdienst antreten würde, schien ihr dafür die bessere Alternative zu sein. Bei der Gelegenheit wollte sie erneut versuchen, mit Frau Seidel zu sprechen. Claudia hoffte, sie würde in einer Gruppe von Menschen vielleicht anders reagieren.

Sie schaute auf ihr Handy, um noch vor dem Zubettgehen die Nachrichten aus der Redaktion zu prüfen, falls von dort Neuigkeiten hereingekommen waren. Zu ihrem Entsetzen stellte sie fest, dass Drews angerufen hatte. Gleich siebenmal. Immer im Abstand von fünf Minuten. Eine Nachricht hatte er jedoch nicht hinterlassen.

»Hallo, Steffen, du hattest angerufen? Gibt es was Neues? Habt ihr sie identifiziert?«

»Oh, sorry, nein. Wir haben Schluss gemacht für heute. Morgen früh haben wir für eine neuerliche Befragung einige Leute aus dem Ort zusammengetrommelt. Wir hoffen, dass sich mit den richtigen Fragen vielleicht doch jemand erinnert, ob er den Kastenwagen irgendwo im Ort gesehen hat. Vielleicht dienen die Hunde nur als Ablenkungsmanöver.«

Seine Suche musste wirklich ausgesprochen unergiebig verlaufen, wenn er immer noch an dieser Spur festhielt, trotz fehlender Beweise. Enttäuscht sagte sie: »Okay. Trotzdem danke, dass du mich auf dem Laufenden hältst. Ich hatte schon gehofft, ihr hättet sie identifiziert. Nachdem du siebenmal angerufen hast.«

Drews atmete schwer in den Hörer. Claudia konnte seine Enttäuschung fast spüren. Gerade als sie überlegte, ihm doch noch einmal von Frau Seidel zu erzählen, fuhr er fort: »Ich … ich wollte nur fragen, ob ich wohl noch zu dir rüberkommen kann, Claudia? Nur kurz, auf ein Glas Wein.«

»Steffen, ich …« Sie suchte nach einer Ausrede.

»Bitte!«, fiel er ihr ins Wort. »Dabei könnten wir alle Fakten noch einmal durchsprechen. Vielleicht fällt uns ja noch irgendetwas ein.« Er hielt kurz inne und fuhr dann eifrig fort: »Wir haben noch einen Hinweis auf das Künstleratelier nahe dem Fundort bekommen. Du hattest das doch auch schon einmal erwähnt. Es wäre gut, wenn ich mir deine Aufzeichnungen dazu noch einmal durchsehen könnte, denn für morgen haben wir die Kunstschaffenden alle geladen.«

Claudia seufzte. Seine eigentliche Motivation war überdeutlich zu spüren. Sie verstand seinen Frust über diesen Fall. Ihr selbst ging es schließlich nicht anders. Behutsam, um ihn nicht zu verletzen, antwortete sie deshalb: »Ach was, Steffen. Du willst doch im Grunde um diese Zeit nicht arbeiten. Es ist jetzt fast neun. Du solltest dich besser hinlegen, damit du für die morgige Befragung fit bist.«

»Erwischt. Ich würde einfach gern vorbeikommen. Ist das so schlimm, dass ich dich sehen möchte? Ich ...« Er zögerte. »Was soll's? Ich mag dich, Claudia. Sehr sogar. Das ist für dich doch sicher kein Geheimnis. Muss ich mich dafür schämen?«

»Nein, das musst du nicht. Natürlich nicht. Ich fühle mich auch wirklich geschmeichelt. Aber im Grunde kennst du mich doch gar nicht, Steffen. Wir arbeiten doch nur miteinander.«

»Tue ich nicht? Wir sind seit wie vielen Jahren befreundet? Und seit Diana gegangen ist ... Eigentlich schon vorher, aber da habe ich das nicht ...«

»Steffen«, unterbrach sie ihn, »Ich weiß, wie sehr du darunter gelitten hast, dass dich deine Freundin verlassen hat. Ein Grund mehr, weshalb du dir eine Frau suchen solltest, die zu dir passt, dich glücklich macht und nicht enttäuscht.«

»Das wirst du nicht, da bin ich mir ganz sicher. Ganz im Gegenteil. Du hältst mich auf Trab.« Er lachte. »Mit dir ist nichts selbstverständlich. Und gerade das gefällt mir.«

»Noch einmal, Steffen: Du kennst mich nicht.«

»Siehst du, genau dieses Insistieren. Das mag ich an dir. Du hältst an Dingen fest, auch gegen Widerstände. Und irgendwie bin ich mir sicher, dass du mich auch magst. Du hast noch nie geflirtet, das meine ich nicht. Aber das liegt an deiner Art, weil du immer um Abstand bemüht bist. Und um Anstand.

Obwohl du dauernd mit Männern zusammenarbeitest und bei deinem Aussehen alle Chancen hättest, nutzt du das nie aus. Andere Frauen würden einfach rumflirten, für ihr Ego mal eine Affäre beginnen und schauen, wohin alles führt. Aber du bist anders, machst keine halben Sachen. Gerade das macht dich überaus interessant für mich.«

Weil er ein Typ war, der die Jagd liebte, dachte Claudia, behielt den Kommentar aber für sich. »Steffen, bitte. Glaube mir einfach, dass es besser ist, wenn wir dieses Thema ruhen lassen. Bring mich bitte nicht dazu, noch mehr auf Abstand zu gehen. Das muss ich nämlich, wenn du nicht mit dem Unsinn aufhörst.«

Er schnaufte empört. »So einfach kann ich das nicht, sorry. Also lass mal überlegen. Du sagst, dass ich dich nicht kenne. Was könntest du mir vorenthalten? Eine seltsame Leidenschaft? Vielleicht ein verborgenes Geheimnis? Welche Leichen hast du in deinem Keller versteckt?« Er lachte kurz auf. »Claudia, du weißt aber schon, dass dich das noch interessanter macht, oder? Ich hätte gerade große Lust, das näher zu erforschen.«

»Das wirst du ganz sicher nicht«, widersprach ihm Claudia resolut. Sie fand es mittlerweile nicht mehr lustig, dass er nicht mit seinen Avancen aufhörte. Sie hatte freundlich bleiben wollen – auch weil sie definitiv immer wieder bei der Arbeit aufeinandertreffen würden. Aber offenbar verstand er es einfach nicht anders.

»Und warum nicht?«, fragte er unverdrossen weiter.

»Weil ich das nicht zulasse«, sagte sie in bitterem Ton. Sie hielt die Augen geschlossen und spürte den Druck hinter ihrer Stirn. Kopfschmerzen meldeten sich, und eine Träne löste sich aus ihrem Augenwinkel. Das alles war heute einfach zu viel für sie. Die ganze Geschichte mit dem Mädchen zerrte schon genug an ihr, brachte unliebsame Erinnerungen wieder ans Tageslicht. Und nun auch noch Drews.

»Alles ist gut, wie es ist. Mach das nicht kaputt, Steffen.« Leiser fügte sie noch ein »bitte« hinzu.

»Mache ich nicht. Ganz sicher nicht. Ich werde ganz behutsam sein. Du gibst das Tempo vor. Ich möchte nur reden. Ich fahre jetzt los, okay?«

Er verstand es einfach nicht und würde nicht lockerlassen. Aber sie war nicht bereit. Weder zum Reden noch für eine Beziehung. Deshalb sagte sie knapp: »Steffen, das geht wirklich nicht. Ich bin nämlich gar nicht in München.« Sie zögerte kurz. Ob es in der Situation klug wäre, ihn um etwas zu bitten? Sie musste es einfach versuchen, deshalb fügte sie hinzu: »Du könntest mir allerdings einen Gefallen tun. Ich recherchiere hier gerade an einer Geschichte, und es würde mir sehr helfen, wenn du mir die Telefondaten einer Familie Seidel besorgen könntest. Du weißt, die Geschichte mit dem Hinweis auf Franken.« Sie gab die genaue Adresse durch. »Ich brauche die Verbindungen von heute, zusätzlich am besten auch alle aus dem Jahr 2012, falls die noch archiviert sind. Meinst du, das geht?«

Am anderen Ende blieb es still. Vielleicht war es keine gute Idee gewesen, einfach wieder auf die Arbeitsebene zu wechseln. Doch Claudia war überzeugt, dass das der beste Weg war, diesem Geplänkel ein Ende zu bereiten. Als sie schon dachte, er wäre nicht mehr dran, erwiderte er: »Ohne Gerichtsbeschluss geht das nicht, wie du weißt.«

Sie nickte. Das hatte sie befürchtet.

»Ich habe da allerdings noch jemanden, der mir einen Gefallen schuldig ist … Nur könntest du die Daten dann nicht offiziell verwenden.«

»Kein Thema. Ich wollte ohnehin nur etwas überprüfen«, sagte sie erleichtert. »Danke dir, Steffen.«

»Moment!«, hakte er ein. »Ich habe noch nicht gesagt, dass ich das mache. Ich könnte. Aber nicht ohne Gegenleistung. Was bekomme ich denn dafür?«, schmeichelte er.

Sie zögerte kurz. Vermutlich würde er nach dieser Bemerkung gar nichts mehr für sie tun, aber sie sah keine andere Möglichkeit, ihn im Zaum zu halten. Ihr blieb offenbar nur die brutale Art.

»Ich bin mit Hendrik unterwegs. Sorry, Steffen.«

Dann legte sie einfach auf.

20.

Die Sonne brannte heiß vom Himmel herab, als das Kirchengeläut den Beginn des Gottesdienstes ankündigte. Claudia marschierte gespannt um die Ecke auf die örtliche Johanneskirche zu, die einst Teil des Dominikanerinnenklosters gewesen war und von außen sehr schlicht wirkte mit ihren schmalen Bogenfenstern und dem Glockenturm, der als Dachreiter angebracht war. Da es im Ort nur diese eine Kirche gab, hoffte Claudia, auch Frau Seidel dort anzutreffen. Claudia hatte gelesen, dass die katholische Kirche im nahe gelegenen Leinburg war und fast siebzig Prozent der Einwohner von Engelthal zu den Protestanten zählten. Ihre Chancen standen demnach nicht schlecht.

Eine Gruppe von Erwachsenen hielt sich unweit des Einganges auf. Sie erwog, sich dazuzugesellen, entschied sich aber anders, nachdem sie gemerkt hatte, dass sie bereits Aufmerksamkeit erregt hatte. Ein paar Kinder spielten neben dem Gotteshaus Fangen, darunter zwei Jungs in bayerischen Lederhosen. Claudia war seit ihrer Kommunion nicht mehr in der Kirche gewesen und erstaunt, wie leger die Menschen am Sonntag angezogen waren. In ihrer Erinnerung ging man stets in Festkleidung in geweihte Räume. Nun fühlte sie sich nicht mehr so fehl am Platz, denn sie hatte nur ihre hellgrünen Sneakers dabei und war besorgt gewesen, dieses sportliche Accessoire könnte unpassend sein.

Im kühlen Innenraum der Kirche, der barock gestaltet war, fiel ihr eine verglaste Herrschaftsempore auf, in der sich vermutlich in früheren Zeiten die Prominenz des Ortes aufgehalten hatte. So schlicht, wie man sich hier gab, waren die Menschen also gar nicht. Claudia suchte sich in der letzten Reihe einen Platz, um jeden Neuankömmling genau betrachten zu können. Sie war gespannt, mit wem sich Frau Seidel hier aufhielt und ob sie mit ihrer gesamten Familie kam. Dieser Raum gab Claudia die Möglichkeit, sie im Kreise anderer zu beobachten, und sie erhoffte sich irgendwelche Einsichten.

Als hätte sie mit ihren Gedanken Frau Seidel herbeigerufen, trat sie in das Innenschiff. Sie war alleine, ging in eine der vorderen Reihen und ließ sich dort am äußeren Rand nieder. Nun füllte sich auch der Innenraum. Von den Seidel-Jungs gab es keine Spur. Und als sich eine ältere Dame grüßend neben Ines Seidel setzte, war auch ausgeschlossen, dass ihr Mann noch kam.

Die Frau musste das Alleinsein gut ertragen, denn sie richtete kein Wort an ihre Nachbarin, sondern schaute konzentriert nach vorne zum Altar.

Als der Kirchenraum ungefähr zur Hälfte gefüllt war, vornehmlich mit älteren Menschen, Frauen und Kindern, begann der Pfarrer die Andacht. Es handelte sich um einen überraschend jungen Mann, mit breiten, muskulösen Schultern und sonnengebräuntem Gesicht. Eine solche Erscheinung hätte sie nie in einer Kirche vermutet und war angenehm überrascht.

Während des gesamten Gottesdienstes behielt Claudia die Frau im Blick, aber nicht mal eine Kleinigkeit fiel ihr auf, außer der Ernsthaftigkeit, mit der sie dem Geschehen folgte. Als sich der Gottesdienst dem Ende neigte, stand Claudia sofort auf und stellte sich seitlich in den Kirchhof, wo sie eine gute Sicht auf die Gemeindemitglieder hatte. Unverhofft löste sich jemand aus dem Tross und kam auf sie zu. Die Frau mit dem Berner Sennenhund.

»Hallo! Sie habe ich hier nicht erwartet. Schön, Sie zu sehen. Lässt es Ihre Arbeit zu, den Sonntagsgottesdienst zu besuchen?«

»Heute hat es geklappt.«

Claudia sah, dass nun auch Frau Seidel aus der Kirche kam. Die Frau war ihrem Blick gefolgt und rief nun: »Ines! Komm doch mal rüber.« Sie winkte fröhlich mit ausgestrecktem Arm und sagte an Claudia gewandt: »Sie haben Sie doch gestern nicht angetroffen, oder?«

Ines Seidel stand mit verkniffener Miene neben ihnen. »Die Dame ist gestern bei euch draußen gewesen, aber du warst vermutlich auf dem Feld. Darf ich vorstellen, Frau …« Sie schaute Claudia erwartungsvoll an.

»Brandes. Ich weiß«, sagte Ines Seidel und kämpfte augenscheinlich um den letzten Rest von Beherrschung.

Verunsichert blickte die Frau zwischen ihnen hin und her.

»Frau Brandes ist Journalistin, musst du wissen.«

»Oh«, sagte die Frau. »Das wusste ich nicht.« Während sie bereits im Abgang begriffen war, murmelte sie etwas von einem schönen Tag und eilte zu einer Gruppe Frauen, die sich um den Pfarrer scharrte.

»Wie können Sie nur?« Ines Seidel rang mit Mühe um Beherrschung.

»Hören Sie auf mir nachzuspionieren, Frau Brandes! Was immer Sie suchen, bei uns sind Sie auf der falschen Spur. Meine Familie hat hier genug zu leiden. Deshalb bitte, lassen Sie uns endlich in Ruhe, und fahren Sie zurück nach München.« Mit diesen Worten drehte sie sich um und ging mit zusammengezogenen Schultern zu der Frauengruppe, die interessiert in ihre Richtung schaute. Die Besitzerin des Berner Sennenhundes hatte sicher schon berichtet, dass Claudia von der Presse war, und man machte sich offenkundig Gedanken, was das zu bedeuten hatte. Als Ines Seidel zu der Gruppe stieß, legte der Pfarrer seine Hand auf ihre Schulter und raunte ihr etwas ins Ohr, was sie mit einem Nicken kommentierte. Claudia war sich sicher, dass der Informationsfluss der Dorfbewohner ihr gegenüber nun empfindlich eingeschränkt sein würde.

Hendrik hatte im Landgasthof schon ausgecheckt und die Rechnung übernommen. Zum Trost, wie er sagte. Bevor sie nach München zurückfuhren, wollte Claudia jedoch noch einmal versuchen, bei Frau Ruhland etwas über die Seidel-Jungs zu erfahren. Sie parkten direkt vor dem Haus, und dieses Mal blieb Hendrik bei ihr. Schon bevor sie die Klingel drücken konnte, wurde ihnen die Türe geöffnet.

»Ich kann nicht behaupten, dass ich überrascht bin, Frau Brandes. Dieses Mal sogar mit Verstärkung?«

»Van Holten, mein Name. Ich teile mir mit Claudia das Büro.«

Sie schüttelte seine Hand. »Ruhland. Aber das wissen Sie natürlich schon. Van Holten? Sind Sie mit den Besitzern der Privatbank verwandt?«

Hendrik nickte. Jeder sprach ihn auf diese Beziehung an, wenn er seinen Namen nannte. Als eines der letzten florierenden Bankhäuser hatte es einen guten Ruf weit über die Region hinaus. »Korrekt. Ich bin der missratene Sohn, der sich nicht dem schnöden Mammon verschrieben hat.«

Zum ersten Mal sah Claudia die Lehrerin lächeln und war froh, Hendrik mitgenommen zu haben. Frau Ruhland führte sie in das Haus, in dem es trotz der fortgeschrittenen Tageszeit kühl war. Sie ging in ein kleines Wohnzimmer, das mit weißen Lackmöbeln und einer kirschroten Couch erstaunlich modern eingerichtet war. Pflanzen, dicke Teppiche und Bilder und lange Reihen von Bücherregalen machten es dennoch gemütlich. Claudia fühlte sich sofort wohl dort und nahm auf der Couch Platz, direkt gegenüber dem Sessel, auf dessen Armlehne eine Strickjacke lag. Claudia vermutete, dass es sich um Frau Ruhlands Lieblingsplatz handelte.

»Kann ich Ihnen etwas anbieten? Einen Tee vielleicht?«

»Wir wollen Sie nicht lange aufhalten, Frau Ruhland.«

»Na schön. Was kann ich für Sie tun? Möchten Sie vielleicht doch das Heft mitnehmen?«

»Das ist das eine. Ich würde es gerne kriminaltechnisch untersuchen lassen, wenn Sie mir das erlauben. Vielleicht können die über Fingerabdrücke etwas herausfinden.«

»Selbstverständlich. Ich hatte mich gestern schon gewundert, dass Sie es nicht mitgenommen haben.« Sie verließ kurz das Zimmer, kam aber sofort wieder zurück. Sie hatte das Heft in eine Plastiktüte gesteckt. Wenn Claudia noch irgendeinen Zweifel an Frau Ruhlands Behauptungen gehabt hatte, gehörten diese nun endgültig der Vergangenheit an.

»Dann ist es wenigstens zu etwas nütze, dass ich es aufbewahrt habe.«

Claudia nahm es und legte es sorgsam in ihre Mappe.

»Und weiter?«

»Frau Ruhland, uns sind im Ort einige Gerüchte zu Ohren gekommen.«

Die Lehrerin setzte sich in den Sessel. Ihr ganzer Körper war kerzengerade, aber ihr Blick blieb gelassen, und sie wartete ab, was Claudia sagen würde.

»Wie Sie sich denken können, geht es um die Familie Seidel. Denken Sie, dass das Mädchen etwas mit den Erntehelfern zu tun gehabt hat? Könnte der Kontakt über die entstanden sein?«

Eigentlich hatte Claudia etwas ganz anderes fragen wollen, doch die Frage war ihr spontan eingefallen. Nachdenklich rieb sich die Lehrerin das Kinn.

»Möglich. Ich kenne die Leute nicht, die dort arbeiten. Ich weiß nur, dass die meisten aus Polen kommen. Aber natürlich können auch andere Nationen dabei sein.«

»Sicher?«

Sie schüttelte den Kopf. »Nein. Sicher bin ich mir da nicht. Diese Arbeiter kommen kaum in den Ort. Sie sind auf dem

Hof untergebracht und arbeiten meist die Woche durch, was eigentlich nicht erlaubt ist, aber hier niemanden wirklich stört. Deshalb sieht man sie eigentlich nur auf dem Feld.«

»Kaufen sie denn hier auch nicht ein oder trinken ein Bier?«

»Nein. Ich denke, die kaufen ihre Lebensmittel in Discountern und bleiben in der Unterkunft lieber unter sich. Sie sprechen ja auch in der Regel kein Deutsch. Soweit ich weiß, kocht Frau Seidel einmal am Tag für alle eine warme Mahlzeit.« Sie rieb sich die Schläfe. »Da fällt mir ein: Agata kam ja schon im Mai hierher. Da sind in der Regel noch keine Erntehelfer auf dem Hof. Die reisen in der Zeit von Juli bis September für die Obst- und Gemüseernte an. Mehr kann ich Ihnen dazu nicht sagen. Wenn Sie Genaueres wissen möchten, müssen Sie die Familie selbst fragen.«

Claudia spürte, dass die Lehrerin langsam ungeduldig wurde. Doch bevor sie den Rückzug antrat, fragte Hendrik: »Und wenn wir wissen möchten, wieso die Jungs so häufig verletzt sind? Wen müssen wir da fragen?«

Frau Ruhland legte ihre Hände im Schoß zusammen und schaute darauf. Schließlich antwortete sie: »Frau Brandes, Herr van Holten, ich verstehe, warum Sie beide damit zu mir kommen, aber bitte verstehen Sie auch mich. Das hier ist ein kleines Dorf. Hier ist es nicht so wie in der Großstadt, wo man hemmungslos jeden Nachbarn wegen eines Vergehens anklagen kann. Die Verflechtungen und Seilschaften reichen hier tief in die Generationen hinein. Deshalb seien Sie mir bitte nicht böse, aber ich kann Ihnen an der Stelle nicht weiterhelfen. Nicht, wenn ich hier in Ruhe weiterleben möchte. Ich habe mich wahrlich schon weit genug aus dem Fenster gelehnt.«

»Nur eines noch, Frau Ruhland. Sie sprachen gestern von einer gewissen ›Situation‹, in der Frau Seidel steckt. Bitte sagen Sie mir doch, was Sie vermuten. Geht es dabei um Kindesmisshandlung? Uns gegenüber wurden immer wieder solche

Andeutungen gemacht, aber niemand im Dorf sagt etwas Konkretes. Könnte Agata auf dem Hof auch etwas zugestoßen sein? Oder ist sie vielleicht weggelaufen, weil sie es nicht mehr aushielt? Ich verspreche Ihnen, dass ich Sie nicht als Quelle nennen werde. Ich lebe in meinem Job von vertraulichen Informationen und wäre doch absolut dumm, Sie zu verraten.«

Die Frau antwortete nicht, sondern stand langsam auf und ging zum Fenster. Sie hob die Gardine hoch und wies mit der Hand auf Hendriks Wagen, der dort im Hof geparkt war.

»So viel zum Thema Vertraulichkeit, Frau Brandes.«

21.

Wieso lief sie bei diesen Dorfbewohnern ständig gegen eine Wand?

Immer wenn sie glaubte, einen Schritt vorwärtsgekommen zu sein, fiel sie wieder zwei zurück. Waren die Erntehelfer doch nicht die richtige Spur? Außer sie hatten mit dem Verschwinden des Mädchens zu tun. Da aber offenbar niemand im Ort Näheres über den Hof und die Menschen dort wusste, hätte nur Ines Seidel ihr sagen können, ob möglicherweise eine der Hilfskräfte früher abgereist war. Und bei der biss sie garantiert wieder auf Granit.

Claudia hatte hinter ihrer Sonnenbrille die Augen geschlossen. So ruhig sie sich äußerlich verhielt, so sehr war sie innerlich aufgewühlt. Die Fakten deuteten mehr und mehr darauf hin, dass es dem Mädchen auf dem Hof nicht gut gegangen war. Ob Agata einfach weggelaufen war, weil sie dort so schlecht behandelt wurde? Und dann? Wem war sie dann in die Hände gefallen? Einem Perversen? Sie ballte die Fäuste. Hendrik konnte wenigstens fahren, war mit dem Verkehr und dem Auto beschäftigt. Sie saß einfach nur da. Ein unerträglicher Zustand. Ihr ganzer Körper kribbelte, so angespannt war sie. Das Geräusch des Echolots ihres Handys brachte sie in Bewegung. Vielleicht gab es jetzt endlich etwas zu tun.

»Neuigkeiten?«, fragte Hendrik, nachdem sie das Smartphone aus ihrer Tasche herausgekramt hatte. Die SMS war von Drews. Sie solle mal ihren privaten Mailaccount checken.

»Vielleicht. Fahr mal eben rechts ran, Hendrik.«

Sie holte ihr Tablet aus ihrer Reisetasche, die auf der Rückbank stand. Sie riss erstaunt die Augen auf: Drews hatte die Verbindungsdaten bekommen und ihr via Mail zugesandt. Damit hatte sie nach ihrer kryptischen Bemerkung vom Vortag nicht gerechnet. Rasch überflog sie die Daten. Sie suchte den gestrigen Vormittag und wurde fündig. Eine Nummer aus dem Ort. Sie nahm ihr Smartphone und bediente sich der Inverssuche. Nun wusste Claudia, wen Frau Seidel angerufen hatte.

So vertraulich, wie Frau Seidel nach dem Gottesdienst mit dem Pfarrer umgegangen war, schien es kein Wunder zu sein, dass er der Erste war, den sie nach ihrem Besuch angerufen hatte. Claudia ärgerte sich nur, dem Geistlichen keinen Besuch abgestattet zu haben.

Dann suchte sie in der Liste der Monate April und Mai die Vorwahl für Rumänien. Und stieß nicht nur auf ein Telefonat, sondern gleich auf eine ganze Reihe. Dann Anfang Mai das abrupte Ende. Perfekt: Das war der Zeitpunkt, an dem laut Frau Ruhland Agata bei den Seidels angekommen war. Das konnte kein Zufall sein.

»Ja!«, rief Claudia triumphierend. »Du kannst umdrehen, Hendrik. Wir fahren zu den Seidels zurück. So leicht lasse ich mich nicht abspeisen. Jetzt soll mir die gute Frau Seidel doch mal erklären, was es mit den Anrufen in Rumänien auf sich hat.«

»Du hast ihre Telefondaten überprüft? Wie hast du das denn hinbekommen? Ich dachte, Drews wollte von dieser Spur nichts wissen.«

»Will er auch nicht. Allerdings weiß er auch nicht, worum es geht. Ich habe ihn gestern Abend darum gebeten. Sagen wir so: Ich habe die nicht ganz legal bekommen. Deshalb hat er sie auch an meine private Mailadresse geschickt und nicht ins Büro.«

Hendrik schien nicht begeistert von dieser Aktion und schaute ernst auf ihr Tablet.

»Ich weiß nicht. Du hast doch jetzt einen Anhaltspunkt, den Drews *nicht* von der Hand weisen kann. Sollte er dann nicht besser mit der Familie reden? Du weißt doch, wie die Seidel auf dich reagiert.«

»Wir sind *hier.* Außerdem ist Drews heute beschäftigt. Die gehen einer anderen Spur nach. Bitte, Hendrik. Ich muss einfach etwas tun, sonst drehe ich durch! Außerdem sind die doch schon alarmiert, seit ich heute in der Kirche war. Wenn es irgendwelche Beweise für die Existenz des Mädchens gibt, sollten wir nicht noch mehr Zeit verstreichen lassen. Besser, wir bringen Drews irgendeinen greifbaren Anhaltspunkt. Dann kann ich ihn ganz sicher überzeugen, dass es einen Zusammenhang zwischen den Fällen gibt.« Claudia sah ihn flehentlich an.

»Wenn er nicht daran glaubt, warum hat er sich dann bei der Telefongesellschaft um die Daten gekümmert? Noch dazu ohne Beschluss. Am Wochenende.«

Claudia wollte Hendrik nicht sagen, dass Drews damit vermutlich nur Punkte bei ihr sammeln wollte. Hendrik wusste nichts von den Avancen des Kommissars, und Claudia wollte es lieber dabei belassen.

Die beiden Männer mochten sich ohnehin nicht besonders gut leiden, das wollte sie nicht noch mit einer unbedachten Äußerung verschlimmern. Es war schon blöd genug, dass sie Drews etwas von dem gemeinsamen Wochenende gesagt hatte.

»Bitte!«, sagte sie deshalb noch einmal mit Nachdruck. »Es wäre wirklich wichtig für mich.«

Sie ließ ihn nicht aus den Augen. Nach einem kurzen Moment legte sich ein Lächeln über sein Gesicht, und er zuckte die Schultern.

»Du wirst schon wissen, was du tust«, entgegnete er, setzte den Blinker und wendete das Auto auf der Straße.

Der Hof der Seidels wirkte wieder menschenleer, aber ein geparkter Golf ließ sie hoffen, dass jemand zu Hause war. Immerhin trafen sie zur besten Zeit ein: Wenn der sonntägliche Braten auf den Tisch kam. Entgegen ihrer Erwartung zog allerdings kein intensiver Essensgeruch über den Hof.

Ihr Tablet fest an ihre Brust gedrückt, ging sie zum Haus, dessen Türe nur angelehnt war.

»Frau Seidel?«, rief sie hinein. Erst vernahm sie nur das Ticken der vielen Uhren aus dem Wohnzimmer. Dann war das Verschieben eines Stuhls aus dem Inneren zu hören, schließlich schlurfende Schritte. Claudia erkannte Ines Seidel in der Küchentüre.

»Kommen Sie rein«, sagte sie matt und war schon wieder in der Küche verschwunden.

Sie nahm gerade mit dem Rücken zur Tür Platz, als Claudia den Raum betrat. Er jetzt bemerkte sie, dass Ines Seidel nicht alleine war. Ein Mann saß auf der Eckbank an ihrer Seite, den Claudia als den Pfarrer erkannte und der sich mit Weidenknecht vorstellte.

Beide hatten ein Schnapsglas vor sich stehen, Frau Seidel hielt den Kopf in ihre Hände gestützt, schaute nach unten auf die Tischplatte.

Claudia schob sich von der anderen Seite auf die Eckbank, bis sie Frau Seidel direkt gegenüber saß. Sie klopfte auf den Platz neben sich, um auch Hendrik zum Hinsetzen zu bewegen. Sie wollte der Frau deutlich machen, dass sie dieses Mal erst gehen würde, wenn sie die ganze Geschichte kannte.

»Wollen Sie auch einen?«, fragte der Pfarrer in die Stille hinein, in der das Ticken der Uhren aus dem anderen Zimmer das einzige vernehmliche Geräusch war.

Statt einer Antwort öffnete Claudia ihre Mappe und zog das Heft heraus, auf dem *Agata* stand. Als Frau Seidel mit unbewegter Miene weiter vor sich auf den Tisch starrte, setzte sie nach: »Wir wissen, dass das Mädchen aus Rumänien zu Ihnen gekommen ist. Müssen wir wirklich noch mehr in Ihrem Leben herumstochern, oder wollen Sie mir vielleicht jetzt endlich erzählen, warum Sie dauernd nach Rumänien telefoniert haben« – Claudia deutete auf ihr Tablet –, »mit wem Sie dort gesprochen haben, wieso Agata hierherkam und vor allem, wo das Mädchen jetzt ist?«

Claudia wartete gespannt auf eine Reaktion der Frau und hoffte, dass sie keine weiteren Fragen stellte, woher sie die Information über die Telefonate hatte.

Ines Seidel wechselte einen Blick mit dem Pfarrer. Der nickte ihr zu. Ihr Blick senkte sich jedoch wieder, und sie begann mit dem Zeigefinger den Rand des Schnapsglases nachzufahren. Die Fingernägel von Frau Seidel waren kurz geschnitten, aber dennoch rissig, die Haut des Handrückens trocken und faltig wie Papier. Ihre Haut zeigte deutlich, wie hart sie arbeitete, dachte Claudia.

Jetzt nahm sie das Glas und trank es in einem Zug leer.

Tick – tack, hörte Claudia die Uhren aus dem Nachbarzimmer, die immer lauter zu werden schienen. Dieses Geräusch würde sie wahnsinnig machen, wenn sie hier leben müsste. In diesem Moment unterstrich es die gespannte Atmosphäre, die in dem Raum herrschte.

»Agata«, Frau Seidel räusperte sich, »Agata lebte in einem rumänischen Dorf, in dem unvorstellbare Verhältnisse herrschten. Beinahe wie im Mittelalter. Als Kind armer Eltern wohnte sie mit ihren neun Geschwistern auf engstem Raum in einem baufälligen Haus. Die Familie hatte kaum das Nötigste zum Leben. Die einzigen Einkünfte verdienten sie mit Besenbinden und dem Sammeln von recycelbarem Müll wie Plastik und Metall auf der nahe gelegenen Kippe. Ansonsten sind alle arbeitslos wie die meisten anderen Dorfbewohner. Ein beinahe normaler Zustand für die Roma, die dort leben.« Sie zog langsam mit der Hand Linien auf dem Tisch, den Blick noch immer nach unten gerichtet.

»Ich habe selbst drei Kinder, wissen Sie?« Dann lachte sie künstlich. »Was rede ich eigentlich? Natürlich wissen Sie das. Sie wissen ja scheinbar alles. Alles.«

Sie sah noch einmal zum Pfarrer. Der fuhr nun mit seiner gutturalen Stimme fort:

»Ich hatte einen Diavortrag für die Kirchengemeinde organisiert. Er beschrieb eine Wanderung durch die Karpaten, aber ein Teil der Bilder zeigte Agatas Dorf, ihre Familie und die erbärmlichen Umstände, unter denen die Menschen dort leben.«

Ines Seidel nickte. »Ein Foto ging mir danach nicht mehr aus dem Sinn. Es zeigte ein kleines Kind, das einen gelben Hüpfball aus den dampfenden Müllbergen gezogen hatte. Der Ball war verdreckt, er hatte nur noch wenig Luft, aber in dem Gesicht des Kindes konnte man deutlich erkennen, dass es gerade seinen größten Schatz gefunden hatte. Das ließ mir keine Ruhe mehr. Mein mittlerer Sohn hatte gerade eine schwierige Operation überstanden. Er hat eine aneurysmatische Knochenzyste, müssen Sie wissen. Dieser Tumor hat mich sehr erschreckt, und ich war so erleichtert, als die erste Prozedur, in der der Knochenhohlraum mit Zement gefüllt wird, hinter uns lag. Wissen Sie, es ist schlimmer, wenn mit den Kindern etwas ist, als mit einem selbst. Man spürt das förmlich am eigenen Leib. Jeden Schmerz.« Frau Seidel rieb sich gedankenverloren den Oberarm. »Danach hieß es zwar erst mal abzuwarten, ob die Stelle nicht erneut brechen würde, aber es gab Hoffnung. Wenn er sich bis dahin nicht erneut verletzen würde, was bei drei Jungs nie ausbleibt. Jetzt bald kommt die zweite OP.« Sie hielt inne, schaute Claudia nun in die Augen. »Heute weiß ich, wie naiv es war, aber ich wollte in dem Moment etwas von meinem Glück weitergeben. Vielleicht würde es ja meinem Sohn helfen, dachte ich. Deshalb wollte ich Agatas Familie etwas Geld spenden. Über die Referentin des Vortrags bekam ich Kontakt zu einer Frau, die als Übersetzerin fungierte.« Mit dem Finger deutete sie auf Claudias Tablet. »Es ist ihre Nummer, die Sie gefunden haben. Diese Frau … sie schilderte mir die Verhältnisse in dem Dorf während des Telefonats noch drastischer, beschrieb die trostlose Umgebung und die Hoffnungslosigkeit, in der die Kinder aufwachsen, gerade nach dem harten Winter, den es gerade wieder gegeben hatte. Es fehlte offenbar an allem: an Arbeit genauso wie an Perspektiven.«

Claudia nickte. Fehlende Perspektiven vermochten Menschen schneller zu zerbrechen als jede Notlage. Das konnte sie bestätigen.

»Wir haben lange darüber gesprochen«, übernahm der Pfarrer das Wort. »Ich wollte Ines eigentlich davon abraten, aber sie war so überzeugt, das Richtige zu tun. Sie erhoffte sich, dass ein Mädchen vielleicht ausgleichend wirken könnte auf die Jungs. Schließlich versprach ich, sie mit aller Kraft zu unterstützen, denn ihre selbstlose Haltung imponierte mir. Und sie hatte ja auch recht: Platz gab es auf dem Hof mehr als genug, und Essen für ein weiteres Kind schien kein Problem zu sein. Haben Sie Kinder?«, fragte er in Richtung der Journalisten, die beide verneinten. »Sehen Sie, ich auch nicht. Deshalb war mir die Tragweite dieser Entscheidung nicht bewusst. Ich fühle mich immer noch mitschuldig, denn hätte ich sie nicht ermutigt, ihr nicht meine Hilfe zugesagt …«

Rasch schüttelte Frau Seidel den Kopf, als wäre ihr dieses Eingeständnis peinlich. Dann fuhr sie fort. »Die Familie in Rumänien wählte Agata aus. Sie kam mit der Übersetzerin am nächsten Bahnhof in Henfenfeld an, so mager und klein, mit nichts dabei als einem schäbigen Koffer, in dem nur ein festes Paar Schuhe, ein weiteres Kleid, ein Nachthemd und etwas fadenscheinige Wäsche waren. Vermutlich alles, was das Kind je besessen hatte.«

Claudia bemerkte, dass Frau Seidel blinzelte, und stellte fest, dass ihre anfängliche Abneigung gegen die Frau zu schwinden begann. Offenbar war das Projekt gescheitert, obwohl sie im Grunde nur das Beste gewollt hatte. Frau Seidels Motive schienen von Herzen zu kommen. Doch gleichzeitig fragte Claudia sich, was passiert sein musste, dass diese Frau, die eigentlich bisher nichts zu verbergen hatte, so vehement die Existenz des Kindes geheim halten wollte. Sie saß auf der äußersten Kante und hörte gespannt zu, als Ines Seidel wieder zu sprechen anfing.

»Agata sollte zunächst für sechs Monate zur Pflege zu uns kommen, um sich einzugewöhnen und Deutsch zu lernen. So stand es in dem Vertrag, den die Vermittlerin bei sich führte. Danach hätte eine offizielle Adoption erfolgen können. Die Unterschriften von Agatas Eltern standen bereits auf dem Papier. Ich hielt das alles damals für rechtmäßig.« Frau Seidels Blick huschte zum Pfarrer, der sogleich seine Hand auf ihren Arm legte und ihr zunickte.

»Es gab – wie soll ich sagen? – Schwierigkeiten in unserem Familienalltag. Sicher lag das zum Teil an der

Sprachbarriere. Aber offenbar machte auch das völlig neue Umfeld dem Mädchen Schwierigkeiten. Dieser Überfluss, ich glaube, das hat sie total überfordert. Wissen Sie, sie dachte, sie könnte sich alles einfach nehmen. So hat sie es sicher gemacht, solange sie lebte. Sie schleppte alles, was ihr wertvoll erschien in ihr Zimmer, versteckte es in dem Koffer oder unter dem Bett. Sie meinte das sicher gar nicht böse, aber es gab natürlich Ärger mit den Jungs, denen die Aufmerksamkeit abging, die sie in dem Alter einfach brauchen. Sie waren eifersüchtig, weil ich mich nur noch mit dem Mädchen beschäftigte und sie dann auch noch in Schutz nahm für Dinge, die ich meinen Jungs nie hätte durchgehen lassen.«

Die Frau zog ihren Arm unter der Hand des Pfarrers weg, schlug die Augen nieder und begann nervös an ihren Nägeln zu knibbeln. Claudia erinnerte sich an Hendriks Erzählung über Ines Seidels Ältesten. Kein Wunder, dass diese Situation dann schwierig war. Wie mochten die Jungs darauf reagiert haben? Prompt dachte Claudia an den Jüngsten und das Messer. Das Ticken der Uhren schien lauter zu werden, drängte in das Zimmer, bis Frau Seidel schließlich mit kraftloser Stimme unter Tränen das Ende der Geschichte erzählte.

»Ich habe das alles nicht geschafft: Die Arbeit auf dem Hof, die Erziehung. Ich konnte mich einfach nicht genug um das Mädchen kümmern. Vielleicht hätte ich das vorher wissen müssen, aber das sagt sich hinterher so leicht. Ich schwöre Ihnen, dass ich diese Entscheidung oft genug bereut habe. Nur konnte ich sie eben nicht mehr ungeschehen machen. Ich konnte nur versuchen, den alten Zustand wiederherzustellen. Das Leben mit meinen eigenen Kindern war sowieso schon mühsam genug …«

Wie schwer es Ines Seidel gefallen war, das Kind wieder in diese Hölle zurückzuschicken, konnte man überdeutlich sehen. Dennoch: Mitleid verspürte Claudia mit Ines Seidel nicht. Ob sich die Frau jemals in die Lage von Agata versetzt hatte? Der Vergleich hinkte zwar, aber als Dreibein damals kein Zuhause fand, hätte Claudia ihn nie einfach seinem Schicksal überlassen können. Bei einem Kind wäre das absolut undenkbar. Es zurückzuschicken in eine Familie, die sie zuvor einfach hatte gehen lassen, ohne zu wissen, wohin? In dieses Elend? Auf die Müllhalde …

»Können Sie mir sagen, wann genau Agata wieder bei ihrer Familie angekommen ist?«

Statt eine Antwort zu geben, schlug sich Frau Seidel eine Hand vor den Mund und eilte aus dem Raum.

»Das war irgendwann Ende Juli, kurz bevor die Erntearbeiter kommen sollten«, übernahm der Pfarrer das Gespräch. »Jetzt kennen Sie die Geschichte. Ines trägt schwer daran, das kann ich Ihnen versichern. Sie lebte immer schon zurückgezogen, aber seither ist sie ein anderer Mensch, kommt nur in die Messe, wenn überhaupt. Die bevorstehende zweite OP ihres Sohnes hat alles ohnehin schon wieder aufgewühlt, und als Sie auch noch hier auftauchten …« Sorgenfalten standen auf seiner Stirn, und er blickte Ines hinterher. »Wenn Sie also keine weiteren Fragen mehr haben, würde ich jetzt gerne nachsehen, wie es Ines geht.«

Claudia hatte zwar noch eine Reihe von Fragen, würde darauf aber sicher keine Antwort bekommen: War es wirklich nur um Scham gegangen, als Frau Seidel zuvor so vehement gelogen hatte? Claudia dachte an die Reaktion der Jungs, an die Gerüchte im Dorf. Sie konnte nicht sagen, was es war, aber irgendetwas an dieser Geschichte stank zum Himmel. Nur wie sollte sie das beweisen?

Die Uhren tickten laut, machten es unmöglich, einen klaren Gedanken zu fassen.

22.

Wie erschlagen saß Claudia in dem heißen Auto. Ihre gesamte Energie war auf einen Schlag verpufft. Müdigkeit legte sich wie eine schwere Decke über sie, und sie musste mit sich kämpfen, um nicht einfach einzunicken. Seit dem Leichenfund hatte sie immer schlecht geschlafen, und in der Pension am Abend zuvor war sie ebenfalls nicht zur Ruhe gekommen, obwohl sie früher als zu Hause zu Bett gegangen war. Das beruhigende Schnurren von Dreibein hatte ihr mehr gefehlt, als ihr lieb war, genauso wie sein warmer Körper, wenn er sich in ihrem Kingsize-Bett neben sie legte und an einer Ecke des Kissens nuckelte wie ein zu groß geratenes Katzenbaby.

Claudia kramte seufzend ihr Handy heraus und schrieb Drews eine SMS, in der sie sich für die Daten bedankte und um ein Treffen bat. Das war sie ihm schuldig. Und eine Entschuldigung. Sollte sie ihn zu sich bitten? Sie drehte unentschlossen an ihrem Ring. Eigentlich hatte sie keine Lust auszugehen, und ihr war absolut nach einem gemütlichen Abend daheim. Aber es war nicht richtig gewesen, wie sie gestern reagiert hatte. Also schlug sie ihr Stammlokal »Jenseits« vor, wo sie sich immer mit ihren Freunden traf. Vielleicht hielt das Wetter, und sie konnten draußen sitzen. Essen musste sie ohnehin noch eine Kleinigkeit.

»Alles klar bei dir?«, fragte Hendrik, als sie fertig war.

»Ich weiß nicht. Nein. Eigentlich nicht. Ich bin enttäuscht, denn ich hatte so gehofft, dass dieses Kind endlich einen Namen bekommt. Dass es einen Menschen gibt, der es begräbt, ihm die letzte Ehre erweist.«

»Ist denn gesagt, dass sie es nicht ist?«

Claudia schaute ihn erstaunt an.

»Frau Seidel hat weder bestätigt noch dementiert, dass es sich bei der Leiche um Agata handelt.«

Der Punkt ging eindeutig an Hendrik, und sie ärgerte sich maßlos, dass sie völlig vergessen hatte, der Frau das Bild der Leiche zu zeigen. Was war nur mit ihr los? Solche Anfängerfehler durften ihr einfach nicht passieren. Doch sie konnte Drews am Abend das Heft aushändigen, um die Fingerabdrücke abzugleichen.

»Ich werde mich nie daran gewöhnen, was Kindern so alles angetan wird. Es ist Schicksal, wo ein Mensch geboren wird, wie die wirtschaftlichen Umstände sind, in denen er groß wird. Das ist eigentlich schon schlimm genug. Aber gleich zweimal weggeschickt zu werden, einmal sogar von den eigenen Eltern, das muss furchtbar sein. Wie fühlt sich so ein Kind?«

Claudia starrte stumm auf den dichter werdenden Verkehr, konzentrierte sich auf ein Kennzeichen. Ihre Haut begann zu kribbeln, und ihr Mund wurde trocken.

»Verliert man nach so einem Erlebnis nicht jegliches Vertrauen in andere Menschen?«, fuhr Hendrik fort, seine Gedanken in rhetorische Fragen zu fassen. »Den Glauben an eine bessere Zukunft? Oder lechzt man dann erst recht nach Liebe, egal wo man sie finden kann?«

»Willkommen war sie sicher nicht, als sie zurückkam. Vermutlich wurde sie nur als ein weiteres Maul gesehen, das gestopft werden musste«, entgegnete Claudia bitter.

»Möglich. Es sei denn, sie hat ihren Eltern ein besseres Leben beschert. Dann war es vielleicht erträglicher.«

»Du meinst, Frau Seidel hat für das Mädchen bezahlt?«

»Natürlich weiß ich das nicht mit Sicherheit, aber sie hatte zumindest vorgehabt, Geld zu spenden. So war jedenfalls ihre Ausgangsidee, wenn ich es vorhin richtig verstanden habe. Möglicherweise war das der Deal.«

»Das würde zumindest erklären, warum die Eltern sie weggegeben haben: ein Kind entbehren, um neun andere zu versorgen. Manchmal ist das Leben grauenhaft.«

»Manchmal lässt einem das Leben keine andere Wahl«, korrigierte sie Hendrik.

»Die Lehrerin hat mir erzählt, dass keinerlei Kontakt zu den Eltern mehr bestanden hat. Allzu schwer ist ihnen die Trennung dann wohl nicht gefallen.«

»Das wissen wir nicht, Claudia. Ich glaube, wenn man so lebt, geht man anders mit den Dingen um. Du hast doch gehört, wie sie ihren Unterhalt verdienen. Da bleibt keine Zeit für Briefe. Telefon und Internet haben sie vermutlich auch nicht. Und ein solches Leben härtet zwangsläufig ab. Sonst wäre es nicht zu ertragen.«

Claudia ließ sich seine Worte einen Moment durch den Kopf gehen. »Auch wieder wahr. Man nimmt das als so selbstverständlich, was wir hier haben, dass man kaum darüber nachdenkt.«

»Sehr richtig! Uns allen geht es ziemlich gut. Es ist ein verdammter Witz, dass es gerade hierzulande immer mehr Menschen gibt, die im Überfluss leben und dennoch ewig nörgeln. Dabei haben wir alles: Essen, Frieden, Bildung. Manchmal denke ich, wir sollten uns alle schämen, wenn wir uns in unseren kleinlichen Sorgen suhlen.«

Claudia warf Hendrik einen erstaunten Seitenblick zu.

»So leidenschaftlich habe ich dich noch nie erlebt, Hendrik.«

»Ich weiß. Ich versuche das üblicherweise mit mir selbst auszumachen. Und etwas dagegen zu tun, statt nur zu lamentieren. Meistens gelingt mir das auch. In diesem konkreten Fall werden die Missstände allerdings so überdeutlich, dass ich mich beinahe schäme, so viel Geld zu haben. Da geht es mir ganz anders als dem Rest meiner Familie. Die halten es für eine Art Anrecht, reich zu sein.«

»Wie du vorhin gesagt hast, es ist halt Schicksal, wo man geboren wird.«

»Aber nicht, ob man auf seinem Geld sitzt oder es sinnvoll einsetzt. Ich wünschte, meine Familie würde eine Stiftung gründen. Man könnte …«

»Hendrik, hör auf!«, unterbrach Claudia ihn. »Du unterstützt uns doch alle. Das weißt du! Wenn du nicht Monat für Monat die Miete für die Medienetage zahlen würdest, säßen wir alle als Freiberufler in unseren Wohnungen fest, hätten keine Celina und keinen Raffa, die uns unterstützen. Du tust so viel. Jetzt genauso: Du chauffierst mich durch die Gegend, zahlst mir meine Rechnung im Gasthof, obwohl du nichts mit dem Fall zu tun hast. Du bist hilfsbereit und großherzig. Ich kenne dich nur so.«

Er lächelte. »Ach was, das war eine mehr als willkommene Abwechslung. Lass dich nicht von den vordergründigen Dingen blenden, Claudia. Vielleicht hast du mir mit dem Ausflug geholfen, nicht umgekehrt.«

Claudia musterte interessiert Hendriks Gesicht, das unergründlich wirkte. Sie fragte sich, ob sie ihn jemals wütend oder traurig gesehen hatte. Ihr fiel keine Gelegenheit ein. Hendrik war immer gleich: Freundlich, hilfsbereit, beherrscht. Negative Gefühle behielt er für sich. Zum ersten Mal begriff sie, dass er möglicherweise genauso eine Fassade aufgebaut hatte wie sie selbst. Sie hätte liebend gerne mehr über seine Gründe erfahren, wollte ihm jedoch nicht zu sehr auf den Leib rücken, deshalb wechselte sie das Thema: »Was sagst du denn zu dem Verhältnis zwischen Ines Seidel und dem Pfarrer?«

»Sie gingen sehr vertraut miteinander um. Wieso?«

»Ich meine nur.«

Claudia fand das Verhältnis beinahe zu vertraut. Natürlich musste ein Geistlicher Nähe schaffen. Doch vor der Kirche hatte er Frau Seidel bereits berührt, dann in der Küche schon wieder. Vielleicht wollte er ihr damit bloß ein Zeichen der

Verbundenheit geben, doch für Claudia schwang da noch etwas anderes mit. Eine Form der Intimität, die sie nicht genau benennen konnte. Was wohl Herr Seidel zu der Vertraulichkeit zwischen Seelsorger und Gattin sagte? Erstaunt bemerkte sie, dass sie Ines Seidels Mann noch nie zu Gesicht bekommen hatte. Doch das war vermutlich völlig normal. Als Bauer kannte er sicher kein Wochenende, sondern musste die Arbeit nach Wetter und Erntestand ausrichten. So war es zumindest in Claudias Heimatdorf gewesen. Welche Rolle der Mann wohl in der ganzen Geschichte spielte?

Hendrik riss sie mit einem Seufzer aus ihren Gedanken. Seine Miene war ernst und angespannt. Der Verkehr vor ihnen war noch dichter geworden, was an einer ewig langen Baustelle auf der A9 lag. Wie nicht anders zu erwarten, kamen sie zum Stehen. Stau.

»Hoffentlich kein Unfall. Sonst stehen wir hier eine Weile.«

Er tippte etwas in das Navigationsgerät ein, suchte offenbar eine Alternativroute.

»Hast du heute noch etwas vor? Ich hoffe, meine Sonderwünsche haben dich jetzt nicht zu lange aufgehalten.«

»Nein, nein. Passt alles. Ich muss heute noch Thyra anrufen. Aber das hat bis zum Abend Zeit.«

Thyra van Holten war Hendriks Mutter. Sie hatte nach dem Tod des Vaters die Geschäfte der Privatbank übernommen. Seinerzeit hatten Außenstehende ihre Befähigung angezweifelt, aber sie hatte sich in den gemeinsamen Ehejahren offenbar sehr intensiv mit betriebswirtschaftlichen Themen beschäftigt und ging völlig in der Leitung der Bank auf, nachdem ihr Mann früh gestorben und der Sohn erwachsen geworden war. Ihre einzige Sorge war das Erbe. Sie träumte davon, dass Hendrik sich doch noch besann, in die Geschäftsleitung einzusteigen. Aber der wollte diese Aufgabe lieber seinem Cousin Timo Malcher überlassen, der bereits in der Bank arbeitete und jahrelang auf seine Ernennung hingearbeitet hatte.

»Wie steht es denn gerade bei euch?«, fragte Claudia interessiert.

»Heiter bis wolkig. Du kennst sie ja.«

Das tat sie wirklich. Thyra war eine Frau, die Claudia für ihre Tatkraft bewunderte, aus der sie aber nie wirklich schlau wurde. Sie stattete ihrem Sohn häufiger spontan Besuche ab, die für Claudia eher den Anschein von Kontrollgängen hatten. Oft genug traf sie ihn gar nicht an, ließ es sich aber dennoch nicht nehmen, sein Büro genau zu inspizieren. Claudia fragte sich immer, was die Frau dabei zu finden hoffte.

»Wie alt ist Thyra jetzt eigentlich?«

»Sie wird im nächsten Monat 64. Dann bricht mein letztes stressiges Jahr an. Obwohl sie sich bester Gesundheit erfreut, will sie ein Zeichen setzen und mit 65 definitiv ihre Berufstätigkeit beenden. Was wiederum bedeutet, dass sie wieder intensiv daran arbeiten wird, mir ihre Nachfolge schmackhaft zu machen. Ich sollte ihr gegenüber nicht so kritisch sein, ich weiß. In deinen Augen muss es sich fürchterlich anhören, wenn ich so über sie rede. Und damit hast du recht: Ich sollte froh sein, dass sie bei guter Gesundheit ist, und mich nicht durch ihre Nörgeleien aufreiben lassen.«

»Schon in Ordnung«, sagte Claudia, lächelte und hoffte, so das heikle Thema zu umschiffen.

»Wo lebt eigentlich dein Vater? Es ist ja mit größeren Entfernungen nicht so einfach, wenn die Eltern in die Jahre kommen. Auch wenn ich mir jetzt gerade wünschte, es lägen ein paar Kilometer mehr zwischen unseren Wohnorten, bin ich letztlich doch froh, dass ich in der Nähe bin, wenn meine Mutter mich mal braucht.«

Claudia kaute auf der Innenseite ihrer Wange herum. Sie versuchte unbekümmert zu klingen, als sie antwortete: »Wir haben keinen Kontakt mehr.«

Hendrik sah sie forschend an.

»Das tut mir leid, Claudia. Ich tue mich ja mit den Launen

meiner Mutter auch oft schwer, aber ich habe mit den Jahren gelernt, mich damit zu arrangieren. Sie meint es im Grunde auch nicht böse. Sie weiß es einfach nicht besser.«

»Bei mir ist das etwas völlig anderes als bei euch. Ich habe den Kontakt bewusst abgebrochen. Und glaube mir, das ist besser so«, schob sie mit Bestimmtheit nach.

»Willst du darüber reden?«, fragte er vorsichtig.

Claudia schüttelte den Kopf und antwortete knapp: »Eher nicht.«

»Ich hatte auch schon Funkstille mit meiner Mutter, aber wenn ich mir vorstelle, ihr könnte in der Zeit etwas passieren … Dann gäbe es keine Möglichkeit mehr zur Versöhnung. Deshalb kann ich ihr nie lange böse sein.«

»Glaube mir, Hendrik, ich habe meinen Frieden mit dieser Entscheidung geschlossen. Gerade weil ich ihn nicht mehr sehe. Unser Verhältnis kannst du nicht mit dem von dir und Thyra vergleichen. Ihr liebt euch, seid nur im Bezug auf deinen weiteren Berufsweg unterschiedlicher Meinung. Mein Vater ist ein Mistkerl, und ich würde ihm keine Träne nachweinen, wenn er zur Hölle fahren würde. Aber den Gefallen tut er mir nicht.«

»Das klingt sehr bitter.«

Claudia nickte und biss die Zähne zusammen. Es klang nicht nur bitter, ihre Geschichte war bitter.

»Hat es irgendetwas mit deiner Mutter zu tun, dass ihr euch nicht mehr versteht?«

Claudia spürte mit Macht ein intensives Gefühl von Trauer in sich aufsteigen, schloss schnell die Augen und kämpfte es wieder runter. Zaghaft schüttelte sie den Kopf und antwortete knapp: »Nein. Er war schon immer so.«

»Tut mir leid, Claudia. Ich dachte nur … mir fehlt mein Vater. Immer noch. Es ist wie ein Phantomschmerz. So als wäre ein Teil von mir unwiederbringlich gegangen. Und ich mag mir gar nicht vorstellen, wie es gewesen wäre, ihn noch früher zu verlieren. Wenn du also reden willst …«

Claudia wischte mit dem Handrücken eine Träne weg, legte dann die Hände flach auf ihre Knie. Ihr Blick verharrte auf der feucht glitzernden Stelle auf ihrer Haut. Schließlich antwortete sie: »Danke, Hendrik. Ich weiß dein Angebot zu schätzen. Aber reden … es gibt leider viel zu viele schwer verdauliche Zutaten in dieser Geschichte.«

Hendrik schaute sie nachdenklich an, doch sie hielt den Blick weiter gesenkt. Hatte sie zu viel gesagt? Nach einer Weile griff Hendrik an das Armaturenbrett und stellte das Radio an. Als er einen Sender fand, der Oldies brachte, schaute er fragend zu ihr hinüber.

Claudia nickte dankbar.

23.

Zurück in ihrer Münchner Wohnung, lief Claudia ruhelos von Zimmer zu Zimmer. Sie wusste absolut nichts mit sich anzufangen, war unzufrieden und aufgewühlt. Drews hatte geantwortet, konnte aber erst am frühen Abend. So blieben ihr zwei Stunden, um auszupacken. Um *was* zu tun?

Zuallererst war sie duschen gegangen. Während sie mit dem Auto in dem elend langen Stau standen, hatte sie geschwitzt und sich nichts sehnlicher gewünscht. Als sie dann endlich unter dem kühlen Wasserstrahl stand und sich einseifte, war sie sich plötzlich wieder ihrer Narbe am Bauch bewusst geworden, die sie so lange nicht mehr beachtet hatte. Aber auch als sie sich rasch abgeduscht und angezogen hatte, fühlte sie sich nicht besser. Obwohl es nicht sein konnte, zog es in der alten Wunde. Claudia musste sich ablenken, doch wusste sie absolut nicht womit. Am liebsten wäre sie gleich ins Bett gegangen und hätte sich die Decke über den Kopf gezogen. Aber das konnte sie Drews jetzt nicht antun. Also checkte sie ihre E-Mails und blätterte oberflächlich die Zeitung des Vortages durch. Zuletzt schnappte sie sich ein Buch. Lesen entspannte, hieß es doch. Aber es gelang ihr nicht, sich auf den Text zu konzentrieren. Sie überflog die Zeilen, ohne dass sie die Worte begriff. Immer wieder glitten ihre Gedanken zu ihrer Vergangenheit oder zu Agata ab. Claudia konnte sich nur zu gut vorstellen, wie sie sich in dem fremden Haushalt gefühlt haben musste, in dem sie mehr geduldet als willkommen war. Seit Claudia die Geschichte mit der Knochenzyste kannte, hatte sie zwar nicht mehr den Verdacht, Frau Seidel könnte Kindern gegenüber handgreiflich geworden sein, aber der Glaube und die Nächstenliebe dieser Frau waren definitiv nicht so tief verankert, wie sie vorgab. Wie sonst hatte sie das Mädchen einfach zurückschicken können? In eine Umgebung, deren Bilder ihr zuvor angeblich den Schlaf geraubt hatten. Auf die stinkende, giftige Müllhalde, in eine schäbige, zugige Baracke, in der sie vermutlich mit ihren Geschwistern in einem Bett schlafen musste. Claudia hegte auch einen Verdacht, warum Ines Seidel weinte: weil ihre Scheinheiligkeit nun für alle im Dorf offensichtlich war. Dabei hatte sie doch als die Gute dastehen wollen.

Claudia ballte die Fäuste. Sie hatte solche Hilfsbereitschaft am eigenen Leib erfahren. Und genauso wie Agata war auch sie nie gefragt worden, ob sie diese Unterstützung überhaupt wollte. Für sie hatte es sich einfach so dargestellt: Es gab keine andere Alternative, und sie hatte sich in die Lösung fügen müssen, die weniger schlimm für sie war. Dafür hatten die dann auch noch Dankbarkeit von ihr erwartet. Eines hatte sie sich selbst nach den zwei Jahren geschworen, in denen sie bei einer fremden Familie hatte leben müssen: nie mehr in ihrem Leben wieder von jemandem abhängig zu sein. Um keinen Preis. Bisher war ihr das gelungen. Sie betrachtete ihren Ring, hielt sich daran fest wie an einem Rettungsreifen. Agata hingegen war viel jünger gewesen, hatte keine Wahl gehabt – und auch kein Ende in Sichtweite, wie es bei ihr selbst gewesen war. Ob sie deshalb einfach weggelaufen war?

Claudia spürte noch die Angriffslust der Seidel-Jungs, ihre geringschätzigen Blicke und die rüde Umgangsweise. Sie waren sicher nicht erfreut gewesen, mit einer Fremden um die Gunst der Mutter buhlen zu müssen. Das Mädchen hatte nicht viel zu lachen gehabt, wenn Ines Seidel gerade nicht hingeschaut hatte, so viel stand fest.

Abrupt stand Claudia auf und spürte, wie sich das Zimmer

um sie drehte. Kein Wunder: Sie hatte seit dem Frühstück nichts mehr gegessen. Sie trank gierig einen Schluck Apfelschorle und öffnete ihren Küchenschrank, in dem sie für alle Fälle ein knallbuntes Sortiment asiatischer Instant-Nudelsuppen aufbewahrte, die sie zur Not auch trocken kauen konnte, wenn sie allzu großen Hunger hatte.

Der Sinn stand ihr jedoch nach etwas anderem: Es gab nichts, was Sushi nicht heilen konnte. Wenigstens ein kleiner Vorteil, den das Wohnen in der Stadt bot. Sie nahm das Telefon und bestellte. Eine große Portion California-Rolls.

Nachdem sie sich mehrfach umgezogen und dabei ihren Kleiderschrank entrümpelt hatte, war es endlich spät genug, und Claudia konnte sich auf den Weg ins »Jenseits« machen. Sie hatte sich am Ende für Ballerinas, eine weiße Jeans und ein Ringelshirt entschieden. Alles andere wirkte ihr zu aufgesetzt. Als sie jedoch in die gewitterschwere Luft hinaustrat, ärgerte sie sich, kein luftiges Kleid angezogen zu haben, denn sie schwitzte schon, bevor sie überhaupt losgelaufen war. In Gedanken noch mit der Kleidungsfrage beschäftigt, stieß sie nach wenigen Schritten beinahe mit einer Frau zusammen, die unweit ihres Hauseinganges an der Wand gelehnt hatte und ihr unvermittelt in den Weg trat.

»Entschuldigung. Hier in dem Haus … wohnen Sie da drin? Ich wollte klingeln … bin mir nicht sicher … Vielleicht wissen Sie … »Abrupt brach die Frau ab und schaute Claudia prüfend durch ihre dunklen, strähnigen Ponyfransen an, die ihr fast bis zur Nasenwurzel reichten und ihr halbes Gesicht verdeckten. Sie war weit jünger, als Claudia zunächst gedacht hatte, ihre Klamotten machten einen schmuddeligen Eindruck, und sie wirkte verwirrt. Was an ihrem Alkoholkonsum liegen konnte, auf den ihr Geruch schließen ließ. Für einen Moment überlegte Claudia, ob sie ihr Hilfe anbieten sollte. Sie konnte schließlich nichts für ihr Aussehen. Mit einem Blick auf die Uhr entschied sich Claudia jedoch dagegen. Sie war ohnehin spät dran und wollte nicht noch mehr Zeit verlieren. Vorsichtshalber entschuldigte Claudia sich dennoch bei der Dunkelhaarigen und rief ihr im Weggehen zu, dass der Besitzer des Zeitungskiosks an der Ecke sich gut in dieser Gegend auskenne.

Eilig setzte Claudia ihren Weg die Burgkmaierstraße entlang fort. Kurz bevor sie in die Zschokkestraße einbog, schaute sie sich noch einmal um. Die Frau stand nun nach vorne gebeugt am Klingelbrett ihres Wohnhauses. Sie schien etwas zu suchen. Was wollte sie wohl dort? Oder war ihr bloß übel und sie stützte sich ab? Claudia zögerte einen kurzen Moment. Nein, sie musste mit Drews reden. Das war jetzt wichtiger. Die Frau würde schon alleine klarkommen.

Ihr Stammlokal lag zwanzig Minuten entfernt auf der Agnes-Bernauer-Straße. Das »Jenseits« war klein und ein absoluter Geheimtipp. Für Claudia ein Glückstreffer, denn sie konnte die Strecke gut zu Fuß zurücklegen und war somit nie auf ein Taxi angewiesen, wenn sie etwas getrunken hatte. Den Weg kannte sie im Schlaf, und die Vergangenheit hatte bewiesen, dass sie ihn in jedem Zustand schaffte, auch wenn es am Abend mal etwas zu feucht-fröhlich in dem Lokal zuging.

Claudia war nervös. Die Frau hatte sie längst wieder vergessen, so sehr war sie in den Gedanken vertieft, wie sie sich gleich Drews gegenüber verhalten sollte. Bevor sie weiter darüber nachdenken konnte, fuhr Steffens Wagen hupend an ihr vorbei. Sofort schoss ihr Arm winkend in die Höhe, und sie bemerkte selbst, wie sie dabei über das ganze Gesicht strahlte. Schon im nächsten Augenblick hätte sie sich ohrfeigen können. Sie wollte ihm keinen Anlass geben, mehr in ihrer Beziehung zu sehen als eine berufliche Verbindung, führte sich jetzt aber auf wie eine Studentin und nicht wie eine ernst zu nehmende Journalistin.

Drews hatte seinen Wagen wie immer direkt vor dem Lokal

geparkt. Zu ihrem Erstaunen hatte er bisher noch nie einen Strafzettel bekommen, obwohl er grundsätzlich im eingeschränkten Halteverbot stand. Sie war fest davon überzeugt, dass es an seinem Wagen lag: einem blitzblanken roten Ford Granada aus den Siebzigern, den er von seinem Vater geerbt hatte. Der Wagen stand viele Jahre ungenutzt in der Garage, doch sein alter Herr hatte ihn aus nostalgischen Gründen nie hergeben wollen. »So was wird heute gar nicht mehr gebaut«, pflegte er immer zu sagen. »Das war noch Qualität damals.«

Als Steffen vor zwei Jahren zum Hauptkommissar befördert worden war, hatte sein alter Herr ihm den Oldtimer mit dem wohlklingenden V6-Motor geschenkt. Steffen hütete ihn wie seinen Augapfel und liebte es, am Wochenende mit dem Wagen durch das Alpenvorland zu cruisen. Da seine Freundin den Wagen hasste, hatte Drews Claudia schon öfter zu einer Tour eingeladen, was sie stets abgelehnt hatte. Aus gutem Grund, wie sie mittlerweile wusste. Jetzt lehnte er an der Seite des Wagens, seine muskulösen Arme seitlich auf dem Dach ausgebreitet und grinste sie schelmisch an. Claudia konnte sich ein Lächeln nicht verkneifen. Steffen Drews war ein imposanter Mann, aber in ihm steckte immer noch ein kleiner Lausbube, und man sah ihm die diebische Freude an, die ihm dieses Auto und das Falschparken jedes Mal aufs Neue machten. Claudia war beinahe neidisch auf diesen Ausdruck in seinem Gesicht. Genauso wie auf seine Selbstsicherheit, die wie ein Schutz über ihm lag, ihn unverwundbar erscheinen ließen. Drews war kein Mensch, der Selbstzweifel hatte.

»Wieder zurück von deinem Ausflug?«, fragte er direkt und zwinkerte ihr zu. Er wertete ihr Erscheinen als einen Punktsieg. Typisch. Ihre Bemerkung gestern schien ihn nicht weiter verunsichert zu haben, und Claudia ärgerte sich in dem Moment, dass sie sich so einen Kopf um ihn gemacht hatte.

»Seit Kurzem. Sollen wir reingehen?«, antwortete sie deshalb neutral.

»Nach dir.« Galant machte er einen Diener. Claudia hoffte, dass er bald mit dem Getue aufhören würde, denn die Passanten musterten sie schon, und sie mochte es absolut nicht, im Mittelpunkt der Aufmerksamkeit zu stehen. So ging es ihr immer mit Drews: Mal fand sie ihn imposant und faszinierend, dann wieder ging ihr seine Art gründlich auf die Nerven.

»Ein Bitter Lemon«, orderte er gleich, als sie an ihrem Stammplatz im hinteren schmalen Eck der Theke Platz nahmen. Innerlich atmete Claudia auf. Gut, dass Drews heute mit dem Auto da war. Wenn er fuhr, trank er keinen Alkohol. Das kam ihr gut zupass, denn sie brauchte seine klare und nüchterne Einschätzung dieser verfahrenen Geschichte.

»Ich nehme eine Bionade mit Cola-Geschmack. Bitte mit Eis und Zitrone.«

»Glaubst du eigentlich wirklich, dass es biologisch angebaute Cola gibt?«, fragte er. »Woraus ist das Zeug eigentlich? Hast du dir schon einmal die Zutatenliste angesehen?«

»Wohl kaum schlechter als bei deinem Getränk, oder?«

Er bewegte den Kopf abschätzend hin und her.

»Auch wahr. Hast du schon was gegessen? Ich sterbe vor Hunger und habe mich in den letzten Tagen immer nur von belegten Semmeln ernährt.«

»Gerne. Ich hatte zwar vorhin schon Sushi, aber da geht noch was.«

Steffen musterte sie unverhohlen und grinste dann breit.

»Was?«, fragte sie. »Was gibt es da zu lachen?«

»Ich bewundere nur, dass du offenbar zu jeder Tages- und Nachtzeit bereit bist, etwas zu essen. Wenn ich an Nina denke …«

Nina Hirte, seine Kollegin, war eine umwerfende Frau. Sie hatte ein breites, rundes Gesicht mit leicht schief stehenden Katzenaugen und hohen Wangenknochen, die ihr ein exotisches Aussehen verliehen. Claudia beneidete sie um ihre halblangen Naturlocken, die ihr immer einen frischen Look gaben, ebenso wie um ihren unverwechselbaren Kleidungsstil, den sie in Secondhandläden zusammenstellte. Nina war eine der Jüngsten in Drews Team, aber auch eine der besten Ermittlerinnen.

»Ach, komm, sie hat eine absolut tolle Figur.«

»Das schon, aber sie sollte trotzdem mal etwas mehr essen. Es kann nicht gesund sein, wenn man sich nur flüssig ernährt.«

Claudia hörte einen bitteren Unterton.

»Was ist? Wo ist sie überhaupt? Stimmt etwas nicht mit Nina?«

»Lassen wir das, bitte. Nina ist kein gutes Thema momentan.«

Schon zum zweiten Mal wich er ihr aus, wenn sie etwas über Nina wissen wollte. Irgendetwas musste zwischen den beiden vorgefallen sein, aber sie wollte nicht weiter in ihn dringen. Jetzt studierte er intensiv die Speisekarte, obwohl er die mittlerweile längst auswendig kennen musste. Seit ihn seine Freundin verlassen hatte, war er häufig im »Jenseits« gestrandet, um dort den Feierabend zu verbringen.

»Ich nehme die Rigatoni mit Gemüse«, murmelte er, hob aber immer noch nicht den Kopf.

»Und ich nehme einen Hamburger. Mit viel Ketchup, bitte.«

»Und drei Lagen Servietten!« Er lachte und hatte offenbar seine gute Laune wiedergefunden. Claudia wusste genau, worauf er anspielte. Als sie sich kennengelernt hatten, arbeitete sie an ihrer ersten großen Reportage. Sie war nervös gewesen, und während des gemeinsamen Essens war ihr etwas Soße auf ihre Bluse getropft. Ihre nicht ganz perfekten Tischmanieren waren seither immer wieder ein willkommener Anlass für Drews, sie aufzuziehen.

»Was gibt es denn Neues über unseren Fall?«, versuchte Claudia schnell das Gespräch wieder in die richtige Bahn zu lenken.

»Erst will ich wissen, was du in Nürnberg gemacht hast. Hast du einen neuen Auftrag? Und was wolltest du bitte mit van Holten dort?«

So direkt war Steffen sonst nie. Andererseits war sie froh, das Thema endlich ansprechen zu können. Dennoch: Mit seinen Fragen betrat er vermintes Gelände. Um ihn zu stoppen und die Stimmung zu retten, konterte sie: »Ich habe zuerst gefragt. Also?«

»Wir haben alles versucht, um diesen Mistkerlen auf die Spur zu kommen. Leider ohne Erfolg. Ich hatte gehofft, wir könnten endlich mal so einen Ring hochnehmen und dabei jemand von ganz oben schnappen. Natürlich kann ich damit dieses widerliche Geschäft nicht beenden, weil sofort wieder jemand in dessen Fußstapfen tritt. Aber denen mal ordentlich in die Suppe zu spucken, wäre mir ein echtes Anliegen. Diese Verbrecher sind mit allen Wassern gewaschen. Und die Kunden lassen es sich etwas kosten, damit diese Machenschaften unter dem Teppich bleiben. Diese privilegierten Mistkerle, die erst mit ihren perversen Ideen und ihrem Geld dafür sorgen, dass der Menschenhandel mittlerweile zum drittgrößten kriminellen Geschäft nach Drogen und Waffenhandel geworden ist.«

Claudia konnte seinen Standpunkt gut verstehen. Diese Banden hatten ein breites Netzwerk und Kontakte bis in höchste Ebenen. Kein Wunder, dass sich die Polizei so schwertat, ihnen das Handwerk zu legen. Dennoch musste sie wieder zu ihrem Fall zurück, schließlich wollte sie etwas von Drews. Deshalb sagte sie schlicht: »Du sprichst nicht von dem Mörder, sondern wieder von dem Händlerring, oder?«

»Für mich ist da nach wie vor kein Unterschied, Claudia. Aber möglicherweise ist das Mädchen doch noch lebend am Endziel angelangt und nicht unterwegs gestorben, wie wir dachten.«

Claudia horchte auf. Das war neu.

»Es gibt eine neue Spur. Du erinnerst dich an diese Künstlergemeinschaft, die ein paar Hundert Meter vom Fundort in einer alten Mühle untergebracht ist?«

Claudia nickte und war froh, dass sie nicht gleich mit ihrer Geschichte angefangen hatte. Vielleicht irrte sie sich ja doch.

»Einer der Maler dort hat eine absolute Außenseiterrolle, entzieht sich der eingeschworenen Künstlergemeinschaft. An sich nicht ungewöhnlich. Aber er ist dort der einzige, der einen eigenen Raum angemietet hat, den er hermetisch abriegelt. Er wird sogar bei seinem Verlassen mit einem zusätzlichen Schloss gesichert. Vor unseren Befragungen hatte er sich bisher immer gedrückt. Da jedoch kein hinreichender Verdacht gegen ihn bestanden hat, konnten wir schlecht das Schloss aufbrechen. Die anderen Künstler kamen erst nach und nach mit der Sprache raus. Sie sind nicht gut auf den Kerl zu sprechen, der sich in der Gruppe keinerlei Freunde macht. Er klebt überall Zettel hin, wie man sich benehmen soll: nach dem Händewaschen das Becken trocknen, das Klo nach jedem Gang reinigen – aber vor allem, die Hände und Blicke von seinen Objekten lassen. Der Wortlaut dieser Zettel ist übrigens mehr als rüde.«

»Klingt nach einer zwanghaften Störung.«

»Das dachte ich auch. Es kommt aber noch besser: Einer der anderen Künstler hatte mal seine Tochter dabei. Die hat sich in dem Gebäude umgesehen und landete wohl auch bei unserem Sonderling. Er hat sie bezirzt und in sein Atelier gelockt. Als er hinter ihr abschließen wollte, hat sie Alarm geschlagen, und er ließ sie schließlich laufen.«

»Und wieso erzählt der das erst jetzt?«

»Er wollte niemanden in Verruf bringen, schätze ich. Und anschließend wundern sich die Leute, wenn wirklich was passiert.«

Claudia brummte zustimmend. Allerdings dachte sie dabei an eine völlig andere Geschichte.

Drews fuhr fort: »Zunächst gingen wir dem Hinweis eher deshalb nach, weil keine andere Spur etwas erbracht hatte. Der Druck aus der Bevölkerung wurde immer größer. Weder von Interpol noch von der Rechtsmedizin kamen irgendwelche neuen Hinweise … Jedenfalls betraten wir dieses Atelier, einen riesigen Raum mit Dachfenstern, in dem haufenweise Bilder hingen und an den Wänden lehnten. Der Kerl hat sich auf eine Technik spezialisiert, bei der er Parolen aus Zeitungen ausschneidet, die er dann aufklebt und mit Farben *inszeniert*, wie er sich ausdrückt. Für mich sah es eher so aus, als würde er sich etwas aus Zeitungen rausreißen und anschließend mit dem Pinsel beklecksen.«

»Ich verstehe immer noch nicht, was daran so verdächtig ist.«

»Hinter einem Stapel Bilder entdeckten wir schließlich einen Stahlschrank. Darin hatte er seine sogenannten *Objekte* verstaut. Feuer- und erdbebensicher sind die Dinger.«

»Und?« Das fand Claudia wiederum vernünftig. »Er will sich eben absichern und ist von seinem Können überzeugt.«

»Warte, Claudia. Es geht ja noch weiter. Er weigerte sich erst strikt, den aufzuschließen. Frühe Werke, hatte er gefaselt. Als wir schließlich damit drohten, mit einem Durchsuchungsbeschluss wiederzukommen, wurde der Kerl kooperativ – und hat ganz freiwillig die Skulpturen hervorgeholt.«

»Skulpturen?«

»Der Inhalt hatte etwas Morbides. Lauter Hände und Füße standen darin. Aus weißem Ton. Kinderhände.«

»Nicht dein Ernst.« Jetzt war es an Claudia, verblüfft zu schauen.

»Ich weiß, ich weiß. Du hast immer gesagt, dass du glaubst, der Täter sei ganz in der Nähe zu finden. In Verbindung damit, dass er einem Mädchen im gleichen Alter nachgestellt hat, könnte er tatsächlich unser Mann sein.«

»Habt ihr ihn schon festgenommen?«

»Noch nicht. Wir haben ihn heute am Vormittag besucht und danach verhört. Er behauptet steif und fest, seine Kunstwerke nach Fotos angefertigt zu haben, und auch das läge schon Jahre zurück. Jetzt ist die Spurensicherung dran, und Buttler prüft, ob eine der Hände zu denen des Mädchens passt.«

»Wäre er denn wirklich so kooperativ, wenn das nicht stimmen würde? Ihm muss doch klar sein, dass ihr alles auf Spuren untersuchen würdet.«

»Keine Ahnung. Ich weiß gar nicht, ob der so klar denken kann. Auf mich wirkt der Typ offen gesagt ziemlich daneben. Schätze, der bringt sich mit irgendetwas in Stimmung. Warten wir es ab. Morgen früh bekommen wir die Ergebnisse. Gerade noch rechtzeitig.«

»Rechtzeitig wovor?«

»Weißt du das nicht? Sie wird beerdigt. Es wurden alle Proben genommen, und die Staatsanwaltschaft hat die Leiche von Arielle freigegeben. Morgen am Nachmittag findet die Beisetzung statt. Auf dem Waldfriedhof.«

Claudia war mit einem Schlag der Appetit vergangen. Drews interpretierte ihren Gesichtsausdruck prompt falsch und beschwichtigte sie: »Du musst nicht kommen, wenn du gerade an einer anderen Story arbeitest. Ein großer Teil des Teams wird da sein. Falls der Maler nicht unser Mann ist, hoffen wir, dass der Täter vielleicht an dem Tag zum Friedhof geht. Wir haben Datum und Uhrzeit an die Presse gegeben, damit es auch publik …«

»Und wieso weiß *ich* nichts davon?«

»Keine Ahnung. Hast du über den Presseverteiler nichts bekommen? Die Pressemitteilung ist gestern Vormittag rausgegangen.«

Es war nicht auszuschließen, dass sie die Mail übersehen hatte. Dennoch fand sie es seltsam, dass Drews es nicht für nötig befunden hatte, sie persönlich zu informieren. Immerhin hatten sie in der Zwischenzeit telefoniert.

»Ich dachte, du willst, dass ich so toll darüber berichte«, fügte sie deshalb hinzu und ärgerte sich sofort über ihren enttäuschten Unterton.

»Moment: Du warst doch mit diesem Fall in Nürnberg beschäftigt. Ich wusste ja nicht, wann du wiederkommst. Worum geht es da überhaupt? Ich hoffe, ich kann mich darauf verlassen, dass absolut niemand davon erfährt, dass ich dir diese Daten besorgt habe. Ich will nicht, dass mein Kumpel Ärger bekommt. Wer ist überhaupt diese Frau Seidel?«

Fassungslos starrte Claudia ihn an. Drews hatte sich offensichtlich überhaupt nichts dabei gedacht, sie aus der Informationskette rauszuhalten. Sie schluckte ihren Ärger hinunter. Und alle ihre sonstigen Gefühle. Jetzt nur nicht den Boden unter den Füßen verlieren, ermahnte sie sich und griff instinktiv zu ihrem Ring.

»Ich hatte dir schon von der Geschichte erzählt«, fuhr sie fort und bemühte sich, äußerlich völlig beherrscht zu bleiben. »Die Lehrerin, die mich angerufen hat? Die ein Mädchen unterrichtete, das unserer Arielle glich?« Sie ließ die Frage im Raum stehen und erzählte einfach weiter: »Ich war auf dem Holzweg. Sie war es nicht. Das Mädchen heißt Agata und ist seit fast zwei Jahren wieder bei ihren Eltern in Rumänien.« Mit diesen Worten knallte sie die Tüte mit dem Schulheft vor ihm auf den Tresen. Die Gedanken schossen wirr durch ihren Kopf. Sie dachte an das Mädchen im Weiher, das nun bald in einem Sarg liegen würde. Sie sah die krakeligen Buchstaben auf dem Heft, dachte an Agata, die vielen Hoffnungen, die sie in diesen Unterricht gesetzt hatte. »Sie saugte den Stoff wie ein Schwamm auf«, hatte die Lehrerin gesagt. Die jetzt wieder über Müllplätze irrte auf der Suche nach Verwertbarem. Obwohl diese Spur keine mehr war, ließ sie die Geschichte nicht los. Sie betrachtete traurig das Heft in der Tüte, das davon zeugte, dass das Mädchen wirklich hier gewesen war. Dann erinnerte sich Claudia an eine ganz andere Tüte: Die, die sie am Ende aus der Wohnung geschleppt hatte, in der sie zuletzt mit ihrer Mutter untergetaucht war. Auch ein Überbleibsel.

Sie zuckte unmerklich zusammen, als sie plötzlich Steffens Hand an ihrer Wange spürte. Für einen kurzen Moment war ihr danach, sich an ihn anzulehnen, sich einfach fallen zu lassen. Nur für einen kurzen Moment nicht nachdenken. Doch bevor sie sich diesem Gefühl hingeben konnte, holte sie das Klirren eines Glases wieder in die Wirklichkeit zurück. Sie riss die Augen auf, schob seine Hand weg, schüttelte sich und murmelte: »Geht schon wieder.«

Dann rückte sie mit ihrem Hocker ein Stück von ihm ab, schob das Heft wieder in ihre Tasche und bemühte sich um ein Lächeln. »Wo bleibt eigentlich unser Essen?«

»Claudia, was ist denn los? Ich wollte dir nicht zu nahe treten, aber du hast so traurig ausgesehen.« Er legte verlegen eine Hand an seine Stirn. »Ich bin ein solcher Idiot!«

Sie zögerte kurz, antwortete dann aber: »Passt schon. Lass gut sein. Es ist alles fein, wie es ist.« Und das meinte sie auch so. Es war ihr Problem, nicht seines. Sie musste unbedingt Ordnung in ihr Leben bringen. Sie drehte ihren Ring. Doch er war ihr kein Halt mehr. Nicht mehr so wie früher. Der Raum schien mit einem Mal ohne Sauerstoff zu sein, und sie hatte Mühe zu atmen. Unruhig rutschte sie auf ihrem Stuhl hin und her. Sie brauchte Abstand von Drews. Sofort. Nur gut, dass ihre Recherchen jetzt ohnehin in verschiedene Richtungen gingen. Das machte es leichter, und sie konnte ihr Ding alleine durchziehen.

24.

Schweißgebadet schreckte Claudia aus einem Traum hoch. Sie erinnerte sich genau an die Bilder, die ihr Unterbewusstsein ihr vorgegaukelt hatte: Das tote Mädchen stand in einem dünnen weißen Nachthemd auf dem Felsen am Rande des Weihers. Um ihre Schultern lag die Decke, in der man sie später gefunden hatte. Sie gab Claudia Zeichen, zu ihr zu kommen. Der flehentliche Ausdruck auf dem Gesicht des Mädchens mahnte sie zur Eile. Claudia schlug sich durch das Gestrüpp zu ihr durch, aber es war dicht und voller Dornen, schien immer undurchdringlicher zu werden, die Zweige wuchsen blitzschnell und legten sich um ihre Glieder. Sie kam nur langsam vorwärts, viel zu langsam. Das Mädchen begann nach ihr zu rufen. Ihre Stimme wurde dabei immer schriller und gleichzeitig leiser, obwohl sie ihr näher kam. Kurz bevor Claudia zu ihr gelangen konnte, war das Mädchen mit einem Satz von dem Felsen ans Ufer gesprungen und rannte den Berg dahinter hoch, wieder weg von ihr. Claudia schrie, sie solle warten. Sie hastete durch das Wasser, das warm und schlickig war. Blasen stiegen auf, und plötzlich nahm sie darin Hände und Füße wahr. Wohin sollte sie nur treten, ohne sie zu treffen? Panisch blieb sie stehen, blickte dem Mädchen nach, das unbeirrt weiterrannte. Als sie wieder nach unten schaute, waren die Hände verschwunden. Claudia stolperte den Hang hinauf, rutschte in ihren schlammverkrusteten Schuhen aus, rappelte sich wieder hoch, hinter dem Kind her, das bereits außer Sichtweite war. Als sie endlich die Anhöhe erreichte, sah sie das Mädchen gerade noch in einem Auto verschwinden. Sie schrie: »Lasst sie gehen! Ihr dürft sie nicht wegbringen!« Mit letzter Kraft spurtete sie hinter dem Wagen her, der bereits losgefahren war. Versuchte ihn einzuholen. Das Mädchen hatte ihr blasses Gesicht an das Fenster gepresst, schlug mit beiden Fäusten gegen die Scheibe, schüttelte ihren Kopf. Sie weinte. Atemlos rannte Claudia hinter dem Wagen her, aber der Abstand wurde größer, immer größer. Sie konnte ihn nicht einholen. Auf der Straße war nur die Decke zurückgeblieben, unter der sich langsam eine Wasserlache ausbreitete.

Sie war mit einem Schlag hellwach. Ihr Herz klopfte rasend schnell. Die Bilder waren so real gewesen. Selbst die kühle Nachtluft hatte sie gespürt, Spinnweben, die ihr ins Gesicht trieben, als sie Arielle zu erreichen versuchte. Es hätte Claudia nicht gewundert, wenn ihre Füße von Dornen zerschrammt und schmutzig gewesen wären. Eiskalt waren sie jedenfalls. Sie schälte sich aus dem Bett und wollte sich im angrenzenden Bad ein Glas Wasser holen. Es war stockdunkel. Fluchend stolperte sie über Dreibein, der ebenfalls aufgesprungen war. Endlich fand sie den Lichtschalter.

»Kater, geh wieder schlafen«, sagte sie und rieb sich ihr Knie, das sie sich bei der Aktion angeschlagen hatte.

Sie ließ kaltes Wasser laufen und spritzte es sich ins Gesicht. Dann betrachtete sie nachdenklich ihr Spiegelbild, das ihr bleich entgegensah. An Schlaf war ohnehin nicht mehr zu denken, deshalb zog sie sich an, um genau dahin zu fahren, wo ihr Traum gespielt hatte: an den Fundort von Arielles Leiche.

Je weiter sie aus München herausfuhr, desto weniger Autos begegneten ihr. Auf der langen dunklen Straße durch den Wald nahm sie von Zeit zu Zeit eine Bewegung im Unterholz wahr. Die Strecke war ihr unheimlich, und sie ließ das Fernlicht an, auch wenn sie um eine Kurve fuhr. Sie hoffte, dass sich auf diese Weise kein Wild auf die Straße verirren würde.

Als sie endlich den Rand der Ortschaft erreichte, lagen auch hier bereits alle Straßen still da. Kein Fußgänger war unterwegs, kein Auto begegnete ihr. Selbst am Bahnhof konnte sie kein Taxi ausmachen, obwohl gerade eine Bahn eingefahren sein musste und einige Menschen Richtung Parkplatz eilten. Ohne Wagen war man an diesem Ort offenbar aufgeschmissen.

Sie fuhr den Berg hinab, überquerte die Brücke über die Würm und bog in die Straße ein, die sie in Richtung des Sportplatzes führen würde. Noch bevor das letzte Haus aus ihrem Sichtfeld verschwunden war, sah sie ein paar Füchse, die sich auf der Straße balgten. Erst als sie sie fast erreicht hatte, ließen sie voneinander ab und verschwanden hinter dem nächstgelegenen Gartenzaun. Auf der Straße lag nun das, worum sie gekämpft hatten: ein gelber Sack, aus dem sie die Verpackungen gezerrt hatten, die jetzt vom Wind davongetragen wurden. Claudia fuhr langsam näher, hielt an und wollte den Unrat einsammeln. Aber der üble Geruch nach wildem Tier, stieß sie so sehr ab, dass sie von ihrem Vorhaben Abstand nahm. Schnell fuhr sie weiter zu den Parkplätzen, stellte ihren Wagen ab und stieg aus.

Sie zog den Reißverschluss ihres Baumwollparkas hoch, holte ihre Taschenlampe aus dem Kofferraum und ging langsam in Richtung des Weihers. Außer dem Rauschen des nahen Flusses war kein Geräusch zu hören. Kaum zu glauben, dass man in wenigen Minuten bereits mitten in der Münchener Innenstadt war, in der um die Zeit die Party längst noch nicht zu Ende war.

Sie ging weiter, näherte sich nun der Senke, in der sie Arielle gefunden hatten. Tränen stiegen in ihr hoch, wenn sie an diesen Morgen dachte. Beklommen lenkte sie ihre Schritte in Richtung des Areals, in dem der Künstler sein Atelier hatte. Sie überquerte die hölzerne Brücke, die über die Würm führte. Am Tag war es hier wunderschön gewesen – trotz der schrecklichen Dinge, die sich ganz in der Nähe ereignet hatten. Jetzt, im Dunkeln, war ihr die Umgebung ein wenig unheimlich. Ob es an ihrem Traum lag? Dennoch zwang sie sich weiterzugehen. Objektiv gab es hier nichts, wovor sie sich fürchten musste. Oder doch? Langsam wurde sie unsicher, ob sie sich ihrer Theorie nicht doch zu sicher gewesen war.

Sollte es wirklich so gewesen sein, wie Drews am Abend vermutet hatte? Wo hätte der Künstler das Mädchen dann versteckt? In dem Atelier wohl kaum, denn dort gab es laut Drews Beschreibung nur einen Raum, den er alleine benutzte und der gründlich von der Polizei durchsucht worden war. Dann in seiner Wohnung. Claudia zögerte. Auch das machte nicht wirklich Sinn. Der Mann war vielleicht ein Querulant, aber wäre er so dumm, die Leiche in direkter Nähe seines Ateliers abzulegen? Eher unwahrscheinlich.

Sie kehrte zu dem Weiher zurück, stellte sich auf den Stein und betrachtete die ruhige Wasseroberfläche, als könnte sie dort die Antwort finden. Das Kind musste einen Namen gehabt haben. Es kam nicht aus dem Nichts, musste eine Familie haben. Auch wenn diese Familie vielleicht nicht gut für sie gesorgt hatte. So wie Agatas Eltern, die ihr Kind einfach fortgeschickt hatten. Was brachte Eltern dazu, so zu handeln? Warum hatten sie Kinder, wenn sie ihnen ohnehin zu viel waren? Claudia schauderte, rang nach Atem, hielt eine Hand auf ihrem Bauch und starrte in den Himmel. Die Erinnerung an ihre eigene Vergangenheit traf sie wie ein Schlag. Sie schüttelte sich und zwang sich, bei der Sache zu bleiben. Sie musste nachdenken. Fokussiert bleiben. Was war mit Arielle? Wie war ihre Geschichte verlaufen? War sie barfuß unter diesem Himmel gerannt, geflohen und doch nicht weit genug gekommen? Claudia lauschte auf das Geräusch des Flusses und sog die kühle Luft tief ein. Oder waren ihre Eltern hier zu finden und meldeten sich einfach nicht? Konnte das sein?

Claudias Knie begannen so stark zu zittern, dass sie sich

hinhocken musste. Ja. Es gab solche Eltern. Denen das Schicksal der eigenen Kinder völlig egal war. Die nur an sich selbst dachten, für die andere Menschen nicht mehr als lästiger Ballast waren. Sie kauerte sich zusammen. Die Erkenntnis traf sie wie ein Schlag: Sie verstand, was sie geträumt hatte. Alles hatte sich zwar genau hier gespielt, aber es war nicht um Arielle gegangen. Auch nicht um Agata. Verdrängte Bilder überschwemmten sie. Lange hatte sie es geschafft, nicht mehr an früher zu denken. Um sich selbst zu schützen, hatte sie mit den Jahren zwischen sich und der Welt einen riesigen Schutzwall errichtet, hinter dem sie ihre Geschichte und ihre Gefühle verbarg. Es war eine bittere Ironie, dass ihre tief verankerte Verlustangst sie mehr und mehr in die Isolation geführt hatte. Die Angst, so zu sein wie ihre Mutter. Oder wie ihr Vater. Nicht in der Lage zu sein, Liebe zu geben. Oder diese zu ertragen. Sie konnte nicht einmal sagen, welche dieser Alternativen ihr mehr Unbehagen verursachte. Deshalb hatte sie stets Reißaus genommen und niemanden an sich herangelassen. Hatte keine echten Freundschaften aufgebaut, versucht, alles Verbindliche zu vermeiden. Nicht einer ihrer Bekannten hatte jemals ihre Wohnung betreten. Vermutlich hatte niemand je bemerkt, dass sie neutrale Orte für ihre Treffen vorzog und ihre sozialen Kontakte auf den Kollegenkreis beschränkte. Sie war damit klargekommen. Hatte nichts vermisst, sich völlig in diesem Vakuum eingerichtet. Bis heute. Doch ihr Leben durfte nicht so bleiben. Sonst würde auch sie eines Tages einfach aus der Welt verschwinden, ohne dass jemand sie vermissen würde. Der Gedanke erschreckte sie zutiefst.

Sie richtete sich auf, schüttelte den Kopf. Sie betrachtete ihren Ring. Das Symbol ihrer Stärke und Unabhängigkeit. Sie zog ihn vom Finger, hatte den Arm schon erhoben, um ihn wegzuwerfen. In letzter Sekunde hielt sie inne und schob den Onyx wieder an seinen Platz zurück. Es gelang ihr nicht. Es war noch zu früh. Dennoch: Sie musste gegen ihre Angst kämpfen. Andernfalls wäre sie nur eine hohle Fassade, eine Statistin in ihrem eigenen Leben.

So schnell sie konnte, rannte sie zurück zu ihrem Auto. Sie wusste, wohin sie jetzt gehen musste. Zu dem einzigen Menschen, dem sie blind vertraute. Sofort. Bevor sie den Mut verlor, endlich zu sprechen.

25.

Der Anrufbeantworter sprang an. Claudia bettelte laut:

»Bitte, bitte, geh ran, Hendrik! Bitte! Nur dieses eine Mal noch, bitte!«

»Dachte ich mir doch, dass du das bist.« Seine Stimme klang verschlafen, und sie war kurz davor, ihn wieder ins Bett zu schicken.

»Kann ich vorbeikommen, Hendrik? Ich muss reden. Jetzt gleich. Es ist wirklich wichtig.« Vielleicht das wichtigste Gespräch meines bisherigen Lebens, dachte sie, hütete sich aber, es zu sagen.

»Wie lange brauchst du, um hier zu sein?«

»Ich stehe direkt vor deiner Tür.«

Er zögerte einen Moment, und Claudia verfluchte sich, dass sie nicht eine Sekunde darüber nachgedacht hatte, möglicherweise nicht willkommen zu sein. Doch bevor sie einen Rückzieher machen konnte, sah sie, wie neben dem Hauseingang das Licht erstrahlte und das elektrische Zufahrtstor aufging. Erleichtert lenkte sie den Smart in die Einfahrt.

Hendrik stand in einem karierten Pyjama an der Haustür.

»Soll ich uns einen Kaffee machen? Ich muss erst mal wach werden, glaube ich.« Er kratzte sich an seinem zerzausten Hinterkopf, an dem Claudia erstmals eine kahle Stelle entdeckte.

»Ein Kakao wäre mir lieber.«

»So schlimm?«

Sie nickte.

»Okay. Ein warmer Kakao. Am besten gleich in der Küche. Komm.«

Sie folgte ihm durch den geräumigen Korridor in die Küche, die komplett mit Möbeln im Shabby-Chic eingerichtet und unglaublich gemütlich war. Sie setzte sich auf einen der sechs ausladenden Holzstühle, der eine breite Sitzfläche und Armlehnen hatte, so dass man darauf sogar bequem die Füße unterschlagen konnte.

Hendrik entnahm einem der Hängeschränke einen Milchtopf aus Emaille, der so aussah, als hätte ihn bereits seine Großmutter dazu benutzt, Kakao darin anzurühren. Er goss Milch ein und stellte den Topf auf den Gasherd. Dann nahm er echten Kakao, gab zwei Schaufeln davon in die Milch, fügte die gleiche Menge Zucker hinzu sowie zuletzt ein Tütchen Vanillezucker. Jeder Handgriff saß, und Claudia spürte instinktiv, dass sie sich die richtige Person ausgesucht hatte, um ihr langes Schweigen zu brechen.

Als er mit den dampfenden Tassen zu ihr an den Tisch kam, sich ihr gegenüber hinsetzte und still abwartete, bis sie zu reden begann, dankte sie ihrem Schicksal dafür, diesen Menschen kennengelernt zu haben.

»Mein Vater …« Sie zögerte. Ihre Stimme klang fremd, als hätte sie für diese Geschichte eine andere Tonart angenommen. Sie war noch immer aufgewühlt, suchte die richtigen Worte. Hunderte von Bildern, Geräuschen und Gerüchen wallten in ihr auf, zogen vor ihrem inneren Auge vorbei. Ihre Geschichte drängte mit Macht an die Oberfläche. Jetzt. Deshalb riss sie sich zusammen und holte tief Luft: »Es begann damit, dass mein Vater seine Stelle verlor. Wir hatten gerade gebaut, meine Eltern hatten riesige Schulden gemacht. Vielleicht wäre alles gut ausgegangen, wenn er es einfach erzählt hätte. Aber er ging jeden Morgen im Anzug aus dem Haus, als wäre nichts geschehen. Wohin er jeden Tag verschwand, haben wir nie erfahren. Obwohl er nichts gesagt hatte, begann mit der Zeit die Fassade zu bröckeln, und er kam immer häufiger sturzbetrunken nach Hause. Etwas bedrückte ihn. Das spürte man. Aber da war noch mehr: Sein ganzes Wesen veränderte sich. Zugegeben, er war nie ein sonderlich liebevoller oder zärtlicher Mensch. Zuverlässig jedoch immer, und bis dahin hielt meine Mutter ihn auch für ehrlich.

Eines Tages funktionierte unser Telefon nicht mehr. Meine Mutter teilte es ihm mit, als er nach Hause kam. Ich werde diesen Tag nie vergessen. Ich war ungefähr elf Jahre alt. Er war so wütend, dass er meiner Mutter eine schallende Ohrfeige gab. Ihr Kopf flog zur Seite und ich konnte die Wirbel im Nacken knacken hören. Er tat das einfach so. Ohne Vorwarnung. Als hätte sie diese Störung verursacht.«

Claudia nahm die Tasse in beide Hände und wärmte sich an dem Porzellan. Ihre Stimme war rau. Als hätten ihre Stimmbänder noch Probleme mit dem, was sie erzählte.

»Sofort danach verließ er ohne ein Wort der Entschuldigung das Haus und kam erst mitten in der Nacht wieder. Er polterte die Treppe hinauf, schnaufte und murmelte vor sich hin. Ich werde die Geräusche dieser Nacht nie vergessen. Es war, als wäre ein Damm gebrochen. Endlich hatte er jemand gefunden, den er für all seine Probleme verantwortlich machen konnte: meine Mutter.«

»Danach kam es häufiger zu solchen Gewaltexplosionen?«

Claudia nickte und trank einen Schluck. Die Wärme tat ihr gut und hatte etwas Tröstendes.

»Und du hast das alles angehört? Verdammt, das muss die Hölle für dich gewesen sein!«

Eine Träne löste sich aus Claudias Augenwinkel. Sie trank langsam, schmeckte die wohltuende Süße des Kakaos.

»Ganz ehrlich: Ich versuchte das auszublenden, mich nur an den guten Dingen festzuhalten. Es gab schließlich auch Tage, an denen nichts geschah. Immer hoffte ich, alles würde wieder so wie früher – auch wenn die Anspannung noch so deutlich in der Luft lag. Ich verhielt mich so still wie möglich, wollte keinen Anlass für weiteren Ärger geben. Bewegte mich nur leise im Haus, bemühte mich um gute Noten, äußerte keine Wünsche. Aber egal was ich tat, egal wie sehr ich es versuchte: Es nützte nichts. Er hörte einfach nicht auf.

Meine Mutter hat mich so oft es ging zu meiner Oma geschickt. An die Nordsee. Dort war ich während der Ferien in einer völlig heilen Welt und konnte mir kaum vorstellen, dass das alles real war, bei uns zu Hause. Die Menschen lachten viel, waren gesellig und nett. Selbst wenn sie getrunken hatten. Sobald jedoch meine Mutter erschien, war ich mir sicher, dass ich es nicht geträumt hatte. Sie sah dann immer aus, als wäre sie ihm nur mit knapper Not entkommen.«

Hendrik stand auf, holte den Topf und goss ihr nach.

»Und dann?«

»Starb meine Oma. Er drängte meine Mutter, das Haus zu verkaufen, denn so hatte er mehr Geld für seine Sauftouren.« Claudia malte mit dem Finger Striche auf den Tisch. »Ich kam in die Pubertät. Das waren die Jahre, in denen ich mir nicht länger etwas vormachte. Wenn ich die Tür zu unserem Haus aufschloss, wusste ich nie, was mich dahinter erwartete. Ich ahnte schon damals, dass irgendwann etwas Schlimmes passieren würde. Das machte mich fertig. Mit vierzehn hab ich es nicht mehr ausgehalten. Ich wollte nicht mehr so kleingehalten werden. Lechzte nach Aufmerksamkeit. Meine Mutter versuchte in der Schule zu funktionieren, in der sie als Lehrerin für Kunst und Musik angestellt war. Überhaupt war sie ausschließlich damit beschäftigt, den äußeren Schein zu wahren, so zu tun, als wäre alles in Ordnung. Vielleicht glaubte sie zu diesem Zeitpunkt tatsächlich, es käme alles wieder ins Lot, wenn sie alles unter den Teppich kehrte. So als wäre es nur eine Phase und ginge vorbei. Ständig räumte sie hinter ihm her, entsorgte die Flaschen, fand Entschuldigungen für sein Verhalten. Obwohl er sie behandelte wie Dreck, ging sie weiter mit ihm zu Festen. Vermutlich hoffte sie, ihn so vom Trinken abhalten zu können. Stattdessen fand er am Ende dieser Abende immer einen neuen Anlass, der es rechtfertigte, sie zu verprügeln. Mal war sie zu prüde, mal zu affektiert, aber meistens bezeichnete er sie einfach nur als dumm. Nicht die Luft wert, die sie atmete.«

Claudia hielt inne, betrachtete Hendrik, der ernst in seine Tasse blickte, seine Stirn in tiefe Sorgenfalten gelegt.

»Meine Mutter wurde immer schmaler, bleicher, unsicherer. Sie war nur noch ein Schatten ihrer selbst. Und ich genauso. Irgendwann hatte ich das Gefühl, völlig unsichtbar zu sein. Dass mir niemand mehr Beachtung schenkte. Ich versuchte Aufmerksamkeit zu bekommen, indem ich die beiden provozierte. Ich zog mich anders an, gab unverschämte Antworten, rebellierte gegen alles. Vor allem aber zeigte ich ihm deutlich, wie sehr ich ihn verachtete.« Sie schluckte, ihr Hals wurde trocken, und ihre Haut kribbelte nervös. Sie kannte diese Symptome. Sie waren immer dann aufgetreten, wenn sie in der Ecke ihres Zimmers gekauert und gehofft hatte, dass endlich wieder Ruhe einkehrte. »Auch mein Verhalten musste meine Mutter ausbaden. Sie war schließlich diejenige, die mich zur Welt gebracht hatte. Deshalb war auch mein Verhalten ihre Schuld. Nicht meine.«

Sie krallte ihre Finger in die Rillen des Porzellans, verspürte den Drang, die Tasse oder irgendetwas anderes zu zerstören. Diese Regung war ihr nicht fremd. Claudia verschränkte ihre Hände und bemerkte dabei, dass sie offenbar beim Eintreten nicht einmal ihren Parka ausgezogen hatte. Dennoch fröstelte sie. Sie zog den Stoff eng um sich, als sie weitersprach: »Das Schlimmste war, dass ich zwar unter der Situation litt, andererseits wollte ich nur eines: normal leben, so wie alle anderen. Ohne Angst, ohne Geschrei und Geheule. Manchmal hasste ich auch sie dafür, wenn sie gedemütigt und schwer verletzt in ihrem Zimmer lag und heulte. Dass sie keine Ruhe gab, wenn er weg war. Nicht versuchte, sich zu erholen, wenn sie die Gelegenheit hatte, zu Kräften zu kommen. Ich hatte eine solche Sehnsucht nach Stille und Frieden. Dann wieder sorgte ich mich um meine Mutter. Hatte Angst, er würde sie krankenhausreif schlagen.« Leise murmelte sie: »Oder sie töten.«

»Das muss furchtbar gewesen sein. Hast du damals mit jemandem darüber sprechen können?«

Claudia schüttelte den Kopf. »Was hätte ich denn auch sagen sollen? In den ersten Jahren hoffte ich, jemand würde etwas merken, aber das verging. Wenn meine Mutter mitten im Winter mit Sonnenbrille zur Schule fuhr oder wieder einmal ihre Hand verbunden war, musste es eigentlich auffallen. So viele hätten es sehen können, haben vermutlich mitbekommen, was geschah. Aber keiner ist eingeschritten. Sie schwiegen. Genau wie meine Mutter. Senkten schnell die Blicke oder behandelten sie völlig normal. So, als würden seine Attacken vorbeigehen, wenn man sie nur lange genug ignorierte. Ich ging auf Abstand. Damals war ich fast nur noch bei unserer Nachbarin zwei Häuser weiter. Ich hatte mich mit ihrer Tochter angefreundet und war in diesem chaotischen Haushalt immer willkommen. Ich konnte kommen und gehen, wann ich wollte. Sie waren zu sechst, es herrschte ein ständiges Kommen und Gehen und es war immer genug zu essen da. Sie hatten viele Tiere, und ich arbeitete gerne im Garten. Oder wir spielten stundenlang Rommé oder Canasta. Dort war meine Zuflucht. Und gleichzeitig wurde mir dadurch bewusst, woher ich kam. Ich … schämte mich. Für ihn. Aber auch für sie. Weil sie … so erbärmlich klein war. Nur ich, ich funktionierte noch, hielt so gut es ging den Haushalt am Laufen. Kaufte ein, machte die Wäsche, versuchte alles sauber zu halten, wenn niemand zu Hause war. Zumindest dachte ich, ich wäre völlig normal.« Sie zuckte mit den Schultern. »Aber wer kann in so einer Umgebung schon normal bleiben?«

»Ist deine Mutter deshalb gestorben?«

Claudia schüttelte den Kopf und presste den Kiefer zusammen. Sie atmete mehrmals tief durch. Dann stand sie auf und ging zum Fenster und schaute nach draußen in die tiefschwarze Nacht.

»Als mein Vater zum ersten Mal versuchte, mich zu verprügeln, handelte meine Mutter sofort und zog in einer Nacht-und-Nebel-Aktion mit mir aus. Wir fanden zunächst bei einer ihrer Kolleginnen Unterschlupf. Aber meine Mutter musste irgendwann wieder zur Arbeit. Sie konnte sich nicht ewig verstecken und sich krank melden. Wenn wir alleine leben wollten, brauchten wir ihr Gehalt umso dringender. Irgendwann bezogen wir eine eigene kleine Wohnung. Zunächst hatten wir Angst, er würde eines Tages einfach die Türe eintreten. Offenbar war ihm das zu mühselig, und mit der Zeit kehrte die lang ersehnte Ruhe ein. Ich entspannte mich. Wir wohnten bereits zwei Monate dort ohne irgendwelche Probleme, und meine Mutter wollte die Scheidung einreichen, ein neues Leben beginnen.«

Claudia schüttelte den Kopf. Sie war so naiv gewesen! So blind. Leise fuhr sie fort: »Wir waren ihm entkommen. Hatten gewonnen. So habe ich es zumindest wahrgenommen. Sie wirkte stabil auf mich, weil sie arbeiten ging und nicht klagte. Aber das war nur die Oberfläche. Die langen Jahre, in denen sie unterdrückt wurde, hatten das Selbstbewusstsein meiner Mutter völlig zerstört. Die Flucht vor meinem Vater und vor allem die Angst, was er uns antun würde, wenn er uns findet, hatten meiner Mutter nervlich enorm zugesetzt. Sie hatte Panikattacken und bekam Antidepressiva verschrieben, um jeden Tag arbeiten zu können. Die Medikamente sollten wohl dafür sorgen, dass sie wieder mehr Antrieb hatte. Alles sollte wieder in Ordnung kommen. Das erfuhr ich allerdings erst später …« Claudia schluckte, presste die Augen zu. »Ihre Stimmungslage war wohl nicht so schnell besser geworden, wie es die Medikamente glauben machten. Jedenfalls … sah sie irgendwann keinen anderen Weg mehr, als sich das Leben zu nehmen. Sie hatte mir einen Brief hinterlassen. Dort stand, dass sie im Schlafzimmer liegen würde, ich ihr nicht böse sein sollte und wie sehr sie mich liebte.« Claudia brach ab, zog die Jacke noch einmal enger um sich. Dann ging sie langsam zum Tisch zurück und setzte sich wieder hin.

»Claudia, ich …«

Sie hob die Hand. »Warte«, unterbrach sie ihn. Sie musste jetzt weiterreden. Alles musste raus. Bevor sie an ihrer eigenen Schuld erstickte. Sie schob ihr Kinn vor und presste den letzten Rest der Geschichte aus sich heraus. »Sie war auf dem Weg zum Schlafzimmer zusammengebrochen. Ich bin an diesem Morgen erwacht, habe schlaftrunken die Tür geöffnet, und da lag sie. Direkt vor meiner Zimmertür, mitten im Flur. Ihr Nachthemd war nach oben gerutscht, ihr Gesicht war verzerrt, es stank, getrockneter Schleim und Erbrochenes waren in den Teppichboden gesickert. Dieses Bild hat alle anderen überlagert. Ich kann sie nur noch so vor mir sehen. Egal, wie sehr ich mich bemühe, es zu vergessen. So als hätte ich am Ende denselben Blick auf sie gehabt wie mein Vater.« Unsicher sah sie zu Hendrik. Er hielt seinen Kopf mit beiden Händen und schaute sie fassungslos an. Dann legte er eine Hand auf ihren Arm, aber Claudia ertrug diese Geste nicht. Sie nahm die Tasse und trank einen Schluck, doch plötzlich schmeckte alles gallig und bitter, hatte nichts Tröstendes mehr. Doch sie konnte ihm nicht noch mehr erzählen. Sie hätte nicht ertragen, von ihm für ihr Handeln verurteilt zu werden. Vielmehr brauchte sie seinen Zuspruch.

»Ende«, sagte Claudia nüchtern, um die Spannung im Raum zu durchbrechen. Sie saß da, ließ kraftlos die Arme hängen. Wenigstens das war raus. Diese Geschichte. Sie hörte ihren eigenen Atem, der so heftig ging, als hätte sie einen Marathon absolviert. Am liebsten hätte sie sich jetzt einfach verkrochen, sich in ihre Wohnung geflüchtet und dort in das

Fell von Dreibein geweint. Doch das hatte sie einfach zu oft getan. Sie zwang sich, zu bleiben, den Kopf zu heben, Hendrik anzuschauen. Sie musste seine Reaktion ertragen. Weglaufen war keine Lösung.

Hendrik seufzte. »Ich konnte nicht ahnen … Verdammt, ich habe keine Ahnung, was ich sagen soll.«

Seine Ehrlichkeit rührte sie. »Du musst nichts sagen.«

»Kann ich etwas für dich tun? Egal was, sag es, und ich mache es.«

Claudia erinnerte sich vage, dass sie sich vorgenommen hatte, etwas zu ändern. Mauern zu durchbrechen. Sie atmete tief durch: »Du hast schon etwas getan. Mir zugehört. Du musst wissen … du bist der erste Mensch, dem ich je davon erzählt habe. Na ja, bei mir daheim wusste sowieso jeder Bescheid. Ich hatte eine Psychologin, die mit mir sprach. Aber ich wollte nicht reden. Ich schwieg, warf ihr bloß giftige Blicke zu. Ich war so wütend. Nachdem ich von dort weg war, habe ich einfach versucht, alles zu verdrängen, habe mich in die Arbeit gestürzt. Ist mir auch ganz gut gelungen.« Sie zuckte die Schultern. »Bis heute jedenfalls.« Claudia wischte sich mit der Hand die Tränen von der Wange. Es war ihr bislang gar nicht bewusst gewesen, dass sie geweint hatte.

»Wie geht es dir jetzt damit?«

Sie zuckte die Schultern. »Keine Ahnung. Komisch. Nackt. Unsicher. Ich weiß nicht, wie ich morgen darüber denken werde, aber jetzt gerade bin ich froh. Es ist ein erster Schritt.«

»Claudia?«, fragte er vorsichtig.

Claudia hoffte, er würde sich jetzt nicht für ihr Vertrauen bedanken. Das würde sie nicht ertragen. Sie konnte ihm ohnehin noch nicht in die Augen sehen. Hatte Angst, etwas darin hätte sich verändert. Wie es immer gewesen war, wenn man ihre Geschichte kannte. Mitleidvolle Blicke und gleichzeitig die faszinierte Suche danach, was von diesen Dingen in ihr schlummern könnte.

»Darf ich dich noch etwas fragen?«

Sie nickte.

»Es klingt vielleicht blöd, aber du hast so viele Jahre darüber geschwiegen. Warum gerade jetzt, Claudia? Warum nicht gestern oder heute Mittag auf der Fahrt?«, fragte Hendrik sanft.

»Die Beerdigung.« Sie rang um Atem. »Morgen wird Arielle beerdigt. Alles erinnert mich an früher. Alles. Die Geschichten sind völlig verschieden, das weiß ich. Aber es hat in dem Moment begonnen, als ich die Kleine in dieser Decke liegen sah.« Weil sie dabei an ihr eigenes Kind dachte. Doch das verschwieg sie. Beim besten Willen fehlte ihr für diese Geschichte heute die Kraft.

Er nickte.

»Hendrik, ich weiß nicht, wie ich das morgen durchstehen soll. Als meine Mutter beerdigt wurde, stand ich direkt neben meinem Vater. Ich habe mich ständig gefragt, warum ausgerechnet sie weg war und nicht er. Ich konnte mich kaum bewegen. Es schien, als würde ich vor einem Abgrund stehen und ich hatte solche Angst. Ich wusste ja nicht, was mit mir passieren würde. Ob mein Vater mich einfach mitschleppen würde, um mich für das zu bestrafen, was sie ihm angetan hat. Ich war wie versteinert, habe keine Träne geweint. Danach bin ich nie wieder an ihrem Grab gewesen. Und auch nicht auf einem Friedhof. Nachdem ich volljährig war, habe ich meine Heimatstadt verlassen und auch jeglichen Kontakt abgebrochen. Auch nicht zu den Leuten, die mich bis dahin aufgenommen haben. Sie haben es nicht verdient, aber ich wollte nur noch weg. Vergessen. Neu anfangen. Ich konnte einfach nicht anders. Dabei waren sie wirklich alle nett und haben sich bemüht. Vielleicht war es gerade das. Sie konnten nicht sehen, was in mir los war. Das habe ich nie zugelassen. Denn am meisten habe ich mich selbst gehasst. Etwas an mir … Warum sonst hätte sie …? Wenn sie mich geliebt hätte, dann wäre sie doch geblieben. Ich konnte ihr einfach nicht verzeihen, dass sie mich alleine gelassen hat. Dabei hätte ich sie noch so sehr gebraucht.«

Wieder dachte Claudia an die beiden Mädchen. Sie blinzelte die aufsteigenden Tränen weg.

26.

Hellgrünes Licht erfüllte das Zimmer, die Sonne stand vermutlich schon hoch. Erstaunt sah sich Claudia um. Sie hatte in ihrem T-Shirt geschlafen und musste lächeln, als sie die weißen Frottee-Pantoffeln unter dem Stuhl neben ihrem Bett entdeckte. Darauf hatte Hendrik ihr ein paar flauschig weiche Handtücher bereitgelegt.

»Pass bloß auf, lieber Kollege, sonst komme ich öfter«, sagte sie zu sich selbst.

Nach ihrer gestrigen Enthüllung hatten sie noch eine Weile schweigend beieinandergesessen. Einfach so. Es war alles gesagt gewesen. Doch sie war noch immer so aufgewühlt, dass Hendrik kein gutes Gefühl dabei gehabt hatte, sie alleine nach Hause fahren zu lassen. Also hatte er sie zum Bleiben überredet, das Gästebett gerichtet und ihr mit Blick auf die Uhr angekündigt, dass er ihr keinen Wecker stellen würde. Sie solle so lange bleiben, wie sie wolle.

Claudia öffnete das Fenster, das den Blick in den Garten freigab. Jahrzehntealte, knorrige Bäume spendeten Schatten, dazwischen standen ein paar Sträucher mit prächtigen Blüten, Bienen summten um Lavendelbüsche und Rosenrabatten. Sie beneidete Hendrik keineswegs um das Haus. Darin hätte sie sich vermutlich immer verloren gefühlt, weil es so groß und stattlich war. Aber diesen Garten hätte sie gerne ihr Eigen genannt.

Sie schlüpfte in Jeans und Sneakers, ging den Flur entlang und die Treppe hinunter. Das Haus war vollkommen still, dennoch rief sie zaghaft Hendriks Namen. Wie erwartet, war er bereits aufgebrochen. In der Küche, in der schon eine Tasse, eine Thermoskanne und ein Croissant bereitstanden, fand sie einen Zettel, dass er bei Gericht sei und sie um 15 Uhr abholen werde, um sie zu der Beerdigung zu begleiten. Unter dem Zettel lag die Tageszeitung, in deren Schlagzeile die Ermittlungsmethoden der Polizei scharf kritisiert wurden. Rasch überflog sie den Leitartikel, in dem die Verantwortlichen regelrecht niedergemacht wurden. Es war die Rede von Spuren, denen die Polizei allerdings nicht konsequent genug gefolgt wäre. Von wegen: Nichts gab es. Keine Hinweise. Genau das war das Problem. Sie beschloss, eine Reportage über die Beerdigung zu schreiben und darin ihre Sicht über die Ermittlungen einfließen zu lassen. Sie würde Andreas Naumann bitten, ihr genug Platz für die Ausgabe einzuräumen, die am kommenden Donnerstag erscheinen würde. Dort wollte sie ihre Sicht des Falles schildern. Denn diese schlechte Presse hatten Drews und sein Team beileibe nicht verdient, da sie alle mit Leibeskräften an dem Fall arbeiteten.

Claudia konnte nichts essen, nahm aber eine Tasse und goss sich dampfenden Tee hinein. Sie ging hinaus in den Garten und genoss den leichten Wind, der zwar ein paar Wolken mit sich gebracht hatte, aber auch eine angenehme Kühle.

Erst langsam begann sie über das nachzudenken, was am Abend zuvor geschehen war. Sie schloss die Augen, atmete tief durch. Das hatte sie mit den Jahren gelernt: Sich immer nur Stück für Stück an den Zustand anzunähern, in dem sie sich gerade befand. Sie war in der Nacht zwar häufiger aufgewacht, die innere Unruhe hatte sie nie in den Tiefschlaf geführt, aber sie hatte sich gleichzeitig sicher gefühlt und geborgen. Aber sie hatte erstmals seit Langem keinerlei Alpträume gehabt.

Wenn sie nachts von ihren Ängsten eingeholt wurde, hatte sie sich oft gefragt, wie es sein würde, wenn sie ihre Geschichte erzählte. Als junges Mädchen hatte sie sich dafür geschämt.

Jeder in der Stadt kannte ihre Vergangenheit. Zu vielen Menschen war ihre Mutter als Lehrerin begegnet. Mitleidige Blicke hatten sie begleitet, aber auch abschätzige. Vermutlich, weil sie keine Träne geweint hatte. Das gehörte sich nicht. Und sicher vermutete so mancher darin eine Ähnlichkeit zum Charakter ihres Vaters. Zwar wagte niemand, ihr das ins Gesicht zu sagen, aber sie konnte es deutlich in ihren Blicken lesen. Sie war so wütend gewesen, hatte das Gefühl gehabt, immer am falschen Ende der Straße zu stehen. Sein Kind alleine zurückzulassen, es einfach seinem Schicksal zu überlassen, war offenbar längst nicht so tragisch. Dafür hatte jeder Verständnis. Irgendwie. Für sie selbst hatte der Freitod ihrer Mutter jedoch bedeutet, zurück in die Obhut eines notorischen Säufers und Schlägers zu müssen. Und sie wusste genau, dass es so gekommen wäre, wenn sie nicht vor Gericht damit gedroht hätte, es ihrer Mutter gleichzutun und sich ebenfalls umzubringen. Sie atmete schneller, schaute zum Himmel, biss sich auf die Lippe und kämpfte die Tränen nieder.

Sie legte ihre Hand beruhigend auf ihren Bauch. Ein erster Schritt war gemacht. Und sie würde sehen, wie es nun weiterging. Hendrik hatte ihr noch eine Karte in die Hand gedrückt, bevor sie sich schlafen gelegt hatte. Die eines Psychologen. Er hatte ihr nur zugenickt, alles Weitere in ihre Hände gelegt. Aber sie wusste, dass er recht hatte, sie musste sich Hilfe holen. Vor allem, um die Sache zu klären, die sie Hendrik gestern verschwiegen hatte. Die Sache mit Jan. Und dem Baby. Sie hatte etwas Eigenes gewollt, versucht sich eine heile Familie zu schaffen. Jan war bis über beide Ohren in sie verliebt gewesen, und sie dachte, das reichte. Er würde sie nie schlagen, so viel war sicher. Mit ihm würde sich die Geschichte nicht wiederholen. Doch als sie entdeckte, dass sie schwanger war, kam alles anders. Sie hatte kaum atmen können vor lauter Angst. Angst vor der Verantwortung. Angst davor, einen Teil ihrer Eltern in sich zu tragen. Würde sie ungeduldig die Hand erheben wie ihr Vater? Oder das Kind im Stich lassen wie ihre Mutter? Sie wollte es nicht wissen. Denn sie fühlte – nichts. Weder für Jan, noch für das Kind in ihrem Bauch. Nichts – außer Panik. Deshalb verließ sie damals Jan, ging weg, bevor jemand merken konnte, in welchem Zustand sie war. Mit dem Erbe, das ihr mit der Volljährigkeit zugeflossen war, konnte sie sich während der Schwangerschaft über Wasser halten, gab das Kind sofort nach der Geburt weg und verließ noch in derselben Nacht das Krankenhaus. Lange hatte sie die Erinnerung weggedrückt. Mittlerweile schaute sie allerdings immer öfter in das Gesicht von jungen Menschen, fragte sich, ob das ihr Kind war. So wie bei der Dunkelhaarigen …

Claudia spürte, wie sich ihr Magen zusammenzog. Wie kam sie dazu, über jemanden zu urteilen? Sie war kein bisschen besser als ihre Mutter. Weil sie nichts gespürt hatte für das Kind, dass sie weggegeben hatte. Weil sie Jan nicht einmal gesagt hatte, dass sie schwanger war. Bis heute. Eine Krähe flog lautlos über ihren Kopf und setzte sich in einen der hohen alten Bäume im Garten. Sie schien sie anzusehen. Rasch erhob Claudia sich, trug ihre Teetasse zur Spüle und wusch sie ab, räumte sie in den Schrank. Die vertrauten Handgriffe beruhigten sie. So war es immer gewesen. In der Gewohnheit fand sie ihr Gleichgewicht wieder. Sie musste einen Schritt nach dem anderen machen.

Heute würde sie einen Friedhof betreten. Zum ersten Mal seit damals. Sie fühlte sich stark genug, die Fassade zu wahren. Dank Hendrik. Dank seiner Art.

Es war ihr wichtig, dabei zu sein. Mehr als das. Es war unerlässlich, dieses Kind auf seinem letzten Gang zu begleiten, dieses verschenkte Leben zu betrauern. Sie hoffte inständig, dass ihr Kind unversehrt durch das Leben ging. Würde sie es spüren, wenn ihm etwas geschähe? Claudia starrte auf ihren Ring. Hielt sich daran fest wie an einem Rettungsanker. Sie zweifelte daran. Doch für Arielle konnte sie etwas tun. Heute.

Sie konnte da sein. Anteil nehmen. Claudia würde danach alles genau festhalten und so wenigstens etwas von ihr dokumentieren. Ein Zeichen setzen zur Erinnerung. So, wie sie es am besten konnte – mit Worten. In ihrem Kopf formte sich bereits die Überschrift für ihre Reportage: »Das Kind, das keiner vermisst«.

Über Mittag hatte es einen kurzen Schauer gegeben, aber als die kleine Gesellschaft in der Trauerhalle zusammenkam, schien bereits wieder die Sonne. Draußen konnte Claudia die Regentropfen im Licht auf den Bäumen und Gräsern glitzern sehen. Es gab der Umgebung ein unwirkliches, strahlendes Licht, beinahe etwas Festliches. Ein Pfarrer war organisiert worden, der die Beisetzung begleiten würde, auch Blumen standen zu beiden Seiten des kleinen Sarges, den sie kaum ansehen konnte. Claudia fragte sich gerade, was der Geistliche über ein Kind sagen wollte, dessen Geschichte er nicht kannte, als der seinen Kopf hob und zu singen begann. Sie schloss schnell die Augen und schluckte hart, aber als sie den Text der zweiten Strophe des Kirchenliedes hörte, die mit »Warum es so viel Leiden, so kurzes Glück nur gibt?«, begann, konnte sie ihre Tränen nicht mehr zurückhalten. Warum? Auf diese Frage hatte auch sie keine Antwort. »So manches Aug gebrochen, und mancher Mund nun stumm«, sang er. Claudia schaute sich um. Auch alle anderen in der Halle waren ergriffen von diesem Lied.

Sie spürte Hendriks Arm um ihre Schultern und lehnte sich dankbar an. Endlich konnte sie weinen. Niemand in dem Raum würde bemerken, dass es nicht bloß um das Mädchen ging, sondern um den Schmerz, den sie in sich trug. Um alles, was sie selbst verloren hatte. »Du armes Herz, warum?«

Nach dem Gesang wurde der Sarg von den Trägern geschultert, und der Trauerzug setzte sich in Richtung des anonymen Gräberfeldes in Gang, das am Rande des Waldfriedhofes lag.

Die anderen Verstorbenen, die in diesem Teil des Friedhofs ruhten, hatten zumeist selbst entschieden, namenlos beerdigt zu werden. Nicht so Arielle. Sie war die Einzige, auf deren Stein anstelle eines Namens die amtliche Nummer des Grabes eingemeißelt werden würde. Was von ihr blieb, war nur eine Aneinanderreihung von Zahlen. Niemand würde sich dadurch an sie erinnern können. Nicht einmal ihr Alter würden die Menschen erkennen, die vorüber kamen. Genauso wenig wie ihr trauriges Schicksal. Diese letzte Demütigung wog für Claudia am schwersten. Bis zuletzt hatte niemand Arielles Verschwinden bemerkt. Claudia mochte nicht darüber nachdenken, was diese Tatsache über ihr Leben aussagte. Doch einen Menschen hatte es gegeben, der sie geliebt hatte. Denjenigen, der die Schleife geknüpft hatte. Davon war sie immer noch überzeugt.

Auf dem Friedhof sah man in einiger Entfernung ein paar Menschen stehen. Presseleute, Polizisten, Schaulustige oder vielleicht doch ein Angehöriger von Arielle? Claudia beneidete die Polizei nicht um diesen Einsatz. Sie fragte sich, wie sie überhaupt etwas feststellen wollten, denn sie konnten wohl schlecht die Personalien aller Besucher auf dem Friedhof überprüfen. Vielleicht konnte die spätere Auswertung einen Hinweis liefern. Doch Claudia ahnte, dass sie wieder in einer Sackgasse enden würden. Eine Tatsache, die sie mehr und mehr frustrierte.

An der Grabstätte angekommen, sprach der Pfarrer erneut ein paar Worte: »Jemand hat dich gekannt, niemand ist im Leben namenlos. Auf Erden ist dein Leben vorbei, aber im Himmel wirst du mit Freuden empfangen.«

Claudia wusste, er meinte es nur gut, aber die Worte stießen ihr sauer auf. Namenlos ganz sicher nicht, bedeutungslos waren viele Menschen. Zu viele. Deren Schicksal niemanden interessierte. Ob sie einsam waren, hungerten oder Schmerzen litten. Niemand hatte ein solches Schicksal verdient.

Der Pfarrer legte ein paar Blumen auf den weißen Sarg. Als Nächstes folgte Drews, dem man seine Anspannung ansah. In seiner ernsten Miene spiegelte sich Trauer ebenso deutlich wie Schlaflosigkeit und jede Mühe, die dieser Fall bedeutete. Dunkle Ringe hatten sich tief unter seinen Augen eingegraben. Offenbar hatte er keine gute Nacht gehabt.

Claudia ließ allen den Vortritt, erst ganz zum Schluss trat sie vor, legte mit zitternder Hand eine Blume auf die glänzende Lackoberfläche. Sie schloss fest die Augen und schluckte den Trauerkloß hinunter, der ihr die Kehle zuschnürte. Durch den Tränenschleier fast blind, zog sie schließlich einen Teddybären aus ihrer Handtasche heraus. Es war ein Einfall in letzter Sekunde gewesen. Sicher idiotisch, denn gleich würde das Stofftier mit dem Sarg in der Tiefe verschwinden und von Erde bedeckt werden. Aber sie hatte einfach das Bedürfnis gehabt, Arielle etwas mitzugeben. Ihr das Kuscheltier in den Sarg zu legen, dazu war es längst zu spät gewesen, das hatte Claudia natürlich gewusst. Dennoch tröstete sie der Gedanke, dass Arielle so wenigstens nicht ganz alleine war, da unten in der Dunkelheit.

Bevor sich die Männer daranmachten, den Sarg in die Grube hinabzulassen, zog sie Hendrik schnell weiter. Sie konnte, wollte das einfach nicht mit ansehen. Es war, als würde das Mädchen ein zweites Mal sterben – und dieses Mal völlig verschwinden.

Ein Stück abseits blieb sie neben einer Urnenwand stehen und wartete auf Drews. Die Urnenplatten waren teilweise ohne Beschriftung, an einzelnen Steinen waren aber auch Blumen befestigt, die so frisch waren, als würden sie täglich gewechselt.

»Wieso wurde sie eigentlich nicht in einer Urne bestattet?«, fragte Claudia.

»Ich schätze mal aus zwei Gründen«, antwortete Hendrik. »Einmal könnte immer noch eine erneute Untersuchung notwendig werden, andererseits weiß man natürlich nichts über ihren kulturellen Hintergrund. In manchen Religionen ist die Feuerbestattung nicht üblich, zum Beispiel bei den Moslems. Vielleicht wollte man dem auf diese Art Rechnung tragen.«

Claudia nickte. Das machte Sinn. Und so musste das Mädchen nicht erneut durch Gluthitze hindurch. Auch das tröstete sie ein wenig.

»Wie geht es dir?«, fragte Hendrik leise.

Wahrheitsgemäß antwortete sie: »Ich bin durcheinander, traurig und wütend. Aber ich denke, sonst geht es mir gut. Dank dir!«

Sie sah ihm tief in die Augen. In dem Moment nahm sie hinter Hendrik eine Bewegung wahr. Die Person, die sich eilig entfernte, ähnelte der dunkelhaarigen Frau, die sie gestern vor ihrer Wohnungstür gesehen hatte. Claudia blinzelte irritiert. Ein seltsamer Zufall. Aber bevor sie sie näher betrachten konnte, war Steffen Drews zu ihnen gekommen.

»Hallo, Hendrik.« Drews streckte ihm die Hand entgegen, ohne ihren Kollegen dabei anzusehen. Claudia ahnte, dass es mit der Situation in der Trauerhalle zu tun hatte. Nun wandte Drews sich ihr zu und rieb sich verlegen den Nacken. »Das war nett von dir, mit dem Bären. Ich habe mich geärgert, dass ich nicht selbst daran gedacht habe. Wir sind so beschäftigt gewesen mit den Vorbereitungen … und dann lässt meine Anteilnahme vielleicht manchmal zu wünschen übrig.«

Claudia verstand, dass er damit nicht nur die Beisetzung gemeint hatte, und nickte ihm zu.

»Habt ihr denn heute irgendetwas herausfinden können? Eine neue Spur? Oder könnte jemand mit dem Mädchen in Zusammenhang stehen?«

»Nichts. Wir müssen natürlich noch die Bilder auswerten, die Gesichtserkennung drüberlaufen lassen. Aber ich habe da nicht viel Hoffnung. Ansonsten: Der Künstler ist raus, wir haben nichts bei ihm gefunden. Der ist vielleicht verrückt, aber das ist weiß Gott noch nicht strafbar. Hoffen wir, dass die Belohnung Wirkung zeigt, die wir seit gestern ausgesetzt haben. Zehntausend Euro sind ein ordentliches Sümmchen. Der Staatsanwalt hat bereitwillig die Kasse geöffnet, um so vielleicht jemanden dazu zu bewegen, seine Komfortzone zu verlassen und uns zu helfen. Heute Nachmittag machen wir uns daran, sämtlichen Kliniken, Kinderärzten und Kinderzahnärzten im Umkreis noch einmal alle Daten des Mädchens zu schicken. Wir können nicht endgültig ausschließen, dass jemand vielleicht im Urlaub oder krank war und doch noch nichts von dem Fall mitbekommen hat. Und wenn du recht hast, und das Kind kommt wirklich hier aus dem Umkreis … wer weiß!«

»Aber du denkst etwas anderes, oder?«, fragte Hendrik.

»Ich befürchte immer mehr, dass sie aus dem Ausland stammt. Und da es in vielen Ländern kein zuverlässiges Meldesystem gibt, geschweige denn eine internationale Vermisstendatei, ist es fraglich, ob wir je erfahren, wer sie ist.«

»Verdammt traurig.«

Sie standen da, keiner sagte mehr ein Wort. Genauso wenig machte einer den ersten Schritt zu gehen. Claudia fühlte sich erschlagen und matt und absolut noch nicht in der Lage zu arbeiten. Sie schaute auf die Uhr. Sie würde sich kurz daheim hinlegen und dann am Abend beginnen, ihre Reportage zu schreiben.

»Also dann …«, sagte sie und bedeutete Hendrik, dass sie gehen wollte.

»Das Heft, das du mir gestern gezeigt hast«, begann Drews hastig. »Würde es dir etwas helfen, wenn ich es auf Fingerabdrücke prüfen lasse? Um ganz sicherzugehen?«

Claudia schaute in ihre Handtasche, aber es war nicht darin. Ihr fiel ein, dass sie es auf der Rückfahrt von Hendriks Haus auf den Beifahrersitz gelegt hatte, als sie den Teddybär besorgt hatte. Sie hatte verhindern wollen, dass es verknickte.

»Ich habe es nicht dabei«, sagte sie schließlich. Sie schob den Gedanken beiseite, dass das Mädchen zurückgekehrt sein könnte. Vielleicht hatte sie sich tatsächlich etwas zusammen konstruiert. »Es war eine falsche Spur, wie ich dir gestern schon sagte. Trotzdem danke für das Angebot.«

Gestern. Bei dem Gedanken fiel ihr wieder die Frau ein, die sie vorhin erkannt zu haben glaubte. Aber sie war sich unsicher, ob es dieselbe Person war, die sie am Vorabend vor ihrer Tür getroffen hatte. Claudia überlegte, Drews davon zu erzählen. Sie musterte sein Gesicht, das bleich und müde aussah. Sie konnte nachempfinden, wie der Fall an ihm zehrte. Ihn frustrierte. Ihr ging es genauso. Deshalb durfte sie sich bei ihren Recherchen nicht länger an jedem Strohhalm festhalten. Vielleicht hatte sie einfach doch kein Talent für Ermittlungen und sich in dieser Rolle überschätzt. Sie war Journalistin. Ihr Job war es zu berichten. Mehr nicht. Vermutlich war es einfach ein Zufall, dass sie der Frau hier begegnet war. Deshalb ließ sie die Begegnung unerwähnt, hob ihre Hand zum Abschied und folgte Hendrik, der schon auf dem Weg zum Ausgang war.

Sie schaute aus dem Fond des Wagens und sah die Silhouette der Frau langsam kleiner werden. Die hob nicht einmal die Hand zum Abschied, stand einfach nur da. Genauso wie sie geschwiegen hatte, während sie ihre Kleider, die Jeans, Shirts, Sandalen eingepackt hatte. Keine Umarmung. Keine Erklärung. Kein Bedauern.

Nur einmal hatte die Frau reagiert: Sie hatte den Kopf geschüttelt, als sie die zerkratzten Lackschuhe in der Hand hielt, die sie dann jedoch wieder aus der Tüte genommen und in den Papierkorb geworfen hatte. Sie landeten ohne ein Geräusch dort drin, wo auch das zerschnittene Kleid lag. Die Jungs standen in der Tür, schauten zu, mit einem zufriedenen, selbstsicheren Gesichtsausdruck.

Der Mittlere und der Große hatten sich beim Armdrücken messen wollen, als plötzlich der Große aufschrie. Dann war alles ganz schnell gegangen: Sie fuhren zum Krankenhaus, kamen zurück. Kein Wort, nur diese Blicke. Sie hatten ihr die Schuld gegeben. Natürlich. So wie sie behauptet hatten, sie habe Geschirr zerbrochen oder Geld aus dem Portemonnaie genommen.

Sie hatte sich nicht gewehrt. Sie wusste, man würde ihr nicht glauben. Sie zählte nicht, hatte nie etwas bedeutet. Hier nicht und in ihrer Familie nicht. Man hörte ihr sowieso nicht zu. Was hätte es also genützt aufzubegehren? Im Gegenteil: Es hätte es ihnen noch leichter gemacht, sie fortzuschicken. Dann hätten sie einen Grund gehabt. So wie ihre Eltern. Hätte sie sich nur stiller verhalten, dann wäre sie jetzt noch dort.

Also hatte sie sich in ihre Ecke gekauert, den Kopf fest zwischen die Knie geklemmt. Sie hatte sich, so fest sie konnte, in die weiche Haut auf der Innenseite ihrer Schenkel gekniffen. Das konnte sie ertragen, ohne zu heulen.

Sie hatte das geübt. Standhaft bleiben. Sie packte so fest zu, dass nachher lilablaue Flecke zu sehen waren. Aber sie würde keine Träne vergießen. Niemals. Sie war nicht schwach. Darin hatten sie sich getäuscht. Sie war stark. Egal, was sie vorhatten, sie würde es ertragen.

Wie den Gestank auf der Müllhalde nach Verwestem und Verdorbenem. Wie die Schmerzen, wenn die Steine sie im Rücken trafen. So wie die höhnischen Beleidigungen, sie sei ein nichtsnutziges Stück Dreck, ein Zigeunerkind, ein Dummkopf. Oder wenn sie sie im Flur angespuckt hatten, sobald sie aus dem Badezimmer kam. Sie hatte ihr Lachen immer vorher schon gehört, wenn sie vor der Tür kauerten, ihr auflauerten. Das Kratzen am Schlüsselloch, wenn sie versuchten, sie zu beobachten. Längst hatte sie sich angewöhnt, ein Handtuch über die Klinke zu hängen. Sie hatte sich nicht verkrochen, hatte sich ihnen entgegengestellt. Dennoch war etwas haften geblieben, wenn sich ihre Worte in ihre Hörmuschel gruben, bei jedem Mal, wo sie den Speichel in ihrem Gesicht spürte: Wut. Natürlich. Aber die verging nach einer Zeit. Was blieb, war die Scham.

Und das Gefühl, dass es niemals besser werden würde.

Dass sie es nicht anders verdiente.

27.

Als Claudia am Ausgang Lorettoplatz den Friedhof verließ, entdeckte sie auf der gegenüberliegenden Straßenseite erneut die dunkelhaarige Frau, die dort den Busfahrplan studierte. Die dritte Begegnung. Strohhalm hin oder her – sie musste einfach wissen, ob es sich um einen Zufall handelte oder nicht. Aller guten Dinge sind drei. Vielleicht war die unwahrscheinlichste Lösung am Ende die Richtige.

»Hendrik, wäre es für dich in Ordnung, wenn ich alleine nach Hause fahre? Ich muss den Kopf klar bekommen und schätze, mir tun ein paar Schritte gut.«

»Da läufst du aber bestimmt eine Stunde.«

Sie nickte und schaute ihm direkt ins Gesicht, um ihm zu signalisieren, dass es ihr gutging.

»In Ordnung. Wenn es dir hilft. Aber falls du mich doch noch brauchst …«

»Dann melde ich mich. Versprochen. Aber ich glaube, ich komme jetzt ganz gut alleine klar.«

»Okay, bis morgen!«

Claudia zog ihr Handy heraus, um unauffällig warten zu können, bis er sein Auto erreicht hatte. Erst als sie sah, wie sich das 4er Coupé entfernte, überquerte sie die Straße. Die Frau hatte sie nicht bemerkt. Claudia musterte sie. Sie trug heute hohe Turnschuhe, eine ausgewaschene Jeans und ein kariertes Hemd, darunter ein Spitzentop. Ihre Haare hingen ihr noch strähniger ins Gesicht und hätten eine Wäsche vertragen können. Dennoch machte sie keinen ungepflegten

Eindruck. Doch Claudia war sich nun sicher, dass es dieselbe Frau war, die sie vor ihrer Haustür gesehen hatte. Definitiv.

Die andere hatte Claudia offenbar nicht wahrgenommen. Jetzt zog sie eine selbst gedrehte Zigarette aus einem Tabakpäckchen, demnach würde ihr Bus nicht sofort kommen. Claudia überlegte, ob sie ihr einfach folgen sollte, um herauszufinden, wohin sie fuhr. Doch die Gefahr, sie irgendwann nach dem Aussteigen aus den Augen zu verlieren, war ihr zu groß. Deshalb entschied sie sich, sie direkt anzusprechen.

»Wissen Sie zufällig, wie ich von hier zum Sendlinger Tor komme?« Sie deutete lächelnd auf die Säule. »Ich tue mich immer schwer mit diesen Fahrplänen.«

Die Dunkelhaarige taxierte sie, blies durch ihre Zähne den Rauch beiseite und antwortete: »Easy. Erst die 54 bis Partnachplatz, dann die U6 bis Sendlinger Tor. Müsste jeden Moment kommen.«

Claudia bedankte sich und setzte sich in das Bushäuschen. Die Frau rauchte unbeeindruckt weiter. Sie machte nicht den Anschein, Claudia zu erkennen. Und sie kannte sich mit den Fahrwegen aus, also nahm sie öfter den Bus von hier. Dann war das mehrfache Zusammentreffen wohl doch nur ein Zufall gewesen. Merkwürdig, aber keineswegs unmöglich.

Als der Bus kam, stieg Claudia nach der Dunkelhaarigen ein, löste vorsichtshalber ein Tagesticket und setzte sich zwei Reihen hinter die Frau, die völlig unbeteiligt nach draußen schaute, den Kopf an die Scheibe gelehnt. Sie wirkte absolut lässig, schien beinahe einzuschlafen. Jedenfalls erweckte sie nicht den Eindruck, als wäre sie Claudia gefolgt.

Diese schüttelte den Kopf. Vermutlich sah sie mittlerweile wirklich Gespenster. Der Wunsch, einen Hinweis zu finden, war nach der Beerdigung scheinbar auch bei ihr zu groß geworden. Als die Dunkelhaarige sich bis zum Partnachplatz immer noch nicht rührte, stieg Claudia deshalb aus und lief die Treppen zur U-Bahn hinab.

Als sie in der Mitte des Bahnsteigs angekommen war, fiel ihr Blick auf ein graues Mäuschen, das zwischen den hinabgeworfenen Müllresten in der Fahrrinne nach Nahrung suchte. Es hatte beinahe dieselbe Färbung wie die Holztrassen und Steine in der Rinne und war nur auszumachen, wenn es sich bewegte. Ansonsten verschmolz es völlig mit dem Hintergrund. Als der Zug einfuhr, schlüpfte das Tier schnell unter die Schienen. Die Maus war von diesem Lärm sicher längst taub geworden.

Claudia stieg in die U-Bahn ein und setzte sich neben einen Herrn, der Zeitung las. Schon nach wenigen Minuten war sie allerdings gezwungen, sich einen anderen Platz zu suchen, da der penetrante Geruch des Aftershaves ihres Nachbarn ihr schier den Atem raubte. Auf der Suche nach einem anderen Sitz entdeckte sie zu ihrer Überraschung die Dunkelhaarige, die etwas zu spät ihre Augen von ihr abwandte. Claudia hatte sich also doch nicht getäuscht. Die Frau war ihr nicht zufällig begegnet.

Nun setzte sich Claudia mit dem Rücken zu ihr, um den Anschein zu erwecken, sie nicht erkannt zu haben. Ihr Nacken prickelte, und sie war sich sicher, dass sie beobachtet wurde. Gut so. Sie verließ an der Haltestelle Sendlinger Tor die Bahn, schlängelte sich durch die Menschenmenge. Erst auf der Rolltreppe nach oben sah sie sich kurz um. Die Dunkle folgte ihr noch immer. Was die nur wollte? Sie musste es herausfinden. Claudia hatte bereits eine Idee, wohin sie gehen konnte, denn das Büro würde sie zur Sicherheit nicht aufsuchen, es reichte schon, dass die Dunkelhaarige wusste, wo sie wohnte. Mit großen Schritten überquerte Claudia den Platz, eilte über die Straßenbahngleise und bog dann in die Pettenkoferstraße ein. Dann lief sie die Stufen zum Café Mozart hoch und verschanzte sich in dem Durchgang zu dem weniger frequentierten hinteren Raum, in dem sie so gerne saß, um in den alten Büchern zu stöbern, die dort die Wand säumten.

Die Fremde folgte ihr in das Café und ließ ihren Blick über die Tische schweifen.

»Suchen Sie nach mir?«, fragte Claudia unverblümt, während sie aus dem Gang trat.

»Möglich«, antwortete die Frau und schüttelte den Kopf, um durch ihren Pony besser sehen zu können. Diese Frisur würde Claudia in den Wahnsinn treiben. Wann immer es möglich war, band sie ihre Haare zum Zopf. Sie verwendete nicht gerne viel Zeit auf ihr Aussehen, aber diese Variante hätte sie einfach nur genervt. Dabei hatte es die Frau gar nicht nötig, sich hinter ihren Haaren zu verstecken, denn ihr Gesicht war durchaus attraktiv. Nachdem offenbar kein weiterer Kommentar mehr von der Fremden kam, deutete Claudia auf einen Tisch.

Zögernd ging die Frau darauf zu, setzte sich aber erst, nachdem Claudia Platz genommen hatte.

Die Bedienung kam sofort mit den Karten, vermutete wohl, dass sie zu Abend essen wollten. Obwohl Claudia dazu gute Lust gehabt hätte, bestellte sie nur eine Flasche Mineralwasser. Die Frau schüttelte den Kopf, meinte, sie müsse noch überlegen.

Also war ihr Anliegen entweder sehr kurz, oder sie hatte kein Geld, konstatierte Claudia.

»Wieso folgen Sie mir?«, begann sie das Gespräch.

»Sind Sie die Journalistin? Diese Claudia Brandes?«

Claudia nickte. »Ich habe Sie gestern vor meiner Wohnung gesehen. Da das wohl kaum ein Zufall war: Woher kennen Sie meine Adresse?«

Die Frau wischte mit ihren Händen nervös über ihre Oberschenkel, schwieg jedoch.

»Hören Sie: Was immer Sie wollen, ich habe nicht ewig Zeit. Deshalb wiederhole ich Ihnen gerne meine Frage: Woher haben Sie meine Adresse? Und was wollen Sie von mir?«

»Aus der Redaktion. Ich hatte dort angerufen, und eine Praktikantin war am Apparat. Die war sehr hilfsbereit. Hab gesagt, ich sei eine Freundin und so. Wäre zufällig in der Stadt.«

Claudia fluchte innerlich. Es war unfassbar, dass man dort einer Wildfremden ihre private Adresse gegeben hatte. Sie müsste unbedingt mal Klartext mit Celina reden.

»Wegen des Mädchens«, fuhr die Dunkelhaarige fort.

Aufmerksam beobachtete Claudia die Frau, die sich offenbar nicht wohl in ihrer Haut fühlte. Sie war unruhig und ständig in Bewegung. Ihr Fuß wippte. Was wollte sie von ihr? Wie alt war sie überhaupt?, fragte sich Claudia und rechnete angestrengt. Ihr wurde übel.

»Ich …« Die Frau räusperte sich, spielte mit der Knopfleiste ihres Karohemds. »Könnte ich vielleicht etwas zu trinken bekommen?«

Nach einem kurzen Wink von Claudia brachte die Bedienung ein zweites Glas an den Tisch. Die Frau schenkte sich ein und trank es in einem Zug leer.

»Sie kannten das Mädchen?«, fragte Claudia nach einer Weile, bemühte sich um einen möglichst milden Ton.

Ein fast unsichtbares Nicken, dann schlug die Frau die Hände vors Gesicht. Erleichtert atmete Claudia auf und spürte, wie sich ihre Brust wieder weitete. Dennoch musste sie auf der Hut bleiben. Vor ihrer Haustür am Abend zuvor hatte die Dunkelhaarige verwirrt gewirkt. Hoffentlich nahm sie keine Drogen. Claudia wollte gerade unauffällig ihr Handy suchen, um eine SMS an Hendrik zu schreiben und ihn zu bitten, zu ihr zu kommen, als die Frau die Hände in ihren Schoß legte und endlich völlig ruhig zu reden begann: »Sie ist mein Kind.«

Danach starrte die Fremde sie an, die Augen zu Schlitzen

verengt, vorsichtig, wie ein Tier auf dem Sprung. Claudia musste diese Mitteilung erst einmal verdauen. Konnte das stimmen? Sie musste jetzt behutsam agieren, denn die Frau schien bereit, jeden Moment davonzulaufen.

»Aber mit ihrem Tod habe ich nichts zu tun. Das schwöre ich! Ich habe sie ja gleich nach der Geburt weggegeben.«

Claudia starrte die Dunkelhaarige an. Sie hatte spontan gedacht, dass sie viel zu jung sei, wusste aber nur zu gut, dass es ein Fehler war, so zu denken.

»Verzeihen Sie, dass ich da nachhaken muss, aber wenn Sie sie zuletzt als Säugling gesehen haben, woher wissen Sie dann, dass es sich um Ihre Tochter handelt?«

»Weil ich sie noch vor vier Wochen gesehen habe. Da ging es ihr noch gut.« Die Frau verzog ihr Gesicht, weinte aber nicht. Was war hier los?, fragte sich Claudia, die hin- und hergerissen war, ob sie ihr glauben sollte.

»Erzählen Sie mir doch einfach die ganze Geschichte. Von vorne.«

Die Frau sah auf die Straße hinaus, wischte sich mit dem Handrücken die Nase und schaute dann wieder auf ihr Glas.

»Sie können das nicht verstehen. Sicher nicht. Ich rede da sonst auch nicht drüber. Aber das Geld …«

Sie seufzte, grub ein zerknülltes Taschentuch heraus, putzte sich damit die Nase.

»Mit sechzehn bin ich bei meinen Eltern rausgeflogen. Ich hatte gerade die Schule fertig, da eröffneten sie mir, dass ich künftig alleine klarkommen müsse. Erst habe ich noch bei Freunden unterschlüpfen können, aber ohne Geld, na ja, auf Dauer wird das irgendwann jedem zu viel. Ich habe gejobbt, aber das reichte natürlich nicht für eine eigene Wohnung. Mir stand das Wasser bis zum Hals. Ehrlich.«

Claudia nickte schnell, damit die Frau nicht aufhörte zu reden.

»Eines Tages habe ich diesen Bericht im Fernsehen gesehen. Über Leihmütter. Dass Leute viel Geld bezahlen, um ein Kind zu bekommen. Ich dachte erst, das ist voll der Quatsch. Aber dann hat sich sofort jemand auf meine Anzeige gemeldet. Wir haben uns in der Wohnung eines Freundes getroffen. Ich wusste ja nicht, wer das ist und wie die drauf sind. Die haben mir zehntausend Euro geboten. Einfach so. Cash. So viel Geld! Ich konnte es kaum fassen und habe nicht geantwortet. Da haben sie noch für jeden Schwangerschaftsmonat tausend Euro draufgelegt. Ich habe sofort Ja gesagt. Na ja, das war mein erstes Kind. Das, das Sie gefunden haben.«

Claudia durfte sich ihre Betroffenheit nicht anmerken lassen, nicht zeigen, wie sehr sie das Gehörte schockierte. Diese Frau redete so, als hätte sie ein Schaukelpferd verkauft und nicht ein Kind. Es war kaum zu glauben, wie kühl sie darüber sprach. Dabei musste die Frau damals selbst noch ein Kind gewesen sein. Als hätte sie Claudias Ressentiments gespürt, fuhr sie schnell fort: »Mir ist natürlich klar, dass das illegal ist. Aber wissen Sie, ich tue ja keinem damit weh. Im Gegenteil: Ich mache Menschen glücklich! Ich erfülle denen ihren größten Wunsch!«

Claudia konnte es kaum fassen. Für manche Menschen war die Welt so einfach: Es ging nur um die eigenen Bedürfnisse, um einen möglichst bequemen Weg. Die Dunkelhaarige hatte ein Neugeborenes illegal in die Obhut fremder Menschen gegeben. Ohne zu wissen, wer sie waren oder wie sie lebten. Wie es dem Kind dort ging. Ohne kontrollierende Stellen, die bei einer Vergabe über das Jugendamt prüften, ob ein Kind bei dieser Familie auch gut aufgehoben wäre. Die Dunkelhaarige war mittlerweile in Fahrt gekommen und fuhr unbeeindruckt fort, dass sie auf diese Weise bereits drei Kinder vermittelt habe. Freunden gegenüber habe sie einfach behauptet, sie zur Adoption freigegeben zu haben. Was diese offenbar, ohne es weiter zu hinterfragen, zur Kenntnis genommen hatten. Jetzt habe sie einen festen Freund und wolle »eigene« Kinder, aber zuvor »Ordnung« in ihr Leben bringen. Eine Sache jedoch brannte Claudia nach wie vor unter den Nägeln: »Noch einmal meine Frage: Wenn sie ihr Kind direkt nach der Geburt weggeben haben, woher wollen Sie dann wissen, dass das Mädchen tatsächlich Ihr Kind ist?«

»Ich kenne die Leute ja schon ein bisschen, zu denen die Babys kommen. Und beim ersten Kind habe ich mir noch Bilder schicken lassen. Immer mal wieder. Unregelmäßig.«

»Kann ich die sehen?«

»Die habe ich nicht dabei«, antwortete die Frau. »Hören Sie, ich möchte nicht, dass die Polizei etwas von dem erfährt, was ich gemacht habe. Darum habe ich ja Sie kontaktiert und nicht die.«

Die Naivität der Dunkelhaarigen kannte scheinbar keine Grenzen, wenn sie der Presse eher vertraute als der Polizei.

»Woher weiß ich dann, dass Ihre Geschichte stimmt?«

»Na hören Sie mal! Meinen Sie, ich erfinde so was? Sehe ich aus als, würde ich lügen?«

Geflissentlich vermied Claudia eine Antwort auf diese Frage.

»Wir treffen uns noch einmal. Morgen«, sagte die Frau und schaute sie erwartungsvoll an.

Claudia stimmte schließlich zu. Sie hatte gar keine andere Wahl. »Wenn Sie die Fotos mitbringen, geht das in Ordnung. Wo?«

»Bei Ihnen zu Hause.«

»Kommt nicht in Frage. Sie sind mir hierher gefolgt, warum also nicht einfach hier? An einem neutralen Ort. Sagen wir um zehn Uhr?«

»Elf.«

»In Ordnung. Wie heißen Sie eigentlich?«

»Hören Sie, ich bin vielleicht nicht besonders schlau, aber so dumm nun auch nicht. Meinen Namen erfahren Sie nicht.« Sie trank ihr Wasser aus und schien für einen Moment zu überlegen, ob sie die Flasche, auf die es vermutlich Pfand gab, einpacken sollte.

»Sie klären das dann mit der Polizei?«

Claudia verstand nicht, was sie klären sollte, und schaute die Dunkelhaarige mit fragendem Blick an.

»Na ja, es ist doch Geld ausgesetzt. Für Hinweise.«

Claudia seufzte. Dumm war die Frau nicht. Sondern ausgesprochen geschäftstüchtig.

28.

Claudia überlegte, ob sie der Fremden folgen sollte, entschied sich aber dagegen. Deren Interesse an der Belohnung stellte absolut sicher, dass sie morgen pünktlich im Café erscheinen würde. Also zahlte Claudia und kehrte dann wieder zum Sendlinger Tor zurück. Wo sie schon einmal hier war, konnte sie auch gleich im Büro vorbeischauen. Vielleicht war Hendrik noch da, dann könnte sie ihm gleich von dieser neuen Spur erzählen. Ansonsten würde sie von dort Drews anrufen und ihm von der mysteriösen Frau berichten. Doch sie fand das Büro leer vor, alle waren schon ausgeflogen. Claudia schaute auf die Uhr. Erst kurz nach fünf.

Sie fuhr ihren PC hoch und wählte in der Zwischenzeit Drews Nummer. Die Mailbox sprang an. Sie überlegte kurz, entschied sich aber dann gegen eine Nachricht. Sie wollte etwas von seiner Reaktion mitbekommen, wenn sie ihre Neuigkeiten berichtete.

Ihr Mailpostfach quoll über. Rasch scrollte sie über die Kurzansicht, entdeckte wie immer viele Spamnachrichten, eine neue Pressemitteilung der Polizei und eine Mail von Buttler. Neugierig klickte Claudia die Nachricht an. Der Rechtsmediziner hatte sie in CC gesetzt und teilte das Ergebnis der Isotopenanalyse mit: Arielle hatte einige Jahre im Ausland gelebt, vermutlich in Rumänien. Die genaue Bestimmung der Gegend war nicht gelungen, denn es lagen keine passenden Vergleichsproben vor. Die letzten zwei Jahre hatte sie jedoch definitiv im Süden Deutschlands verbracht, jedoch auch dort unter eher schlechten Bedingungen, was die Ernährung und ärztliche Versorgung anging.

Claudia ließ sich gegen die Lehne fallen. Jetzt verstand sie gar nichts mehr. Der zeitliche Ablauf passte exakt mit Agatas Leben überein und lenkte den Verdacht erneut auf Frau Seidel. Aber wie passte die Dunkelhaarige in diese Geschichte hinein? Sie war definitiv keine Ausländerin, sprach lupenreines Deutsch. War sie vielleicht Aussiedlerin mit deutschstämmigen Vorfahren? Das wäre zumindest eine Möglichkeit.

Claudia versuchte es erneut bei Drews, erreichte wieder nur die Mailbox. Er hatte sicher ein längeres Meeting, um die Hinweise auf der Beerdigung auszuwerten. Verdammt!

Dann musste sie eben mit Hendrik sprechen. Kurzerhand druckte sie Buttlers Mail weg, fuhr ihren Computer runter und rief ein Taxi.

Eine halbe Stunde später hockte sie bei Hendrik auf der Terrasse. Wieder hatte er still dagesessen und ihr völlig konzentriert zugehört, während sie über die Frau und Buttlers Mail Bericht erstattete.

»Was meinst du dazu?«

»Schwer zu sagen. Glaubst du der Frau?«

»Keine Ahnung. Sie zog ein Taschentuch raus, schniefte ein wenig herum, erzählte dann aber ohne jede Emotion. Wirklich betroffen wirkte sie nicht. Natürlich könnte man argumentieren, dass sie als Leihmutter möglicherweise genetisch gar nicht mit dem Kind verwandt ist. Trotzdem hat sie es neun Monate in sich getragen, unter Schmerzen zur Welt gebracht. Davon merkte man jedoch nichts. Da war nur eiskaltes Kalkül.«

»Wie hätte sie denn deiner Meinung nach reagieren sollen, damit du ihr glaubst? Beschreibe es doch mal.«

Claudia überlegte. Irgendwie stellte sie sich eine Mutter, die ein Kind verkauft hat, anders vor. Immerhin hatte die das Kind doch in sich gespürt, hatte irgendeine Verbindung zu ihm gehabt. Sie musste sich hüten, bei diesem Gedanken nicht an ihren Bauch zu greifen, spürte aber deutlich die Narbe. Claudia mochte einfach nicht glauben, dass jemand ein Neugeborenes benutzte, um Geschäfte damit zu machen. Doch wahrscheinlich war die Dunkelhaarige selbst durch eine harte Schule gegangen, hatte kein leichtes Leben gehabt. Vermutlich gab es für jedes Verhalten irgendeine Erklärung. Sie zuckte schließlich resignierend die Schultern. »Da muss ich passen. Aber wieso fragst du?«

»Ich frage mich, was ein typisches Verhalten ist. Wer legt das fest? Ich hoffe, es ist nicht zu persönlich, wenn ich das sage, aber als du gestern erzählt hast, dass du nach der Beerdigung niemals mehr das Grab deiner Mutter besucht hast, konnte ich dein Verhalten zunächst auch nicht verstehen. Vor dem Hintergrund deiner Geschichte wurde mir dennoch begreiflich, warum du so gehandelt hast. Es ist immer eine Frage der Betrachtungsweise und des Charakters der handelnden Person.«

Betroffen schaute Claudia auf ihre Hände. Sie verstand, was er sagte. Nur wollte sie das eigentlich nicht hören. Weil sie heute am Friedhof ebenfalls gedacht hatte, dass ihr Handeln falsch gewesen war. So vieles in ihrem Leben. Dieses Recht musste sie dann auch der Dunkelhaarigen einräumen. In diesem Punkt hatte Hendrik sicher recht.

»Dennoch finde ich die Geschichte der Frau seltsam. Vor allem den Zeitpunkt, an dem sie sich zu Wort gemeldet hat«, räumte er ein.

»Vielleicht hat die Beerdigung das ausgelöst. Die Vorstellung, dass ihr eigenes Kind nun namenlos in der Erde liegt.«

»Hast du nicht gesagt, sie sei schon am Vorabend vor deiner Tür aufgetaucht?«

»Genau. Da war Arielles Beerdigung am Morgen in der Zeitung angekündigt worden. Die Pressemitteilungen gingen laut Drews am Samstag raus.«

Hendrik nickte und strich sich durch seine kurzen Haare.

Wenn er das tat, konnte man unter seinen Stirnfransen Geheimratsecken erkennen. Claudia musste lächeln. Sie mochte Menschen mit kleinen Makeln. Gerade wegen dieser kleinen Brüche in der sonst so perfekten Schale. »Das alles erklärt immer noch nicht den Zusammenhang mit Rumänien«, konstatierte er nach einer Weile.

»Und wenn doch Familie Seidel irgendwie mit drinsteckt?«

»Meinst du? Aber wo soll da die Verbindung sein?«

»Keine Ahnung. In jedem Falle muss ich heute noch Steffen sehen, um ihm von der Frau zu erzählen.«

»Dann fahr doch bei ihm im Präsidium vorbei. Ich kann dich auch gerne hinbringen, wenn du magst.«

»Nein, nein, lass mal. Nach Hause reicht völlig.« Claudia wollte ihn nicht noch einmal mit Beschlag belegen, denn er würde es sich dann sicher nicht nehmen lassen, auf sie zu warten. Sie wollte nicht noch mehr Eifersucht bei Drews schüren. Außerdem musste auch Hendrik irgendwann mal freihaben und brauchte vielleicht auch ein wenig Zeit, um ihre Geständnisse zu verdauen.

Claudia hatte mit Blick auf die Uhr einen Umweg am »Jenseits« vorbei in Kauf genommen. Sie wollte sicherstellen, dass Drews nicht gerade dort war, um schnell etwas zu essen. Aber statt seines Autos parkte dort Annis. Siedend heiß fiel ihr der Anruf bei Anni in der vergangenen Woche ein, der noch immer unbeantwortet geblieben war. Claudia schämte sich zutiefst, dass sie über den Fall scheinbar alles um sich herum vergessen hatte. Sie musste einfach wissen, wie es Anni ging, denn diese lange Funkstille war völlig untypisch für ihre sonst so gut organisierte und zuverlässige Kollegin. An diesem Abend würde ohnehin niemand mehr die Fingerabdrücke auf dem Heft prüfen. Claudia parkte direkt hinter Annis Golf, um auf einen Sprung ins »Jenseits« zu gehen und mit Anni zu sprechen. Zuvor versuchte sie noch mal, Drews zu erreichen, aber sie bekam wieder nur die Mailbox. Sie schrieb ihm eine SMS, wo sie sei, und bat ihn, sich kurz zu melden, falls er nicht ohnehin in der Kneipe vorbeikommen wolle.

Anni saß mit ihrem Sohn Max an einem der Tische. Er beugte sich über einen Teller Bolognese, den Mund von Soße verschmiert. Als er Claudia sah, ging ein Strahlen über sein Gesicht, und er winkte ihr erfreut zu. Max war schon öfter bei Claudia geblieben, wenn Anni am Abend wegwollte, und sie hatten immer schon einen guten Draht zueinander gehabt. Was seltsam war, denn Claudias Erfahrung mit Kindern war bis dahin gleich null gewesen, deshalb bemühte sie sich immer, wenn er kam, ihm etwas Tolles zu bieten. Anni hatte mal angedeutet, dass Max das sehr mochte und sie einfach cool fände.

Anni steckte gerade ihr Handy weg und begrüßte Claudia mit einem flüchtigen Küsschen auf die Wange. Danach wuschelte sie ihrem Sohn durch die Haare und sagte: »Das war vielleicht ein Tag heute! Ich bin einfach zu nichts gekommen. Und da mir dieser junge Herr hier momentan die Haare vom Kopf frisst, sind wir kurz eingekehrt. Ich will ja nicht, dass er vom Fleisch fällt.«

»Das sieht aber auch wirklich sehr lecker aus. Darf ich mal probieren?«, fragte Claudia, woraufhin Max ihr sofort freudig seine Gabel entgegenstreckte. Lächelnd nahm sie das Angebot an. Sie beneidete Anni um ihren Sohn. Die beiden bildeten eine eingeschworene Gemeinschaft, waren immer fröhlich und genossen das Leben. »Schmeckt super, Max! Ich glaube, das nehme ich auch. Kommt deins noch, Anni?«

»Was? Nein, nein. Ich habe nichts bestellt. Hatte keinen Hunger.«

Mit einem Schulterzucken gab Claudia der Bedienung ein Zeichen, dass sie ihr ebenfalls einen Teller Spaghetti bringen solle.

»Alles in Ordnung bei dir?«, fragte Claudia besorgt.

»Klar. Ich habe nur gerade einen fetten Auftrag. Ich soll

das Buch einer berühmten Persönlichkeit übersetzen. Dafür gibt es dieses Mal richtig gutes Geld. Nur viel Zeit hat man mir dafür nicht eingeräumt. Sie ist wirklich toll und führt ein spannendes Leben, kann nur leider nicht so großartig schreiben. Das ist eine echte Sisyphosarbeit, sage ich dir.«

»Warst du deshalb diese Woche nicht im Büro?«

Anni nickte, zupfte sich nervös am Ohrläppchen, dann lächelte sie Max an, der seinen Teller bereits leer gegessen hatte. Eine Antwort blieb sie Claudia jedoch schuldig und trällerte stattdessen: »Prima, Schatz, können wir dann?«

Claudia schaute verwirrt. »Wollt ihr schon los?«

Anscheinend hatte Anni ihre Frage nicht gehört, denn sie war bereits mit ihrem Geldbeutel auf die Bedienung zugegangen, um zu zahlen. Irritiert schaute Claudia hinter ihrer Kollegin her. Sie verhielt sich ausgesprochen seltsam. Als hätte er ihre Gedanken gelesen, meldete sich Max zu Wort: »Keine Ahnung, was mit ihr ist«, sagte er. »Sie ist schon ein paar Tage so. Wird schon wieder, wenn erst das Buch weg ist.«

Sie hätte ihm am liebsten durch die Haare gewuschelt, hielt sich aber zurück. »Und du?«, fragte sie ihn sanft. Dann gab sie sich einen Ruck. Sie wollte etwas ändern. Jetzt war die beste Gelegenheit dazu. »Wenn was ist, meldest du dich, versprochen? Wir können gerne mal vor dem Fernseher abhängen, wenn deine Mama keine Zeit hat.«

»Passt schon. Nur noch drei Wochen, dann sind Ferien.«

»Habt ihr was geplant?«

»Mama sagt, wir lassen das auf uns zukommen. Aber mit Papa fahre ich weg. Zum Tauchen. Das wird sicher voll cool. So richtig mit Flasche.«

Anni war schon wieder an den Tisch getreten.

»Kommst du?«, wandte sie sich an Max. »Sorry, Claudia, aber ich muss wieder an den Schreibtisch. Du kennst das ja: Manchmal brennt es. Wenn ich durch bin, dann melde ich mich, und wir reden, ja?«

»Machen wir! Einen schönen Abend wünsche ich euch!«

Zack, und weg waren sie. Claudia fühlte sich wie nach einer kalten Dusche. Es war nicht allein das, was Anni gesagt hatte, oder ihre kühle Reaktion auf Claudias Erscheinen, sondern ihr gesamtes Auftreten. Anni wirkte völlig aufgekratzt, strahlte eine nervöse Energie aus. Etwas war bei ihr ganz und gar nicht in Ordnung, und Claudia befürchtete, dass die Ferienplanung von Max durchaus etwas damit zu tun haben könnte. Sie griff zu ihrem Handy und setzte eine Notiz in ihren Kalender, dass sie sich bei Anni melden müsse. Was sie dieses Mal nicht einfach unterlassen würde.

»Guten Abend, schöne Frau«, raunte ihr jemand ins Ohr.

Erschrocken fuhr sie zusammen.

»Steffen! Kannst du dich nicht ein einziges Mal normal benehmen?«

Er grinste breit und setzte sich ihr gegenüber hin. Die Bedienung brachte ihr Essen, begrüßte den Kommissar und wollte seine Bestellung aufnehmen.

»Am liebsten würde ich das hier nehmen. Ich muss gleich wieder weg und habe heute noch nichts gegessen.« Er schaute Claudia mit seinem schlimmsten Dackelblick an.

»Na schön!«, gab sie nach. »Dann bring mir noch mal das Gleiche. Und eine Johannisbeerschorle.«

»Gute Idee! Die nehme ich auch!« Und an Claudia gewandt: »Danke dir. Ich sterbe vor Hunger! Nach der Beerdigung haben wir eine zweistündige Sitzung gehabt. Aber du wolltest etwas? Warum hast du angerufen?«

Er rollte ein riesiges Nudelnest auf seine Gabel und kaute genüsslich. Claudia kam nicht umhin, eine gewisse Ähnlichkeit mit Max festzustellen. In manchen Situationen wirkten Männer wirklich, als würden sie nie erwachsen. Sie hatten vermutlich nur Glück, dass Frauen zumeist eine Schwäche für Kinder hatten.

»Eine Frau hat mich kontaktiert und behauptet, sie sei die

Mutter von Arielle. Sie verdient sich Geld als Leihmutter und hat wohl schon mehrere ihrer Babys an kinderlose Paare abgegeben.«

Drews nahm die Serviette, wischte sich den Mund ab und schaute Claudia erstaunt an.

»Und warum meldet sie sich erst jetzt?«

»Aus Angst? Immerhin hat sie sich wegen dieser Sache strafbar gemacht. Sie war heute bei der Beerdigung. Vielleicht hat das bei ihr etwas ausgelöst, das sie dazu brachte, mich anzusprechen.«

»Wie heißt sie denn?«

»Das wollte sie mir aus verständlichen Gründen nicht sagen. Immerhin weiß sie, dass das alles andere als legal ist.«

»Und wieso hat sie Kontakt zu dir aufgenommen? Warum ist sie nicht gleich zu uns gekommen?«

»Wenn sie Angst vor einer Verhaftung hatte, wundert es mich nicht, dass sie lieber zu mir kam«, antwortete sie. War es so erstaunlich, dass die Frau Vertrauen zu ihr hatte? Immerhin hatte sie Claudia erst einmal vor der Tür und auf dem Friedhof beobachtet und sich nicht sofort an sie gewandt. Irgendwie machten Drews Bemerkungen sie zunehmend sauer, dennoch versuchte sie sachlich zu bleiben: »Sie stand bereits gestern vor meiner Tür, kurz bevor wir uns getroffen haben. Da wirkte sie allerdings wie eine Betrunkene auf mich, deshalb habe ich sie einfach stehen lassen und habe nicht auf ihr seltsames Gebrabbel reagiert. Aber als sie heute auf der Beerdigung auftauchte, erinnerte ich mich gleich an das Gesicht und habe sie angesprochen.«

»Sehr gut! Dann haben wir sie sicher auf einem der Fotos drauf und können über die Gesichtserkennung versuchen herauszufinden, wer sie ist. Wir sind noch nicht mit allen durch, vielleicht haben wir auch schon was. Ich prüfe das gleich, wenn ich im Büro bin.«

»Den Aufwand kannst du dir sparen. Ich treffe sie morgen

wieder. Um elf Uhr. Sie bringt zu dem Termin Fotos mit, die beweisen, dass Arielle ihre Tochter ist.«

»Willst du nicht zuerst wissen, mit wem du dich da triffst? Vielleicht ist sie die Kontaktfrau dieser Schlepper. Sie brauchen definitiv jemand, der hier unauffällig Verbindungen für sie knüpft.«

Claudia hielt die Frau zwar für gefühllos und berechnend, aber sie schien ihr weder ausreichend clever noch abgebrüht genug, um sich in diesem knallharten Geschäft zu behaupten. »Ich weiß ohnehin nicht, wie ihre Geschichte mit Buttlers Ergebnissen zusammenhängt. Das macht die Sache für mich völlig undurchsichtig.«

»Das könnte ich dir vielleicht beantworten, wenn ich wüsste, wer die Frau ist. So wird das schwierig.« Er raufte sich die Haare. »Wie dieser ganze verdammte Fall. Staatsanwalt Mainauer wirft uns vor, wir hätten nicht gründlich und schnell genug gearbeitet.«

»Du weißt selbst, dass das nicht stimmt. Ihr steht alle unter Druck, und da versucht gerne einer dem anderen die Schuld in die Schuhe zu schieben. Nimm dir das nicht so zu Herzen.«

»Schon. Aber jetzt läuft alles auf Hochtouren, Interpol hängt mit drin, und wir kriegen dank Buttlers Ergebnissen jetzt auch Unterstützung von der rumänischen Polizei. Trotzdem fehlt einfach dieser eine entscheidende Hinweis, der die Aktivitäten in die richtige Richtung lenkt. Dadurch, dass das Mädchen schon eine Weile hier im Land war, glaube ich allerdings auch nicht, dass wir in den alten Vermisstenanzeigen der rumänischen Kollegen fündig werden.«

»Zumal wenn es dort Familien gibt, die ihre Kinder privat nach Deutschland vermitteln lassen.« Wieder dachte Claudia an Frau Seidel. Aber sie zögerte noch, erneut mit der Geschichte anzufangen. Sie kam sich schon selbst vor wie ein Kaugummiautomat, der immer wieder dieselbe Kugel ausspuckte, um dann endlos auf ihr herumzukauen.

»Baby-Shopping ist leider ein weltweites Problem. Die Nachfrage im Menschenhandel steigt stetig. Solange es immer mehr Menschen gibt, die nicht wissen, wovon sie leben sollen, und andere, die im Geld schwimmen, werden wir mit diesen Dingen zu kämpfen haben. Grob vereinfacht ausgedrückt.«

»Für mich hängt das weniger mit Geld als mit fehlender Moral zusammen. Diese Frau heute, die hatte ganz sicher kein gutes Leben. Ich glaube, sie hat sich nie gefragt, ob es richtig oder falsch ist, was sie tut. Mir schien, für sie war die Leihmutterschaft einfach ein Ausweg aus ihrer eigenen Misere. Sie hatte zwar Angst vor der Polizei, aber die Not überwog anscheinend.«

Ganz anders als Frau Seidel, fiel Claudia wieder ein. Die hatte unter ihrem Versagen gelitten.

Sogar nach zwei Jahren noch.

»Könntest du mir einen Gefallen tun?«, fragte Claudia nachdenklich.

»Jeden!«, sagte er ohne Umschweife.

Sie musste lächeln. Das meinte er, genauso, wie er es sagte. Vermutlich war das der Grund, warum sie ihm nie lange böse sein konnte.

»Das Heft. Kannst du vielleicht doch …?«

»Gib schon her!« Er hielt die Hand auf, und sie übergab ihm die Tüte. »Du hängst noch immer an dieser Geschichte?«

Sie nickte. »Wieder. Immer noch.« Claudia zuckte die Schultern. Sie konnte einfach nicht anders. Es war mehr als nur journalistische Neugier. Agatas Geschichte berührte sie. »Auch dieses Mädchen hatte ein schreckliches Schicksal. Sie war noch so klein, vollkommen alleine, von den Eltern in ein fremdes Land verkauft. Das berührt mich einfach. Ich weiß, dass ich mehr professionellen Abstand zu der Geschichte haben müsste. Aber irgendwie …« Sie zögerte. »Außerdem passen die Daten exakt zu denen aus Buttlers Analyse. Bis auf die Tatsache, dass dieses Mädchen nach Rumänien zurückmusste.«

»Und wenn sie erneut vermittelt wurde und gar nicht zu ihren Eltern zurückkam? Es ist schon ein merkwürdiger Zufall, da hast du recht. Vielleicht bitte ich einfach mal die rumänischen Kollegen, dieser Vermittlerin auf den Zahn zu fühlen. Ihr Geschäft ist sicher alles andere als legal.«

»Wenn ich zu Hause bin, schicke ich dir sofort die Nummer der Vermittlerin.«

»Ich kann auch schnell mitkommen und sie mir holen.«

Claudia verdrehte die Augen, nahm ihr Glas und stieß mit ihm an. An Hartnäckigkeit mangelte es Drews jedenfalls nicht.

»Der heutige Abend ist doch netter als der gestrige. Lass es gut sein, ja?«

»Wenn es sein muss. Aber falls du deine Meinung nach dem Essen änderst …«

»Steffen, du redest eindeutig zu viel.«

Grinsend beugte er sich zu ihr über den Tisch.

»Bei dir zu Hause würde mir schon etwas einfallen, wobei ich weniger rede.«

»Einspruch! Ich habe heute Abend noch eine Reportage zu schreiben, Herr Kommissar. Und außerdem dachte ich, der Herr hätte keine Zeit. Oder wollten Sie sich nur meine Spaghetti unter den Nagel reißen?«

Claudia lief mit neuem Elan die Treppe hoch. Sie wollte gleich mit der Arbeit an ihrem Text beginnen. Endlich lief es mit Steffen so, wie sie es sich von Beginn an gewünscht hatte. Sie seufzte. Überhaupt fühlte sich alles leichter an, seit sie sich Hendrik gegenüber geöffnet hatte. Sie hatte endlich ihre Scham überwunden. Nach all den Jahren des Schweigens. Sie seufzte und dachte an den Brief, den sie seit damals nicht mehr angefasst hatte, der mit »Mein Mädchen« begann.

Als sie gerade ins Schlafzimmer gehen wollte, fiel ihr der blinkende Anrufbeantworter ins Auge.

»Nur für den Fall, dass dir heute nicht nach Alleinsein ist: Ich habe einen Zweitschlüssel unter dem zweiten Blumenkübel rechts deponiert.«

Claudia warf dem Anrufbeantworter eine Kusshand zu. Hendrik war einfach zu gut für diese Welt. Sie hörte, wie er sich nach einer kurzen Pause räusperte und dann fortfuhr: »Außerdem kam mir vorhin noch ein Gedanke zu deinem Fall: Hast du eigentlich den Pfarrer in Engelthal überprüft? Wie ist überhaupt sein Kontakt zu der Person zustande gekommen, die den Diavortrag hielt? Das wollte ich nur noch kurz anmerken. Schönen Abend noch!«

Gute Frage. Sie konnte Hendrik keine Antwort darauf geben. Vielleicht lag die Antwort doch in dem Dorf. Sie musste Drews gleich die Nummer der Vermittlerin mitteilen, danach würde sie ein wenig über den Pfarrer recherchieren. Ihre eigenen Probleme mussten vorerst warten.

Sie nahm sich die Liste der Telefondaten vor und fand sofort die rumänische Nummer. Dann blätterte sie etwas weiter und suchte das Datum, an dem Agatas Rückkehr nach Rumänien stattfinden sollte, um die Nummer noch einmal abzugleichen. Sie stutzte. Kontrollierte die Nummerierung der Seiten. Keine fehlte.

»Oh, Kater, ich bin so eine Idiotin!«, rief sie Dreibein zu, der sich an ihre Wade schmiegte. »Wieso habe ich das eigentlich noch nie überprüft?«, machte sie ihrem Ärger Luft, was Dreibein mit einem lauten Miauen kommentierte, das allerdings kein Zeichen der Zustimmung, sondern vielmehr des Hungers war. Fassungslos starrte sie den Kater an. Sie war wirklich nicht bei der Sache. Machte Anfängerfehler. Das ging so nicht weiter. Was war nur mit ihr los?

Wie elektrisiert ging sie in die Küche, öffnete eine Dose Katzenfutter und gab den Inhalt in Dreibeins Schüssel auf seinem Fressplatz. Schnurrend machte sich das Tier darüber her. Claudia sah ihm zu, durchforstete noch einmal ihre Erinnerung. Ines Seidel hatte gesagt, sie habe die Vermittlerin angerufen, um Agata nach Rumänien zurückzuschicken. Akribisch ging sie die Nummern durch. Ihr Verdacht bestätigte sich: Es waren Auslandstelefonate nach Rumänien geführt worden – jedoch nur zu dem Zeitpunkt, bevor Agata zu Familie Seidel gekommen war. Danach nie wieder. Um wirklich ganz sicher zu sein, ging sie noch einmal die Nummern durch und ließ verblüfft die Aufstellung sinken. Ein ganzes Jahr lang nicht. Also hatte Frau Seidel eindeutig gelogen.

Aber was steckte dahinter? Die Jungs waren ihr von Anfang an wegen ihres unangenehmen Gebarens und der Gerüchte im Dorf aufgefallen. Hatten vielleicht die drei etwas mit Agatas Verschwinden zu tun? Deckte Frau Seidel mit dieser Lüge etwa ihre leiblichen Kinder? Oder hatte Hendrik recht?

Wie dem auch sei – Claudia wusste nun, wohin sie sich als Nächstes auf den Weg machen würde.

29.

Bereits eine halbe Stunde vor der vereinbarten Zeit war Claudia im Café Mozart, saß wie verabredet an demselben Tisch wie am Vortag. Sie hatte bereits eine gepackte Tasche im Auto verstaut, um gleich nach dem Gespräch wieder Richtung Nürnberg zu fahren. Dieses Mal würde sie Engelthal erst wieder verlassen, wenn sie herausgefunden hatte, was an Agatas Geschichte nicht stimmte. Aber zuvor hatte sie sich vorgenommen, die Dunkelhaarige zu einer Aussage bei der Polizei zu bewegen.

Ihr Tablet lag vor ihr. Sie nutzte die Zeit, um den Pfarrer näher unter die Lupe zu nehmen. Sein vertraulicher Umgang mit Frau Seidel war doch sehr auffällig gewesen. Wie nahe standen sich die beiden wohl? Als evangelischer Pfarrer stand ihm zwar im Grunde nichts im Wege, wenn er sich in die Frau verliebt hätte. Dennoch irritierte sie der Umgang der beiden, und sie fragte sich, was wohl Herr Seidel dazu sagte.

Sie gab »Gemeinde Engelthal« in die Suchmaschine ein und fand sofort den Namen des Pfarrers: Thomas Weidenknecht. Er betreute nicht nur die Gemeinde, sondern war auch für seelsorgerische Aufgaben im Dekanat, unter anderem in der am Ort gelegenen Frankenalbklinik zuständig. Interessant. Dazu wollte sie gerne mehr wissen. Eine erneute Eingabe führte sie zu einem Interview, das mit dem Pfarrer vor seinem Amtsantritt in Engelthal geführt worden war. In dem Artikel ging es um seine Zeit als Militärpfarrer in Afghanistan und die Schwierigkeiten, die aus einem solchen

Auslandseinsatz resultieren. Er beschrieb die seelischen Probleme genauso wie die gesundheitlichen, die allein schon aufgrund der Lage des Ortes in 1800 Metern Höhe wie auch durch die dort üblichen Temperaturen entstanden, die in Kabul im Juli bei durchschnittlich 35 bis 40 Grad liegen. Weiterhin ging es um den Gottesdienst beim Militär und die tägliche Arbeit in Afghanistan. Claudia hatte noch nie mit einem Menschen zu tun gehabt, der in solchen Situationen als Helfer tätig war. Natürlich wusste sie, dass viele Seelsorger bei Unfällen, Umweltkatastrophen oder Militäroperationen Unterstützung anboten. Wie ein solcher Einsatz genau funktionierte, hatte sie sich jedoch nie überlegt und war deshalb gefesselt von dem Foto, das Weidenknecht vor einem großen Kreuz bei einer Predigt vor uniformierten Soldaten zeigte. Auf diesem Bild sah sie ausschließlich Männer. Völlig anders als in Engelthal, wo nach ihrem Eindruck die meisten Kirchgänger weiblich waren. Was hatte ihn wohl zu diesem Wechsel veranlasst, der grundlegend andere Anforderungen an ihn stellte? Ein halbes Jahr hatte er in Kabul verbracht, bevor er vor etwas mehr als zwei Jahren diese Gemeinde übernahm. War das sein erster Auslandseinsatz, oder war er zuvor schon in anderen Kriegsgebieten gewesen? Rasch rief sie die Seite der Bundeswehr auf. Auch heute noch war die größte Truppenstärke deutscher Soldaten in Afghanistan stationiert. Die zweitgrößte im Kosovo. Das an Serbien grenzte – und das wiederum an Rumänien. Gespannt versuchte es Claudia mit dem Namen des Pfarrers zusammen mit dem Schlagwort Kosovo. Kein Eintrag. Schade. Nur ein drei Jahre alter Artikel fiel ihr bei der Auflistung der Suchmaschine ins Auge: Es ging um die Abschiebung von Roma in den Kosovo. Ihr lief eine Gänsehaut über den Rücken. Auch Agata hatte zu dieser ethnischen Bevölkerungsgruppe gehört.

Claudia überflog den Artikel, als eine Person an ihren Tisch trat. Sie war so auf ihre Recherche konzentriert gewesen, dass sie gar nicht gemerkt hatte, wie sich die Dunkelhaarige genähert hatte.

»Sie sind gekommen! Schön. Einen Moment, ich bin gleich fertig.« Sie setzte bei dem Artikel ein Lesezeichen und schaltete das Gerät aus.

»Haben Sie das Geld?«, fragte die Dunkelhaarige, noch bevor sie sich setzte.

Claudia war erstaunt über die unverfrorene Art, mit der die Frau ihre Forderungen stellte. Sie schien mächtig unter Druck zu stehen, wenn sie so mit der Tür ins Haus fiel. Oder sie war schlicht unverschämt. Claudia musterte die Fremde, während sie ihr Tablet in die Tasche schob. Sie trug heute eine Baseballkappe, Shirt und Cargohose. Ihre gesamte Kleidung war in Schwarz gehalten, was sie noch blasser wirken ließ. Der Ton ihrer Haut war beinahe bläulich. Claudia drängte sich die Vorstellung auf, wie die junge Frau den ganzen Tag mit ihrem dicken Bauch und einer Tüte Chips auf dem Sofa vor dem Fernseher verbrachte, das nächste Kind ausbrütend, das für einige Monate ihr Leben finanzieren würde. Mit einem Mal ekelte sie sich vor dieser Person. Sie hoffte, die Dunkelhaarige würde ihr nicht anmerken, wie sie über sie dachte, und versuchte eine neutrale Miene aufzusetzen. Zumindest so lange, bis sie die Fotos in der Hand hielte.

»Möchten Sie sich nicht erst einmal setzen?«

Die Fremde zögerte, schaute unter ihrem Pony durch, der aufgrund der Kappe einen noch dichteren Vorhang bildete.

»Gut. Aber nur kurz.«

Claudia sah, dass die Bedienung auf ihren Tisch zusteuerte, und bestellte einen Cappuccino mit einem Glas Wasser und nickte der Dunkelhaarigen zu, die daraufhin eine Cola orderte. Als die Bedienung sich entfernte, kam Claudia gleich zur Sache: »Sie haben die Fotos dabei?«

Die Dunkelhaarige glotzte sie weiter an, schwieg aber.

»Wir hatten doch eine Abmachung. Erinnern Sie sich? Sie wollten die Fotos mitbringen.«

»Das habe ich nicht gesagt.«

Claudia stutzte.

»Sie wollten, dass ich sie mitbringe. Ich habe nur gesagt, dass ich mir Fotos schicken ließ.«

»Wollen Sie mich eigentlich für dumm verkaufen? So funktioniert das nicht. Sie erzählen mir eine ausgefallene Geschichte, ohne Namen, ohne Beweise. Und dafür wollen Sie eine Belohnung erhalten?«

Die Bedienung brachte die Getränke, und Claudia war kurz davor zu explodieren, als die Frau um einen Strohhalm für ihre Cola bat. Sie war keineswegs unsicher, sondern schien das Spiel sogar zu genießen. Gestern hatte Claudia ihr Glauben geschenkt, aber jetzt sah sie die Frau plötzlich mit anderen Augen: Sie wirkte wie ein Schmarotzer, wie jemand, der sich gerne an anderen bereichert. Eine Mentalität, die Claudia hasste wie die Pest. Nur mit Mühe konnte sie sich beherrschen, die Frau nicht anzublöken.

»Also, bevor wir hier weiter unsere Zeit verschwenden. Was haben Sie für mich? Ich habe heute nämlich noch eine Menge zu tun und würde gerne wissen, wie es hier weitergeht.«

»Ich habe einen Namen.«

»In Ordnung. Und wie lautet der?«

»Es ist der Name von dem Kind. Sie suchen doch einen Hinweis auf dessen Identität, oder?«, wich die Dunkelhaarige aus.

»Stimmt. Also?«

»Sie heißt Agata. Ohne ›h‹.«

Claudia hielt den Atem an, versuchte die Fassung zu wahren.

»Und wie weiter?«

Die Dunkelhaarige stieß Luft durch die Zähne aus. »Gute Frau, das müssen Sie schon selbst herausfinden. Denken Sie, die Leute zeigen mir ihre vollständigen Papiere, oder was? Die Treffen finden immer bei mir in der Wohnung statt. Ich überprüfe da auch nichts. Ich will möglichst wenig mit den Abnehmern zu tun haben. Keine Anrufe, keine Mails, so wenig Beweise wie möglich. Ich habe eine Hebamme gefunden, der ich einen Teil des Geldes zahle. Die Entbindung mache ich zu Hause, und bisher ist das auch immer gut gelaufen. Wissen Sie, die haben genauso viel Panik wie ich, dass das Ganze auffliegt. Und dann wäre nix mehr mit einem Baby und so.«

»Und diesen Leuten geben Sie trotzdem Ihr Kind? Ohne zu wissen, was das für Menschen sind und was das Baby bei ihnen erwartet?«

»Na und? Wenn die so viel Geld haben, um ein Baby zu kaufen, wird es dem Kind da auf jeden Fall besser gehen als bei mir oder in irgendeinem Heim. Außerdem: Ich wurde auch nie auf Rosen gebettet. Sie sind genau wie meine Mutter, die mir Vorträge darüber hält, dass ich mich schämen soll. Dabei war sie es, die mich rausgeschmissen hat, die dumme Kuh.«

Die Frau sog gierig an ihrem Strohhalm. Mit einem Mal stand ihr ihre Geschichte deutlich ins Gesicht geschrieben. Dennoch empfand Claudia kein Mitgefühl mit ihr. Vielmehr stieß sie die Skrupellosigkeit dieser Frau immer mehr ab.

»Dann verraten Sie mir doch einfach, welcher Arzt den reproduktionsmedizinischen Eingriff durchgeführt hat, dann suche ich den auf und führe mit ihm ein Gespräch.«

Die Dunkelhaarige zuckte nur die Schultern.

»Oder sagen Sie mir wenigstens, wann genau Sie das Kind zur Welt gebracht haben.«

»Wozu? Ich habe Ihnen den Namen genannt. Das muss ja wohl reichen.«

»Einen Vornamen. Damit kann ich wohl kaum feststellen, wo das Mädchen gemeldet ist oder wohin es gehört.«

»Das ist nicht mein Problem.« Sie schob das Kinn vor,

schlug die Beine übereinander und wippte herausfordernd mit dem Fuß. Die Frau log. Jetzt war sich Claudia hundertprozentig sicher.

»Oh doch, meine Liebe. Das *ist* Ihr Problem. Wenn Sie mir nicht *irgendetwas* liefern, das Ihre Geschichte bestätigt, einen Mutterpass, Fotos oder eine konkrete Adresse, dann melde ich Sie der Polizei.« Als die Dunkelhaarige darauf nicht reagierte, entschied sich Claudia für einen Bluff. Die Angst vor Strafe war das Einzige, was die Frau immer wieder durchblicken ließ. Rasch zog Claudia ihr Tablet aus der Tasche. »Und ich habe unsere Unterhaltung hier mitgeschnitten. Zusammen mit den Fotos, die die Ermittler gestern bei der Beerdigung gemacht haben …«

»Scheiße! Sie haben mich reingelegt!« Die Frau schob ihre Mütze zurück, wischte sich den Schweiß weg und rieb mit ihren Handflächen über beide Oberschenkel, sagte dann ruhiger: »Bitte keine Bullen. Bitte!«

»Sie haben mich also dreist angelogen?«, ließ Claudia nicht locker.

Wie ein gefangenes Tier in der Schlinge wand sich ihr Gegenüber, bevor es antwortete.

»Hören Sie. Ich brauche einfach Geld. Ich bin jetzt erst im zweiten Monat und … na ja, ich habe gehofft … die Belohnung, damit tue ich doch niemandem weh.«

»Woher haben Sie den Namen?«

»Sie sind am Sonntag einfach ohne ein Wort an mir vorbeigerauscht. Montag war ich wieder bei Ihnen. Sie hatten das Auto geparkt, und da lag dieses Heft auf dem Sitz. So eine Schrift haben nur kleine Kinder …«

Claudia starrte die Frau an. »Verschwinden Sie! Ganz schnell. Und wagen Sie es ja nicht, noch einmal Kontakt zu mir aufzunehmen!«

Die Dunkelhaarige rannte aus dem Lokal, die Bedienung stellte sich ihr in den Weg, wollte sie vermutlich abkassieren, aber Claudia machte eine Geste, dass sie die Bezahlung übernehmen würde.

Es war unfassbar. Für manche Menschen war die Welt nur ein großer Discounter, in dem man sich einfach nehmen konnte, was man wollte. Sie schrieb eine Mail an Steffen, dass er die Spur mit der Leihmutter vergessen könne. Hendrik und Celina ließ sie eine Nachricht zukommen, dass sie heute nicht ins Büro kommen würde, sondern bereits auf dem Weg Richtung Nürnberg sei, um dem Pfarrer in Engelthal auf den Zahn zu fühlen.

30.

Erneut stand Claudia wegen einer Baustelle lange auf der A9 im Stau, dann hatte es zu allem Überfluss einen Starkregen gegeben, der sie dazu zwang, eine weitere Rast einzulegen. Claudia hasste diese Wärmegewitter, die ihr immer ein wenig Angst machten – erst recht, wenn sie im Auto saß. Sie musste sich immer wieder daran erinnern, dass sie in dem Wagen sicher war. Es fühlte sich nur nicht so an. Als sie schließlich den Hof der Seidels bei Engelthal erreichte, traf sie niemanden dort an.

Da der Nachmittag schon fortgeschritten war, wollte sie zunächst sicher sein, über Nacht ein festes Dach über dem Kopf zu haben. Sie fuhr in den Ort und stellte mit Enttäuschung fest, dass der Gasthof am Dienstag geschlossen war. Ruhetag. Doch zu ihrem Glück kam das junge Mädchen, das ihr beim letzten Mal die Adresse der Lehrerin gegeben hatte, gerade aus dem Gasthof. Sie bot Claudia an, sie ausnahmsweise in das Zimmer vom Wochenende einzubuchen, nur müsse sie sich selbst versorgen. Das sagte Claudia gerne zu, brachte rasch ihre Tasche aufs Zimmer und brach unmittelbar zur Kirche auf. Sie hoffte, heute wenigstens noch den Pfarrer anzutreffen.

Der Innenraum des Gotteshauses war nach dem Gewitterregen empfindlich kalt. Trotzdem entdeckte sie in der ersten Reihe eine ältere Frau, die mit gebeugtem Kopf in ihr Gebet vertieft war. Sonst war niemand zu sehen. Claudia ärgerte sich, dass sie nicht von unterwegs einen Termin vereinbart hatte. Im Auto hatte sie gar nicht über diese Möglichkeit nachgedacht, denn sie brauchte noch einige Zeit, um das Gespräch mit der Dunkelhaarigen zu verarbeiten. Noch immer mischten sich ihre eigenen Gefühle mit denen, die ihre Recherchen auslösten. In Ermangelung eines Gesprächspartners hatte sie wütend vor sich hin geschimpft, bis sie fühlte, dass sie sich wieder entspannte. Das war wichtig, denn sie musste auf der Hut sein. Dieses Mal wollte sie sich keinen Fehler erlauben.

Sie trat gerade in den grünen Innenhof, um das Pfarramt anzurufen, als sie Pfarrer Weidenknecht in Jeans und Sweatshirt zu einem anderen Gebäude gehen sah. Sie folgte ihm rasch, aber er lief so schnell, dass sie fürchtete, ihn zu verlieren, deshalb rief sie laut seinen Namen.

Er drehte sich um und schaute sie keineswegs überrascht an. Eher so, als hätte er sie erwartet. Er blieb stehen, bis Claudia zu ihm aufgeschlossen hatte, und streckte ihr die Hand entgegen

»Guten Tag, Frau Brandes! Ich schätze, Sie sind nicht wegen meiner Predigt hier.« Sein Händedruck war kräftig. Er hatte einen athletischen Körper, wirkte vital und hatte ein charmantes Lächeln aufgesetzt. Claudia sah nun einen Grund mehr, warum so viele Frauen regelmäßig in Weidenknechts Gottesdienst kamen.

»Können wir vielleicht irgendwo in Ruhe miteinander sprechen?«

»Gerne, allerdings nicht lange. Ich erwarte gleich eine Gruppe von Konfirmanden zum Unterricht. Kommen Sie doch mit in mein Büro.«

Sie bogen um eine weitere Kurve und befanden sich vor einem lang gestreckten zweistöckigen Bau mit braunen Klappläden. Claudia mochte die Atmosphäre solcher Gebäude. Sie folgte dem Pfarrer über die dunklen, knarrenden Dielen in sein Büro, das einen wunderbaren Blick auf den Innenhof freigab. Es war sehr modern eingerichtet. Lediglich das Kreuz an der Wand erinnerte an den kirchlichen Hintergrund. Weidenknecht bat sie, Platz zu nehmen, holte eine Flasche Mineralwasser aus einem der Schränke und stellte zwei Gläser bereit.

»Um 15.30 Uhr muss ich bei der Gruppe sein. Also, Frau Brandes, womit kann ich Ihnen weiterhelfen?«

»Sie hatten erzählt, dass der Diavortrag damals über Sie organisiert wurde. Kannten Sie die vortragende Person, oder wie war der Kontakt zustande gekommen?«

»Daran erinnere ich mich nicht mehr, fürchte ich. Vermutlich rein zufällig. Wir bekommen häufiger Anfragen für Vorträge und stellen unsere Gemeinderäume gerne zur Verfügung. Wieso fragen Sie?«

Claudia beschloss, ihn zunächst in Sicherheit zu wiegen. »Die Geschichte, die Sie beide erzählt haben, hat mich sehr berührt. Deshalb überlege ich, eine Reportage über dieses rumänische Dorf zu schreiben. Vielleicht kann man auf diesem Weg das Schicksal der Menschen in dieser Gegend verdeutlichen und etwas zum Besseren bewegen. Vielleicht könnte ich sogar Agata befragen, die nun die Unterschiede beider Kulturen kennt.«

Weidenknecht faltete die Hände zusammen und stützte sein Kinn nachdenklich darauf, so als würde er seine Antwort abwägen.

»Das ist ein schöner Gedanke, wenngleich ich befürchte, dass es zu viel Schreckliches auf der Welt gibt und man nicht mehr viele Menschen mit solchen Geschichten erreicht. Allerdings verstehe ich immer noch nicht, warum Sie damit zu mir kommen.«

Claudia spürte, dass sich etwas verändert hatte. Pfarrer Weidenknecht war wachsam geworden, wog seine Worte genau ab. Sie musste etwas gesagt haben, das ihn zu dieser Haltung veranlasst hatte. Mit einem Blick auf die Uhr beschloss sie, ihre Gesprächstaktik zu ändern.

»Sie können mir also keinen Kontakt zu der Person herstellen, die den Vortrag gehalten hat? Einen Namen, eine Adresse?«

»Wie gesagt, an den Namen erinnere ich mich leider nicht mehr. Ich kann aber gerne meine Mitarbeiterin bitten, nachzusehen, wenn Ihnen das weiterhilft.«

Er ging prompt aus dem Zimmer, kam aber bereits nach wenigen Minuten wieder zurück.

»Sie schaut nach. Möglicherweise hat sie die Ankündigung des Vortrags in ihrem PC gespeichert. Das dauert einen Moment.«

Claudia entschied sich für eine direktere Ansprache. »Ich hatte offen gestanden erwartet, dass Sie persönliche Kontakte nach Rumänien haben.«

»Wie kommen Sie denn bitte schön darauf?« Er riss die Augen erstaunt auf und schüttelte den Kopf. Gleichzeitig lehnte er sich zurück und öffnete seine Körperhaltung.

»Wegen Ihrer Einsätze als Militärpfarrer vielleicht.«

»Und?«

»Sie waren doch in Afghanistan, oder?«

Er nickte. »Das war ich. In Kabul und in Mazar-e Sharif.«

»Im Kosovo waren Sie nicht eingesetzt? Oder sonst irgendwo im Balkan?«

Er sah Claudia verblüfft an. Sein Erstaunen war definitiv nicht gespielt. Er antwortete nüchtern: »Das ist wohl ein bisschen weit hergeholt.«

»So weit nun auch wieder nicht. In meinem Job habe ich gelernt, dass nichts unmöglich ist, wenn es um Verbrechen geht.«

»Und mein Job war es, als Seelsorger in einem Militärcamp in Afghanistan zu arbeiten. Und ich bin froh, das gemacht zu haben. Ich habe selbst als Fallschirmjäger bei der Bundeswehr gedient und kenne die Befindlichkeiten der Kameraden. Ich glaube, Sie können sich nicht vorstellen, wie es in einem Bundeswehr-Camp zugeht. Schwerwiegende militärische Zwischenfälle sind zwar selten geworden, aber dennoch leiden viele der Soldaten unter dem, was sie gesehen haben, unter der latenten Gefahr von erneuten Angriffen und nicht zuletzt unter der Trennung von ihrer Familie. Das ist alles andere als leicht, und danken tut es einem hierzulande ohnehin keiner.«

Er nahm einen Schluck Wasser, danach schaute er an Claudia vorbei zum Fenster hinaus und beobachtete etwas. Oder jemanden. Sie hätte gerne gewusst, was es dort zu sehen gab, denn sein Blick folgte weiter irgendeinem Punkt dort draußen. Aber sie wollte die Spannung, die im Raum spürbar war, nicht brechen und wandte deshalb ihre Augen nicht von seinem Gesicht.

»Ich will offen sein«, fuhr sie fort. »Ihr Engagement bei Frau Seidel schien – wie soll ich sagen? – sehr intensiv zu sein. Das brachte mich auf den Gedanken, dass Sie vielleicht stärker in diese Geschichte involviert sind, als Sie bisher zugegeben haben.«

Er schnaubte. »Eigentlich sollte ich nicht weiter mit Ihnen sprechen, denn Ihre Unterstellungen sind …« Er suchte nach dem passenden Wort. »… anmaßend. Aber ich schiebe das auf Ihre Unkenntnis dessen, was mir mein Beruf bedeutet. Ich bin Seelsorger. Das heißt, ich kümmere mich um die, deren Seele für den Moment verletzt oder verwirrt ist. Frau Seidel hat kein leichtes Leben. Sie wird im Dorf nicht richtig anerkannt, ihr Mann bearbeitet einen viel zu großen Hof ohne jede Hilfe, von den Erntehelfern mal abgesehen. Die Jungs kennen Sie, ich muss Ihnen nicht erklären, wie das Zusammenleben mit denen ist. Kurzum: Sie trägt eine Last, so ganz alleine da draußen. Deshalb leihe ich ihr mein Ohr, höre ihr zu. Ich versuche ihr Verständnis entgegenzubringen. Was sonst niemand tut. Das hat sie nicht verdient, denn sie versucht nur, ihre Arbeit ordentlich zu verrichten, ihre Familie so gut es geht zu versorgen, es jedem recht zu machen. Ich kann ihre Probleme nicht lösen, aber ich kann ihr helfen, die Dinge aus einem anderen Blickwinkel zu betrachten, sie zu ordnen, ihr Ruhe geben. Das ist es, was ich tue. Ich wüsste nicht, was daran verwerflich wäre. Und jetzt müssen Sie mich entschuldigen. Die Konfirmanden warten.«

Claudia stand auf. »Daran ist nichts Verwerfliches, da pflichte ich Ihnen bei. Aber daran, mich zu belügen. Es gab im Juli keine Anrufe nach Rumänien. Und ich frage mich, wie Sie beide dann den Kontakt mit der Übersetzerin hergestellt haben wollen.«

Weidenknecht kniff die Augen zusammen. Wieder veränderte sich seine Haltung, aber er antwortete vollkommen ruhig: »Wie ich schon sagte, ich muss … Ich sage meiner Mitarbeiterin, dass sie Ihnen den Flyer bringen soll, wenn sie fündig geworden ist.«

Er ging ohne ein weiteres Wort nach draußen und ließ Claudia in seinem Büro zurück. Sie trat ans Fenster, um zu schauen, was dort Weidenknechts Aufmerksamkeit geweckt hatte. Vor dem Pfarrhaus standen einige Jugendliche herum. Sie erkannte einen der Seidel-Jungs, der sie ebenfalls am Fenster wahrgenommen hatte, allerdings durch die Ankunft des Pfarrers abgelenkt wurde, seinen Blick abwandte und im Haus verschwand. Auch wenn sie hinsichtlich Weidenknecht und seine Kontakte falschgelegen hatte, so war sie mehr denn je überzeugt, dass ihr der Pfarrer etwas verschwiegen hatte. Und sie würde früher oder später herausfinden, was das war.

Wenige Minuten später hielt Claudia einen Ausdruck mit der Ankündigung des Diavortrages in der Hand. Glücklicherweise war dort der Name der Vortragenden vermerkt, die laut der angegebenen Biographie bereits fünfzig Länder der Welt bereist hatte und derartige Vorträge über zahlreiche Gebiete hielt. Schnell fand Claudia im Internet die Mobilnummer der Frau. Sie nahm sich die Liste der Telefonate von Frau Seidel erneut vor und checkte die Vorwahlen. Aber auch diese Nummer hatte Frau Seidel nicht angerufen. Im Juli stach ihr aber nun eine andere Mobilfunknummer ins Auge, die an mehreren aufeinanderfolgenden Tagen gewählt worden war. Sie markierte die Nummer, durchsuchte dann die gesamte Zahlenreihe. Die Vortragende hatte Ines Seidel nicht angerufen. Wenigstens nicht von diesem Anschluss. Doch zu wem gehörte die andere Nummer? Sie war ihr zuvor nicht aufgefallen, tauchte allerdings auch nur im Juli auf. Zu dem Zeitpunkt von Agatas angeblicher Rückreise also. Claudia blätterte weiter. Danach tauchte die Nummer noch einige Male im August auf, wobei diese letzten Anrufe immer nach wenigen Sekunden beendet worden waren. Kaum lang genug für ein Gespräch. Danach tauchte die Nummer nicht mehr auf. Bis heute nicht. Einem Gefühl folgend wählte Claudia die Nummer. Wen hatte Frau Seidel so oft sprechen wollen, als sie Agata abgeschoben hatte? Den Pfarrer hatte sie nicht angerufen. Dabei war Weidenknecht ihr erster Kontakt gewesen, als Claudia den Seidels ihren ersten Besuch abstattete. Wer war in dieser Situation so wichtig gewesen? Gespannt lauschte sie in den Hörer. Sie hörte eine Tonfolge aus drei verschiedenen Tönen, dann eine Ansage: »Kein Anschluss unter dieser Nummer.« Na toll! Die Nummer war nicht mehr vergeben. Claudia fühlte sich, als würde sie in diesem Fall permanent gegen Wände laufen.

Kurz entschlossen rief sie die Nummer in Rumänien an. Dieses Mal ging der Anruf durch, aber niemand hob ab.

So kam sie nicht weiter. Sie brauchte Hilfe. Nach kurzer Überlegung entschied sie sich dafür, Drews anzurufen. Vielleicht hatten die rumänischen Kollegen schon herausgefunden, ob Agata wieder in ihrem Heimatdorf angekommen war. Und falls das nicht der Fall war, konnte sie ihn bitten, in Erfahrung bringen, zu welcher Person die stillgelegte Mobilnummer früher einmal gehört hatte.

31.

Claudia war schon vor sieben Uhr wach geworden und voller nervöser Energie. Um sich abzureagieren, hatte sie beschlossen, eine Runde durch die hügelige Landschaft zu joggen. Es war herrliches Wetter, der Himmel strahlend blau, und sie war sich sicher, dass es am Abend in München zu heiß sein würde, um noch zu laufen. Glücklicherweise hatte sie ihre Sportsachen eingepackt und brach kurz entschlossen auf. Sie lief ein Stück die Hauptstraße entlang, bog dann in die Nonnenbergstraße ein und entschied sich am Ortsende für einen schmalen Schotterweg, der an Feldern vorbei in den Wald führte. Ihre Schritte wurden immer länger, und sie fand schnell ihren Rhythmus. Kein Mensch war weit und breit zu sehen, und sie spürte, wie sie sich immer mehr entspannte. Die Nervosität wich aus ihren Gliedern. Sie hörte die Vögel, die laut zwitschernd in den Ästen saßen, und den sanften Wind, der das Geäst rascheln ließ.

Sie mochte die Einsamkeit solcher Gegenden. Das hatte sie sich lange nicht eingestanden. Im Grunde war sie kein Stadtmensch, hatte das dortige Leben jedoch in gewisser Weise schätzen gelernt. Einerseits war es praktisch, wenn sie alles direkt um die Ecke bekam, andererseits hatte sie dort die Anonymität gefunden, die sie seinerzeit gesucht hatte. Wie neulich in Hendriks Garten merkte Claudia auch hier, wie sehr sie die Stille vermisst hatte. Sie hörte keinen Autolärm, keine Stimmen und spürte, wie sich Ruhe über sie legte. Sie streckte die Schultern durch, erhöhte noch einmal das Tempo, setzte zu einem Spurt eine kleine Anhöhe hinauf an. Oben angekommen, machte sie japsend Pause, stellte sich breitbeinig hin und stemmte die Hände in die Seiten. Als sie sich umschaute, entdeckte sie ein Reh. Wachsam hatte es den Kopf hoch erhoben, behielt sie genau im Blick. Claudia konnte die Schnauze feucht glitzern sehen, so nah war das Tier. Beide verharrten sie bewegungslos, den Blick gebannt aufeinandergeheftet. Die Flanke des Rehs hob und senkte sich, Claudias Herz schlug von ihrem Lauf heftig und schnell. Plötzlich durchlief ein Zittern den Körper des großen Tieres. Mit einem Ruck wandte es sich ab und war mit ein paar großen Sätzen im Wald verschwunden. Claudia seufzte. Das Tier erinnerte sie an sich selbst. Auch sie war zu ihrem Schutz immer wieder vor Menschen geflohen, die ihr zu nahe gekommen waren. Sie kickte mit ihrem Schuh ein paar Steine zur Seite. So ging es nicht weiter. Diese Geschichte musste ein Ende haben, sonst hätte ihr Vater letztlich gewonnen. Und es gab keinen anderen Weg, als zu lernen, wieder Nähe zuzulassen. Es war Zeit für einen Neuanfang. Die Tage in dem Dorf hatten sie eines erkennen lassen: Sie wollte mehr in der Natur sein, weil sie dort eine seltsame Art von Frieden fand, einen Ausgleich für die Hektik der Stadt genauso wie für all die schrecklichen Dinge, mit denen sie täglich bei ihrer Arbeit konfrontiert wurde. Hier wurde für sie die Welt in die richtige Relation gesetzt. Es zeigte ihr, wie klein ihre Sorgen im Grunde waren.

Ihr Entschluss stand fest: Sie würde sich eine neue Wohnung suchen. Auf dem Land. Doch jetzt musste sie zu den Seidels. Zuvor noch unter die Dusche und checken, ob Drews sich vielleicht schon zurückgemeldet hatte. Drews. Auch ein Kapitel ihres Lebens, über das sie nachdenken musste. Sie zog ihren Pferdeschwanz noch einmal fest, dann setzte sie zu einem neuen, kraftvollen Spurt an. Alles würde gut werden. Das spürte sie.

Als sie zurück zum Gasthof trabte, war Claudias Ruhe schnell dahin. Schon von weitem sah sie, dass sich seit ihrem Aufbruch etwas verändert hatte. Sehr zu ihrem Missfallen. »Hau ab!«, leuchtete es ihr in roten Buchstaben von ihrer Frontscheibe entgegen. Die Farbe war noch feucht. Ihr Gefühl hatte sie also nicht getrogen: Sie war hier nicht willkommen. Aber das bestätigte im Grunde nur, dass irgendjemand etwas zu verbergen hatte. Engelthal – der Name war definitiv nicht Programm hier.

Verärgert zog sie ihr Handy aus ihrer Bauchtasche, schoss ein Foto und marschierte geradewegs zum Haus von Weidenknecht, um an der Tür des Pfarramtes Sturm zu läuten. Schon nach wenigen Minuten wurde ihr geöffnet. Aufgebracht hielt sie ihm ihr Handy mit der Aufnahme vor die Nase.

»Was halten Sie davon? In Ihrer Gemeinde gibt es offenbar wirklich verwirrte Seelen.«

Er legte den Finger auf die Lippen, zog sie in das Haus und schloss die Tür.

»Müssen Sie hier am frühen Morgen so herumschreien? Sie wecken ja die Nachbarn auf!«, herrschte er sie an.

»Oh, ich bitte um Entschuldigung! Natürlich müsste ich es gelassen hinnehmen, wenn Vandalen sich an meinem Auto zu schaffen machen. Vermutlich haben Sie auch dafür eine banale Erklärung. Aber eines sage ich Ihnen: Wenn es wirklich noch etwas gebraucht hätte, um mich in meiner Meinung zu bestärken, dass etwas an der Geschichte mit Agata nicht stimmt, dann das!« Sie hielt ihm erneut das Foto hin.

»Beruhigen Sie sich doch erst einmal. Sie wissen selbst, dass niemand mit Verstand so etwas Auffälliges tun würde. Ich weiß es nicht mit Bestimmtheit, ahne jedoch, wer das gemacht hat. Aber böse war das sicher nicht gemeint, dessen bin ich mir sicher. Manchmal sucht sich Angst eben seltsame Wege.«

»Ach ja?« Claudia hätte am liebsten laut losgelacht. Sie kam sich langsam vor wie im Bauerntheater. »Dann erklären Sie mir doch bitte mal, wer wovor Angst hat. Und was das genau mit mir zu tun hat.«

Weidenknecht stand da und rieb sich das Kinn.

»Hören Sie, Frau Brandes. Bitte vertrauen Sie mir. Rufen Sie nicht die Polizei. Der Fall liegt völlig anders, als sie vermuten.«

»So? Und wie genau?«

»Geben Sie mir bitte eine Stunde Zeit. Ich kläre das. Und ich verspreche, es wird sich jemand bei Ihnen melden.«

»Wenn ich im Laufe des Vormittags nichts höre, schalte ich die Polizei ein. Der Kommissar, der den Fall bearbeitet, ist ein Freund von mir. Und ich weiß, dass auch solche Schmierereien graphologische Besonderheiten haben, die man nachweisen kann. Nur damit Sie die Sachlage kennen.«

Als Claudia die Tür zu ihrem Zimmer aufschloss, sah sie sofort, dass derjenige, der ihr Auto beschmiert hatte, sich nicht allein damit zufriedengegeben hatte: Ihr Zimmer war durchwühlt worden. Die Telefondaten waren weg. Ebenso der Ausdruck des Vortrages über Rumänien. Was zunächst eher nach einem Streich von dummen Jungen ausgesehen hatte, machte nun einen ganz anderen Eindruck. Jemand wollte, dass jeder Hinweis auf Agatas Aufenthalt in Engelthal verschwand. Waren die Schmierereien auf ihrem Auto nur eine Ablenkung gewesen?

Sie lief die Treppen hinab zur Rezeption, die sie jedoch menschenleer vorfand. Sie schlug auf den Gong, woraufhin die junge Frau aus den hinteren Räumen um einen kurzen Moment Geduld bat. Claudia seufzte. Auch jeder andere wäre einige Minuten alleine hier gewesen und hätte sich jederzeit den Schlüssel nehmen können, den sie dummerweise vor ihrer Joggingtour abgegeben hatte, um ihn nur ja nicht unterwegs zu verlieren. Das hatte sie nun davon. Die Rezeptionistin strahlte sie an: »Heute ist übrigens die Küche wieder geöffnet, wenn Sie später noch etwas essen möchten.«

Claudia schüttelte den Kopf. »War irgendjemand hier, während ich joggen war?«

»Nicht, dass ich wüsste. Sie sind auch derzeit unser einziger Gast. Warten Sie auf Ihren Kollegen? Soll ich ihm etwas ausrichten, wenn er kommt?«

»Nein, nein. Das passt schon. Haben Sie zufällig gesehen, ob auf dem Parkplatz ein anderes Auto abgestellt wurde?«

Die junge Frau schaute aus dem Fenster, so als könnte das ihre Erinnerung zurückbringen, dabei fiel ihr Blick auf Claudias Smart.

»Du meine Güte! Wer macht denn so was? Es … ich hole sofort die Inhaber. Ich meine … Wir kümmern uns natürlich sofort darum, dass das entfernt wird!« Das Mädchen war kreidebleich und völlig von der Situation überfordert, deshalb sah Claudia davon ab, den Diebstahl zu erwähnen, sondern fuhr mit gemäßigter Stimme fort: »Ist Ihnen irgendetwas aufgefallen, während ich weg war? Das würde mir weiterhelfen.«

Die andere schüttelte den Kopf. »Ich war kurz in der Küche und habe mir ein Brot geschmiert. Und danach war ich noch im Wäschekeller unten. Ich konnte ja nicht ahnen … Es ist sonst so ruhig hier. So etwas ist noch nie passiert.«

»Schon gut«, Claudia lächelte. Das Mädchen konnte am allerwenigsten dafür. Kurz entschlossen fügte sie hinzu: »Wenn Sie allerdings dafür sorgen könnten, dass meine Scheibe gereinigt wird, wäre ich Ihnen sehr verbunden. Ich mache nur gerade noch ein Foto, damit ich der Polizei etwas vorlegen kann.« Spuren hin oder her, sie musste mobil bleiben und später mit dem Wagen wieder zurück nach München fahren.

Das Mädchen nickte eifrig. »Ich kümmere mich sofort darum. Und machen Sie sich bitte keine Sorgen, wenn Sie später auschecken. Das geht natürlich in Ordnung.«

Cleveres Mädchen, dachte Claudia und ging wieder die

Treppe hinauf. Den Schlüssel würde sie sicherheitshalber bei sich behalten.

Zurück in ihrem Zimmer, ging sie unter die Dusche, zog sich danach ihre Jeans und ein frisches T-Shirt an und pfefferte ihre wenigen Habseligkeiten in ihre Tasche. Bei jedem Stück, das sie nur mit spitzen Fingern anfasste, fragte sie sich, ob es der Eindringling ebenfalls in der Hand gehalten hatte. Ein Gefühl des Ekels stieg in ihr hoch. Sie würde das alles waschen, vorher konnte sie es nicht ertragen. Dann sah sie an sich herunter und spürte, wie ihr ganzer Körper zu jucken begann. Es blieb keine Zeit, neue Sachen zu kaufen. Resolut schloss sie die kleine Reisetasche. Dann lief sie ungeduldig im Zimmer auf und ab, schob die Hände tief in ihre Hosentaschen. Sie warf einen Blick aus dem Fenster. Nichts. Kein Wagen, keine Bewegung.

Schließlich prüfte sie noch einmal, ob sie alles hatte, schulterte dann ihre Tasche und verließ das Zimmer.

Sie hatte keine Lust mehr zu warten.

Es gab schließlich nur einen Ort, an dem der Pfarrer sein konnte. Und genau dorthin würde sie jetzt fahren. Sie war gespannt darauf, wie man dort auf sie reagieren würde.

32.

Claudia schien es, als hätte sie auf die Wiederholungstaste gedrückt, als sie bei den Seidels vorfuhr. Es war dasselbe Bild wie am vorangegangenen Sonntag – ein menschenleerer Hof und der geparkte Golf des Pfarrers direkt vor der Eingangstür. Nur zwei Dinge waren anders: ihr Wagen, von dem sie zuvor mit einem Glasschaber aus der Küche des Landgasthofes gerade so viel von der Schrift entfernt hatte, dass sie etwas sehen konnte; und das deutliche Gefühl, dass sie bei ihrer Ankunft unter Beobachtung stand. Einer oder mehrere der Jungs saßen gewiss in einem der Häuser und ließen sie nicht aus den Augen.

Claudia empfand die Trostlosigkeit dieses Ortes heute stärker als zuvor. Die großen, leer stehenden Häuser und Stallungen waren heruntergekommener, als sie zuvor wahrgenommen hatte. Viel zu viel Raum für zu wenig Menschen. Kein Ort, um sich geborgen zu fühlen. Die Tür zum Haupthaus stand offen. Rasch eilte sie hinein und fand erneut Ines Seidel in Tränen aufgelöst auf der Eckbank vor. Der Pfarrer hatte seinen Arm um ihre bebenden Schultern gelegt. Doch diesmal würde Claudia sich nicht von den Emotionen der Frau blenden lassen. Immerhin hatte die Familie ihr gegenüber auch keine Samthandschuhe angezogen, denn Vandalismus, Einbruch und Diebstahl waren definitiv keine Kinderstreiche mehr.

Claudia setzte sich ans Ende des Tisches und legte die Handflächen flach auf die Platte. Der Pfarrer nickte ihr zu und drückte Frau Seidels Schultern, als wollte er sie zum Reden ermuntern.

»Sie haben mir etwas zu sagen?«, fragte Claudia beherrscht. Erst jetzt nahm sie den abgestandenen Geruch von Kohl wahr.

Ines Seidel hob langsam den Kopf. Obwohl Claudia sicher war, dass die Frau ungefähr in ihrem Alter war, wirkte sie rund zehn Jahre älter. Ihre Haut war fleckig, Schatten lagen unter ihren Augen, und um ihre Lippen hatten sich tiefe Falten in die Haut gegraben. Im Raum nebenan schlugen verschiedene Uhren die volle Stunde.

»Bitte! Die Jungs … Sie haben das nicht so gemeint«, brachte Ines Seidel stockend hervor.

»Was haben die Jungs nicht so gemeint? Sprechen Sie von meinem Auto oder von Agata?«

Bei der Nennung des Namens zuckte Ines Seidel zusammen, erneut liefen ihr Tränen die Wange hinab.

»Sie haben mich nur schützen wollen. Sie haben doch nur mich. Mein Mann … er lebt doch schon fast nicht mehr hier.«

Erstaunt stellte Claudia fest, dass sie nie darüber nachgedacht hatte, ob Ines Seidels Mann auch einen Anteil an dieser Geschichte hatte. Sie wartete gespannt darauf, was Ines Seidel zu erzählen hatte. Nachdem minutenlang kein Wort gefallen war, setzte Claudia nach: »Hat er Agata etwas angetan?«

»Um Himmels willen! Nein!«, erwachte Ines Seidel aus ihrer Erstarrung. Sie setzte sich aufrecht hin, wischte mit einem zerknüllten Stofftaschentuch ihre Tränen fort, hielt es dann in den Händen und zupfte an einer Ecke.

»Ich hatte Ihnen im Grunde schon alles erzählt. Es war schwierig mit Agata. Sie gewöhnte sich nicht ein. Und die Jungs … Ich wusste, dass sie sie ärgerten. Aber sie setzte sich zur Wehr, begann immer öfter in ihrer fremd klingenden Sprache Schimpfworte vor sich hin zu murmeln. Einmal stellte sie einem der Jungs ein Bein, als er vom Tisch aufstand. Die Situation schaukelte sich hoch, drohte zu eskalieren, das merkte ich schon länger. Vor allem, wenn ich irgendwo in den Stallungen zu tun hatte oder das Haus wegen Einkäufen verließ. Ich hätte mir Hilfe holen sollen, das weiß ich heute auch. Aber die Gerüchte im Dorf wurden immer schlimmer. Vermutlich hat Frau Ruhland ihren Teil dazu beigetragen.«

Claudia schaute verdutzt.

»Die Lehrerin?«

Ines Seidel nickte. »Sie konnte meine Jungs nie leiden. Sie hat keine Kinder, aber hohe Ansprüche daran, wie sie sich zu verhalten haben. Meine entsprechen diesem Bild jedenfalls nicht, so viel weiß ich. Als Lehrerin halte ich allerdings große Stücke auf sie. Deshalb schickte ich Agata auch zu ihr. Ich wusste, dass sie bei ihr schnell Deutsch lernen würde. Dass sie mich und meine Jungs beschuldigte, das Mädchen zu misshandeln, konnte ich nicht ahnen. Bis heute haben sich diese Gerüchte hartnäckig gehalten.«

»Völlig grundlos?«, fragte Claudia.

»Ja. Oder nein. Es sind Jungs. Die raufen eben manchmal. Vielleicht haben sie Agata dabei auch mal zu grob angefasst. Aber im Grunde sind es gute Jungs. Da bin ich ganz sicher.«

Claudia dachte bei den Worten an die Hundebesitzer, die immer behaupteten, ihr Tier wolle nur spielen. Bis jemand zum Opfer wurde.

»Und weiter? Was ist mit Agata? Sicher hat Ihnen der Pfarrer schon erzählt, dass ich eindeutige Hinweise darauf habe, dass Sie nie mehr bei der Vermittlerin angerufen haben. Deshalb reden Sie jetzt endlich! Was ist passiert? Wo ist das Mädchen jetzt?«

Claudia dachte an die Stallungen draußen. Sie hoffte inständig, Frau Seidel würde ihr nicht erzählen, sie hätte sie irgendwo da draußen versteckt, in einem alten Keller oder auf einem der Heuböden.

»Ich weiß es nicht«, antwortete Ines Seidel mit erstickter Stimme. »Ich habe keine Ahnung.«

Die Haare auf Claudias Arm stellten sich auf. Das war beinahe noch schlimmer, als sie gedacht hatte. Wenn Ines nicht wusste, wo sie war, wer war dann schuld an ihrem Verschwinden?

»Sie hat sich wohl kaum in Luft aufgelöst. Könnten Sie mir bitte genau erklären, was passiert ist?«

Der Pfarrer, der die ganze Zeit seinen Kopf auf die gefalteten Hände gelegt hatte, schaute nun Ines Seidel an und senkte kaum merkbar die Augenlider. Ein deutliches Zeichen. Dieses Mal würde Claudia offenbar die Wahrheit erfahren. Sie rückte gespannt auf die äußerste Kante ihres Stuhles und hätte Ines Seidel am liebsten geschüttelt, um sie endlich zum Reden zu bringen.

»Ich hatte Ihnen bereits erzählt, dass mein Sohn diese Knochenzyste hat. Eines Tages kam ich vom Einkaufen wieder. Er saß er hier, in Tränen aufgelöst, hatte große Schmerzen. Er hielt sich den Arm, der ganz offensichtlich erneut gebrochen war. Erst wollte er nicht sagen, was passiert war, schwieg hartnäckig. Es war wohl so, dass meine Jungs beim Armdrücken ihre Kräfte messen wollten. Sie haben einfach nicht darüber nachgedacht. Aber sie wussten genau, dass ich explodieren würde, wenn sie mir das erzählten. Stattdessen erfanden sie die Geschichte, Agata habe meinen Sohn vom Baum gestoßen. Ich glaubte ihnen sofort. Es passte ja auch: Das Mädchen kletterte gerne, saß oft hoch oben in der Krone und war durch nichts zum Herunterkommen zu bewegen. Erst wenn es dunkel wurde, stieg sie hinab und schlich sich ins Haus. In dem Moment wuchs mir hier alles über den Kopf, es war einfach zu viel für mich. Ich schrie Agata an. Sie stand einfach nur da und schaute mich an mit ihren dunklen braunen Augen. Sie hat keine Miene verzogen. Woher sollte ich wissen, dass das alles nicht stimmte? Ich kann ja nicht hellsehen!«

Frau Seidel atmete schwer. Der Pfarrer nahm ihre Hand, drückte sie leicht.

»Weiter. Bald hast du es geschafft, Ines.«

Sie schaute ihn dankbar an, dann zupfte sie wieder an ihrem Tuch und fuhr fort.

»Das Mädchen zu seiner Familie zurückzuschicken, das konnte ich nicht. Ich brachte es nicht übers Herz. Ich hatte mittlerweile mehr über Rumänien erfahren, viel darüber gelesen. Ich habe ja versucht, das Kind zu verstehen. Ich wollte, dass es klappt. Sie sollte doch hier eine neue, bessere Heimat finden. Das müssen Sie mir einfach glauben! Nur funktionieren die Dinge eben nicht immer so, wie wir es uns wünschen.«

Ines Seidel seufzte, schnäuzte sich und fuhr dann fort:

»Ich traute mich nicht, zum Jugendamt zu gehen. Die Leute im Dorf haben sich ohnehin schon das Maul über uns zerrissen. Ich hatte Angst, es würde ein noch schlechteres Licht auf uns werfen, wenn herauskam, wie Agata zu uns gekommen war. Mittlerweile wusste ich ja, dass diese ganze Adoption nicht ganz legal gewesen war. Ich hatte Angst, mich strafbar gemacht zu haben. Na ja, und mein Mann ... Er wohnt schon länger nicht mehr bei uns auf dem Hof. Er und die Jungs haben sich nur noch gestritten. Irgendwann hat er sich einen Wohnwagen besorgt und den versteckt hinten am Waldrand abgestellt. Seither schläft er dort, hat sich völlig von uns zurückgezogen. Er wirft mir vor, immer auf der Seite der Kinder zu stehen. Ich bringe ihm jeden Tag sein Essen, aber ich glaube nicht, dass er zurückkommt.« Sie zuckte die Schultern. »Unsere Saisonarbeiter wissen davon, natürlich, denen können wir das nicht verheimlichen, aber im Dorf hat niemand eine Ahnung. Wäre ich zu den Ämtern gegangen, wäre das ganz sicher aufgeflogen. Wissen Sie, ich habe mich einfach geschämt. Es war, als würde ich überall versagen: als Mutter, als Frau und zuletzt bei dem Mädchen. Nur Pfarrer Weidenknecht habe ich irgendwann alles anvertraut, und er hat mich immer sehr unterstützt.«

Ein Lächeln huschte über ihr Gesicht, war aber genauso schnell verschwunden, wie es aufgetaucht war.

»Ich hatte Angst. Das ist eine schlechte Ausrede, ich weiß. Aber es war so. Ich konnte doch nicht ahnen, was passieren würde.«

Claudia spürte instinktiv, dass Ines Seidel nun zum Kern der Sache kam. Sie rückte auf die äußerste Kante der Bank und hörte konzentriert zu.

»Wie ich schon sagte. Agata einfach abzuschieben, das konnte ich nicht tun. Egal, was mit meinem Sohn geschehen war. Also habe ich jemanden gesucht. Über das Internet. Ich gab dort eine Anzeige auf, um eine andere Pflegefamilie zu suchen. Die offiziellen Wege konnte ich schließlich nicht gehen. Noch am selben Tag meldete sich ein kinderloses Paar. Ich konnte mein Glück kaum fassen, denn die Achleitners schienen mir die perfekte Wahl. Sie wohnten in der Nähe von München, warteten schon seit ein paar Jahren auf eine Adoption. Auf den offiziellen Wegen befürchteten sie, würde es keine Möglichkeit mehr geben, denn sie seien bereits zu nahe an der Altersgrenze für Adoptionen.«

Sie stockte, fuhr sich mit der Zunge über die Lippen. »Hier hätte ich stutzig werden müssen, denn die beiden waren sicher erst Mitte dreißig. Aber es klang alles so gut, die Leute riefen täglich an, faxten mir die Unterlagen, die sie bei den Adoptionsstellen erhalten hatten. Sie bestätigten ihre Eignung – zumindest habe ich das damals blind geglaubt. Selbst die rechtlichen Schwierigkeiten, auf die ich sie hinwies, waren sie bereit in Kauf zu nehmen. Die Familie schien genug Geld zu haben, Frau Achleitner arbeitete nicht und wollte sich nur dem Deutschunterricht und der Erziehung des Kindes widmen. Alles schien zu stimmen. Als sie dann vorschlugen, sich gleich am darauffolgenden Wochenende in einer Ferienwohnung im Nachbarort einzumieten, um Agata kennenzulernen, war ich überglücklich. So wenige Tage waren vergangen, und die Lösung war einfach perfekt. Als wäre es Fügung. Das Ehepaar traf Agata. Natürlich war sie schüchtern, stand nur in der Ecke und schaute verstockt. Sie verstand vermutlich gar nicht, worum es ging. Ich dachte schon, das wäre es, aber als die Leute anriefen und fragten, ob sie sie bereits am Folgetag mit zu sich nehmen könnten, schlug ich ein. Agatas Sachen waren schnell gepackt. Ich übergab dem Paar die Papiere der Vermittlerin, änderte lediglich die Namen sowie die Pflegschaftsdauer. Glauben Sie mir, ich dachte, es wäre für alle Beteiligten die beste Lösung. Ich musste mich schließlich auch um einen Sohn kümmern, dem am Folgetag die nächste OP bevorstand.«

Ihre Stimme versagte. Claudia machte sich bereit für den letzten Teil des Geständnisses. Sie ahnte, was nun kommen würde. Aber statt Ines Seidel nahm der Pfarrer den Faden auf und beendete die Geschichte.

»Als Ines nach einigen Tagen versuchte, sich nach Agata zu erkundigen, kam keine Telefonverbindung zustande. Die Handynummer existierte nicht mehr. Ines versuchte es immer wieder, auch über die Adresse der Familie: Fehlanzeige. Die Achleitners und das Mädchen waren spurlos verschwunden. Die Adresse, die sie Ines gegeben hatten, war fingiert. Ines kam noch am gleichen Tag nach dem Gottesdienst zu mir. Sie war am Boden zerstört, als sie mir die ganze Geschichte berichtete. Ich hatte Angst, sie würde einen Zusammenbruch erleiden. Nachdem ich sie beruhigt hatte, dachte ich nach. Was zu tun wäre. Wir hofften, dass es dem Mädchen gutginge. Schließlich hatte Ines diese Leute gesehen, hätte sie jederzeit beschreiben können. Die Vermieterin der Ferienwohnung genauso. Dieses Risiko wären Entführer doch nicht eingegangen. Ich vermutete, dass sie die Brücken einfach hinter sich abgebrochen hatten, um ganz sicherzugehen, Agata behalten zu dürfen. Schließlich hatten sie schon lange auf eine Chance zur Adoption gewartet und wollten nicht riskieren, sie wieder zu verlieren.«

Claudia schaute die beiden fassungslos an, wie sie dasaßen und sich ihre ganz eigene harmlose Geschichte zusammengereimt hatten. Eine, die ihnen die größtmögliche Ruhe brachte, während das Schicksal des Mädchens völlig unklar geblieben war. Sie wollten sich selbst nicht in Schwierigkeiten bringen, das war alles, woran sie gedacht hatten. Die Tatsache, dass sie Agata an wildfremde Menschen gegeben hatten, ohne deren Glaubwürdigkeit, Identität oder Adresse zu prüfen, ließ das Allerschlimmste erwarten. Wenigstens von dem Pfarrer hätte Claudia etwas anderes erwartet. Aber offenbar hatte auch er es vorgezogen zu schweigen. Sie konnte kaum fassen, was die beiden erzählten.

»Sie haben also nichts unternommen? Keine Vermisstenanzeige erstattet? Die Vermittlerin nicht über den Wechsel informiert? Oder Agatas Familie?«

Ines Seidel schüttelte den Kopf und senkte ihren Blick.

»Die ganze Sache war doch illegal«, murmelte sie unter Tränen.

»Es ist Ihnen hoffentlich klar, dass ich das alles nicht auf sich beruhen lassen kann.«

»Das habe ich Ines bereits gesagt. Wir bieten Ihnen natürlich jegliche Hilfe an.«

Wie nobel, dachte Claudia. Wenigstens jetzt. Nur kam dieser Sinneswandel ein wenig spät. Es würde schwer sein, sie jetzt noch zu finden. Zwei Jahre waren genug Zeit, um Spuren zu verwischen.

»Haben Sie ein Foto von dem Mädchen? Papiere? Irgendetwas?«

»Wie ich schon sagte: Die Papiere habe ich den Achleitners übergeben. Und alles andere …« Sie schluckte. »… habe ich verbrannt. Ich wollte so tun, als ob sie nie hier gewesen wäre.«

Der Verdrängungsmechanismus dieser Frau funktionierte offenbar ebenso gut wie ihr eigener. Plötzlich fiel Claudia etwas ein: »Aber diese Nummer!« Sie hielt Frau Seidel ihr Handy mit der letzten gewählten Nummer entgegen. »Das ist doch die, die sie damals gewählt haben, oder?«

Die Frau nickte. »Ich glaube schon.«

»Dann brauche ich nur noch die Adresse dieser Ferienwohnung. An die werden Sie sich ja hoffentlich noch erinnern. Vielleicht kann ich dort etwas über das Ehepaar herausfinden.«

Der Pfarrer holte einen Zettel und einen Stift von der Anrichte. Er kannte sich ja erstaunlich gut aus hier, dachte Claudia. Aber das war nun wirklich seine Privatsache und trug nichts weiter zu ihren Recherchen bei.

»Sie beide gehen jetzt bitte umgehend zur nächsten Polizeistation und erstatten dort eine Vermisstenanzeige. Meinen Kontakt bei der Münchener Polizei werde ich von unterwegs informieren. Vielleicht haben wir dann eine Chance, das Kind zu finden.« Und hoffentlich ging es ihm gut, fügte sie in Gedanken hinzu. Immerhin war es unter diesen Umständen doch möglich, dass Arielle und Agata ein- und dieselbe Person waren. Allerdings wünschte Claudia sich sehr, dass das Mädchen noch lebte. Sie warf einen prüfenden Blick auf den Zettel, faltete ihn zusammen und steckte ihn ein. Als sie schon fast im Gang war, hörte sie Ines Seidel nach ihr rufen: »Frau Brandes, einen Moment, bitte! Und was wird jetzt mit den Jungs? Werden Sie …?«

Mit einem Schulterzucken ließ Claudia die Frau stehen. Sie hatte es verdient, sich noch einen Moment Sorgen zu machen, obwohl Claudia sicher war, dass sie keine Anzeige gegen Frau Seidels Söhne wegen Vandalismus und Diebstahl erstatten würde. Obwohl die Familie in Claudias Augen durchaus einen Denkzettel verdient hätte. Aber davon würde Agata schließlich auch nicht wieder auftauchen. Beim Verlassen hörte sie noch Frau Seidel sagen: »Ich wusste es schon immer. Alle unsere Missetaten holen uns irgendwann im Leben wieder ein. Sie sind wie ein Bumerang. Sie finden einen Weg zurück. Früher oder später.«

Sie war bis vor die Tür geschoben worden, hinter der sie das wütende, tiefe Bellen mehrerer Hunde hörte. Alleine hätte sie es niemals gewagt, einen Schritt in dieses Haus zu machen, und auch jetzt zitterte sie. Die Frau drehte den Schlüssel im unteren Schloss, dann im oberen und öffnete die Tür. Drinnen war es dunkel. Alle Fensterläden geschlossen.

Sie wusste nicht, was sie mehr erschreckte: die großen Tiere, die sie nicht einzuschätzen wusste, oder die muffige warme Luft, die wie eine Wand in dem Gebäude stand. Nun erkannte sie im Dämmerlicht das struppige ungepflegte Fell der Tiere, die sich leise fiepend um die Frau drängten, aber sogleich barsch mit einem Schritt zur Seite gedrängt wurden. Kein Tätscheln, kein Wort.

Unsanft zog die Frau sie in das Zimmer, blickte nach beiden Seiten, verriegelte dann energisch beide Schlösser. Dieser Geste lag etwas Endgültiges inne, etwas, das ihr sagte, dass diese Tür nicht geöffnet wurde, wenn sie es sich wünschte.

Sie hatte sich nicht rühren können. War einfach stehen geblieben. Die Hunde waren mit der Frau gelaufen, jedoch in respektvollem Abstand, mit gesenktem Schwanz. Sie wusste nicht, was sie tun sollte, konnte sich einfach nicht bewegen, hatte noch immer das Bild der Hunde vor Augen, deren böses Gebell beim Anblick der Frau einer geduckten, demütigen Haltung gewichen war. Sie kannte diese Fügsamkeit. Sie wusste, was geschehen musste, damit sie entstand. Bei ihrer Mutter hatte sie es gesehen, bei ihrer Tante. Bei vielen anderen im Dorf, die nur noch wie ein Schatten herumliefen. Sie waren so still geworden, dass sie beinahe unsichtbar wurden.

Irgendwann zog die Frau sie mit sich, durch einen schmalen Flur mit abgewetzten Dielen, in den hinteren Teil der Wohnung, vorbei an einem Hundehaufen, auf dem sich Fliegen tummelten. Die Frau legte sich ins Bett, bedeutete ihr, sich neben sie zu legen, in das zerwühlte Bettzeug. Es hatte denselben Geruch wie der Rest des Hauses: alt und verkommen.

Sie spürte, wie die Frau sich an sie schmiegte. »Meine Kleine«, murmelte sie und atmete in wenigen Sekunden ruhig und gleichmäßig. Stocksteif lag sie daneben, starrte an die Decke, unfähig, sich zu entspannen. Ihre Blase schmerzte, sie hatte den starken Drang, Wasser zu lassen. Sie musste sich ablenken, kniff sich fest in die Hand. Hoffte, dadurch würde das Gefühl vergehen. Aber es blieb. Sie lenkte sich damit ab, zu beobachten, wie die Fliege irgendwann über den Arm der Frau lief, über ihre Brust. Vermutlich eines der Insekten, die sie zuvor im Flur gesehen hatte. Irgendwann war die Nacht vergangen. Und ein Tag und wieder eine Nacht.

Danach wartete sie jeden Moment darauf, dass etwas geschah. Manchmal tat es das, gab es einen Tritt, eine Ohrfeige. Manchmal gab es auch Essen. Aber nur selten. Trinken konnte sie am Hahn. Manchmal las die Frau ihr vor. Aus einem Buch für kleine Kinder, dessen Inhalt sie nicht verstand.

Aber meistens blieb es still. Unerträglich still. Sie bewegte sich wie ein Schatten, war immer da, aber ohne jedes Geräusch. Ihr Kleid bald schon so grau, dass es dieselbe Farbe hatte wie der Stoff des Sessels, mit dem sie immer mehr verschmolz. Eines Tages würde sie unsichtbar sein. Nicht mehr zu sehen.

33.

Claudia gab die Adresse in ihr Navi ein und trat das Gaspedal durch. Je länger das Gehörte in ihr nachwirkte, umso wütender wurde sie. Ignoranz und Bequemlichkeit waren so häufig die Quelle übler Geschichten, und einmal mehr wünschte sich Claudia, man hätte eine bessere Möglichkeit, Menschen für das zu belangen, was sie unterlassen hatten. Jetzt war sie den dreisten Seidel-Söhnen beinahe dankbar, denn nur durch ihre unbedachte Aktion hatte sie endlich alles erfahren. Und natürlich durch Frau Ruhland. Ohne ihre Meldung hätte es vermutlich nie einen Anhaltspunkt gegeben, um hierherzukommen. Claudia fuhr noch ein bisschen schneller. Vielleicht würde sie in der Pension etwas erfahren, das einen Rückschluss auf das Paar gab. Die Wahrscheinlichkeit, dass Arielle und Agata ein und dieselbe Person waren, lag nahe. Denn nun passte alles genau zu Buttlers Ergebnissen.

Sie stieg auf die Bremse. Verdammt! Sie hatte zwar nach einem Foto von Agata gefragt, aber vergessen, Frau Seidel erneut das Bild von Arielle zu zeigen. Wie konnte sie nur so nachlässig sein? Wieder ein Fehler! Sie griff nach ihrem Ring, überlegte, was zu tun war. Sie konnte auf dem Rückweg noch einmal am Hof vorbeifahren. Oder sie würde gleich die Besitzerin der Pension fragen.

Wieder überlief sie ein Schauer, wenn sie an die großen, traurigen Gebäude dachte. Wie hatte sich Agata wohl dort gefühlt? Die tickenden Uhren hatten Claudia nervös gemacht. War es dem Kind genauso gegangen? Und wurde das Mädchen auch ständig beobachtet, wenn es ins Freie trat? Frau Seidel hatte erzählt, Agata habe sich auf Bäume geflüchtet. Kein Wunder eigentlich. Hoch oben in der Krone konnte sie sicher sein, dass niemand außer ihr dort versteckt war, und jeden Ankommenden vermochte sie schon von ferne zu entdecken. Und konnte abhauen, wenn sie es für nötig hielt. Ein kluges Kind, das hatte auch Frau Ruhland gesagt. Claudia hoffte, dass es dem Mädchen in seinen letzten Tagen irgendetwas genutzt hatte. Bei den Seidels war das bestimmt ein weiteres Problem gewesen. Die Jungs, die sich sogar zum Beschützer der Mutter aufspielten, duldeten sicher niemanden auf dem Hof, der Aufmerksamkeit auf sich zog. Und erst recht nicht, wenn derjenige ihnen überlegen war. Claudia wollte gar nicht wissen, welche Art von Kerlen die drei als Erwachsene werden würden.

Im benachbarten Ottensoos angekommen, fand Claudia sogleich das wunderbare Fachwerkhaus, in dem sich die Achleitners eingemietet hatten. Geschmack hatten sie wenigstens. Das hier sah nicht nach einer Absteige aus. Und machte Claudia ein wenig Hoffnung, ihre Befürchtungen mögen sich nicht bewahrheiten. Es stimmte schon: Einige Menschen konnten das Paar beschreiben. Wären Menschen mit einer üblen Absicht dieses Risiko eingegangen? Vielleicht war das Paar wirklich nur abgetaucht, um sicherzugehen, dass niemand aus dem Ausland das Kind wieder zurückverlangen konnte. Oder aber sie wollten erst recht einen normalen und harmlosen Eindruck machen.

Sie parkte den Wagen ein Stück entfernt, damit die Vermieterin der Wohnung durch den Schriftzug auf der Frontscheibe keinen falschen Eindruck von ihr bekam, und ging die wenigen Meter zu Fuß zurück. »Ferienwohnung zur Krämerin« stand auf einem ovalen runden Schild. Claudia klingelte. Kurze Zeit später öffnete ihr eine schlanke, dunkelhaarige Frau, die schon von ferne »Komm scho« gerufen hatte. Passend zu dem alten Gemäuer trug die Frau einen geblümten Miederrock mit grüner Schürze und ein dazu passendes buntes Schultertuch, das ihr ausgesprochen gut stand.

Freundlich legte sie den Kopf schief, lächelte und fragte: »Was kann ich für Sie tun? Kommen Sie wegen der Wohnung? Die ist leider ab Samstag gebucht. Aber bis dahin kann ich sie Ihnen gerne überlassen.«

Die gute Laune dieser Frau hatte etwas Ansteckendes. Claudia bedauerte, dass sie dieses Angebot unter den gegebenen Umständen nicht annehmen konnte, setzte aber Ottensoos auf die Liste möglicher Orte für einen Wochenendausflug.

»Leider bin ich wegen eines Auftrags hier und hätte nur einige Fragen an Sie. Es geht um ein Ehepaar, das vor längerer Zeit hier gewohnt hat.«

Das Gesicht der Frau wurde ernst, ihre Stirn legte sich in Falten, und sie musterte Claudia von oben bis unten.

»Sind Sie von der Polizei?«

Claudia lächelte und schüttelte den Kopf.

»Nein. Ich bin von der Presse, arbeite aber eng mit der Polizei zusammen. Ich bin Kriminalreporterin.«

»Oh!«, entfuhr es der Frau, die daraufhin anerkennend nickte. »Womit kann ich Ihnen weiterhelfen?«

»Es geht um ein Ehepaar, das vor einiger Zeit hier bei Ihnen gewohnt hat. Ich hoffe, Sie erinnern sich an sie. Der Name lautet Achleitner.«

»Natürlich erinnere ich mich an die. Das dürfte ziemlich genau zwei Jahre her sein.«

Verdutzt schaute Claudia die Vermieterin an. Ein so gutes Gedächtnis war ihr beinahe unheimlich. Die Frau klärte Claudia auf: »Es passiert nicht besonders häufig, dass jemand meine Wohnung für eine Woche bucht und nach nur einer Nacht wieder abreist. Ich habe mich gefragt, woran das gelegen haben kann, denn bisher hat sich immer jeder meiner

Gäste hier wohlgefühlt. Ich habe zahlreiche Stammkunden, müssen Sie wissen.«

Das glaubte Claudia der Frau aufs Wort, war aber mehr an den Achleitners interessiert.

»Könnten Sie vielleicht mal nachsehen, ob Sie eine Adresse angegeben haben? Oder haben Sie eine Kopie der Kreditkartenabrechnung? Ich muss diesen Leuten dringend eine Frage stellen. Sie würden mir damit einen riesigen Gefallen tun«, fügte Claudia hinzu, aber die Frau schüttelte bedauernd den Kopf.

»Sie haben bar gezahlt, deshalb habe ich auf die Aufnahme der Adresse verzichtet.«

»Könnten Sie die beiden beschreiben?«

»Sie waren gut gekleidet, beide ungefähr so groß wie Sie. Die Frau hatte so einen Pagenkopf, der Mann … tja, er trug eine Brille. Schlank waren sie beide. Ansonsten … Nein, tut mir leid. Mehr fällt mir leider nicht ein. So lange sehe ich meine Gäste ja auch nicht. Wären sie öfter hier, aber so …«

»Und das Mädchen? Könnte sie das sein?« Claudia reichte der Frau das Bild von Arielle.

Die Frau runzelte die Stirn und betrachtete eingehend das Foto. Doch Claudia ahnte angesichts ihres Gesichtsausdrucks schon, was die Frau antworten würde. »Ich weiß nicht. Es ist lange her, und ich habe das Mädchen nur kurz gesehen. Wie gesagt, sie sind ja gleich wieder weg. Eine gewisse Ähnlichkeit ist da … Wissen Sie, ich habe so viele Gäste hier. Wäre sie länger geblieben …«

»Schon gut«, Claudia nahm das Bild wieder an sich. »Haben Sie vielleicht noch eine Erinnerung an das Autokennzeichen? Oder welchen Wagen ihre Gäste gefahren haben?«

Bedauernd zuckte die Frau ihre Schultern. »Oh, mit Autos kenne ich mich leider gar nicht aus. Ein heller Wagen, meine ich. Aber beschwören kann ich das nicht. Wissen Sie, ich habe mich schon selbst darüber geärgert, denn sonst hätte ich

Ihnen das Medaillon wiedergeben können. Ich habe immer gehofft, sie würden von selbst auf die Idee kommen, dass es hier liegen geblieben ist, aber vermutlich haben sie gedacht, sie hätten es unterwegs verloren.«

»Ein Medaillon?«

»Ja. So eine lange silberne Kette mit einem Anhänger daran, in den man Bilder stecken kann. Zwei Kinderbilder sind darin. Es war wohl zwischen das Nachtkästchen und das Bett gerutscht und hatte sich dort verkeilt. Als ich beim Putzen das Tischchen weggerückt habe, fiel die Kette zu Boden.«

»Haben Sie die Kette noch? Und sind Sie ganz sicher, dass sie den Achleitners gehört hat?«

»Absolut! Bei mir kann man vom Boden essen, sagen meine Gäste immer. Ich mache ganz gründlich sauber, wenn mich ein Mieter verlässt. Das gehört zu meinem Service, müssen Sie wissen.«

»Dürfte ich das Medaillon mitnehmen? Ich lasse Ihnen meine Karte hier, damit Sie es jederzeit von mir zurückbekommen können, wenn die Besitzer hier auftauchen.«

»Was nach so langer Zeit nicht zu erwarten ist. Vielleicht finden Sie sie ja. Dann können Sie den Leuten endlich ihr Schmuckstück zurückgeben. Viel Glück!«

»Danke. Ich werde es versuchen!«

Die Frau reichte ihr das sorgfältig in einer Tüte verpackte Schmuckstück und gab ihr das Versprechen, ihren Mann bei seiner Heimkehr zu fragen, ob ihm noch etwas zu dem Wagentyp einfiele. Er würde sich besser mit diesen Dingen auskennen.

Claudia nahm ihr Smartphone, um Drews anzurufen, der auch seinerseits schon mehrfach versucht hatte, sie zu erreichen. Gespannt wählte sie seine Nummer, und schon nach einem Klingeln nahm er ihren Anruf entgegen.

»Du hattest recht. Das Mädchen ist tatsächlich nie bei der

Vermittlerin angekommen. Die Kollegen haben sich mit ihr in Verbindung gesetzt, und sie fiel aus allen Wolken, als wir nach Agatas Befinden fragten. Nach dem Telefonat ist die Frau natürlich abgetaucht. Die Kollegen konnten aber über die Nummer ihren Namen herausfinden und kommen ihr sicher früher oder später auf die Spur. Wir vermuten, dass sie wohl öfter Kinder aus Dörfern in den Karpaten vermittelt hat. Allerdings können wir ohne den Nachnamen des Mädchens nicht überprüfen, ob sie bei ihren Eltern ist.«

»Das brauchst du nicht mehr. Sie befindet sich noch in Deutschland. Die Frau, die sie hierher holte, hat sie an ein kinderloses Paar weitergegeben, das sie über das Internet fand.«

»Wunderbar!«, fiel ihr Drews ins Wort. »Das sind ja mal gute Neuigkeiten. Dann wusstest du wohl auch schon, dass wir bei den Fingerabdrücken keine Übereinstimmung feststellen konnten?«

»Nein. Das wusste ich nicht. Das macht die Sache allerdings nicht besser. Hättest du mich vorhin ausreden lassen, hätte ich dir sagen können, dass das Ehepaar, das Agata mitnahm, ebenfalls untergetaucht ist. Die Handynummer und die Adresse – alles falsch. Ich habe allerdings ein Medaillon dabei, das das Paar damals in seiner Ferienwohnung verloren hat. Könntest du das bitte so schnell wie möglich auch auf Fingerabdrücke untersuchen lassen? Und nachprüfen, ob du irgendetwas über diese Leute herausfinden kannst? Vielleicht stimmt der Name, den sie angegeben haben, ja doch. Sie nannten sich Achleitner.«

»Das alles hat aber doch nichts mit unserem Fall hier zu tun.«

»Steffen, das ist doch völlig egal. Hörst du mir eigentlich zu? Wir müssen Agata finden! Diese Achleitners sind einfach mit dem Mädchen abgehauen.«

»Sagtest du nicht, dass sei zwei Jahre her? Claudia, sorry, aber da sind mir die Hände gebunden. Zum einen hängt dieser Fall eindeutig nicht mit dem von Arielle zusammen. Zum anderen gehört der Nürnberger Raum nicht zu meinem Zuständigkeitsbereich. Ich bin nicht autorisiert dort Untersuchungen durchzuführen. Ich habe mich wegen der Telefondaten schon stark aus dem Fenster gelehnt. Sorry, aber solange uns nichts Konkretes vorliegt, das auf eine Bedrohung des Lebens und der Gesundheit von Agata hindeutet, sind mir da die Hände gebunden. Denn schließlich hat ja jeder das Recht, Verbindungen abzubrechen und einen Neuanfang zu wagen. Erst recht bei einer dubiosen Auslandsadoption wie dieser.«

»Aber doch nicht mit einem Kind, das man auf illegale Weise bekommen hat! Sie sind einfach abgehauen, haben einen falschen Namen benutzt, eine falsche Adresse angegeben, die Mobilnummer stillgelegt. Das stinkt doch zum Himmel, Steffen!«

»Du willst das nicht hören, ich weiß. Aber Abtauchen ist nun mal kein Verbrechen. Und vielleicht haben sie das Kind längst offiziell gemeldet. Tut mir leid, Claudia. Setz dich doch mit den Kollegen von der Vermisstenstelle in Verbindung. Oder mit dem Sozialamt. Ach, was rede ich – du weißt, mit wem du reden musst. Ich muss jetzt jedenfalls weitermachen und mich auf meinen Fall konzentrieren. Der macht mir schon Sorgen genug.«

34.

Staub wirbelte hinter dem Wagen auf, als Claudia mit durchdrehenden Reifen den Parkplatz verließ. Sie fuhr quer durch den Ort und war in wenigen Minuten auf der B14 Richtung Autobahn. Es hatte ja nun keinen Sinn mehr, Ines Seidel das Foto zu zeigen. Sie fuhr viel zu schnell, aber das war ihr egal. Wenn sie ein Knöllchen bekäme, würde sie es an Drews schicken. Zwar wusste sie, dass er nicht anders handeln konnte, dennoch raste sie wegen ihm vor Wut. Im wahrsten Sinne des Wortes.

Sie fühlte sich so hilflos. Und war gleichzeitig sicher, dass sie das Mädchen schnellstmöglich finden musste. Woher sie diese Erkenntnis nahm, konnte sie nicht sagen. Es war nur ein Gefühl.

Warum erinnerte Drews sich ausgerechnet jetzt an seine Dienstvorschriften? Als er sie vor einer knappen Woche zum Tatort gerufen und zur Obduktion mitgeschleppt hatte, war ihm völlig egal gewesen, ob er dabei die Regeln einhielt. Warum lagen die Dinge ausgerechnet jetzt anders? Wie lange hatte er noch vor, ihr vorzugaukeln, wie wichtig sie war, wie sehr er ihre Meinung schätzte? Den Teufel tat er. Oder war das alles ein mieser Trick, um sie dazu zu bewegen, ihn endlich zu sich nach Hause einzuladen? Nein. Das hätte er gesagt. Er glaubte ihr einfach nicht. Und sie hatte keinerlei Beweise. Ständig sprach er von dem immensen Druck, wollte aber einfach nicht hinsehen, wenn es eine Spur gab. Er hatte ihr gar nicht zugehört. Wieder einmal. Obwohl sich in Claudias Augen die Spuren verdichteten. Ihr Herz raste immer noch.

Mit einem Mal wünschte sie sich, sie hätte sich auf diese ganze krumme Geschichte nicht eingelassen. Die letzten Tage waren eine emotionale Achterbahnfahrt gewesen, und sie spürte, wie sie dadurch nun an ihre körperlichen Grenzen stieß. Natürlich hatte sie sich geschmeichelt gefühlt, als Drews sie immer häufiger hofierte. Seine Größe, sein blendendes Aussehen, sein unerschütterliches Selbstbewusstsein und sein Job verliehen ihm eine äußerst männliche Ausstrahlung, und sie fühlte sich bei ihm sicher. Gleichzeitig stellte sie fest, dass man sich an jemandem, der Ecken und Kanten hatte, auch permanent stoßen würde. Keine gute Voraussetzung für eine intensivere Verbindung. Es bedeutete, dass sie Klarheit schaffen musste. Es wurde höchste Zeit dafür, bevor sie auch noch ihre wie auch immer geartete Freundschaft aufs Spiel setzte. Vielleicht wäre es gut, wenn sie nach dieser Geschichte ein paar Tage Urlaub machen würde. Um Abstand zu ihm zu bekommen. Und um mit sich selbst ins Reine zu kommen.

Daheim angekommen, lag Dreibein wartend direkt hinter der Tür, flüchtete jedoch maunzend. Sie rief ihn, aber der Kater tauchte nicht wieder auf. Er hatte sich offenbar verkrochen. Wunderbar. Noch ein Kerl, der sich ihr gegenüber bockig verhielt.

Nachdem sie ihre Reisetasche geleert und ihre Kleidung gewechselt hatte, stellte sie sofort die Waschmaschine an. Jetzt musste sie nur noch den Glasschaber und einen Eimer Wasser holen, um die letzten Farbreste von der Windschutzscheibe zu kratzen, dann wäre wenigstens dieses Kapitel erledigt. Als sie den leeren Futternapf sah, wusste sie, warum Dreibein so ungnädig war: Sie hatte das Tier total vergessen. Er hatte völlig recht, beleidigt zu sein. Sie war eine miese Katzenmama. Rasch tauschte sie den Rest Wasser gegen frisches aus und öffnete eine Dose seines Lieblingsfutters: Schlemmermenü Forelle. Diese Sorte gab es sonst nur an Feiertagen, und Claudia wollte ihrem Kater damit beweisen, dass es ihr aufrichtig leidtat. Sie schnalzte mit der Zunge, rief seinen Namen, gurrte eine Entschuldigung. Als sie sich bereits lächerlich vorkam, so um die Gunst eines Tieres zu buhlen, kam Dreibein mit hoch erhobenem Kopf um die Ecke, würdigte sie nur eines kurzen Blickes und machte sich dann gierig über das Wasser her. Sein Fressen ließ er zunächst unbeachtet. Claudia musste laut lachen.

»Ich wusste gar nicht, dass auch eine Diva in dir steckt, Kater.«

Mit einem Maunzen sprang er auf sie zu, schmiegte sich einmal kurz an ihr Bein und machte sich dann über das Futter her. Claudia zeigte ihm den Schaber.

»Ich gehe noch mal kurz nach unten, um etwas zu erledigen. Dann hole ich mir einen Döner an der Ecke, und danach machen wir beide ein Mittagsnickerchen. Das haben wir uns redlich verdient, was meinst du?«

Außer einem genüsslichen Schmatzen war nichts von Dreibein zu hören. Claudia wertete das als Zustimmung.

Als sie erwachte, war es früher Abend. Sie hatte sich nur kurz eine halbe Stunde ausruhen wollen, aber der Tag und seine Erkenntnisse hatten sie wohl mehr geschafft, als sie zunächst angenommen hatte. Noch immer fühlte sie sich ruhelos. Sie musste mit Hendrik reden, ihm die neuesten Geschichten aus Engelthal berichten. Sie rief seine drei Nummern an, ohne Erfolg. Enttäuscht hinterließ sie eine Nachricht auf Band, dass sie wieder zurück sei und ihm unbedingt etwas erzählen müsse. Dann saß sie mit hängenden Schultern auf der Couch. Die Tüte mit dem Medaillon lag vor ihr auf dem Tisch. Sie holte ein Taschentuch und öffnete damit vorsichtig das Schmuckstück. Zwei winzige Kinderbilder lächelten ihr entgegen. Wer waren diese Mädchen? Wenn das Paar bereits zwei Kinder hatte, wieso hatte es dann gegenüber Frau Seidel behauptet, kinderlos zu sein? Sie versuchte hinter den Sinn dieses Verhaltens zu kommen. Zugleich hoffte sie inständig, dass die Kette tatsächlich den Achleitners gehörte. Denn wenn sie selbst Kinder hatten, würden sie Agata vielleicht nichts antun. Unwirsch schüttelte sie den Kopf. Unsinn, sie wusste selbst, dass die Elternschaft nicht immun gegen Hass, Kälte und Gewalt machte. Sonst gäbe es nicht so viele unglückliche Kinder, nicht so viel Gewalt und Schmerz. Am häufigsten geschahen diese Dinge innerhalb der Familie. Das war eine traurige Wahrheit. So wie die Söhne der Seidels sich gegenseitig die Arme brachen, nur um zu beweisen, wer der Stärkere war. Mit Grausen dachte sie an den Hof und die Seidels. Immer noch meinte sie das Ticken der Uhren zu hören, das sich in ihre Gehörgänge eingegraben hatte wie die Filmmusik zu einem Gruselstück. Wie schrecklich musste es sein, dort völlig alleine zu leben. Frau Seidel hatte Jahre älter ausgesehen, als sie war, wirkte immer verhärmt und unglücklich. Spontan musste Claudia an Anni denken, die neulich ebenso gestresst und fertig ausgeschaut hatte, auch wenn sie mit ihrem Elan darüber hatte hinwegtäuschen wollen.

Resolut klappte sie das Medaillon zu, ließ es in die Tüte fallen und steckte beides in ihre Hosentasche. Dann griff sie zum Telefonhörer.

Erfreut winkte Claudia Anni zu, ließ ihre Hand aber gleich wieder sinken, als sie sah, dass diese nicht alleine ins »Jenseits« kam. Sie hatte Ulrike, die von allen nur Rieke genannt wurde, mitgebracht, die Mutter eines Klassenkameraden von Max, mit der sie sich seit einiger Zeit gut verstand. Claudia kannte sie nur flüchtig, von einem kurzen Moment im Büro, wo sie Max einmal abgesetzt hatte. Sie begrüßte sie freundlich, wenngleich sie sich ärgerte, dass Anni ihr vorhin am Telefon nichts davon gesagt hatte. Unter diesen Umständen hätte sie lieber am Telefon von dem Fall berichtet. Die Geschichte brannte ihr unter den Nägeln. Außerdem belastete sie die Sorge um Agata und ihre eigene Unfähigkeit, etwas Sinnvolles für das Mädchen tun zu können. Möglicherweise war dieses unverhoffte Zusammentreffen aber auch eine Chance: Die beiden hatten als Mütter vielleicht eine ganz andere Sicht auf die Dinge. So beschloss Claudia kurzerhand, erst einmal etwas zu essen und dann die Geschichte zu erzählen, ohne Namen und Orte zu nennen.

Rieke war eine wache, witzige und kluge Person, und Claudia mochte sie auf Anhieb. Sie konnte gut verstehen, dass Anni sich mit ihr angefreundet hatte. Die beiden erzählten lachend Anekdoten von verschiedenen Schulveranstaltungen, wobei Claudia einen kleinen Stich verspürte, als sie das Einverständnis und scheinbar blinde Verstehen der beiden Frauen bemerkte. Sie beneidete die beiden um ihren Familienalltag und hätte fürchterlich gerne mit ihnen getauscht. Claudia merkte, wie sie ihr eigenes Leben im Vergleich plötzlich als völlig unzureichend empfand. Anni schwärmte hingegen gerade Rieke gegenüber von Claudias Freiheit, und dass sie sie glühend darum beneidete, einfach alles stehen und liegen lassen zu können, um schnell nach Nürnberg zu fahren und dort zu recherchieren. Das alte Lied. Die Kehrseite kannten die beiden nicht: die Einsamkeit.

In dieser gelösten Stimmung fiel es Claudia schwer, mit der deprimierenden Geschichte von Agata anzufangen. Doch sie konnte einfach nicht anders. Anni und Rieke hörten gebannt zu, bis sie alles erzählt hatte. Nur in Annis Gesicht erlebte Claudia sofort eine Wandlung: Sie wirkte mit einem Mal angestrengt, ihre Haut erschien fahl und grau. Ob es an der fortgeschrittenen Stunde oder an ihrem Bericht lag, vermochte Claudia nicht zu sagen, aber irgendetwas stimmte mit Anni nicht. Etwas war verändert, wenngleich sie immer vorgab, fröhlich zu sein. Diese Freude kam nicht von innen, wirkte immer aufgesetzt und ein wenig überzogen. Claudia sorgte sich, dass Anni ein echtes Problem hatte, und nahm sich fest vor, sie darauf anzusprechen, sobald sie das nächste Mal alleine waren. Sie durfte das nicht länger ignorieren, wenn sie sich in ihrem Leben nicht erneut einen riesigen Vorwurf machen wollte.

»Und die Kette ist das Einzige, was von diesen Leuten zurückgeblieben ist? In den Filmen durchsuchen sie immer die Papierkörbe und finden dann noch Kassenzettel oder irgendwelche anderen Sachen, wodurch man sie aufspüren kann«, sagte Rieke in die Stille hinein und holte damit Claudia aus ihren Bedenken zu Anni.

»Wären nicht schon zwei Jahre vergangen, dann wäre das vielleicht noch möglich. Aber so …«

»Unfassbar, dass diese Frau nichts unternommen hat. Ich meine, die muss doch fernsehen oder Zeitung lesen. Kinder sind doch generell immer gefährdeter. Drogen, Missbrauch, Entführung. Dauernd hört man doch so was.«

»Sie wohnt auf dem Land«, gab Claudia zu bedenken. »Vielleicht ist es dort noch anders. Die Leute kennen die Kinder im Ort und haben ein Auge auf sie. Irgendwie fühlt man sich da sicherer.« Claudia war erstaunt über ihre eigenen Worte, aber sie empfand es genauso, obwohl das vermutlich ein Trugschluss war.

»Vielleicht kannst du über die Kette doch noch etwas herausfinden. Diese Medaillons sind oft Erbstücke. Manche haben eine ganz markante Eigenart, über die du den Goldschmied feststellen kannst, der es gemacht hat«, sagte Anni nachdenklich.

»Ich weiß nicht. Es scheint mir relativ gewöhnlich zu sein und sieht nicht wertvoll aus. Eher nach Massenware. Es ist aus Silber, außen ist nur eine Blätterranke eingraviert.« Claudia zog die Tüte mit der Kette darin aus ihrer Tasche. »Da schau. Nichts Besonderes. Ich glaube, die bekommst du in jedem Kaufhaus.«

Claudia reichte Anni das Schmuckstück und wollte gerade von Drews Reaktion erzählen, als sie bemerkte, wie Rieke sich erstaunt herüberbeugte.

»Darf ich das mal kurz sehen? Das kann doch nicht …« Sie nahm Anni die Tüte aus der Hand. »Ich mach das mal auf, ja? Ich bin auch ganz vorsichtig.« Rieke schob die Tüte so, dass sie das Medaillon öffnen konnte, und hielt es dann dicht unter die Lampe, um eine bessere Sicht auf die Fotos zu haben. »Ich war mir erst nicht sicher. Aber ich kenne das Ding. Und diese Kinder.«

»Das ist nicht dein Ernst, oder?« Claudia starrte Rieke ungläubig an. So ein Zufall wäre beinahe unheimlich.

»Das sind die Kinder einer Familie, die ich mal betreut habe.«

»Die Achleitners? Ohne jeden Zweifel?«

»Achleitner heißen die nicht.«

Claudia seufzte. Das wäre ja auch zu einfach gewesen, wenn sie hier und heute die richtige Spur gefunden hätte. Natürlich konnte es sein, dass das Paar seinen Namen geändert hatte. Doch laut Ines Seidels Beschreibung waren die Eheleute bereits älter und kinderlos gewesen, weshalb sie Agata adoptieren wollten. Bevor Claudia weiter darüber nachdenken konnte, fuhr Rieke fort:

»Aber die Kinder kenne ich. Hundertprozentig. Es gibt Geschichten, die man einfach nicht vergisst. Und diese wird mir ewig im Kopf bleiben, weil die Eltern unser Amt verklagen wollten. Vor allem mich.«

Claudia schaute sie fragend an.

»Ich arbeite beim Jugendamt hier in München. Ich habe den Fall damals betreut.«

»Dachte ich mir's doch, dass es nicht die Achleitners waren, die das Schmuckstück liegen gelassen hatten. Ich fand es ohnehin seltsam, dass die Vermieterin nach zwei Jahren noch felsenfest davon überzeugt war, dass die Kette von diesem

Paar stammte. Es hätte schließlich von jedem sein können, der dort übernachtet hat. Vermutlich lag das Medaillon schon eine Weile in dem Zimmer und ist ausgerechnet mit den letzten Gästen in Verbindung gebracht worden, die in dem Zimmer gewohnt haben. Schade. Dabei hatte ich gehofft, ich hätte endlich eine Spur.«

Frustriert nahm Claudia das Medaillon wieder an sich und betrachtete die lachenden Gesichter der Kinder.

»Willst du es den Leuten dann vielleicht wiedergeben?«, fragte Claudia. »Die vermissen es doch sicher?«

»Danke, nein. Ich möchte das nicht wieder aufwühlen, ich bin ohnehin froh, dass die irgendwann Ruhe gegeben haben.«

Claudia zuckte die Schultern und schob die Kette wieder in ihre Tasche.

»Eine wirklich unschöne Geschichte war das damals. Normalerweise darf ich über meine Fälle nichts erzählen, aber da damals alles durch die Presse ging … Vielleicht habt ihr seinerzeit in der Zeitung darüber gelesen. Sei froh, dass es nicht dieses Paar ist. Ich sollte ja nicht schlecht über unsere Leute reden, aber die waren wirklich besonders unangenehm.«

»Was war denn mit dieser Familie?«

»Wir mussten die Kinder in Obhut nehmen, weil die Eltern ihrer Fürsorgepflicht nicht mehr nachkamen. Alles begann wohl damit, dass das Paar Probleme in der Ehe bekam. Sie stritten immer öfter und heftiger, und der Mann drohte schließlich, seine Frau zu verlassen. Er warf ihr vor, sie sei immer müde, faul, zu nichts in der Lage, würde sich gehen lassen, sich nicht um ihre Aufgaben kümmern. Er setzte ihr ein Ultimatum, um wieder in die Gänge zu kommen, sonst würde er sich scheiden lassen. Die Frau, die seit der Geburt der Kinder zu Hause geblieben war, hat diese latente Bedrohung mächtig belastet. Sie hatte Angst davor, zum Sozialfall zu werden, ihre Kinder nicht mehr ernähren zu können, falls sie ihr Mann wirklich verließ. Statt dagegen anzugehen und sich zusammenzureißen, vernachlässigte sie ihre Aufgaben noch mehr, klagte bei Bekannten und Nachbarn, kreiste nur noch um sich und ihre Angst vor der Armut. Sie war völlig paralysiert von diesem Gedanken. Vermutlich war sie vorher schon leicht depressiv und ihr Zustand hat sich dann wohl rapide verschlimmert. Jedenfalls geriet ab diesem Zeitpunkt ihr Haushalt in einen völlig desolaten Zustand. Das behauptete zumindest die Frau. Die Zuständigen im Kindergarten und in der Schule berichteten hingegen, dass die Kinder auch zuvor oft nicht den Jahreszeiten gemäß gekleidet waren oder ungepflegt wirkten. Die Frau wies die Vorwürfe von sich, hielt uns stattdessen nur entgegen, dass Liebe für Kinder wichtiger wäre als Hygiene. Für die Leiterin der Tagesstätte erhärtete sich der Eindruck, dass die Frau nicht die richtigen Maßstäbe an ihre Erziehung anlegte und es den Kindern zu Hause nicht gutging, sie müde und hungrig in die Betreuung kamen. Deshalb drohte sie damit, Anzeige beim Jugendamt zu erstatten, wenn sich nichts ändere.

Zu allem Übel versuchte die Mutter nun, sich mit den Kindern zu solidarisieren. Sie ließ sie einfach in der Woche bei sich zu Hause und unternahm irgendetwas mit ihnen, statt sie zum Kindergarten beziehungsweise in die Schule zu schicken. Das brachte das Fass zum Überlaufen und die Leiterin wandte sich an uns.

Ihr Mann war zu diesem Zeitpunkt bereits in eine winzige Zweizimmerwohnung gezogen und die Kinder in den Augen der Frau ihr einziger Halt. Wir haben ihr von Beginn an Familienhilfe angeboten, damit sie wieder auf die Beine kommen könnte, sich um den Haushalt kümmern und um einen Job bewerben könnte. Aber sie lehnte das immer kategorisch ab, behauptete, sie brauche keine Hilfe. Ein echter Teufelskreis.«

Rieke seufzte und trank einen Schluck.

»An einem Wochenende hatte der Vater die Kinder wohl zu spät nach Hause gebracht. Das Paar stritt heftig, und es gingen wohl auch Möbel zu Bruch, so dass die Nachbarn die Polizei riefen. Die Frau hatte getrunken und war völlig außer sich. Sie schrie herum und gab uns nun die Schuld an dem ganzen Desaster. Die Kinder standen ganz alleine und verängstigt im Flur, waren völlig aufgelöst. Die Jüngere hatte sich sogar eingenässt. Doch selbst als wir da waren, hörte das Paar nicht auf zu streiten, sie wurden sogar handgreiflich. Wir haben die Kinder noch in der Nacht aus der Familie geholt und in Sicherheit gebracht. Es ging ihnen dort einfach nicht gut.« Sie seufzte. »Die Frau verlor daraufhin völlig den Boden unter den Füßen, denn nun waren alle ihre Liebsten weg. Sie hatte einen Nervenzusammenbruch, trank zu viel. Vielleicht hat sie das schon vorher getan. Aber sie war nicht willens, eine Therapie zu beginnen. Stattdessen stand sie täglich bei uns im Amt, bettelte darum, ihre Kinder sehen zu dürfen. Die hatten aber offenkundig Angst vor ihr. Wir versuchten sie zu beruhigen, rieten ihr zu einer Therapie. Es hätte alles wieder ins Lot kommen können. Aber sie glaubte uns nicht, dass wir die Pflegschaft nur für einen kurzen Zeitraum übernehmen wollten. Sie brach die Therapie ab und stand immer wieder im Amt, weinte oder wurde aggressiv und ausfallend. Ich will hier gar nicht erzählen, was da alles vorgefallen ist. Glaubt mir einfach, dass es fürchterlich war! Das wirklich Üble daran war aber, dass die Frau ihre Chancen, die Kinder wiederzubekommen, immer mehr verschlechterte, weil sie ganz offensichtlich labil war und in ihren Handlungen völlig unberechenbar. Da müssen wir von Amts wegen einfach vorsichtig sein. Sie durfte die Kinder nur noch unter Aufsicht sehen.«

Claudia zuckte zusammen. Ihr eigener Film begann vor ihrem inneren Auge abzulaufen. Rieke schien nicht zu merken, wie nah ihr die Geschichte ging, und erzählte weiter: »Interessanterweise schweißte die Situation das Paar wieder zusammen, das sich plötzlich prächtig zu verstehen schien. Gemeinsam starteten sie eine regelrechte Hetzjagd auf unser

Amt. Sie behaupteten, wir hätten ihre Kinder gestohlen und versteckt. Sie drehten Videos, in denen sie ihre Geschichte erzählten, stellten sie auf YouTube, um andere geschädigte Paare zu finden, kreierten eine Homepage, riefen Zeitungsredaktionen an. Sie waren geradezu besessen von dem Wunsch, ihre Kinder zurückzubekommen. Nach und nach verloren sie dadurch nicht nur ihre wenigen Freunde, sondern der Mann auch seinen Job. Ihr könnt euch vorstellen, dass die Situation im Haushalt dadurch nicht besser wurde. Am Ende blieb für das Familiengericht kein Zweifel an dem Urteil. Die Wegners hatten sicher gehofft, sie würden die Kinder dadurch zurückbekommen. Aber erreicht haben sie das genaue Gegenteil. Am Ende wurde ihnen nicht einmal mehr ein Besuchsrecht eingeräumt.«

»War auch Gewalt im Spiel?«, murmelte Claudia.

»Wir wissen es nicht mit Sicherheit, vermuten aber, dass den Kindern körperlich kein Schaden zugeführt wurde, nein. Aber die beiden Kinder waren völlig durcheinander und übernächtigt, die Jüngere machte vor Angst jede Nacht ins Bett. Man muss sich das so vorstellen: Entweder es kümmerte sich niemand um die Kinder, dann bekamen sie weder Essen noch Fürsorge. Oder die Mutter klammerte sich an sie und erdrückte sie fast vor Liebe. Sie wussten nie, was sie am nächsten Tag erwartete. Alles andere blieb aber auch in den anderen Zeiten hintenan. Glücklicherweise hatte in dem Fall die Tagesstätte einen wachen Blick gehabt und uns informiert. Das passiert leider nicht immer.«

»Und der Vater?«, fragte Anni in scharfem Ton.

Claudia schaute sie erstaunt an. So feindselig kannte sie Anni gar nicht.

»Ich weiß nicht, warum du so merkwürdig fragst, aber über ihn gab es nach der Trennung nichts mehr zu berichten. Die Labile in der Beziehung war eindeutig seine Frau. Er schien relativ normal, seine Wohnung war ordentlich, und er ging einer geregelten Arbeit nach. Ihm konnte man keinen Vorwurf machen, außer dass er seine Frau offenbar zu dem Zeitpunkt nicht mehr liebte. Hätte er sich nicht nach dieser Nacht, in der alles eskalierte, mit der Mutter solidarisiert, wären die Kinder auch sicher zu ihm gekommen.«

»Dann hat ja wieder mal alles wunderbar zusammengepasst, oder?«, fiel ihr Anni barsch ins Wort.

»Ich weiß nicht, warum du so seltsam fragst, aber ja, hat es. Wir konnten die Kinder zu einer Familie bringen, in der es ihnen heute gutgeht. Ich sehe die beiden Kinder noch immer regelmäßig, deshalb habe ich sie auch gleich wiedererkannt.«

»Das kann man aber auch anders sehen«, stichelte Anni weiter.

»Und wie bitte?«, fragte Rieke, die bewundernswert ruhig blieb. Es lag vermutlich an dem jahrelangen Training in ihrem Job, in eskalierenden Situationen sachlich zu bleiben. Denn Annis Angriffslust war beinahe greifbar.

»Ich denke, Kinder gehören zu ihren Eltern. Urvertrauen, Zusammengehörigkeit. Das alles kann bei Fremden gar nicht in derselben Form entstehen. Man hätte die Familie unterstützen müssen, therapieren, statt ihnen einfach die Kinder wegzunehmen.«

»Das haben wir doch getan, Anni. Die haben jede Hilfe abgelehnt. In deren Augen waren nur wir die Bösen.«

Claudia schüttelte den Kopf und hielt sich die Hand vor den Mund. Am liebsten hätte sie sich auch die Ohren zugehalten. Sie ahnte, was jetzt kommen würde. Anni fuhr unbeirrt fort: »Du brauchst gar nicht so zu schauen. Das ist meine Meinung. Ich bin es leid, dauernd zu hören, was Eltern alles falsch machen, was sie alles angeblich nicht können. Natürlich kann keiner sein Kind perfekt erziehen. Jeder macht Fehler. Aber das geht diesen supertollen Pflegeeltern genauso. Werden die denn dauernd kontrolliert? Ganz sicher nicht! Dabei gibt es in jeder Familie ein Zusammengehörigkeitsgefühl, Liebe und Geborgenheit. Das nimmt man diesen Kindern, die ohnehin durch die Umstände oft schon angeschlagen sind.

Wie verwirrend ist es denn für diese Kleinen, nicht mehr in ihr Elternhaus zu dürfen, in einer fremden Umgebung zu sein. Hast du dir das mal überlegt? Wie es war, als ihr sie mitten in der Nacht aus dem Haus geholt habt? Wie fühlt es sich für sie an, wenn plötzlich wildfremde Menschen zu ihnen sagen, dass sie nicht mehr bei ihren Eltern bleiben, nicht mehr nach Hause zurückkehren dürfen? Nie mehr. Das soll zum Wohle eines Kindes sein? Das glaube ich einfach nicht.«

»In dem Fall war es besser. Glaube mir. Sie entwickeln sich prima«

»Das war ja klar. Und wer sagt dir, dass sie das nicht auch bei ihren Eltern getan hätten?«, fragte Anni.

Claudia sah zu Boden und wippte mit dem Oberkörper.

»Ich weiß nicht, warum ich plötzlich hier unter Beschuss stehe, Anni, aber ich kann dir versichern, dass es oft weitaus besser ist, die Kinder aus ihren Familien zu holen. Viel zu oft kommen wir zu spät. Viel zu spät. Weißt du eigentlich, wie viele Kinder Jahr für Jahr in ihren Familien sterben? Nein? 160 Fälle verzeichnen wir jährlich in Deutschland. Das sind rund sechs Schulklassen. Und dabei handelt es sich nur um diejenigen Fälle, in denen nachgewiesen werden kann, dass der Tod durch Misshandlung eingetreten ist. Die Dunkelziffer ist vermutlich doppelt so hoch. Und das tun genau die Eltern, von denen du behauptest, sie sollten ihren Kindern Liebe und Zuneigung geben.« Rieke konnte sich ganz offensichtlich nur mit Mühe beherrschen. Aber Anni hatte erst angefangen und fuhr im selben Ton fort: »Genau das meine ich doch! Alle Eingriffe von eurer Seite setzen viel zu spät an. Man muss die Eltern viel früher begleiten. Welche Unterstützung bietet ihr denn an, wenn Väter und Mütter hilflos sind, wenn mal was schiefläuft? Wer hilft da? Nachher, wenn sie verzweifelt und kaputt sind, dann kommen die öffentlichen Stellen mit schlauen Ratschlägen. Aber vorher, da habt ihr keinen Rat.«

»Erstens. Wir helfen sehr wohl. Mit Familienhilfe. Die wollen die Leute aber oft genug nicht. Oder sie wollen nicht hören, dass sie etwas falsch machen. Immerhin werden in Deutschland fast 500 000 Kinder durch Jugendämter betreut. Und das sicher nicht völlig ohne Grund.«

Rieke schob sich auf ihrem Stuhl zurück und verschränkte die Arme vor dem Körper. Anni erwiderte nichts.

»Manche Menschen sollten einfach keine Kinder haben. Nie und unter keinen Umständen«, fuhr Claudia ihr ins Wort. Sie hatte das Gefühl, in einer engen Höhle zu sitzen, aus der es kein Entrinnen gab. Sie fühlte die Worte der beiden wie kleine Peitschenhiebe auf sich einprasseln. Nein, sie hatte sich getäuscht. Sie war noch lange nicht durch mit ihrer Geschichte. Anni setzte lautstark zu ihrer nächsten Tirade an: »Jeder hat ein Recht auf …«

Claudia fiel ihr ins Wort und zischte: »Halt den Mund, Anni! Halt bitte den Mund! Du hast überhaupt keine Ahnung, wovon du sprichst.«

Claudia spürte Riekes irritierten Blick, aber bevor diese etwas fragen konnte, setzte Anni erneut an: »Entschuldige mal, ich glaube, ich weiß genau, wovon sie spricht. Ich habe wenigstens ein Kind, im Gegensatz zu dir, und kann mir ein Urteil erlauben. Es ist weiß Gott nicht immer leicht, wenn man alles ständig alleine machen muss.«

»Anni, lass uns das Thema jetzt beenden, bitte. Ich sage dir, du weißt *nicht*, wovon du sprichst.«

Claudia verschränkte die Arme vor ihrem Körper. Sie spürte, wie ihre Unterlippe zu zittern begann, deshalb presste sie den Kiefer fest zusammen. Sie wollte kein Mitleid. Aber sie konnte Anni gerade nicht mehr in die Augen sehen.

»So?« Anni kreischte jetzt fast. Vermutlich würde bald jeder in der Kneipe ihrer Unterredung zuhören. »Dann sag uns doch mal, an welcher Stelle ich irre! Wovon soll ich keine Ahnung haben? Du hast es ja bis heute noch nicht einmal zu einer vernünftigen Beziehung gebracht!«

Der Pfeil saß, und seine giftige Substanz verbreitete sich kalt in Claudias Herzen. Hatte sie sich tatsächlich so in Anni getäuscht? Sie war davon ausgegangen, dass sie beide mehr waren als nur Kolleginnen.

»Ihr habt beide keine Ahnung«, murmelte Claudia und rang um Fassung. Endlich fand sie den Geldbeutel in ihrer Tasche und knallte zwei Scheine auf den Tisch. Viel zu viel, aber das war ihr egal. Sie musste hier raus. Sofort.

»Aber du!«, mokierte sich Anni. »Weil du alles besser weißt!«

»Ja. Ich«, herrschte Claudia sie an. »Hast du schon mal überlegt, warum ich keinen Partner habe, kein Kind? Hast du? Das Leben meint es nicht mit jedem gut, Anni. Nicht jeder hat eine Blümchenkindheit mit rosaroten Zimmerwänden. Für manche von uns ist die Kindheit grau, hat keine Farben und birgt allenfalls Schmerzen. Und wenn ich Schmerzen sage, dann meine ich es auch so. Physische und psychische. Wenn man dort angekommen ist, glaub mir, dann braucht man jemanden, der etwas tut. Irgendetwas. Denn alleine kommen Kinder da nicht mehr raus. Jedenfalls nicht heil.«

35.

Sie war nach Hause gerannt, hatte nicht auf die Passanten geachtet, die ihr entgegenkamen. Es war ihr egal, was sie über sie dachten, über diese Frau, die tränenüberströmt durch die Straßen hastete. Diese Fremden bedeuteten ihr nichts. Bei Anni war es etwas anderes. Die hatte ihr etwas bedeutet. Sie hatte gehofft, mit ihr einen Schritt weiter gehen zu können. Wollte eine echte Freundschaft wagen, ihre selbst gezogenen Grenzen überwinden und auf sie zugehen. Vielleicht taten Annis Worte deshalb so weh.

Zu Hause zog Claudia ihre Sachen aus, schlüpfte in einen Pyjama und hüllte sich ganz eng in ihren flauschigen Bademantel. Sie brauchte Wärme, auch wenn es mitten im Sommer war. Als hätte er ihr Bedürfnis gespürt, kam Dreibein auf sie zu, stelzte einen Moment auf ihren Beinen herum, bevor er sich dann friedlich auf ihrem Schoß einrollte und beruhigend zu schnurren begann. Sie musste lächeln. Dreibein war ein echter Trost, gab ihr jeden Tag aufs Neue Ruhe und Frieden. Sie vergrub ihre Hände in dem warmen, weichen Fell, liebkoste seinen Rücken und seinen Kopf. Sie konnte nicht verstehen, warum jemand diesem wunderbaren Kater einmal Böses angetan hatte. Sie beide waren wie Veteranen aus einer anderen Zeit. Wieder füllten sich ihre Augen mit Tränen. Sie verstand ohnehin nicht, wieso jemand ein Kind oder ein Tier verletzte.

Claudia genoss die Ruhe ihrer Wohnung, die sich wie ein warmer Kokon anfühlte. Genau das, was sie brauchte. Während sie versuchte, nicht mehr an den Abend zu denken, blieb ihr Blick an ihrem Bücherschrank hängen. Sie zögerte kurz, dann richtete sie sich auf und streckte ihre Hand nach dem Fotoalbum aus. Mehr als zwanzig Jahre hatte sie es nicht mehr angesehen. Oft hatte sie überlegt, es wegzuwerfen. An manchen Tagen war sie kurz davor gewesen, jedes Bild einzeln herauszurupfen, in kleine Fitzelchen zu reißen und im Klo runterzuspülen. Doch so weit war es nie gekommen, denn sie hatte es bislang nicht einmal geschafft, es anzufassen. Ganz zu schweigen davon, darin zu blättern.

Heute aber trug sie es zur Couch. Vorsichtig legte sie es auf ihre Beine. Der grüne kunstlederne Umschlag mit dem goldenen Rand war kitschig und doch so vertraut. Ihre Kinderbilder waren darin, die wenigen, die seinerzeit gemacht worden waren, als Bilder noch auf Film gebannt, Negative entwickelt und Abzüge bestellt wurden. Als Fotos noch kostbar waren und nicht jeder Lebensmoment, jedes Essen, jeder Quatsch in den sozialen Medien ausgebreitet wurde. Die Blätter des Albums waren vergilbt und eine Ecke angestoßen, so als wäre das Album einmal heruntergefallen. Sie atmete tief ein und strich über den Einband. Dreibein kam näher, stieß seinen Kopf an ihre Hand, als wollte er sie ermutigen, das Buch aufzuschlagen. Genau so hatte sie oft dagesessen, eng an ihre Mutter geschmiegt, und sich die Geschichten von ihrer Geburt angehört, von ihrem ersten Teddy, dem ersten Schultag, ihrem Sturz mit dem Fahrrad, bei dem sie sich das Knie aufschlug und trotzdem verbissen weiterfuhr. Sie sei eine Kämpferin, hatte ihre Mutter immer gesagt. Ein Schluchzer brach aus Claudia heraus, weitete ihre Brust, die eng zugeschnürt gewesen war. Während sie mit Vorsicht das Album aufschlug, hatte sich Dreibein neben ihr aufgestellt. Nun leckte er ihren Handrücken mit seiner rauen rosa Zunge. Langsam betrachtete sie die ersten Bilder, blieb an einem Foto hängen, auf dem ihre Mutter stolz hinter ihrem Kinderwagen stand. Sanft strich Claudia über das blonde Haar ihrer Mutter. Sie vermisste sie so sehr. Noch immer. Sie war einfach noch nicht bereit gewesen, sie gehen zu lassen. Nicht auf diese Weise. Als sie sie gefunden hatte, den toten Körper, der auf dem Rücken lag, verdreht mit geöffnetem Mund, aus dem eine weiße Masse rann, da hatte sich etwas in ihr verhärtet. Warum hatte ihre Mutter sich einfach in der Nacht davongestohlen, in eine andere Welt, wohin Claudia ihr nicht folgen konnte? Claudia ballte die Fäuste. Nie würde sie sich mit ihrem Vater versöhnen, der ihre Mutter so weit gebracht hatte. Durch diesen Scheißkerl war sie krank geworden.

Aber da war noch mehr. Sie dachte an ein weiteres Bild darauf war nur sie zu sehen. Und niemand außer ihr selbst war für den Zustand verantwortlich gewesen, in dem sie sich damals befunden hatte. Claudia schämte sich. All die Jahre war sie wütend auf ihre Mutter gewesen, dabei trug sie keine Schuld an allem, was passiert war. Das hatte sie nicht verdient. Claudia musste in ihre Heimat, sobald dieser Fall abgeschlossen war. Ihrer Mutter Blumen bringen. Sich versöhnen. Noch war es dafür nicht zu spät. Doch sie hatte Angst, dort Jan zu begegnen. Dazu war sie noch nicht bereit.

Langsam schloss Claudia das Album, schob es auf den Tisch und vergrub ihr Gesicht in Dreibeins Fell. Heute würde sie es schaffen, ohne Hendriks Beisein mit ihrer Geschichte klarzukommen. Und vielleicht würde sie ihren Frieden damit schließen. Irgendwann. Doch der Weg dahin war noch weit, das war ihr nun klar. Und sie sollte sich Hilfe holen. So bald wie möglich.

Das Echolot, das den Eingang einer SMS ankündigte, weckte Claudia. Ihr Nacken tat höllisch weh, denn sie war offenbar auf ihrem Sofa eingeschlafen. Sie rieb sich den Nacken, bog den Kopf nach rechts und links und schaute auf den Wecker: Acht Uhr. Höchste Zeit, um ins Büro aufzubrechen. Als sie das Smartphone holen wollte, bemerkte sie das Blinken ihres Anrufbeantworters. Die Nummer des Büros.

Celina hatte ihr am Vorabend eine Nachricht hinterlassen: »Hallo Claudia, eine Frau hat vorhin hier angerufen. Du hast ihr wohl heute einen Besuch abgestattet. Sie meinte, sie habe ihren Mann noch einmal gefragt: Er sei sich ganz sicher, dass das Kennzeichen mit STA angefangen habe. Ein Van. An mehr erinnert er sich allerdings nicht. Keine Ahnung, was sie meint, aber ich dachte, es könnte vielleicht wichtig sein. Servus.«

Seltsam. Hätte sie nicht bereits herausgefunden, dass es sich bei Agata und Arielle nicht um dieselbe Person handeln konnte, wäre das eine vielversprechende Spur gewesen. Wieder zog sie das Medaillon aus der Hosentasche und betrachtete es nachdenklich. Rieke hatte die Kinder eindeutig identifiziert. Claudia ließ noch einmal das Gespräch des Vorabends Revue passieren. Rieke hatte davon gesprochen, dass das Paar Schwierigkeiten hatte, den Verlust der eigenen Kinder hinzunehmen. Plötzlich war Claudia hellwach. Rieke hatte den Fall aus der Vergangenheit geschildert. Es war ein alter Fall, das hatte sie betont. Früher hatte sie gesagt. Wann genau hatte die Familie aufgehört, nach ihren Kindern zu fragen? Und warum? Claudia war wie elektrisiert. Könnte es sein, dass das Paar sich ein neues Kind »besorgt« hatte? Vor zwei Jahren? Und mit einem Van mit Starnberger Kennzeichen unterwegs war? Sie musste dringend mit Rieke sprechen. Aufgeregt kramte Claudia ihr Smartphone aus ihrer Tasche und prüfte, ob die eingegangene Nachricht ebenfalls von Celina stammte, aber die Nummer, die dort erschien, war ihr unbekannt. Sie öffnete die Nachricht: Sie kam von Rieke. Das passte ja wie die Faust aufs Auge. Neugierig las sie die wenigen Zeilen, in der ihr Rieke mitteilte, sie habe aufgrund des Gespräches noch einmal die Akte der Wegners angesehen und bitte sie um Rückruf.

Alarmiert wählte sie sofort die Nummer, aber der Anschluss war besetzt. Sie huschte unter die Dusche und fasste den Entschluss, Rieke einfach beim Jugendamt einen Besuch abzustatten, um zu hören, was sie zu ihrer Vermutung sagen würde.

Als sie gerade ihre Sachen zusammensuchte, klingelte es an ihrer Türe. So früh am Morgen war das mehr als seltsam. Gespannt ging sie an die Sprechanlage und meldete sich. War das vielleicht Anni, die eine Aussprache wollte?

»Brauchen Sie eine Mitfahrgelegenheit ins Büro, werte Kollegin?«, meldete sich Hendrik lachend. »Einen Coffee to go habe ich bereits besorgt, wenn es der Dame beliebt.«

»Hendrik!«, rief Claudia. Bevor sie ihm sagen konnte, dass sie gar nicht ins Büro wollte, fuhr er schon fort: »Ich stehe unten in zweiter Reihe. Komm einfach runter und spring rein.«

Claudia zögerte, beschloss dann aber, dass sie Rieke auch von unterwegs anrufen könnte. Sie packte ihren Rechner und ihr Smartphone in die Handtasche, schob das Medaillon in ihre Hosentasche und rannte runter. Dann salutierte sie grinsend vor Hendrik: »Abfahrbereit, Sir!«

»Rühren! Ihr Kaffee steht bereit. Mit Milch war richtig, oder?«

»Danke dir! An diesen Service könnte ich mich gewöhnen«, sagte Claudia grinsend und warf ihre Tasche auf den Rücksitz.

»Was gab es denn gestern so Dringendes? Du hast auf allen drei Anschlüssen angerufen, da habe ich mir Sorgen gemacht und dachte, ich schaue besser gleich vorbei«, erwiderte Hendrik.

Am liebsten hätte sie ihm von dem abendlichen Streit mit Anni erzählt, aber sie hielt sich zurück, sondern sagte stattdessen: »Du wirst staunen, was ich bei meinem Besuch in Engelthal dieses Mal herausgefunden habe. Bevor ich dir alles haarklein erzähle, muss ich nur noch ganz schnell jemanden beim Jugendamt anrufen.«

Hendrik schaute sie fragend an.

»Verstehe ich nicht. Aber das muss ich vermutlich auch gar nicht. Ich bin ja nur der Fahrer.«

Claudia seufzte. »Dort arbeitet eine Freundin von Anni, die ich gestern kennengelernt habe. Wir haben uns über einen Fall unterhalten, und sie wollte mir dazu irgendeinen Hinweis geben.« Als Hendrik immer noch steif nach vorne sah, fuhr sie fort: »Also gut. Die Kurzform: Ines Seidel hat das Mädchen nicht nach Rumänien zurückgeschickt, sondern an ein kinderloses Ehepaar aus München weitervermittelt. Völlig eigenständig, wenn sie nicht schon wieder gelogen hat. Dieses Paar ist dann untergetaucht, nachdem es Agata mitgenommen hatte. Ich schätze, du kennst genug Geschichten, um dir vorstellen zu können, was das vermutlich heißt.«

»Und diese Rieke hat einen Hinweis, wo diese Leute sich aufhalten? Worauf wartest du dann noch: Ruf an! Gib mal die Nummer, dann kannst du über die Freisprechanlage gehen.«

Claudia gab Hendrik die Nummer und freute sich, als das Freizeichen ertönte.

»Köster-Starke, Sozialreferat München. Was kann ich für Sie tun?«

»Rieke? Claudia hier. Ich rufe aus dem Auto an. Du hattest mir eine Nachricht geschrieben wegen gestern. Was gibt es denn?«

»Erst einmal sorry wegen gestern. Das ist irgendwie alles mächtig schiefgelaufen.«

»Wir haben alle mal einen schlechten Tag, oder?«

»Den hat Anni häufiger in letzter Zeit. Aber darüber will ich mir nicht den Mund zerreißen. Der Grund meines Anrufs ist folgender: Ich habe heute Morgen noch einmal die Akte der Wegners gezogen. Unser Gespräch hatte mich irgendwie aufgewühlt. Jedenfalls ist mir da etwas ins Auge gestochen, das ich dir unbedingt noch sagen wollte.«

»Und zwar?«

»Sie haben nach dieser ganzen Geschichte mit ihren leiblichen Kindern offenbar noch einmal einen Antrag gestellt. Natürlich nicht bei mir, ich war ja angeblich befangen, deshalb wusste ich bisher nichts davon. Ich weiß, ich dürfte dir das alles gar nicht erzählen, denn anders als der Rest der ganzen Geschichte wurde das nicht auf ihrer Internetseite öffentlich breitgetreten. Aber ich habe einfach so ein blödes Gefühl bei der Sache.«

Claudia wartete, dass Rieke endlich mit der Sprache herausrückte, konnte ihre Bedenken jedoch gut verstehen und wollte sie nicht drängen.

»Es war ein Antrag auf Adoption. Der wurde natürlich wegen der ganzen Vorgeschichte sofort abgelehnt, aber …«

Claudia blinzelte ungläubig.

»Scheiße!« Sie hatte recht gehabt. Die ganze Zeit.

»Dasselbe dachte ich auch. Soll ich irgendjemanden bei der Polizei benachrichtigen?«

Hendrik war rechts rangefahren und starrte Claudia verständnislos an.

»Nein, nein. Das mache ich schon. Hast du vielleicht die Adresse dieser Wegners?«

»Klar habe ich die. Sie wohnen in München.«

»Ganz sicher? Nicht irgendwo im Starnberger Kreis?«

»Nein, ganz sicher. Du würdest die als clevere Journalistin ja ohnehin herausfinden, oder? Dann kann ich dir den Umweg auch ersparen. Aber das fällt unter den Quellenschutz für Informanten, versprochen? Ich komme sonst in Teufels Küche.

»Rieke, bitte! Die Adresse …«

»Schon gut. Hier. Da habe ich sie: Die Wegners wohnen in der Achleitner Straße 10 in München.«

Claudia traute ihren Ohren nicht. Achleitner. Die Puzzlesteine fügten sich ineinander. Claudia schickte ein Stoßgebet zum Himmel. Sie würde Agata finden. Wenigstens diese Sache bekam sie hin.

»Danke dir, Rieke. Du hast was bei mir gut!«

Und an Hendrik gewandt sagte sie:

»Programmänderung. Ich hoffe, du hast keinen Termin, denn ich brauche jetzt umgehend jemanden, der mich zu dieser Adresse fährt. Den Rest erzähle ich dir auf dem Weg.«

36.

Hendrik stellte seinen Wagen direkt vor dem Haus ab, in dem die Wegners zuletzt gewohnt hatten. Claudia war in einem seltsamen Erregungszustand. Sie nahm mit allen Sinnen die Umgebung auf, suchte nach einem Hinweis darauf, dass in dem Haus ein Kind wohnte. Es handelte sich um ein Mehrfamilienhaus mit drei Briefkästen, vermutlich einen für jede der drei Etagen. Während in den oberen Stockwerken der Blick in die Wohnungen teilweise freigegeben war, ließen dicke Gardinen und ein halb geschlossener Rollladen die unterste Wohnung beinahe unbewohnt wirken. Ein blauer Peugeot stand auf einem der Stellplätze, die offenbar zu dem Haus gehörten. Der Wagen hatte allerdings kein Starnberger Kennzeichen, sondern war in München zugelassen.

Claudia lief die wenigen Stufen zu der braunen Haustür aus Holz hinauf, dicht gefolgt von Hendrik. Auf dem ersten Klingelschild fand sie mit Kugelschreiber geschrieben die verblichenen Initialen »A. + R. W.« – die Wohnung im Erdgeschoss also. Sie nickte Hendrik zu, klingelte und wünschte sich, ein dunkelhaariges Mädchen würde ihr die Tür öffnen, ahnte aber gleichzeitig, dass sich dieser Wunsch nicht erfüllen würde.

Stille. Claudia trat von einem Fuß auf den anderen, hob dann die Hand, um erneut zu klingeln.

»Vielleicht ist niemand daheim, Claudia. Die meisten Menschen arbeiten um diese Zeit.«

Sie drückte erneut, dieses Mal länger. Der Türdrücker wurde betätigt, und sie traten in den Hausflur. Die Wohnungstür war mit einer Kette gesichert, und ein Mann mit Brille lugte durch den schmalen Schlitz. Seine kurz geschnittenen grauen Haare waren zerzaust, als wäre er gerade erst aufgestanden, ansonsten war er aber korrekt mit einem karierten Hemd und Jeans bekleidet.

»Ja?«, fragte er unsicher.

»Herr Wegner?«, versicherte sich Claudia zunächst. Als der Mann nickte, fuhr sie fort: »Können wir Sie einen Moment sprechen?«

»Worum geht es?«

Kurz entschlossen griff sie zu einer Notlüge: »Wir sind vom Jugendamt München beauftragt, bei Ihnen reinzuschauen. Es geht um Ihre Kinder. Dürfen wir vielleicht kurz eintreten?«

Dem Mann war seine Verwirrung anzusehen, aber er öffnete mir zittriger Hand die Kette und ließ sie hinein. Claudia spürte, dass Hendrik fest ihren Oberarm drückte und sie wütend anstarrte, als sie Wegner folgten. Doch Claudia zuckte bloß die Schulter, denn sie war sich sicher gewesen, dass der Mann ohne diese Lüge niemals zu einem Gespräch bereit gewesen wäre. Die Wohnung war unaufgeräumt und chaotisch, ein Berg von Klamotten hing an der Garderobe, geöffnete und ungeöffnete Briefe lagen neben einer benutzten Kaffeetasse im Flur auf einem Schrank. Herr Wegner führte sie in das Wohnzimmer, das offenbar zur Gartenseite hinausging. Der Raum war in ein Halbdunkel getaucht, weil die Rollläden auch hier ein Stück heruntergelassen waren. Kissen lagen auf dem Sofa verstreut, auf dem Couchtisch stapelten sich Zeitungen, die überbordenden Regale waren mit allerlei Nippes vollgestellt. Doch eines war klar: Ein Kind war dort definitiv nicht untergebracht. Auch in letzter Zeit nicht. Alles hätte so gewirkt, als würde ein Junggeselle hier leben, wären nicht die glücklichen Familienbilder gewesen, die Claudia bereits im Flur bemerkt hatte. Herr Wegner setzte sich in den Sessel und bot ihnen die Couch an. Hendrik, dem sein Missfallen an der Aktion deutlich anzusehen war, folgte dieser Einladung nicht. Deshalb blieb auch Claudia stehen.

»Könnten wir auch mit Ihrer Frau sprechen?«

Wegner verneinte. »Sie ist … nicht da, wie Sie sehen.«

»Wann erwarten Sie sie denn zurück?«

Er überging die Frage und fragte seinerseits: »Sie sagten, es gehe um unsere Kinder. Ist etwas mit ihnen nicht in Ordnung?«

Claudia bemerkte nun die Sorge in seinem Gesicht, die deutlich seine Züge lähmte. »Um Himmels willen, nein. Es geht ihnen gut«, antwortete sie wahrheitsgemäß.

»Warum sind Sie denn dann hier?«

»Wir wollten eigentlich auch mit Ihrer Frau sprechen«, kam Hendrik Claudia zuvor. »Vielleicht kommen wir am besten noch einmal wieder, wenn sie zurück ist.«

Claudia hätte Hendrik am liebsten rausgeschickt, aus Angst, er würde ihr alles vermasseln.

»Es geht um den Adoptionsantrag, den Sie vor ein paar Jahren gestellt haben. Wir wollten uns gerne persönlich ein Bild von Ihren Lebensumständen machen«, log Claudia kurz entschlossen.

Wegner zog eine Augenbraue hoch, Hendrik schnaufte. In dem Moment bemerkte Claudia das einzig Geordnete in diesem Wohnzimmer. Sie ging auf die Anrichte zu, wo sich eine Reihe von Bildern standen: Aufnahmen der beiden Kinder, deren Gesichter Claudia aus dem Medaillon kannte, von der Geburt bis zur Einschulung der Älteren. Die Rahmen waren akkurat nebeneinander aufgereiht und wiesen weder Fingerabdrücke auf dem Glas noch Staub auf. Eine Kerze stand davor, die schon ein Stück heruntergebrannt war.

»Deshalb sind Sie ohne Voranmeldung gekommen«, murmelte Wegner nun in die Stille hinein. Plötzlich kam Leben in den Mann: »Kann ich Ihnen irgendetwas anbieten? Einen Kaffee? Tee?«

Claudia zog ein Bild aus der hintersten Reihe, das ein wenig versteckt hinter einem anderen Bild stand, und erstarrte. Auf dem Foto war ein typisch bayerisches Holzhaus abgelichtet, das auf einem ausladenden Grundstück auf einer Anhöhe stand. Im Hintergrund war das Alpenpanorama zu sehen. Sie konnte es nicht beschwören, aber die Umgebung deutete auf das Fünf-Seen-Land hin. Sie dachte an den Van, an das Starnberger Kennzeichen. Und noch etwas sah Claudia: Vor dem Haus standen Campingmöbel – und ein Sonnenschirm.

»Nicht nötig, Herr Wegner. Wir sind gleich wieder weg. Wie gesagt, wir wollten uns nur kurz ein Bild machen, es gibt nichts Definitives, was wir Ihnen zu sagen haben«, meinte Hendrik, dem man seine Anstrengung anhörte, sich ruhig zu verhalten.

»Wieso? Ich meine …«, stotterte Wegner.

»Ein wunderschönes Haus ist das hier auf dem Foto«, bemerkte Claudia deshalb unumwunden. »Ein Urlaubsfoto, oder gehört Ihnen dieses Anwesen? Nach so was suche ich schon lange«, log Claudia und beobachtete den Mann gespannt.

Wegner stand auf und trat auf sie zu, doch bevor er antworten konnte, nahm Hendrik Claudia das Bild aus der Hand und gab es dem Mann zurück.

»Das geht uns nun wirklich nichts an. Wir haben Ihre Zeit schon genug beansprucht. Außerdem müssen wir noch zu einem anderen Außentermin, und bei dem Verkehr auf dem Mittleren Ring …«

Hendrik zog Claudia aus dem Wohnzimmer in den Flur.

Wenn ihre Lüge nicht auffliegen sollte, blieb ihr nichts anderes übrig, als ihm zu folgen.

»Warten Sie!«, rief Wegner hinter ihnen her. »Was wird aus unserem Antrag? Wir hatten gar nicht mehr damit gerechnet … Was kann ich meiner Frau sagen?«

Bevor Claudia antworten konnte, erwiderte Hendrik: »Das können wir Ihnen noch nicht abschließend sagen. Wir melden uns wieder bei Ihnen.«

Mit diesen Worten zog er Claudia unsanft am Arm aus der Wohnung. Sie versuchte, sich seinem Griff zu entziehen, wollte noch einen Gruß an Wegners Frau ausrichten, aber Hendrik schob sie so unsanft weiter, dass sie aufpassen musste, nicht zu stolpern. Wie eine Verbrecherin führte er sie ab und begleitete sie sogar bis zur Beifahrertür. Erst als auch er in seinem Auto saß und sich vergewisserte, dass Herr Wegner nicht an der Tür war, herrschte Hendrik sie an.

»Bist du von allen guten Geistern verlassen, Claudia? Ich verstehe, dass du wissen willst, was mit diesem Kind ist, aber mit dieser Lüge bist du wirklich zu weit gegangen! Du bist aufgrund deiner eigenen Geschichte offenbar zu stark persönlich involviert und hast dich da in etwas verrannt. Aber, Claudia, ich bin echt sauer, dass du mich in so eine Sache mit reinziehst. Ich dachte immer, du bist für soliden Journalismus. Weißt du eigentlich, was du diesem Mann antust, wenn du dich irrst? Immerhin hast du keinerlei Beweise, dass deine Vermutungen zutreffen …« Er hielt in seiner Rede inne. »Was machst du da?«

Claudia hatte ihr Handy aus ihrer Tasche herausgefischt und drückte die Wahlwiederholung, sah Hendrik flehentlich an und legte einen Finger auf ihre Lippen.

»Hallo, Rieke! Kannst du vielleicht noch einmal in deine Akte schauen?«

»Natürlich. Schieß los.«

»Hatten die Wegners ein Ferienhaus in Bayern?«

»So viel Geld hatten die nicht, Claudia. Wieso?«

»Da war ein Bild von einem Haus. Sah wie ein Ferienhaus aus, und das muss hier irgendwo in der Gegend sein.«

»Warte mal, jetzt fällt mir etwas ein. Moment.« Sie hörte, wie Rieke in einer Akte blätterte. »Hier. Da steht es: Seine Mutter war in dem Jahr verstorben. Das hatten sie angeführt, um zu manifestieren, wieso sie in der fraglichen Zeit nicht belastbar waren. Sie wohnte in der Nähe des Ammersees. Aber das war sicher kein Ferienhaus.«

Claudia machte die Siegesfaust und schaute Hendrik triumphierend an. »Wusste ich es doch! Hast du auch die Adresse?«

»Leider nein.«

»Macht nichts. Das finde ich schon raus. So viele Wegners wird es am Ammersee nicht geben. Danke dir!« Glücklicherweise hießen die Frauen früher wie ihre Männer und Kinder und waren gewöhnlich im Telefonbuch eingetragen. Das würde es ihr leicht machen, die Adresse zu finden. Sie drückte Rieke einfach weg, aber es war gar nicht notwendig, die Auskunft anzurufen, denn in dem Moment kam Wegner aus dem Haus und stieg in den Peugeot.

»Hendrik, bitte. Ich verstehe, dass du sauer bist, aber kannst du hinter Wegner herfahren?«

»Nein.«

Sie sah ihn entsetzt an.

»Claudia, ich spiele mit dir hier nicht ›Tatort‹. Selbst wenn du mit deinen Vermutungen richtigliegst. Dennoch ist das jetzt eindeutig Sache der Polizei.«

Claudia sah, wie der Wagen sich in Bewegung setzte, und raufte sich die Haare.

»Bitte! Hendrik! Wegner ist gleich weg! Sobald du an ihm dran bist, rufe ich Drews an. Versprochen! Ich will doch nur wissen, wohin er fährt!«

Doch Hendrik rührte sich nicht, schüttelte vielmehr den Kopf und verschränkte die Arme vor der Brust. »Ohne mich.«

»Wie soll ich denn jetzt hinter ihm her? Zu Fuß?«

»Wenn du dich lächerlich machen willst – bitte. Aber wie gesagt: Ich bin draußen.« Mit den Worten warf er ihr den

Schlüssel auf den Schoß und stieg aus. Ohne ein weiteres Wort rutschte Claudia auf den Fahrersitz, knallte die Tür zu und fuhr los. Mit dem genialen Wagen würde sie Wegner in jedem Fall einholen, denn sie war sich sicher, wo sie ihn finden würde: auf dem Weg zur Autobahn Richtung Lindau.

37.

Claudia hatte sich an der nächsten roten Ampel den Sitz vorgerückt und beide Spiegel eingestellt, um vernünftig sehen zu können. Von Wegner keine Spur. Sie hoffte inständig, dass sie ihn tatsächlich auf der Autobahn einholen würde, denn ansonsten würde sie wohl kaum herausfinden, wohin er gefahren war. Mit Blick auf ihren Akku, den sie am Abend dummerweise nicht aufgeladen hatte, drückte sie noch einmal im Fahren die Wahlwiederholung. Sie durfte ihn jetzt nicht verlieren. Sie spürte, dass sie ganz nah an der Lösung des Rätsels dran war.

»Rieke, hier noch einmal Claudia. Ich muss dich leider schon wieder um einen Gefallen bitten. Kannst du bitte meinen Freund, den Hauptkommissar Steffen Drews bei der Kripo München anrufen? Bitte setze ihn über den Fall der Wegners ins Bild. Ich bin mir ganz sicher, dass die beiden Dreck am Stecken haben. Und er soll schnell die Adresse des Hauses von Wegners Mutter herausfinden.«

»Ich verstehe nicht richtig. Wo bist du überhaupt?«

Konnte sie auch nicht. »Ich bin vielleicht an Wegner dran, der auf dem Weg zum Ammersee ist. Ich bin mir sicher, dass die Wegners diejenigen sind, die Agata damals mitgenommen haben.«

»Scheiße!«, hörte sie Rieke auf der anderen Seite der Leitung stöhnen. »Okay. Sonst noch was?«

»Nein. Das wär's schon. Und Rieke: Danke noch einmal. Ohne deine Hilfe wäre ich da vermutlich nie draufgekommen.«

»Da nicht für!«, antwortete sie, »Aber Claudia, bitte sei vorsichtig!«

»Bin ich. Keine Sorge. Ich will nur sehen, ob das Mädchen dort ist. Mehr nicht. Ich warte auf jeden Fall auf Drews. Servus!«

Claudia jagte die Autobahn entlang, ignorierte dabei das Tempolimit, das in Hendriks Hightechwagen permanent an die Scheibe projiziert wurde. Sie war schon seit fünfzehn Minuten unterwegs, hatte Wegner aber immer noch nicht gefunden. Sie musste sich beeilen, denn die ersten Ausfahrten Richtung Fünf-Seen-Land würden bald kommen. Ihre Augen glitten über die Karossen der vor ihr »schleichenden« Fahrzeuge. Jedes zweite Auto schien derzeit weiß zu sein. Als sie beinahe bereit war zu glauben, dass sie sich geirrt hatte, entdeckte sie einen blauen Wagen. Sie drosselte die Geschwindigkeit. Ein Peugeot mit Münchner Kennzeichen. Sie hatte sich das Nummernschild nicht vollständig eingeprägt und ärgerte sich wieder einmal darüber, dass sie mit Zahlen auf Kriegsfuß stand. Buchstaben waren viel eher ihr Ding gewesen. Aber ihn zu überholen, um sich zu vergewissern, war zu riskant. Wenn Wegner bemerkte, dass sie ihn verfolgte, würde er seine Route ändern und ein anderes Ziel anfahren. Insofern war es vielleicht sogar gut gewesen, dass sie ihm nicht unmittelbar nachgefahren waren. So wiegte er sich bestimmt in Sicherheit. Um nicht aufzufallen, fuhr sie deshalb nicht direkt hinter Wegner, sondern ließ ein Auto dazwischen. Sie blieben noch eine Weile auf der Autobahn, doch wie Claudia erwartet hatte, setzte er schon bald den Blinker und bog auf die nächste Bundesstraße ab. Nun ging es nicht anders – sie fuhr direkt hinter ihm, ließ aber einigen Abstand. Sie hoffte, dass er nicht in den Rückspiegel sah, setzte sich zur Sicherheit Hendriks Sonnenbrille auf und löste ihren Zopf. Sie durchquerten eine wunderbare Landschaft mit einer alten Baumallee. Schon bald ließen sie eine kleine Ortschaft hinter sich, fuhren mitten durch dichten

Wald in Richtung Ammersee. Claudia hoffte, dass auf dieser Strecke keine Ampel kommen würde, die sie trennen könnte, und vergrößerte erneut den Abstand, als Wegner seinerseits langsamer wurde und in eine steil bergauf führende Straße einbog. Nur wenige Häuser standen dort rechts des Berges. Es war zu gefährlich, ihm mit dem Auto zu folgen. Deshalb hielt sie an und beobachtete nur, wohin er fuhr. Sie würde den Wagen an der Straße stehen lassen und ihm zu Fuß folgen. Wegner steuerte sein Auto geradeaus in einen Schotterweg, dann leuchteten die Bremslichter auf. Rasch parkte Claudia den BMW auf dem Seitenstreifen, obwohl er dort mitten in einer Kurve stand. Zur Sicherheit setzte sie den Warnblinker. Das musste reichen. Rasch spurtete sie den Berg hinauf, froh, dass sie so fit war. Sie gelangte zu einem großen Grundstück im Wald, das von einem Holzzaun gesäumt war. Wegner parkte sein Auto gerade direkt neben einem silbernen Van, der ein örtliches Kennzeichen hatte. Claudia atmete tief durch und schickte ein Stoßgebet an den Ferienwohnungsbesitzer, der offenbar ein gutes Gedächtnis hatte. Das musste der Wagen sein, mit dem sie damals Agata geholt hatten. Ein Gebüsch, von dem aus sie das gesamte Areal überblicken konnte, schien Claudia ein gutes Versteck zu sein. Bevor sie dort angelangt war, traten die Wegners aus dem Haus. Claudia duckte sich und lief gebeugt am Zaun entlang, was jedoch die Aufmerksamkeit der Hunde weckte, die mit dem Paar aus dem einstöckigen Holzhaus gekommen sein mussten. Bellend rannten sie auf den Zaun zu. Claudia ging in die Knie und verhielt sich reglos, ganz still, in der Hoffnung, die Tiere würden sich dann beruhigen. Als sie durch die Lücke im Zaun spähte, sah sie ein Mädchen, das in der Haustür stand. Das Kind hatte eine gewisse Ähnlichkeit mit der Toten, war barfuß und trug eine schmuddelige Hose und ein T-Shirt, aus dem es seit Langem herausgewachsen war. Das musste Agata sein! Claudias Herz klopfte wie wild, und am liebsten hätte sie das Kind schnell zu sich gezogen. Doch sie musste sich wegen der Hunde absolut ruhig verhalten, damit die ihr Versteck nicht verrieten. Sie schnüffelten bereits am Zaun, doch einer rannte schon bald wieder über das Grundstück. Sie waren offensichtlich nicht als Wachhunde abgerichtet. Claudia dankte ihrem Schicksal, denn auch die Wegners waren weiterhin in ein Gespräch vertieft und hatten sie nicht bemerkt. Er diskutierte jetzt mit wilden Gesten, sie sah zu Boden, hatte die Arme um sich geschlungen und wiegte sich hin und her. Das Mädchen zog sich unmerklich ins Haus zurück, ohne den Blick von den Erwachsenen zu wenden.

Claudias Herz schlug heftig, als sie ihr Smartphone aus ihrer Hosentasche zog, um sich die Kennzeichen zu notieren. Doch zuvor brauchte sie unbedingt ein Bild von dem Kind, bevor es völlig im Dunkeln verschwand. Claudia hatte nicht an die Dunkelheit gedacht, die der Schatten der Bäume spendete, und bemerkte zu spät, dass sich ein Blitz löste. Der Kopf des Mädchens fuhr herum, und schon rannte es auf Claudias Versteck zu, winkte mit den Armen und schrie immer wieder: »Raluka weg!«

Claudia verstand nicht, was sie meinte, dachte, sie wolle, dass sie sich versteckt, aber dazu war es längst zu spät. Sie stand auf, hielt ihr Handy auf das Haus gerichtet, drückte immer wieder auf den Auslöser. Während Wegner selbst mit großen Schritten auf sie zuspurtete, holte seine Frau das schreiende Kind ein, packte es unsanft an den Haaren und zerrte es in Richtung des Hauses. Claudia entfuhr ein lauter Schrei, als sie mit einem Satz über den Zaun sprang. Sie musste dem Mädchen helfen! Es war zu spät, die Polizei zu rufen. Sie rannte mit aller Wucht in Wegner hinein, hoffte, ihn damit aus dem Gleichgewicht zu bringen. Aber er war darauf gefasst und weitaus stärker, als sie gedacht hatte. Er packte Claudias Arm, drehte ihn brutal nach oben und zwang sie in eine gebückte Haltung.

»Geben Sie auf! Sie haben keine Chance! Die Polizei ist schon unterwegs hierher«, bluffte sie atemlos.

»Dass ich nicht lache!«, schrie er. »Ich falle nicht zweimal auf dich rein, du Schlampe. Ihr habt schon einmal unsere Kinder gestohlen! Die hier bekommt ihr nicht!«

Claudia versuchte sich gegen den Schmerz aufzubäumen und war nicht auf den brutalen Tritt in ihre Kniekehle gefasst, der sie ungebremst zu Boden gehen ließ. Als Wegner sich mit seinem ganzen Gewicht auf sie warf, blieb ihr für einen Moment die Luft weg. Die Hunde rannten kläffend um sie herum, einer hatte die Schnauze dicht vor ihrem Gesicht, das Wegner jetzt auf den Boden drückte. Claudia sah seine Frau, die auf sie zueilte, in der Hand ein Bündel aus Transportbändern, die Claudia unter Tausenden erkannt hätte, so oft hatte sie sie sich auf Fotos angesehen: Mit den gleichen Bändern war Arielles Leiche verschnürt gewesen. Verdammt! Erst jetzt verstand sie: Sie hatten zwei Kinder gehabt und sich zwei als Ersatz geholt. Darauf wäre sie besser früher gekommen, denn mit ihrem Erscheinen hatte sie das Mädchen in Gefahr gebracht. In eine tödliche, wie sie wusste. Sie musste sich befreien. Wenn Wegner sie erst gefesselt hätte, gäbe es keine Möglichkeit mehr, dem Kind zu helfen. Sie bäumte sich auf, versuchte, sich zu drehen, aber er war einfach zu schwer. Etwas musste ihr einfallen. Ein Stein wölbte sich direkt vor ihrem Gesicht aus dem Boden. Mit einem Ruck befreite sie ihren Arm, den Wegner nicht umklammert hielt, und versuchte hektisch den Stein aus dem Erdreich zu lösen. Aber der bewegte sich nicht. Doch sie brauchte eine Waffe und kratzte nun die Erde um den Stein herum weg. Voll darauf konzentriert hatte Claudia nicht mit Frau Wegner gerechnet, die nun mit voller Wucht auf ihre Hand trat. Sie schrie vor Schmerz laut auf und war sich sicher, dass sie nicht mehr heil aus dieser Situation kommen würde, als sie die Sirene eines Polizeiwagens hörte. Gerade noch rechtzeitig, dachte sie. Als sie gerade bemerkte, dass das

Mädchen aus dem Haus lief, spürte sie einen Schlag auf den Kopf und fiel in eine schwarze Leere.

Sie hatte es ihr noch zugeraunt. Raluka hätte Ruhe geben sollen. Sie wusste was geschah, wenn die Frau über Kopfschmerzen klagte. Als das Bügeleisen durch den Raum flog, sie an ihrer rechten Hand traf, da hätte sie ihre Lektion lernen müssen. Doch die Brandwunde hatte etwas in ihr entfacht, das immer loderte, sie rastlos machte. Dabei musste sie einfach nur ruhig sein, für eine Stunde oder zwei. Dann wäre alles gut gewesen. Aber Raluka hatte es nicht mehr gekonnt. Vielleicht hatte sie noch Fieber gehabt. Sie war einige Tage krank gewesen, hatte einen schlimmen Husten gehabt und nur matt in dem Zimmer gelegen. Oder sie ertrug es einfach nicht länger. Die tristen Tage. Die Hoffnungslosigkeit. Sie hatte lautstark rebelliert. Keifte, biss, schrie. Auch wenn absolut klar war, dass das alles keinen Sinn machte, nichts ändern würde.

Die Frau war gekommen, hatte Raluka an den Haaren weggeschleppt, nach draußen. Beide schrien, die Hunde bellten. Sie war im Haus geblieben, hatte gebetet, dass jemand auf den Lärm aufmerksam würde. Aber es hatte jahrelang niemanden interessiert. Auch an dem Tag nicht.

Niemand würde kommen. Sie würden genauso lange hierbleiben, wie der Mann und die Frau es wollten.

Dann war es draußen still geworden. Die Hunde bellten nicht mehr. Die Frau kehrte alleine zurück. Sie hatte blaue Flecken an ihren Beinen und einen roten Abdruck von Ralukas Zähnen. Deshalb war die Frau immer noch wütend.

Rasch zog sie den Kopf ein, wollte nicht auch weggeschleppt werden. Der kleine Hund war zu ihr gekrochen und leckte ihr die Füße, ganz sanft. Der Große kauerte sich auch neben sie. Die Frau ging an ihnen vorbei, direkt ins Schlafzimmer.

Sie alle lauschten, warteten auf ein Geräusch von Raluka. Die Stunden vergingen. Sie begann auf ein Geräusch zu hoffen.

Irgendeines. Als der Abend hereinbrach, blieb es still. Zu still. Der Hund draußen jaulte. Kurz, eindringlich. Da begann sie zu beten. Aber vergebens.

Das nächste Mal sah sie Raluka tot im Gras neben dem Auto liegen. Die Frau weinte. »Mein Baby«, sagte sie. Dabei hatte sie das Mädchen dort eingesperrt. Weil sie Ruhe wollte. Das hatte sie erreicht: Raluka würde nie wieder ein Geräusch von sich geben.

Die Frau gab ihr eine Decke und ein Band und wies auf die Leiche. »Kümmere dich um sie, Agata«, befahl sie. Das Mädchen nickte, wollte zum Haus laufen, um etwas zu holen: das Stofftier. Aber die Frau hielt sie zurück.

Ihr blieb nichts anderes übrig. Sie rollte den Körper auf die Decke. Legte Ralukas Hände auf ihrem Bauch übereinander. Behutsam streichelte sie noch einmal den leblosen Körper. Sie flüsterte ihren Namen und raunte ihr einen letzten Gruß zu. Sie weinte nicht. Biss fest die Zähne zusammen. Falls noch etwas von Ralukas Seele da war, sollte sie sich nicht schuldig fühlen müssen, dass sie sie alleine ließ. Dann schlug sie die Decke über dem Gesicht des Mädchens zusammen.

38.

Das Nächste, was sie beim Aufwachen wahrnahm, war der Geruch von verbranntem Holz und ein feuchtes Tuch, mit der ihre Schläfe abgetupft wurde.

»Verdammt, Claudia! Was hast du dir bei der Aktion gedacht?«, hörte sie Steffen Drews besorgte Stimme. Sofort kam ihre Erinnerung zurück, und sie rappelte sich hoch. Alles drehte sich, und sie musste sich abstützen, um nicht umzufallen.

»Wo ist das Mädchen?«

Aber da, wo das Haus gewesen war, sah sie nur dichten grauen Qualm und Feuerwehrmänner, die dort damit beschäftigt waren, das Feuer im Zaum zu halten.

»Sie ist in Sicherheit. Keine Sorge. Wie geht es dir? Hast du viel abbekommen?«

Sie schüttelte den Kopf, bereute die Bewegung aber sofort.

»Wie lange war ich weggetreten?«

»Eine halbe Stunde. Das war aber auch ein ordentlicher Schlag, den du da abbekommen hast. Die Wunde muss geklammert werden. Der Sanitäter macht das gleich«, sagte er, und erst jetzt nahm Claudia wahr, dass sie nicht alleine mit Steffen war.

»Was ist passiert?«, fragte sie verwirrt, während der Sanitäter ihr die Haare aus der Wunde strich und weiter mit Tüchern die Wunde säuberte.

»Als wir kamen, haben wir dich erst gar nicht gesehen. Jemand muss dir einen Schlag auf den Kopf verpasst haben.«

»Das war sicher diese Frau. Sie hatte mir zuvor auf meine Hand getreten. Wegner lag auf mir. Ich hatte einfach keine Chance.«

Claudia schaute prüfend auf ihren Handrücken, auf dessen Mitte ein riesiger Bluterguss prangte.

»Wegner hat danach versucht, mit seiner Frau zu fliehen. Aber er kam nicht weit. Offenbar hatte Agata die Schlüssel des Vans an sich genommen und sich darin versteckt.«

Der Van, dachte Claudia. Ob darin Arielle umgekommen war? Doch bevor sie in ihrem immer noch schmerzenden Kopf diesen Gedanken formulieren konnte, fuhr Drews fort: »Die Wegners hatten wohl kurz gezögert, weil Rauch aus dem Haus aufstieg. Daher vermuten wir, dass das Mädchen den Brand gelegt hat. Sie nutzte diese wenigen Minuten. Denn obwohl Agata kaum über das Lenkrad hinwegsehen konnte, fuhr sie erst mit dem Rückwärtsgang zurück, gab dann aber Vollgas und steuerte den Van direkt in Wegners Wagen.«

Claudia konnte es nicht fassen. Offenbar hatte das Mädchen es am Ende doch geschafft, für Gerechtigkeit zu sorgen.

»Frau Wegner musste mit starken Verletzungen ins Krankenhaus gebracht werden, denn das Auto krachte genau in die Beifahrerseite. Wegner hat nur eine Kopfverletzung. Das Mädchen hat sich schützend zur Seite geworfen und hat nur leichte Prellungen davongetragen.«

Claudia seufzte erleichtert auf. Dann erzählte Drews in kurzen Sätzen, was sie aus Wegner herausgebracht hatten. Das Paar hatte die Trennung von seinen Kindern offenbar nie verwunden. Ramona Wegner hatte nur noch geweint, war tagelang im Bett geblieben und hatte ihr Essen verweigert. Statt seine Frau zu einem Arzt zu bringen, hatte er wohl die Idee, sich andere Kinder zu »holen«. Sein Antrag beim Jugendamt wurde natürlich abgelehnt. Also surfte er im Internet, suchte eine private Vermittlungsagentur und war dabei wohl eher zufällig auf die Anzeige von Frau Seidel gestoßen.

»Den Teil kenne ich. Aber was ist mit dem anderen Mädchen?«

»Unsere Arielle heißt Raluka. Das Ganze war nach seiner Aussage ein Unfall. Aber für mich sieht es ganz so aus, als ob sie ihren Tod billigend in Kauf genommen hätten.«

Claudia seufzte. Wenigstens konnte sie ihr Versprechen halten. Sie hatte denjenigen gefunden, der Arielles Tod verursacht hatte. Und das Kind hatte endlich einen richtigen Namen: Raluka würde auf dem Grabstein stehen. Keine Nummer.

»Was ist passiert?«, fragte Claudia mit bebender Stimme.

»Nachdem sie Agata gefunden hatten, setzten sie sich mit der Vermittlerin in Verbindung, deren Name auf den Papieren genannt war. Offiziell übersetzt sie nur für die beteiligten Familien, betreibt aber tatsächlich ein gut florierendes Geschäft mit der illegalen Adoption von Kindern. Den rumänischen Familien lügt sie etwas vor, dass die Adoptionswilligen ihnen sicher auch helfen würden, wenn sie ihnen ein Kind überlassen. Ob sie tatsächlich etwas bekommen ist zu bezweifeln. Die Übersetzerin selbst kassiert jedoch in jedem Fall eine deftige Vermittlungsgebühr. Natürlich bestreitet sie alles, obwohl ihre Unterschrift auf den Dokumenten steht.«

»Unfassbar!«, entfuhr es Claudia. Also hatten sie am Ende beide die richtige Vermutung gehabt: Drews mit dem Menschenhandel und sie selbst mit dem direkten Umfeld. Als hätte er ihre Gedanken gelesen, nickte er.

»Was …?«, versuchte Claudia ihre letzte Befürchtung in Worte zu fassen. »Haben sie den beiden etwas angetan?«

Drews schüttelte den Kopf. »Ich glaube nicht, aber das werden wir erst mit Gewissheit sagen können, wenn wir mittels einer Übersetzerin mit Agata gesprochen haben. Nach dem, was wir bisher erfahren haben, war es wohl so, dass die Mädchen in der Nacht bei Ramona Wegner im Bett liegen mussten, da sie ansonsten keinen Schlaf fand. Ansonsten erhielten sie jedoch keinerlei Aufmerksamkeiten, kochten selbst, sofern etwas im Haus war. Die Frau hatte Depressionen, deshalb war sie auch tagsüber trübsinnig und matt, ohne jeden Antrieb. Sie hat sich die letzten zwei Jahre hier versteckt, die Mädchen stets im Haus gehalten. Ohne Meldung an die Behörden, ohne ärztliche Betreuung, ohne jede Fürsorge. Ich denke, es hat zusätzlich an ihrem Geisteszustand gezerrt, immer nur im Dunkeln zu sitzen, völlig alleine.«

»Weiter. Wie ist Raluka umgekommen? Hatte Buttler recht mit dem Hitzschlag? Oder haben sie …?«, unterbrach Claudia Drews.

»Das Problem war wohl die Ruhe. Die Kinder mussten laut Wegner immer absolut still sein. Seine Frau hatte oft so starke Migräne, dass sie kein Geräusch ertrug. Er war selbst nicht da, als es passierte, aber er meinte, Raluka sei rebellischer als Agata gewesen. Er vermutet, dass sie irgendwann gemeutert habe und seine Frau sie daraufhin in den Wagen gesperrt hat, um ihre Ruhe zu haben. Sie haben ein spezielles Verriegelungssystem, das sich ironischerweise ›Dead-Lock‹ nennt. Eigentlich soll es Diebe fernhalten und verhindern, dass jemand in das Auto kommt, wenn man zweimal auf die Verriegelung drückt. Dadurch konnte das Mädchen allerdings auch nicht mehr rauskommen. Höchstens, wenn es ihr gelungen wäre, die Scheibe einzuschlagen. Aber dazu reichte ihre Kraft mit Sicherheit nicht. An dem Tag war es heiß, locker dreißig Grad. Das Mädchen hatte eine fiebrige Bronchitis, deshalb war Wegner auch außer der Reihe hierhergekommen, um Medikamente zu bringen. Doch zu spät. Er behauptet, nach dem Mädchen gesucht zu haben. Aber als sie das Auto öffneten, war Raluka bereits tot.«

»Hat er sie in das Tuch gewickelt?«

»Nein. Das hat Agata gemacht.«

Claudia nickte. Das passte. Agata hatte Raluka geliebt. Die Mädchen waren einander die einzige Freude und Hoffnung gewesen. Auch als das Mädchen vorhin eine Chance zur Flucht hatte, galt ihr erster Gedanke ihrer Freundin, hatte sie Claudia noch deren Namen zugerufen.

»Da Raluka keine Papiere hatte und nicht als vermisst gemeldet war, hatten sie geglaubt, mit dieser Sache durchzukommen. Sie wollten wenigstens Agata bei sich behalten. Wenn du mich fragst, die sind sich noch immer nicht richtig bewusst, was sie da gemacht haben. Die konnten die Trennung von ihren Kindern einfach nicht verkraften und sahen sich deshalb im Recht.«

Langsam stand Claudia auf, kämpfte gegen den aufkommenden Schwindel. Dann beobachtete sie schweigend, wie Feuerwehrleute und Polizisten über das Grundstück liefen und versuchten, Indizien für das zu finden, was sich hier in den letzten Jahren abgespielt hatte.

»Wieso hast du mich nicht früher angerufen, Claudia? Dieser Alleingang hätte dich das Leben kosten können«, sagte er mit gedämpfter, sorgenvoller Stimme.

»Ich? Ich habe dich nicht eingeweiht?« Sie merkte, dass die Wut ihr wieder Kraft gab. »Ich wollte doch, dass du mir hilfst, aber du hast mir doch immer gesagt, alles, was ich mir zusammenreimte, sei Quatsch, und mir nur von deinen dämlichen Dienstvorschriften erzählt. Die du im Übrigen immer nur dann für wichtig hältst, wenn du recht behalten willst.« Sie verschränkte die Arme vor dem Körper und stieß heftig Luft durch die Zähne aus, weil bei der Bewegung auch ihr Brustkorb höllisch schmerzte.

»Alles okay? Soll ich noch mal den Arzt rufen?«

»Nein, nein«, sie versuchte ruhig zu atmen und sich nicht noch einmal so heftig zu bewegen. »Geht schon. Aber ich möchte das schon noch richtigstellen: Du warst es doch, der immer nur Schleppern auf der Spur war!«

»Und du hattest keinerlei Beweise! Nur dieses Heft. Mit dem ich dir im Übrigen auch geholfen habe. Nur hast du mir nie die ganze Geschichte erzählt. Obwohl ich dich vom ersten Tag an darum gebeten habe, mich an deinen Gedanken teilhaben zu lassen.«

»Ach was«, schnaubte sie. »Du bist mir doch immer nur auf die Pelle gerückt. Das war von Anfang an der einzige Grund für deine Nettigkeit!« Wieder durchzuckte sie der Schmerz, als sie sich heftig bewegte. Claudia vermutete, dass sie sich eine Rippe geprellt hatte.

»Aber van Holten, der wusste genau Bescheid. Hättest du mir einmal die komplette Geschichte so erzählt wie ihm, die Sache mit dem beschmierten Auto, den gestohlenen Unterlagen, meinst du nicht, dass ich dir dann genau zugehört hätte?«

Jetzt war es an Claudia, überrascht zu gucken.

»Woher weißt du, was ich Hendrik erzähle?«

»Er hat mich angerufen. Sofort nachdem du Wegner nachgefahren bist. Was meinst du, warum wir so schnell hier waren. Wir haben die GPS-Daten seines Autos geortet und konnten dir dadurch blitzschnell folgen.«

Sie hatte geglaubt, Rieke zu Dank verpflichtet zu sein. Aber stattdessen war es wohl Hendriks Verdienst, dass sie jetzt einigermaßen unbeschadet hier stand. Sie lächelte verlegen. Sie hätte ihm beinahe unrecht getan, denn sie war stinksauer und enttäuscht darüber gewesen, wie er sie bei den Wegners behandelt hatte.

»Was wird jetzt aus Agata?«, fragte sie statt einer Antwort.

»Ganz ehrlich: Ich habe keine Ahnung. Ich befürchte, sie wird wieder nach Rumänien zurückgeschickt. Immerhin ist sie immer noch illegal hier.«

»Nach allem, was ihr hier passiert ist? Das könnt ihr doch nicht machen!«

»Ich fürchte, wir haben keine andere Wahl. Die rumänische Regierung wird sicher mit allen Mitteln verhindern, dass dieser Fall öffentlich wird. Kinderhandel ist etwas, das politisch immer noch totgeschwiegen wird. Alles Weitere machen jetzt die Kollegen vom organisierten Verbrechen aus dem KK 30. Aber ich halte dich gerne auf dem Laufenden, wenn du das willst.«

Claudia nickte und sah jetzt das Mädchen an, das in eine goldene Rettungsdecke eingehüllt auf einer Krankentrage lag und gleich ins Krankenhaus abtransportiert werden würde. Was sie wohl erlebt hatte? Und wie sie sich jetzt fühlte? So ganz allein, mit ihren kümmerlichen Sprachkenntnissen, mit denen sie die Menschen um sie herum kaum verstehen würde. Da kam ihr eine Idee: Sie würde Frau Ruhland anrufen und sie bitten, das Mädchen im Krankenhaus zu besuchen. Die Lehrerin hatte Agata wirklich gemocht und wäre sicher froh, ihre ehemalige Schülerin wohlbehalten wiederzusehen. Und sie könnte ihr das Heft wiedergeben, als Geste der Hoffnung auf eine bessere Zukunft.

»Du bist nicht glücklich damit, oder?«

»Wie könnte ich, Steffen? Ich habe alles dafür getan, um sie zu finden. Um sie vor einem üblen Schicksal zu bewahren. Wie könnte ich damit zufrieden sein, wenn sie wieder zurückmuss in die Hölle, aus der sie kam?«

Er nickte.

»Wir können die Welt nicht ändern, Claudia.«

»Manchmal wünschte ich aber genau das. Wenigstens ein klein wenig.«

Sie seufzte. Noch nie hatte sie sich am Ende einer Geschichte so mies gefühlt wie bei dieser.

»Gibt es noch was? Ansonsten müsste ich jetzt dringend …«

»Halt, halt, halt! Wo willst du denn hin? Wieder mit dem Sportwagen Verbrecher jagen?« Er lachte. »Wir müssen noch alles zu Protokoll nehmen, was hier passiert ist. Sorry.«

»Steffen, kann das nicht warten?«

»Schon. Wenn du versprichst, morgen aufs Revier zu kommen. Aber du solltest nicht Auto fahren, bevor du genau untersucht wurdest. Du hast vielleicht eine Gehirnerschütterung.«

Claudia verdrehte die Augen.

»Steffen, ich brauche kein Kindermädchen. Ehrlich nicht. Es geht mir gut! Alles ist noch dran, schau.« Sie breitete die Arme aus, als ihr wieder ein Stich durch den Brustkorb jagte und sie zusammenzucken ließ.

»Du machst es einem manchmal verdammt schwer, dich zu mögen, weißt du das, Claudia Brandes?«

»Ich habe dich nicht darum gebeten!«

Er lachte breit. »Ich auch nicht! Es ist einfach passiert. Wobei, eigentlich auch nicht. Du bist eine tolle Frau, wenn man mal von deinem Starrsinn und den blauen Flecken absieht. Klug und verdammt mutig.« Er zwinkerte ihr zu. »Etwas fürs Leben.«

Claudia schüttelte den Kopf. Wieder sah sie zu dem, was von dem Haus übrig war. Er verstand es einfach nicht. Also machte sie kehrt und überließ Steffen Drews den Tatort. Sie hatte anderes zu tun. Sie wollte einen Kranz auf dem anonymen Grab niederlegen. Mit dem Namen der Toten darauf: Raluka.

* * *

Liebe Leserinnen und Leser,

drei Dinge haben den Impuls zu meiner Geschichte gegeben, die Sie gerade beendet haben: Zunächst fiel mir der Artikel »The Child Exchange« von Megan Twohey in die Hände, den man bei Reuters Investigates nachlesen kann. Die Tatsache, dass es organisierte Menschenhändler gibt, war mir bekannt. Aber dass auch ganz »normale« Menschen ihre Kinder im Internet anbieten, hat mich erschüttert. Sofort drängte sich mir die Frage auf: Kann so etwas bei uns auch passieren? Das Thema ließ mich nicht mehr los. Als nächstes las ich das bittere Buch »Deutschland misshandelt seine Kinder« von Michael Tsokos und Saskia Guddat. Dann stieß ich bei meiner Recherche auf die Reportage »Leben in bitterer Armut: Die Müllkinder von Rumänien«, das 2010 bei Spiegel TV ausgestrahlt wurde. Die Bilder von spielenden Kindern auf Müllhalden sind schon erschütternd. Doch leider kommen einige von diesen Kindern danach in eine ganz andere Hölle. Bewusst habe ich den Kindesmissbrauch in diesem Buch ausgeklammert. Kindesmisshandlung bleibt jedoch ein ebenso großes Thema – und mit vermutlich mehr als 200 000 Opfern jährlich eines, das mehr Aufmerksamkeit fordert.

Natürlich habe ich bei der Entstehung dieses Buches wieder eine Menge Hilfestellungen bekommen. Ich hoffe, dass ich bei der Vielzahl der Helfenden niemanden vergesse.

Ich danke zunächst Ludwig Waldinger vom Bayerischen Landeskriminalamt und dem ehemaligen Mordermittler Josef Wilfling, die geduldig meine Fragen zu nicht identifizierten Leichenfunden, Polizeiarbeit sowie zur Zusammenarbeit mit der Presse beantwortet haben.

Zu allen Themen im Zusammenhang mit dem Leichenfund und dessen Untersuchung gab mir Prof. Dr. Michael Bohnert Auskunft, der mir stets Bilder zur Illustration seiner Schilderungen beifügt. Zum Thema der Isotopenanalyse danke ich der fachkundigen Auskunft von Prof. Dr. Matthias Graw, Leiter des Instituts für Rechtsmedizin der LMU, sowie Dr. Christine Lehn.

Meine Fragen zu Vorgehensweisen und Grundlagen des Jugendamtes, Adoption und Pflegefamilien beantwortete mir Karin Wortmann aus Münster. Mein Dank gilt auch meiner Kollegin Anne Kuhlmeyer, die mich zum Thema Traumabewältigung an ihrem reichhaltigen Wissensschatz als Psychotherapeutin teilhaben ließ.

Sollten sich in die Darstellung der genannten Themen Fehler eingeschlichen haben, so bitte ich das von Herzen zu entschuldigen. Es liegt dann allein an meinem falschen Verständnis der Sachlage oder ist dramaturgischen Zwängen geschuldet.

Natürlich möchte ich von ganzem Herzen meinen Testlesern danken, die sich unterschiedlicher Versionen meines Buches angenommen haben und mir mit ihren Anmerkungen wichtige Impulse gegeben haben. Claudia Heeschen und Jessica Hilburger-Mehl durften bereits die erste Fassung ansehen, während meine liebe Kollegin Sabine Kornbichler mit ihren Bemerkungen einer späteren Version noch einmal den letzten Schliff gegeben hat.

Nicht zu vergessen: meine beste Freundin Petra und meine Kollegin und Freundin Sabine Fink, die jedes meiner Bücher mit ihren Kommentaren und Gedanken begleiten und mir durch Durststrecken und zweiflerische Phasen hindurch helfen. Euch kann ich nie genug danken. Einfach dafür, dass es euch gibt!

Und wie immer danke ich meinem Mann und meinen beiden Söhnen, die mir ein Heim, Geborgenheit und viel Wärme geben und immer fest an mich glauben. Ihr steht hier zwar als letzte. In meinem Herzen seid ihr aber immer die Nummer Eins!

Liebe Leserinnen und Leser, nun sind wir am Ende angekommen. Ich hoffe, meine Geschichte hat Ihnen ein paar unterhaltsame Stunden beschert. Wenn Sie mir eine Rückmeldung zu meinem Buch geben wollen, dann besuchen Sie mich doch auf meiner Facebook-Seite. Ich freue mich auf Ihre Leseeindrücke!

MIX
Papier aus verantwortungsvollen Quellen
FSC® C083411

Originalausgabe bei Midnight.
Midnight ist ein Digitalverlag
der Ullstein Buchverlage GmbH, Berlin November 2017

Umschlaggestaltung: ZERO Werbeagentur, München
Titelabbildung: © FinePic®
Autorenfoto: © Marcella Merk
Satz: Pinkuin Satz und Datentechnik, Berlin
Druck- und Bindearbeiten: CPI books GmbH, Leck
ISBN 978-3-95819-908-8